BASTEI LÜBBE

Über den Autor

Jack Williamson veröffentlichte seine erste Kurzgeschichte im Jahre 1928 und schreibt seitdem unterhaltsame, provozierende und nachdenklich stimmende SF. Er war der zweite Autor (nach Robert Heinlein), der von der Vereinigung der Amerikanischen SF-Autoren zum »Großmeister der SF« ernannt wurde. Williamson hat in seinen Romanen stets visionäre Themen aufgegriffen.

Jack
Williamson

Die Endzeit-Ingenieure

Roman

Ins Deutsche übertragen von
Timothy Stahl

BASTEI
LÜBBE

BASTEI LÜBBE TASCHENBUCH
Band 24 330

1. Auflage: Oktober 2004

Vollständige Taschenbuchausgabe

Bastei Lübbe Taschenbücher ist ein Imprint
der Verlagsgruppe Lübbe

Deutsche Erstveröffentlichung
Titel der amerikanischen Originalausgabe: Terraforming Earth

Lektorat: Alexander Lohmann / Stefan Bauer
Titelillustration: Tony Roberts, Agentur Schlück
Umschlaggestaltung: QuadroGrafik, Bensberg
Satz: Fanslau Communication/EDV, Düsseldorf
Druck und Verarbeitung: Maury Imprimeur, Frankreich
Printed in France
ISBN: 3-404-24330-7

Für meinen Bruder Jim

Inhalt

TEIL EINS

Impakt und Auswirkungen

1

Wir sind Klone. Einhundert Jahre sind seit dem großen Impakt vergangen. Unsere leiblichen Eltern lagen schon lange auf dem Friedhof am Geröllhang jenseits des Kraterrandes, als die Roboter unsere eingefrorenen Zellen im Maternitätslabor zum Leben erweckten. Ich erinnere mich an den Tag, als mein Robovater uns fünf mit hinauf nahm, um uns die Erde zu zeigen, einen verschwommenen, rot gesprenkelten Ball am schwarzen Mondhimmel.

»Sie sieht – sieht krank aus.« Dian, die selbst krank aussah, schaute zu meinem Robovater auf. »Blutet sie?«

»Sie blutet rot glühende Lava übers ganze Land«, erklärte er ihr. »Und die Flüsse bluten rostroten Regen in die Meere.«

»Tot.« Arne verzog das Gesicht. »Sie sieht tot aus.«

»Der Impakt hat sie getötet.« Mein Robovater bewegte nickend den Plastikkopf. »Ihr wurdet geboren, um sie wiederzubeleben.«

»Aber wir sind nur Kinder.«

»Ihr werdet erwachsen werden.«

»Ich nicht«, murmelte Arne. »Muss ich denn erwachsen werden?«

»Was willst du denn sonst?« Tanya grinste ihn an. »Für immer ein rotznasiges Kind bleiben?«

»Bitte.« Mein Robovater zuckte die Achseln auf jene steife Art, die Robotern eigen ist, und der Blick seiner Linsen streifte uns alle fünf, die wir im Dom um ihn herumstanden. »Eure Mission ist es, das Leben wieder auf die Erde zu bringen. Diese Aufgabe mag lange Zeit in Anspruch nehmen, aber ihr werdet wieder- und wiedergeboren werden, bis ihr sie erfüllt habt.«

Wir schienen dieser Aufgabe nicht gewachsen. Wir waren ganz allein, wir fünf, die wir da zusammen auf dem Mond aufwuchsen, die einzigen Menschen überhaupt. Die Tycho-Station war unsere Heimat, dieses kleine Geflecht von Tunneln, die unter dem Dom in den Kraterrand gegraben waren. Unsere leiblichen Eltern waren für alle Zeit von uns gegangen, ihre Welt tot und eine viertel Million Meilen entfernt. Meinen biologischen Vater, den Mann, aus dessen eingefrorenen Zellen ich entstanden war, kannte ich nur von seinem Bild im Holotank.

Er hatte Duncan Yare geheißen. Ich liebte ihn und bedauerte alles, was er durchmachen musste. Sein Gesicht war schmal und hager, von Schmerz tief zerfurcht. Wenn ich in seine Augen schaute, las ich oft düstere Verzweiflung darin.

»Seht zur Erde hinauf, wenn ihr droben im Dom seid«, sagte er uns. »Sie wird euch fremd und tot vorkommen. Alles, was wir je kannten und auf was wir je hofften, ist verschwunden. Vier Milliarden Jahre Evolution wurden komplett ausgelöscht. Nichts ist übrig außer uns.« Unter der alten, braunen Jacke sanken seine Schultern herab. Die Lippen aufeinander gepresst, schüttelte er den Kopf. »Die Tycho-Station. Der Mastercomputer. Die Robos. Die lebenden Zellen, die im Kryostat eingefroren sind. Und ihr.« Er hielt inne, seine schrecklichen Augen fest auf uns gerichtet. »Ihr seid die einzige Hoffnung der Erde auf neues Leben. Das wird eure Aufgabe sein, wenn ihr erwachsen seid. Das Leben wiederherzustellen, das der große Impaktor vernichtet hat. Ihr seid alles, was wir haben. Ihr dürft nicht aufhören. Ihr dürft nicht aufgeben.«

Ein eiserner Klang trat in seine raue Stimme.
»Versprecht mir das.«
Wir hoben unsere Hände und versprachen es.

Mein Vater war nur ein Bild, das im Tank flimmerte, wenn der Mastercomputer es so wollte. Die Robos indes waren wirklich, diese menschengroßen Roboter, die uns im Maternitätslabor geklont hatten und seither für uns sorgten.

Obwohl ich seine Trauer und seinen Schmerz spüren konnte, schien es oft unmöglich zu sein, jenes Versprechen zu halten. Wir waren doch nur Kinder. Die Erde selbst wirkte unwirklich, lediglich ein großer heller Fleck an unserem schwarzen Nordhimmel. Die Welt unserer Eltern gab es nicht mehr, bis auf einige Überreste in Form von Aufzeichnungen und Relikten, die Calvin DeFort vor dem Einschlag in die Station geschafft hatte.

Er hatte uns hierher gebracht, war aber zu kurz darauf gestorben, um noch ein vollständiges Holo seiner selbst aufzuzeichnen. Wir kannten ihn nur aus den Videos und Papieren, die er hinterlassen hatte, und aus dem, was unsere anderen Eltern über ihn erzählen konnten. Die Robos hatten im Museum einen Glaskasten aufgestellt, der ein paar seiner Sachen enthielt: ein Taschenmesser, ein Schulring, eine antike Taschenuhr, die seinem Großvater gehört hatte. Außerdem gab es ein Tagebuch, das mein Vater geführt hatte, ein kleines, handgeschriebenes Buch, in rissiges grünes Leder gebunden, die Hälfte der Seiten leer.

Der Dom war stets herrlich aufregend, wenn uns die Robos hinaufließen. Er war voller fremdartiger Apparaturen, über die ich sehnlichst mehr erfahren wollte. Die durchsichtigen Quarzwände ließen uns die kahle, erdbeschienene Mondlandschaft rings um uns her sehen. Wir hatten geklonte Haustiere. Meines war ein Beagle namens Spaceman. Mit gesträubtem Fell knurrte er einen in dunkle Schatten gehüllten Monsterfelsen draußen an und kauerte sich gegen mein Bein. Tanyas Katze war uns gefolgt.

»Okay, Cleo«, rief sie, als die Katze miaute. »Gucken wir mal raus.«

Cleo flog geradezu in ihre Arme. Aufgrund der geringen Schwerkraft des Mondes war Springen eine Leichtigkeit. Mein Robovater deutete mit einem dünnen blauen Plastikarm auf die schroffe, gekrümmte Felswand, die sich zu beiden Seiten des Domes erstreckte.

»Die Station wurde in den Rand von –«

»– Tycho gegraben!«, unterbrach Arne ihn. »Das haben wir auf dem Globus gesehen.«

»Er ist so groß!« Tanyas Stimme klang gedämpft. Sie war ein spindeldürres kleines Mädchen mit glattem schwarzen Haar, das sie auf Geheiß ihrer Mutter kurz geschnitten trug, und einem Pony, der ihr bis auf die Augenbrauen fiel. Cleo hing beinahe wie vergessen in ihren Armen. »Er – er ist homonguliastisch!«

Sie starrte hinaus, über die gewaltige schwarze Senke hinweg und hinüber zu dem gezackten Gipfel, der in der Mitte ins strahlende Sonnenlicht aufragte. Dian hatte sich umgedreht und sah in die andere Richtung, auf die leuchtend weißen Strahlen, die über felsübersäte Hänge in der Tiefe fächerten, sich über Landefelder, Startrampen und Hangars breiteten und weiter noch, über die Wüste aus schwarzlöchrigem Staub und grauen, geborstenen Steinen, die sich zum schwarzen, sternlosen Himmel erstreckte.

»Homonguliastisch?«, äffte Dian sie nach. »Ich würde sagen fraktabulös!«

»Homon-fraktabu-was?«, machte Pepe sich über alle beide lustig. Er war klein und schnell, so mager wie Tanya, aber dunkler. Er spielte gerne und kämmte sich nie die Haare. »Könnt ihr nicht Englisch reden? *O possible español?*«

Sein Holovater brachte ihm Spanisch bei.

»Besser *Anglais* als du.« Dian war ein großes, blasses Mädchen, das sich nichts aus Haustieren machte und alles wissen wollte. Die Robos hatten ihr eine Brille mit dunklem Gestell gegeben, damit sie die alten Papierbücher in der Bibliothek besser lesen konnte. »Und ich lerne Latein.«

»Wozu soll Latein gut sein?« Da wir alle gemeinsam geklont wurden, waren wir gleich alt, aber Arne war der Größte. Er hatte hellblaue Augen und hellblondes Haar, und er stellte gerne Fragen. »Ist doch so tot wie die Erde.«

»Es ist etwas, das wir bewahren müssen.« Dian war ruhig und schüchtern und stets ernst. »Die neuen Menschen brauchen alles.«

»Welche neuen Menschen?« Arne deutete mit beiden Armen zur Erde. »Wenn doch alle tot sind.«

»Drunten im Kryostat haben wir die gefrorenen Zellen tausender Menschen«, sagte Tanya. »Wir können sie neu züchten, wenn wir zur Erde heimkehren.«

Niemand hörte ihr zu. Wir schauten alle hinaus auf die tote Mondlandschaft. Der Dom erhob sich zwischen der felsübersäten Ödnis und den tintenschwarzen Schatten, die den Krater erfüllten. Als ich hinabsah, wurde mir einen Moment lang schwindlig, und Arne wich zurück.

»Angsthase!«, höhnte Tanya. »Du bist ja weiß wie ein Gespenst.«

Arne wich noch weiter zurück, wurde rot dabei und sah zur Erde empor. Weit über uns und riesig hing sie da, mit weißen Kappen über den Polen und von mächtigen weißen Stürmen umwirbelt. Unter den Wolken waren die Meere braun, gelb und rot gemasert, wo sich Flüsse von den dunklen Kontinenten hinein ergossen.

»Sie war einmal so schön«, flüsterte Dian. »Ganz blau und weiß und grün auf den alten Holos.«

»Vor dem Einschlag«, sagte mein Vater. »Eure Aufgabe ist es, sie wieder schön zu machen.«

Arne blickte mit zusammengekniffenen Augen hinaus und schüttelte den Kopf. »Ich kann mir nicht vorstellen, wie –«

»Hör doch zu«, sagte Tanya.

»Bitte.« Das Gesicht meines Robovaters war nicht zum Lächeln geschaffen, aber seine Stimme vermochte eine nachsichtige Belustigung wiederzugeben. »Lasst mich euch sagen, was ihr seid.«

»Ich weiß«, sagte Arne. »Klone –«

»Halt die Klappe«, fiel ihm Tanya ins Wort.

»Klone.« Mein Robovater nickte. »Genetische Kopien der Menschen, die nach dem Impakt lebend hierher gelangten.«

»Das weiß ich alles«, wiederholte Arne. »Mein Robo hat es mir erzählt. Wir entstanden aus Zellen, die eingefroren wurden, bevor der große Impakt die Erde vernichtete. Ich habe die Simulation auf meinem Monitor gesehen.«

»Ich nicht«, sagte Tanya. »Aber ich möchte sie sehen.«

»Fangen wir mit Cal DeFort an.« Unsere Robo-Eltern waren alle von gleicher Gestalt, nur verschiedenfarbige Brustplatten unterschieden sie voneinander. Meiner trug eine blaue. Er kümmerte sich um mich, so lange ich zurückdenken konnte, und ich liebte ihn so sehr wie meinen Beagle. »Cal war der Mann, der die Tycho-Station baute und uns herbrachte. Er gab sein Leben für eure Chance, zurückzukehren –«

Störrisch stülpte Arne seine fette Unterlippe vor. »Mir gefällt es hier aber besser.«

»Du bist ein Dummkopf«, hielt Tanya ihm vor. »Und Dummköpfe sollten nicht reden.«

Er streckte ihr die Zunge heraus.

Wir standen alle dicht um meinen Robovater und lauschten.

»Calvin wurde in Nordamerika geboren, an einem Ort namens Texas. Jetzt blicken wir gerade auf Asien, aber ihr könnt Texas auf den Karten finden. Das war zu einer Zeit, als noch niemand von dem Asteroiden wusste. Aber Calvin war daran gewöhnt, dass es schlimmer kam, als man dachte. Er wurde bei einem Schulbusunfall verkrüppelt und musste das Laufen neu lernen. Seine Eltern starben in einem Tornado –«

»Tor-was?«, wollte Arne wissen.

»Schlag's nach«, empfahl Tanya ihm. »Oder frag deinen Holovater.«

»Ein Windsturm«, erklärte mein Robovater. »Die waren schlimm in Texas.«

»Was ist Wind?«, fragte Arne weiter.

»Bewegte Luft«, erklärte Tanya. »Schlag's nach.«

»Cal wurde unter den Trümmern seines Elternhauses begraben«, fuhr mein Robovater fort. »Nach seiner Entlassung aus dem Krankenhaus holte ihn seine Tante zu sich in eine alte Stadt namens Chicago. Dort wuchs er auf. An seinem siebten Geburtstag ging sie mit ihm in ein Museum, wo er die Skelette der großen Dinosaurier sah, die einst die Erde beherrschten. Die riesigen Knochen und Zähne machten ihm Angst. Seine Tante versicherte ihm, dass er in Sicherheit war. Die Dinosaurier seien wirklich tot, sagte sie, umgekommen durch ein gewaltiges Objekt aus dem Weltraum, das die Küste von Mexiko traf. Ein Film über die Saurier steigerte Calvins Angst noch. Er solle sich keine Sorgen machen, sagte seine Tante. Solch große Einschläge erfolgten nur im Abstand von Jahrmillionen.

Aber er machte sich Sorgen. Eine Kolonie auf dem Mond, dachte er, könnte die Chancen der Menschen verdoppeln, sollte die Erde abermals von etwas getroffen werden.

Cal DeFort wurde als Besatzungsmitglied einer frühen Mondstation ausgebildet, die jedoch nie gebaut wurde. Dabei erfuhr er aber von den Robos. Es handelte sich um selbst gesteuerte Roboter, von Ingenieuren des Militärs für Rettungs- und Reparaturmissionen in kontaminierten Gebieten entwickelt, die für Menschen zu gefährlich waren. Cal gründete die Robo Multiservice Corporation, um die Rechte zu kaufen und die Roboter für Zivileinsätze umzuprogrammieren.«

Das graue Hologesicht meines Vaters zeigte keinerlei Ausdruck, und seine tonlosen Worte setzten sich fort, als würden sie aus einem Buch vorgelesen. Arne wurde zappelig und schnitt Dians Robo, der reglos neben der Leiterluke in der Mitte des Bodens stand, Grimassen, um ihn zum Sprechen oder zu einer Bewegung zu nötigen. Uns andere jedoch hielt DeForts Geschichte in ihrem Bann.

»Die Robos brachten ihm ein Vermögen ein, und sie waren perfekt für den Mond geeignet. Er schickte sie her, um alles für die Kolonisten vorzubereiten. Im Gegensatz zu menschlichen Astronauten brauchten sie weder Luft noch Nahrung, keine Ruhe, keinen Schlaf. Niedrige Schwerkraft und hohe Strahlung schadeten ihnen nicht. Sie konnten sich selbst neu bauen und reparieren. Aber die patagonischen Impaktoren –«

»Patawas?«, unterbrach Arne.

»Ein Meteoritenschwarm«, erklärte ihm mein Vater. »Sie rasten um die halbe Erde und stürzten in den Südatlantik. Keiner davon war wirklich groß, aber sie erzeugten einen Tsunami, der weit über die Küste Südamerikas hinwegspülte, Städte überflutete und Millionen Menschen tötete. Das weckte Cals Angst vor einem noch größeren Einschlag. Außerdem löste es eine finanzielle Panik aus, die seine Firma beinahe ruinierte und ihn zwang, seine Pläne für eine große Mondkolonie aufzugeben. Stattdessen ließ er seine Robos mit dem Bau der Tycho-Station beginnen. Er wollte einen Ort haben, an dem er alles, was passieren könnte, überleben und unsere Wissenschaften, Künste und Geschichte in Sicherheit bringen konnte. Die Robos wurden mit Fusionsenergie betrieben. Am Grund der Polarkrater, wo das Sonnenlicht nie hinreichte, fanden sie im Geröll gefrorenes Wasser und Staub. Schwermetallvorkommen sind hier selten, aber sie verwendeten Metall von dem alten Raumschiff, das Nachschub gebracht hatte. An der Einschlagstelle eines großen Meteoriten fanden sie Nickel und Eisen. Und sie arbeiten immer noch hier.«

»Wo?«, fragte Arne.

»Unten in den Werkstätten und Hangars.« Mein Vater wies mit einer Geste auf das geebnete Flugfeld unterhalb des Kraterrands draußen. »Sicher vor Strahlung und kleineren Meteoriten. Sie kümmern sich um die Station. Kümmern sich um euch. Stehen bereit für jedweden Befehl des Mastercomputers.«

»Unsere Chefmaschine«, brummelte Arne. »Sie glaubt, sie weiß alles, und schert sich nie um das, was wir wollen.«

»Na und?« Pepe zuckte die Achseln. »Sie brachte uns hierher, damit wir unsere Arbeit tun. Die Erde wieder zum Leben zu erwecken.«

»Wenn wir es können,« meinte das Abbild meines Vaters. »Die Station war ein komplexes und ambitioniertes Projekt, ihr Bau hier auf dem Mond teuer und schwierig. DeFort stellte einen Zwölfjahresplan dafür auf. Doch der große Impaktor überraschte ihn, kam Jahre zu früh. Die Station wurde nie ganz fertig gestellt und ausgerüstet.«

»Impaktor?« Tanya starrte aus großen schwarzen Augen zu ihm hoch. »Was war es denn wirklich?«

»Ein zehn Meilen durchmessender interstellarer Felsbrocken. DeFort hatte die Teleskope fertig. Der Mastercomputer beobachtete den Himmel, doch der große Bolide kam aus dem Nordhimmel, von außerhalb der Ekliptik, wo eigentlich nichts hätte sein sollen. Er streifte die Sonne, wurde zur

Erde hin abgelenkt und kam im Sonnenglast herunter, in dem die Teleskope blind waren.«

2

Wir liebten unsere Eltern, doch ihre physischen Körper lagen in dem grauen Mondstaub begraben, den uns die Robos unterhalb des Kraterrands gezeigt hatten. Im Versuch, meinen Vater kennen zu lernen, betrachtete ich oft sein vergängliches Holobild und lauschte seiner Stimme, aber die besten Hinweise auf sein Leben – und das Leben von Calvin DeFort – fand ich in seinem Tagebuch.

Es zu lesen, war bisweilen schwierig. Auch die Sprache war mir oft unverständlich mit Begriffen wie Freeway, Schnupfen oder Einkaufszentrum, deren Bedeutung für alle Zeit verschwunden war, zusammen mit den Dingen, die sie bezeichneten. Aber die Holos und die Robos konnten uns einige unserer Fragen beantworten. Wir lernten mittels der Bücher und Disks in der Bibliothek und studierten die kostbaren Artefakte im Museum.

Mein Vater wurde in einem Teil des alten Amerikas geboren, den man Kentucky nannte. Sein Vater war Bergmann, seine Mutter Krankenschwester. Sie sparten Geld, damit sie ihn aufs College schicken konnten, wo er zufällig mit DeFort in einem Zimmer wohnte. Er träumte davon, Astronaut zu werden, bis er herausfand, dass er farbenblind war. Er hatte als Nachrichtenreporter und Geschichtslehrer gearbeitet, bevor DeFort ihn in das damalige New Mexico rief, um ihm einen Job bei Robo Multiservice anzubieten, als dieses große Unternehmen noch nicht mehr als der Name und ein Traum war.

Mein Vater traf DeFort in einem behelfsmäßigen Büro in der Nähe des Militärlabors, wo man die Robos entwickelt hatte. Er war ein kleiner, flinker Mann und hinkte beim

Gehen leicht infolge seiner Kindheitsverletzung. Er hatte hellbraunes Haar und blaue Augen, die leuchteten, wenn er von den Robos und seinen Plänen mit ihnen sprach.

»Sieh sie dir an!« Er deutete auf ein Plastikmodell, das neben seinem Schreibtisch stand. »Die ersten Bewohner des Weltraums. Sie werden auf dem Mond zu Hause sein!«

Mein Vater war kein Ingenieur, aber er wurde DeForts vertrauter Kompagnon und arbeitete mit ihm zusammen, als er Millionen machte. Die finanzielle Panik, die den patagonischen Einschlägen folgte, durchkreuzte ihre Pläne, den Mond zu kolonisieren. Dadurch wurde die Errichtung der Tycho-Station eine noch größere Herausforderung. Robo Multiservice war nahezu ruiniert. DeFort musste in aller Herren Länder um private Unterstützung und staatliche Subventionen betteln.

»Meine eigene Hauptaufgabe war es, einen Personalstab für die Station anzuwerben«, schrieb mein Vater in sein Tagebuch. »Menschen mit den entscheidenden Kenntnissen und Fähigkeiten, nach jedwedem schlimmstmöglichen Fall den Schaden an der Erde zu beheben. Es muss ihnen so viel bedeuten, dass sie sich die Zeit nehmen, den Mastercomputer mit all ihrem Know-how zu programmieren. Sie müssen uns Gewebeproben geben, die wir für einen eventuellen zukünftigen Bedarf einfrieren. Und sie müssen bereit sein, sich für einen Aufenthalt im All ausbilden zu lassen und den Mond für ein Training vor Ort zu besuchen.«

Dazu waren nicht viele bereit. Es sei 65 Millionen Jahre her, seit der Yukatan-Impakt die Dinosaurier auslöschte, sagte ein berühmter Molekularbiologe zu meinem Vater. Der nächste große Vernichtungsschlag liege wahrscheinlich noch ebenso weit in der Zukunft. Er habe im Augenblick hier auf der Erde zu viel zu tun.

Dennoch gelang es ihm, ein paar zu überzeugen. Der Erste war Pedro Navarro, der bereits im Dienst von Multiservice stand. Der ausgebildete Astronaut war ein Raumpilot und hatte Fracht und Robos für die geplante Kolonie auf den Mond gebracht. Jünger als mein Vater, sympathisch und begeisterungsfähig, war er ganz erpicht darauf, alles zur Station zu befördern, was wir brauchten.

Auf der Suche nach Ratschlägen, was bewahrt werden müsse, wenn alles andere verloren war, stieß er in der Bibliothek des alten amerikanischen Kongresses auf Diana Lazard. Die magere Frau mit dem unscheinbaren Gesicht, streng hinsichtlich ihrer Art und Kleidung, stand ihm zwar gerne mit ihrem Rat zur Seite, aber bei allem, was darüber hinausging, erwies sie sich als schwierig.

Sie schreckte davor zurück, ihre Wohnung in Washington zugunsten des Mondes aufzugeben, selbst wenn es nur ein paar Wochen zu Ausbildungszwecken waren. Die meisten Sachen, die sie für bewahrenswert hielt, waren fürchterlich teuer. Mein Vater stritt mit ihr um den Preis seltener Bücher und Gemälde, ging Kompromisse ein bei den Dingen, die DeFort bezahlen konnte, und füllte unseren begrenzten Raum schließlich mit Büchern, Disks und Kunstwerken, von denen Diana meinte, sie könnten uns helfen, eine ausgelöschte Zivilisation neu zu beleben.

»Besorge den besten Biologen, den du kriegen kannst«, trug DeFort meinem Vater auf. »Einen Mann mit medizinischer Ausbildung und Fachkenntnissen im Klonen. In der Vergangenheit haben Katastrophen den Planeten mehr als nur einmal beinahe sterilisiert. Ich möchte, dass wir bereit sind, die Evolution von neuem zu beginnen.«

Sie sprachen mit anderen Spitzenleuten, die alle darum kämpften, an der Spitze zu bleiben, und von denen keiner Zeit für die Station hatte. Der Biologe, der sich dem Projekt letztlich anschloss, war eine Frau, Tanya Wu. Sie war die Leiterin eines medizinischen Forschungszentrums in der alten Stadt Baltimore gewesen. Als sie DeFort und meinem Vater zuhörte, ließ sie sich von deren Entschlossenheit teilweise anstecken.

»Ein Sicherheitsnetz für die Erde!«, nannte sie es. »Unser Biokosmos brauchte vier Milliarden Jahre, um sich zu entwickeln. Er ist ein heiliges Gut. So etwas wiederholt sich vielleicht nie mehr.«

Sie kündigte ihren Job, um das Maternitätslabor zu entwickeln, die Robos mit Klonfähigkeiten zu programmieren und den Kryostat mit Saatgut, Sporen und Gewebeproben zu bestücken, die einen verwundeten Planeten im Bedarfsfall wieder heilen konnten.

DeFort wollte einen Terraforming-Spezialisten. Sie sprachen mit Arne Linder, einem namhaften Geologen, der sich sein Vermögen als Bergbauingenieur verdient hatte und seinen Namen mit einem Plan, den Mars zu terraformen. Als mein Vater ihn anrief, tat er das Projekt als »Albtraum eines Idioten« ab.

Als sie ihn auf einer Vortragsreise überrumpelten, wollte er Geld. DeFort zahlte ihm schließlich eine horrende Vergütung, damit er eine Gewebeprobe zur Verfügung stellte und sich ein paar Wochen mit dem Mastercomputer auf dem Mond befasste.

Obwohl Geld und willige Mitwirkende schwer zu finden waren, hofften sie doch, Raum und Ausrüstung für ein größeres Survivalteam erweitern zu können. Mein Vater hatte jene letzte Woche in einer Stadt an der Westküste des alten Amerikas verbracht, wo er um weitere private Spenden bat und versuchte, einen Astronomen zu gewinnen, der zugleich ein Computerexperte war.

Der Impaktor kam aus dem Nichts, als schreckliche Überraschung. DeFort hatte gehofft, die Station auf ein Ereignis vorzubereiten, das in tausend oder einer Million Jahren oder besser noch niemals passieren mochte. Sie hatten nie auch nur im Traum daran gedacht, dass es ihnen widerfahren könnte, noch bevor sie ihr Projekt fertig gestellt hatten.

Die Station war noch immer nur mit Robos bemannt. Die kleine menschliche Belegschaft war wieder auf der Erde, auf dem White-Sands-Stützpunkt, einem Ort in der trockenen New-Mexico-Gegend des alten Amerikas, der nach einer seltsamen Mineralformation benannt war. Die Warnung vom Mond traf im schlimmstmöglichen Moment ein, spätnachts am 24. Dezember.

Die Robos hatten das Objekt einen oder zwei Tage zuvor entdeckt, aber sie waren nur Maschinen. Zwar waren sie darauf programmiert, den menschlichen Stab über derlei Vorkommnisse zu informieren, aber sie schienen die Übermittlung verzögert zu haben, weil man ihnen gesagt hatte, das Büro auf der Erde sei über Weihnachten geschlossen.

Die kodierte Nachricht erreichte meinen Vater an Bord eines Flugzeugs auf dem Rückflug zum Stützpunkt.

»Eine gute Woche«, hatte er tags zuvor in sein Tagebuch geschrieben. »Eine halbe Million zugesichert, und Yamamoto möchte die Station besuchen. Er sagt, er ziehe es in Betracht, bei uns anzuheuern.«

Ein über die Seite gezogener Strich. Der nächste Eintrag ist nicht datiertes Gekritzel.

»Eine verschwendete Woche. Was bedeutet eine halbe Million jetzt noch? Ich fühle mich wie gelähmt. Ich muss etwas schreiben, nur um wieder etwas zu Verstand zu kommen. Ich muss die Seite vor der Frau neben mir abschirmen. Sie sah meinen Tycho-Button und fragte mich, was ich von robotischer Intelligenz halte. Wenn sie wüsste! Ich muss meine Gedanken ordnen. Mich beruhigen, um bereit zu sein für das Irrenhaus, das uns erwartet, wenn wir uns um einen rechtzeitigen Start bemühen. Ich kann nichts weiter tun. Ein schrecklicher Augenblick. Schlimmer noch für mich, weil es noch niemand sonst weiß. Natürlich kann ich es ihnen nicht sagen. Den Leuten, die um mich herum sitzen, flüstern, lesen, sich eine alberne Holo-Komödie ansehen oder versuchen zu schlafen. Ich beneide sie fast, weil sie es nicht wissen. Wenn sie es wüssten, könnte es zu einer tödlichen Panik kommen, bevor wir den Mond erreichen. Wenn wir ihn erreichen. Wenn.

Es nützt nichts, sich solche Fragen zu stellen. Der Bau der Station war ein Spiel. So sehe ich es jetzt. Ein großes Spiel, das mein Leben jahrelang ausgefüllt hat. Wunderbare Freunde, ein edler Zweck, viel Spaß. Aber nie wirklich. Bis jetzt nicht. Wenn uns das Glück hold ist, könnte das Leben in der Zukunft eine Chance haben. Aber ich kann nichts empfinden außer Schock. Bedauern über zu vieles, was ich nie getan habe und jetzt nicht mehr tun kann.

Ich wünschte, ich könnte meine Mutter anrufen. Ich sehne mich nach Ellen. Ich wünschte, sie wäre hier bei mir, um meine Chance, lebend davonzukommen, wie klein oder groß sie auch sein mag, mit mir zu teilen. Ich wünsche es mir und weiß doch, dass ein Leben mit ihr nie möglich war. Das Projekt vereinnahmte mich zu sehr. Sie hatte eine eigene Welt. Wünsche – sie zählen jetzt nicht.

Landung. Um dem Ende von allem ins Gesicht zu sehen.«

Das Meiste, was wir über die Flucht wissen, entstammt den schriftlichen Unterlagen der anderen Teamangehörigen und den Informationen, die im Mastercomputer für die Robos und ihre Holobilder aufgezeichnet wurden. Während jene wenigen Stunden dahinflossen, musste der Start wieder und wieder aufgeschoben werden. Wichtige Lieferungen für das Maternitätslabor und den hydroponischen Garten mussten am Dock gefunden und eilends an Bord geschafft werden. Zwei Tanklastwagen stießen zusammen und gingen in Flammen auf.

Warnungen sickerten durch. Nur wenige glaubten es, anfangs jedenfalls, aber es machte das Gerücht die Runde, dass DeFort eine Flotte von Raumfahrzeugen bereitstehen hätte, um Flüchtlinge zum Mond zu transportieren. Das Entsetzen wirkte ansteckend. Tausende verängstigte Menschen drängten auf unser einzelnes kleines Versorgungsschiff zu, das auf seiner Startrampe stand.

Es war erst einige Tage zuvor vom Mond zurückgekehrt, die menschliche Crew hatte Weihnachtsurlaub, und die Tanks waren leer. Eine Ladung wichtiger Ausrüstung war bestellt, aber zum Großteil noch nicht geliefert worden. Die Angehörigen des Survivalteams waren in aller Welt unterwegs.

Navarro hatte Arne Linder nach Island geflogen, wo er einen Vulkanausbruch beobachten wollte. Sie waren nur schwer aufzuspüren, und sie schafften es nur mit Müh und Not zurück nach White Sands, um ihr Leben zu retten. Lazard und Wu befanden sich in ihren Heimatstädten, weit entfernt, auf der anderen Seite des Kontinents. Da sie ein Taxi warten ließ, bis sie ihre Katze gefunden hatte, verpasste Wu beinahe ihren Flug.

Die meisten Menschen blieben halbwegs gelassen, dennoch trieb die Panik Tausende von Flüchtlingen herbei, die sich um einen Platz im Fluchtschiff stritten, in dem es doch gar keinen Platz gab. Verzweifelte Piloten ignorierten die Kontrollanweisungen der Flughäfen, ihre Maschinen stürzten auf überfüllte Landebahnen oder den Wüstensand daneben und brannten aus. Autofahrer verließen ihre im Stau stecken gebliebenen Fahrzeuge und kamen zu Fuß.

Und wäre Casey Kell, ein schwarzer Nachtwächter, nicht gewesen, hätten sie vielleicht nie abgehoben. Er erkannte die sich anbahnende Gefahr schon früh, plünderte einen Waffenladen und organisierte eine kleine Gruppe aus Lastwagenfahrern und anderen Arbeitern, um das Schiff zu verteidigen. In einem Kreis parkten sie Trucks darum herum, und Kell stand auf der Laderampe am Tor und brüllte Befehle durch ein Megafon.

Später, schon draußen im All, zeichnete mein Vater einen letzten Zwischenfall auf. Er arbeitete mit DeFort auf dem Dock, um Wus letzte Ladung gefrorener Gewebeproben an Bord zu bringen, als sich in der Barriere ein Durchlass für den letzten Tankwagen öffnete. Eine Frau brach hindurch und kämpfte sich die Leiter zu DeFort herauf. Sie versuchte, ihm ein Baby in die Arme zu drücken, und flehte ihn an, es zu retten.

»Ein qualvoller Augenblick, den ich nicht vergessen kann«, schrieb mein Vater. »DeFort hatte instinktiv die Arme nach dem Baby ausgestreckt, lächelte es an, doch dann wurde sein Gesicht bleich. Er erstarrte für einen Moment, schüttelte den Kopf und schob die Frau von sich. Eine Entscheidung, die er um all dessentwillen treffen musste, was er zu retten hoffte.«

Es muss viele solcher Augenblicke gegeben haben, zu schmerzvoll, um sich ihrer zu erinnern.

Den letzten Eintrag in sein Tagebuch schrieb mein Vater in der Station, einige Monate nach ihrer Ankunft.

»Wir leben. Die Robos haben uns sehr effizient geholfen, die Defekte der Survivalausrüstung zu beheben. Der hydroponische Garten gedeiht. Linder zufolge können wir damit rechnen, am Leben zu bleiben. Wu hat den Kryostat und das Maternitätslabor inspiziert. Sie ist zuversichtlich, dass die Robos wachsam bleiben und die Erde wie auch den Himmel überwachen werden, bereit und im Stande, uns zu klonen, wenn der Mastercomputer es für notwendig hält.

Nun, da wir hier in Sicherheit sind, haben wir den Rest unserer Jahre vor uns. Wir könnten sie sinnvoll nutzen. Wir haben Fahrzeuge, Raumausrüstung und die Robos als Diener. Wir könnten den Mond erkunden, Ressourcen kartografieren, die für zukünftige Notfälle erforderlich werden könnten. Wir haben ausgezeichnete Teleskope. Wir könnten die Wissenschaft der Astrophysik erlernen und den Kosmos erforschen. Wir könnten die Geschichte und Dians gesammelte Relikte der alten Welt studieren. Wir könnten nach vorne blicken und an Plänen zur Wiederherstellung des Planeten arbeiten.

Aber wir tun nichts von alldem. Linder nennt uns lebende Tote. Schock und Schmerz des Verlustes haben uns taub für alles andere gemacht. Wir tranken zu viel, bis die Robos uns Einhalt geboten. Wir essen die Mahlzeiten, die sie uns servieren. Wir trainieren in der Zentrifuge. Linder spielt Bridge, wenn er einen Partner finden kann. Wu inspiziert das Maternitätslabor, immer und immer wieder, überprüft die im Mastercomputer aufgezeichneten Programme und probt mit den Robos das Prozedere des Klonens. DeFort sitzt stundenlang am Teleskop und sucht nach Löchern in der dichten Wolkenschicht, die die verheerte Erde verbirgt.

Navarro verbringt die meiste Zeit mit Kell und dessen Frau, die in letzter Minute vor dem Start an Bord kamen. Sie sprechen Spanisch, und das verstehe ich kaum. Sie wirken zufriedener als der Rest von uns, beschäftigen sich mit unnötigen Routinearbeiten rund um die Station. Sie trinken zusammen und singen spanische Lieder von unglücklicher Liebe; die Frau hat eine schöne Stimme. Kell erzählt unglaubwürdige Geschichten über sein Leben auf der Erde. Er ist klug genug, um zu wissen, dass man sie nie richtig stellen wird.

Wenn ich etwas Arbeitswillen aufbringe, versuche ich, so viel wie möglich über DeForts Leben und die Geschichte der Station aufzuzeichnen, auch wenn ich keinen rechten Sinn darin sehe. Er selbst wartet sehnlich darauf, einen Blick auf die Erdoberfläche zu werfen, und hofft, zurückfliegen zu können, um den Schaden in Augenschein zu nehmen. Aber er bezweifelt, dass sie sich weit genug erholt haben kann für eine

Landung. Eine Neubesiedlung, so sagt er, wird wohl Jahrhunderte dauern.

Unsere Arbeit ist getan. Die Zukunft des Planeten ruht jetzt in den Händen der Robos, des Mastercomputers und des kosmischen Schicksals.«

3

In unserem Klassenzimmer auf dem Mond blitzte das Holobild meines Vaters wie durch Zauberei im Tank auf und verlosch wieder, aber er wirkte lebendig, so lange er zu sehen war. Er war ein hagerer, kleiner Mann in einer alten Cordjacke mit Lederflicken an den Ellbogen, der uns stets mit besorgt gerunzelter Stirn ansah, während er sprach, und eine leere Pfeife schwenkte, wie um seine Worte zu unterstreichen.

Er schien nie glücklich zu sein, wenn wir ihn nach der Flucht vor dem verängstigten Mob auf dem White-Sands-Stützpunkt fragten. Sorge und Schmerz umwölkten sein Gesicht dann. Manchmal fror sein Bild auch für einen Augenblick ein, und dann redete er von etwas anderem. Aber wir flehten ihn an, doch weiterzuerzählen, bis die Geschichte in unseren Köpfen so real war, als seien wir selbst auf der Erde gewesen, als der große Felsbrocken niederging.

Er stürzte in den Golf von Bengalen. Nacht hatte sich über Asien gesenkt, aber in New Mexico, auf der anderen Seite der Welt, war es Mittag, als die erste Schockwelle die Basis traf. Mein Vater und DeFort hatten den größten Teil des Morgens in ihrem Hauptquartier in Las Cruces verbracht, um das Survivalteam zusammenzurufen.

DeFort besaß ein kleines Privatflugzeug, das sie zum Stützpunkt brachte, als es Zeit zum Aufbruch war. Von der Landebahn aus fuhren sie durch ein Gewühl aus feststeckenden Autos und verzweifelten Menschen zu ihrem Raumschiff. Am Ladedock brüllte ein muskulöser Mann Befehle in ein Megafon.

»Dein leiblicher Vater.« Während er uns die Geschichte erzählte, schenkte das Bild meines Vaters Casey ein kleines, schiefes Lächeln. »El Chino. So nannte man ihn, obwohl er seinen Namen mit K. C. Kell angab. Schwarz wie Teer, aber das Pokergesicht eines Asiaten. Wegen der Hitze hatte er sich bis zur Hüfte ausgezogen, auf seine Brust waren die Flaggen von Mexiko und China tätowiert. Er behauptete, ein Ex-Marine zu sein, und so benahm er sich auch.«

DeFort nahm eine rasche Inspektion des Raumschiffs vor und stieg ein. Mein Vater blieb draußen am Dock und half Kell, Leute und zu verladende Fracht zu identifizieren. Inzwischen hatten die Gerüchte ein Chaos ausgelöst, trotz DeForts verzweifelter Gesuche um Ordnung und um Unterstützung beim Start. Die Polizei oder zumindest ein paar Polizisten versuchten auch zu helfen, aber sie wurden schlicht überrannt. Kell schwitzte und fluchte zweisprachig, kämpfte, um in dem Ring eine kleine Insel der Ordnung aufrechtzuerhalten sowie eine sichere Lücke für Tank- und Lastwagen zu öffnen. Einer nach dem anderen trafen unsere Leute ein.«

Die Worte meines Vaters in seinem Tagebuch und sein Bild im Tank erfüllten die Szene für uns mit Leben. »Lazard wankte die Rampe hoch, mit einem Rucksack voller Bücher, die sie nicht zurücklassen wollte. Wu hatte einen letzten Kryopack mit Gewebeproben bei sich. Und als Letzte kamen Navarro und Linder. Es trafen immer noch Lieferwagen ein, als DeFort herauskam und Kell anwies, sie wegzuschicken. Navarro ließ die Triebwerke warm laufen. Zwei Minuten bis zum Start.«

Diese zwei Minuten sind so real, als sei ich selbst dabei gewesen. DeFort drehte sich um, wollte Kell für die Verteidigung des Schiffes danken und sah, wie er in Richtung eines Polizeifahrzeugs starrte, das mit heulender Sirene durch die Öffnung im Ring der Trucks raste. Der Streifenwagen rammte das Dock. Eine Frau taumelte heraus und rannte die Rampe hoch. Linder wartete darauf, die Tür zu schließen, und rief meinem Vater und DeFort zu, an Bord zu kommen.

»Keine Bewegung.« Kell sprach ganz ruhig, aber er hatte eine schwere Pistole gezogen. »Wir wollen leben. Ich und Mona. Wir kommen mit Ihnen.«

Die Frau war barfuß, trug einen verschossenen blauen Frotteebademantel. Ihr nasses blondes Haar hatte sie mit einem Handtuch turbanartig umwickelt. Blass vor Entsetzen, eine Hand mit roten Fingernägeln an ihrer Kehle, stand sie da und stierte die offene Tür an.

»Das können Sie nicht!«, fuhr DeFort die beiden an. »Wir haben keinen Platz, nicht genug Ausrüstung –«

»Tut mir Leid, Sir.«

Die Waffe in der einen Hand, packte Kell die Frau mit der anderen und ging steifbeinig mit ihr auf die Tür zu. Ihr Bademantel öffnete sich und enthüllte ihr eigenes Tattoo: Mona Lisa lächelte auf ihrem Bauch.

»Aus dem Weg.« Kell wedelte mit der Waffe. »Wir sind auch Menschen.«

Mit erhobenen Händen trat DeFort vor, um sie aufzuhalten. Die Waffe krachte. Ein Stoß von Kell ließ DeFort über das Dock torkeln. Hinter ihm drängelten sich die beiden in das Raumschiff. Meinem Vater klangen die Ohren von dem Schuss, während er hinzueilte, um DeFort zu helfen, aber die Kugel war nur in die Luft gegangen. Binnen eines Augenblicks hatte DeFort sein Gleichgewicht wieder gefunden.

»Jetzt oder nie!«, rief Linder.

Mit einem wütenden Achselzucken winkte DeFort meinen Vater an Bord. Die Tür schlug klirrend zu. Die Düsen brüllten. Mein Vater taumelte zu seinem Sitz. Unter dem Eindruck des Todes der Welt habe er sich wie gelähmt gefühlt, sagte er, und sei dankbar für das betäubende Donnern und den erdrückenden Raketenschub gewesen.

Sonst war ihm nichts bewusst, bis Navarro die Triebwerke auf ›freien Fall‹ herunterfuhr und er wieder denken und fühlen konnte. Noch immer füllte die sterbende Erde die Monitore aus. Er hörte Bruchstücke von Linders Geologenjargon, in dem dieser die einzelnen Phasen der Katastrophe kommentierte, und sammelte sich, um ein paar aufmunternde Worte zu sagen. Der Schmerz des Verlusts war etwas, das sie hinnehmen mussten. Sie mussten leben, um die verletzte Erde zu heilen.

Im freien Fall waren die Maschinen nur leise zu hören, und so konnten sie sich ein wenig entspannen. Navarro kam aus dem Cockpit nach hinten und erläuterte den Flug zum Mond. Wu und Lazard gaben Essensrationen aus, kleine Päckchen, die sich selbst erhitzten. Kaum jemand hatte Appetit, Kell allerdings steckte die Waffe ins Holster und aß tüchtig, während er mit der Frau flüsterte.

Einige von ihnen waren einander immer noch fremd. DeFort rief sie zusammen, erteilte Anweisungen und versuchte abermals, sie für die Mission zu begeistern. Kell und die Frau hörten schweigend zu, als Linder über das Thema Terraforming referierte. Wu erläuterte das Maternitätslabor, wo die Zellen eingefroren und geklont werden würden. Lazard sprach von all den Kunstschätzen und der Notwendigkeit, auch in der Geborgenheit des Mondes noch zu lernen.

»Nun, Mister Kell«, wandte DeFort sich grimmig und ernst schließlich an ihn. »Was haben Sie uns zu erzählen?«

»Wir sind keine Doktoren oder so.« Kell stand da, eine Hand auf der Schulter der Frau, die andere nahe der Waffe, und durch den Schweiß und Wüstenstaub auf seinem Oberkörper schimmerten die überkreuzten Flaggen hindurch. »Ich weiß einen Scheißdreck über diesen Terrakram. Aber eines weiß ich verdammt genau – wie man am Leben bleibt. Versucht uns rauszuschmeißen, und es stirbt jemand. Und das werden nicht ich oder Mona sein.«

»Wir wollen keine Gewalt.« DeFort hob die Hand. »Aber Sie stellen ein Problem dar.«

»Das ist Ihr Problem, Sir.«

»Mister Kell –« DeFort sah krank aus. Er schluckte und blinzelte. »Ich habe Mitleid mit Ihnen. Ich bedaure all die Milliarden Menschen, die wir zurück- und dem Tod überlassen mussten.«

Mein Vater hörte das Zittern in seiner Stimme und sah das sardonische Zucken um Kells Lippen.

»Etwas –«, DeFort schluckte abermals, um mit kräftigerer Stimme weiterzusprechen: »Es gibt da etwas, das Sie verstehen müssen. Der Impakt übertraf in seiner Wirkung alle Vorstellungen. Wir sind wahrscheinlich die einzigen Menschen, die noch am Leben sind. Unsere Einrichtung auf dem Mond wurde nie fertig gestellt. Wir haben keine Mittel, um eine größere Belegschaft zu versorgen –«

»Wollen Sie etwa, dass wir aus dem Schiff springen?« Kell grinste böse. »Sie werden Platz für uns schaffen.«

»Wenn Sie einen von uns umbringen«, versuchte DeFort ihn zu warnen, »bringen Sie uns alle um, zerstören Sie unsere Chance –«

Kell berührte die Waffe. DeFort verstummte.

»Gib auf sie Acht, Süße«, murmelte Kell der Frau zu und schwang herum, um hinter sich zu schauen. »Das ist ein Nest durchgeknallter Klapperschlangen. Lass sie nicht zubeißen.«

In der Kabine wurde es still, bis Navarro das Wort ergriff.

»Cal?« Er wartete DeForts verwirrtes Nicken ab. »Ich kann keine Kugellöcher in den Treibstofftanks gebrauchen. Wir sollten lieber reden.« Ruhig wandte er sich an Kell. »Warum sagen Sie uns nicht, wer Sie sind?«

»Verdammt, als ob Sie das interessiert.«

»Es muss uns interessieren«, erwiderte Navarro. »Wir wollen alle am Leben bleiben.«

Kell musterte sie einen nach dem anderen, begegnete ihren Blicken, wartete auf Zeichen der Zustimmung. Linder war blass und zitterte, sein Hemd zeigte dunkle Schweißflecken. Wu nickte ruhig. Lazard starrte wie vereist. Navarro reckte den Daumen hoch.

»Okay«, murmelte DeFort. »Lassen Sie hören.«

Kell blickte abermals nach hinten und wich zurück, bis er die Wand im Rücken hatte. Dann legte die Frau ihren Arm um ihn.

»Wie gesagt, ich bin kein Doktor. Tatsache ist, dass ich nie zur Schule gegangen bin. Mona sagt, sie hat's bis zur dritten Klasse gebracht. Wir wissen einen Scheiß über Schockwellen und Impakte, aber wir wollen am Leben bleiben.« Er hielt inne und sah DeFort an. »Und, bei Gott, das werden wir.«

»Ich hoffe, dass wir das alle schaffen werden.« DeFort nickte sachlich. »Wir müssen es versuchen.«

»Wir müssen einander kennen lernen«, meinte Navarro. »Erzählen Sie uns, woher Sie kommen.«

»Ich weiß nicht.« Kell hatte sich ein wenig entspannt und seine Hand von der Waffe genommen. »Ich hab meine leiblichen Eltern nie gekannt. Der Mann, den ich Vater nannte, sagte, er hätte mich beim Pokern gewonnen. Vielleicht hat er das ja, auch wenn er mit der Wahrheit nicht viel am Hut hatte. Er war Engländer, weiß wie Kreide, drum musste er erklären, warum ich so eine dunkle Missgeburt war. Er sagte, er war mal Schauspieler; er zitierte gern Shakespeare. Sagte, dass es damit nicht geklappt und er eine bessere Rolle gefunden hatte –« Argwöhnisch brach er ab. »Eine, über die er nicht reden wollte.«

»Jetzt gibt es keinen Grund für Geheimnisse mehr«, drängte Navarro ihn. »Wir fangen von vorne an. Kein Grund, sich um die Vergangenheit zu sorgen. Wenn wir miteinander auskommen wollen, müssen wir wissen, mit wem wir es zu tun haben.«

»Wenn wir wirklich die einzigen Überlebenden sind –« Nachdenklich zog Kell die Stirn kraus.

»Was ist mit Ihrem Vater?«

»Ich liebte ihn, den Vater, den ich kannte.« Für einen Moment wurde seine Stimme weicher. Er sah die Frau an. »Und er liebte mich. Mehr als seine Frauen. Er muss ein halbes Hundert Frauen gehabt haben. Ein paar versuchten mir eine Mutter zu sein. Einige verachteten mich. Eine lernte mir das Vögeln. Ein Geburtstagsgeschenk, als ich neun wurde.«

»Was für ein Mann.« Navarro grinste. »Wie konnte er sich so viele Frauen leisten?«

»Das hat er nie gesagt, aber er hatte Geld. Geld für feine Hotels. Geld zum Reisen, und wir reisten viel. Immer mit einem anderen Pass und unter einem neuen Namen, den ich mir einprägen musste. Manchmal mussten wir eine andere Sprache sprechen. Die Frauen brachten mir Lesen und Schreiben bei, aber ich ging nie zur Schule. Mein Vater hasste Anstalten, ich glaube, weil er im Gefängnis gesessen hatte. Aber er brachte mir fast alles bei, was ich weiß. Zeigte mir, wie man mit Waffen umgeht.«

Kell lächelte DeFort an; er schien die Erinnerung zu genießen.

»Messer, Schusswaffen, Bomben. Kampfsportarten. Nannte es die feine Art des Tötens, ohne erwischt zu werden. Ausradieren sagte er dazu. Schlüssel zum Leben und zum Tod, so nannte er die Waffen. Er liebte sie wie seine Frauen. Ich fragte mich immer, warum, aber ich kam nie hinter die Wahrheit, bis er tot war. In dem Sommer, als das passierte, war ich zwölf. Wir hatten in ein Hotel in Bangkok eingecheckt, mit seiner neuesten Frau, einer frechen kleinen Schönheit, die er Missy Ming nannte. Er traf sich mit einem Freund zum Mittagessen. War aber kein Freund – Vater kam nie zurück.

Missy heulte, als sie hörte, dass er tot war, aber sie nahm

mich in dieser Nacht mit in ihr Bett, und am nächsten Morgen verschwand sie, bevor die Bullen aufkreuzten. Die örtliche Polizei und internationale Behörden suchten nach seinem Mörder. Schien, als sei er ein hoch bezahlter Killer im Drogenhandel gewesen, bis er einem über den Weg lief, der noch eine Nummer besser war. Ja, so war mein Vater.«

Kell hielt inne, hob etwas linkisch die Schultern und schickte dazu ein schiefes Grinsen in DeForts Richtung.

»Er machte seine eigenen Gesetze, lebte sein eigenes Leben. Meinetwegen können Sie ihn einen schlechten Menschen nennen, aber zu mir war er gut. Er machte mich zu dem, was ich bin. Brachte mir bei, wie man am Leben bleibt.«

»Eine Fähigkeit, die Ihnen immer noch von Nutzen ist.«

Navarro grinste. DeFort wies mit einem Nicken auf die Frau, und Kell lächelte auf sie hinab.

»Meine Freundin, Miss Mona Diamond.« Sein Ton war stolz und liebevoll. »Eine begabte Sängerin. Sie trat in einem Nachtklub in Juarez auf, als wir uns kennen lernten.«

»Das ist eine Lüge.«

Mit einem langen Blick auf Kell schüttelte sie ihr Haar aus dem Handtuch und richtete sich auf. Sie war groß für eine Frau, sagte mein Vater, langbeinig und vollbusig, mit honigfarbenem Haar, das ihr fast bis zur Hüfte reichte. An die anderen gewandt öffnete sie den Bademantel, um ihre Tätowierung zu zeigen.

»Ich habe nie in Juarez gesungen.« Sie drohte Kell mit einem grell lackierten Finger. »Wenn wir alle Sardinen in dieser Blechbüchse sind –« Sie hielt inne, um die anderen der Reihe nach anzusehen. »– dann ist hier kein Platz für Lügen.«

»Stimmt«, meinte Navarro. »Wir werden zusammen leben oder sterben.«

»Ich wollte singen, aber ich war nie gut genug.« Ihre

Stimme war tief und sympathisch, sagte mein Vater, und es lag Selbstvertrauen darin. »Ich stamme aus einer bettelarmen Familie im Bluegrass County. Ich lernte, die Musik zu lieben, und sehnte mich nach einer Chance, es selber zu schaffen. Aber dieses Glück hatte ich nie. Als Tabak verboten wurde, machten wir schwere Zeiten durch. Der Staat ging pleite. Pa pflanzte Pot an und kam dafür ins Gefängnis. Ma wurde krank, und ich musste mich um den Haushalt kümmern. Als sie starben, war ich auf mich allein gestellt und tat, was ich tun musste. Bedienung, Nutte, Oben-ohne-Tänzerin, Stripperin. Damals ließ ich mir das Tattoo machen. Wurde als Mona Lisa Live angekündigt.«

Sittsam schloss sie den Frotteebademantel.

»Wie Casey schon sagte, lernte auch ich, wie man am Leben bleibt. Hab die ganze Zeit über harte Lektionen lernen müssen. Ich war reich und noch öfter pleite. Casey hat mein Leben verändert.«

Sie lächelte ihn zärtlich an.

»Ich bin hier, weil er mich gewarnt hat. Jetzt kennen Sie meine Geschichte. Es war ein harter Kampf, aber ich hatte auch immer wieder gute Zeiten. Wenn die alte Welt erledigt ist, wie Sie sagen, dann tut's mir Leid drum.« Sie verstummte und schaute sich in der Kabine um. »Ihnen viel Glück, wenn Sie sie wieder aufbauen wollen.«

»Und Ihnen auch viel Glück.« Navarro grinste. »Ich glaube, wir brauchen Sie in unserem Team.«

»Das war unsere Aussage.« Kell wandte sich an DeFort. »Lassen Sie uns jetzt über das Urteil reden.«

4

Die Welt meines Vaters war tot. Und beinahe wäre er mit ihr gestorben. Der Schmerz darüber ließ ihn sein restliches Leben lang nicht mehr los und folgte ihm bis in den Mastercomputer hinein. Und obgleich das tödliche Objekt von kosmischen Mächten zur Erde gelenkt worden war, die weit jenseits des Begriffsvermögens und der Kontrolle eines Menschen lagen, fand er doch Wege, sich selbst die Schuld daran zu geben.

Das Tagebuch gewährt einen Blick auf seine sinnlose Grübelei. Hätte er DeFort geschäftlich besser beraten, hätte Robo Multiservice vielleicht genug Geld eingebracht, um eine autarke Kolonie auf dem Mond zu finanzieren. Dort hätte die menschliche Zivilisation womöglich überleben können, ohne auf die Tycho-Station angewiesen zu sein. Im Holotank war er zwar stets bereit, über unsere Mission zu sprechen, Fragen über jenen letzten Tag ließen sein Bild jedoch dunkler werden und flackern. Manchmal verschwand es ganz, aber wenn wir weiter drängten, brachte der Mastercomputer ihn zurück.

»Ihr müsst lernen, wie wunderbar die alte Welt war.« Mit grimmiger Miene pflegte er seine Schultern in der alten braunen Jacke zu straffen und versuchte zu lächeln und uns anzuspornen. »Und denkt an eure Mission, sie wieder zum Leben zu erwecken. Die gesamte Zukunft des Lebens hängt von euch ab.«

»Nur von uns?«, fragte Arne ihn einmal, als er mit Dian, Pepe, Tanya und mir vor dem Tank stand; auf dem Mond brauchten wir nie Stühle. »Nur von uns Kindern? Was glaubst du denn, was wir tun können?«

»Erwachsen werden.« Tanya streckte ihm die Zunge heraus. »Selbst Dummköpfe werden erwachsen.«

»Keiner von euch ist ein Dummkopf.« Mein Vater schüttelte mit einem geduldigen kleinen Lächeln den Kopf. »Eure Aufgabe ist zu groß für Dummköpfe.«

»Ich hoffe, dass wir ihr gewachsen sein werden, wenn wir groß sind.« Pepe sprach mit fast feierlichem Ernst. »Aber das Aussehen der Erde macht mir Angst. Ich möchte wissen, wie sie so geworden ist.«

Das Bild fror für einen Augenblick ein. Vielleicht suchte der Computer nach den Daten, die er brauchte, um das Bild in Bewegung zu halten, aber es sah eher aus, als forste mein Vater in seiner Erinnerung.

»Der letzte Tag.« Seine träge Stimme war nur mehr ein Flüstern, als er sich wieder bewegte. »Heiligabend war eine glückliche Zeit gewesen. Meine verheiratete Schwester wohnte in Las Cruces, einer Stadt in der Nähe des Stützpunkts. Sie hatte Zwillinge, zwei gerade mal fünf Jahre alte Kinder. Ich hatte ihnen Dreiräder gekauft. Sie machte Abendessen, gebackenen Truthahn mit Füllung, Süßkartoffeln, Preiselbeersauce –«

Seine Stimme stockte, und er hielt für eine Sekunde inne.

»Essen, das ihr nie kennen gelernt habt, aber wir aßen das gern an Weihnachten. Ich war in Kalifornien, um Gelder aufzutreiben, damit wir die Station fertig bauen konnten, aber für die Feiertage hatten wir Pläne gemacht. Mein Vater und meine Mutter kamen aus Ohio. Niemand erwartete –«

Er verstummte, schüttelte den Kopf, die Lippen aufeinander gepresst.

»Die Station war nicht fertig. Noch in keiner Weise bereit. Wir hatten sie im Stand-by-Betrieb zurückgelassen, nur mit den Robos besetzt. Doktor Wu sollte nach Neujahr aus Baltimore kommen und weitere eingefrorene Zellen für das Maternitätslabor mitbringen –«

»Ihre Zellen?«, fragte Tanya. »Die Zellen, aus denen ich geboren wurde?«

»Geklont«, murmelte Arne. »Klone werden nicht geboren.«

»Dummköpfe schon«, versetzte Tanya.

»Bitte«, schalt mein Vater sie sanft. »Ihr seid aus den Zellen entstanden, die eure Eltern im Kryostat eingefroren haben. Euer Leben begann im Maternitätslabor. Aber Klone sind keine Dummköpfe.«

»Deine Mutter –«, Arne stupste Tanya mit dem Finger an, »deine Mutter war eine Maschine.«

»Deine auch«, versetzte sie.

»Eine wunderbare Maschine«, sagte mein Vater. »Beinahe so wunderbar, wie es der Körper einer Frau gewesen wäre.«

»Warum mussten wir Klone sein?«, fragte Arne. »Warum wurden wir nicht einfach geboren?«

»Cals Frau wollte lebendige Menschen in der Station haben«, erklärte mein Vater. »Aber sie ist zu klein für eine Kolonie, die sich selbst versorgen könnte. DeFort plante die Station so, dass sie tausend Jahre überdauern würde, oder eine Million, wenn es sein musste, ohne jegliche Hilfe von woher auch immer. Die Robos und der Mastercomputer können ewig hier ausharren mit den eingefrorenen Zellen, die darauf warten, wieder und wieder geklont zu werden, wann immer ihr gebraucht werdet.«

»Jetzt?« Arne verzog das Gesicht. »Wo die ganze Erde tot ist?«

»Vielleicht nicht ganz tot.« Mein Vater furchte die Stirn und sog an der Pfeife, als habe er Tabak darin. »Es ist Zeit für eine Oberflächenexpedition, um das herauszufinden. Ihr müsst die Meere auf mikroskopisches Leben hin testen und die Luft dahin gehend, ob ihr sie atmen könnt. Dann können wir planen, was eure nächste Generation tun kann, wenn ihre Zeit gekommen ist.«

Das Bild zitterte, als sei es dabei, sich aufzulösen.

»Warte!«, rief Tanya. »Ich mag es nicht, dich so traurig zu sehen. Es muss fürchterlich gewesen sein, als der Asteroid niederging, aber warst du nicht froh, davonzukommen?«

»Eigentlich nicht.« Mein Vater erstarrte für einen Moment, als hätte der Computer abermals gestoppt. »Nicht, wenn man bedenkt, was wir alles verloren hatten. Unsere Familien, unser Zuhause und unsere Freunde. All das Gute, das wir je gekannt und geliebt und noch geplant hatten. Alles –«

In seinem Gesicht zuckte es, aber er schenkte uns ein dünnes, kleines Lächeln.

»Alles außer Hoffnung. Hoffnung auf euch und das, was ihr tun könnt.«

Wieder stockte das Bild, bis Pepe rief: »Weiter. Erzähl uns alles über den Impakt.«

»Alles darüber?« Er seufzte, schüttelte den Kopf und steckte die Pfeife in seine Jackentasche. »Die Menschen, die es wirklich wussten, sind tot. Niemand wird je erfahren, wie es für sie war, aber ich kann euch sagen, was ich sah. Es hätte einer besseren Warnung bedurft. Der große Felsbrocken – Asteroid oder Komet, niemand hatte Zeit, sich um eine Bezeichnung dafür zu sorgen – war noch zwei Tage entfernt, als die Robos ihn entdeckten. Sie taten, worauf sie programmiert waren, und das war die Verifizierung der Sichtung, die Berechnung des Orbits und die Schätzung der Zeit des Aufschlags. Aber man hatte ihnen gesagt, dass unser Stützpunkt auf der Erde wegen Weihnachten geschlossen sei. Wir hatten einen ganzen Tag verloren, bevor sie versuchten, die Erde zu kontaktieren. Dreizehn Stunden.« Die Lippen meines Vaters stülpten sich über ein gepflegtes kleines Büschel rotgrauen Bartes. »Das war alles, was uns noch blieb. Dreizehn Stunden, um das Survivalteam zusammenzurufen. Um das Schiff zu beladen und aufzutanken. Um lebend zu entkommen. Und zunächst hatte DeFort Angst, die Nachricht zu verbreiten. Angst vor einer

Panik, die jegliche Chance zunichte machen könnte. Und seine Frau –«

Er hielt inne, um den Kopf zu schütteln und an seiner kalten Pfeife zu saugen.

»Sie hieß Mayu Ryokan. Sie war Meeresbiologin und befand sich irgendwo im Indischen Ozean, nicht weit von der Stelle entfernt, an der der Impaktor herunterkam. Sie bohrte am Meeresboden nach Proben, die Aufschluss über Einschläge in der Vergangenheit und Massenvernichtungen geben sollten. Ihre Flitterwochen verbrachten die beiden an Bord ihres Forschungsschiffs. Er wollte sie anrufen, aber er konnte ihr nichts sagen. Sie war zu weit weg, als dass er sie irgendwie hätte erreichen können. Ihr könnt euch vorstellen, wie er sich fühlte.«

»Warum ist er nicht hier?«, fragte Tanya. »Geklont wie wir?«

»Wegen ihr. Sie waren bis über beide Ohren ineinander verliebt. Sie hatte versprochen, ihre Karriere aufzugeben, wenn die Station fertig war, und bei ihm zu sein, aber sie wollte nicht geklont werden. Sie sagte, eine von ihrer Sorte sei genug. Wir haben sein Gewebe im Kryostat, aber sie hatte uns nie eine eigene Probe gegeben. Und allein wollte er nicht geklont werden.«

Sein Gesicht erstarrte ein wenig.

»Ich war selbst nicht allzu scharf darauf. Ich hinterließ eine Gewebeprobe, aber ich bin kein Wissenschaftler. Kein Experte auf irgendeinem Gebiet. Ich hatte Vorbereitungen getroffen, meinen Platz einem bekannten Anthropologen zu überlassen, aber er war nicht zu erreichen, als jener Tag kam. Er war bei einer Ausgrabung in Chile. Und, na ja –«

Er holte tief Luft und rührte sich wieder.

»Ich kehrte zum Stützpunkt zurück. Genau wie eure biologischen Eltern. Wir tankten das Schiff auf und luden ein, was wir konnten. Kell hielt den Mob zurück. Wir kamen rechtzeitig davon. Ich bin nicht sicher, ob ich jemals wirklich froh darüber war – oder überhaupt jemand.«

Kopfschüttelnd sah er auf Dian hinab.

»Ich erinnere mich an deine Mutter, als wir in der Sicherheit des Alls waren. Sie hatte ihren Laptop aufgeklappt, um etwas zu schreiben, und musste feststellen, dass sie es nicht konnte. So saß sie da, über den Computer gekauert, bis ihr Doktor Wu etwas gab, das sie einschlafen ließ.«

»Deine doofe Mutter.« Arne schnitt Dian eine Grimasse. »Mein Vater war tapferer.«

»Oder auch nicht.« Mein Vater lachte. »Pepes Vater war derjenige, der die Ruhe bewahrte. Er war unser Pilot. Er brachte uns bis in die Umlaufbahn, ehe er die Steuerung an Cal DeFort übergab. Er hatte einen Liter mexikanischen Tequila mitgebracht. Den teilte er mit Kell und Mona, und dann schlief er, bis wir auf dem Mond ankamen.«

»Es ist ein so schrecklicher Anblick.« Dian sprach fast nur zu sich selbst, derweil sie zur Erde hinaufsah. »Die Flüsse rot, wie Blut, das in die Meere fließt.«

»Roter Schlamm«, sagte mein Vater. »Von all dem Eisen, das von dem Asteroiden stammt, rot gefärbter Schlick. Der Regen wäscht ihn vom Land, weil es kein Gras oder sonst etwas gibt, das ihn festhält.«

»Traurig.« Als sie ihn anschaute, sah ich Tränen in ihren Augen. »Ihr habt traurige Zeiten durchgemacht.«

»Erzähl uns davon«, bat Tanya. »Erzähl uns, wie es wirklich war.«

»Ziemlich schlimm.« Mein Vater nickte. »Als wir von New Mexico ostwärts aufstiegen, kreuzten wir die Oberflächenwelle, die von der Einschlagstelle aus um die Erde lief. Der Planet kräuselte sich wie ein flüssiger Ozean. Gebäude, Felder und Berge sprangen himmelwärts und lösten sich in Staub auf. Der Impakt jagte eine riesige Wolke aus Dampf, zertrümmertem Fels und glühend heißem Dunst in die Stratosphäre. In Asien war es bereits Nacht. Wir flogen weit nördlich vorbei, aber wir konnten die Wolke sehen, die bereits verblasste und flacher wurde, aber immer noch schwach rötlich glühte von der Hitze darin. Nach unserer ersten Umkreisung war die gesamte Erde bereits von Wolken umhüllt. Erst war es ein Rostbraun, aber die Farbe verschwand, als sich der Staub senkte. Höhere Wolken kondensierten, bis der ganze Planet hell und weiß war wie die Venus. Es war wunderschön.« Seine Stimme sank. »Wunderschön und entsetzlich.«

»Alle?« Flüsternd wischte Dian ihre Tränen ab. »Wurden alle getötet?«

»Bis auf uns.« Er nickte ganz langsam. »Die Robos hier in der Station zeichneten die letzten Übertragungen auf. Der Impakt löste eine Strahlenexplosion aus, die die Kommunikationsverbindungen der halben Welt auslöschte. Die Oberflächenwelle trug die Stille noch weiter. Ein paar Piloten in hoch fliegenden Flugzeugen versuchten zu melden, was sie sahen. Die Robos fingen ihre Funksprüche auf, aber ich weiß nicht, ob noch jemand am Leben war, der sie hören konnte. Radio- und Fernsehsender stellten den Betrieb ein, aber ein paar zähe Seelen sendeten eisern bis zum Ende. Einem Kreuzfahrtschiff im Indischen Ozean blieb noch Zeit, einen Hilferuf abzusetzen. Wir fingen die Videoaufnahme eines Reporters auf, der den Einsturz des Tadsch Mahals gefilmt hatte.

Ein amerikanischer Astronom hatte die Wahrheit herausgefunden und die Medien benachrichtigt. Wir hörten, wie ein Sprecher des Weißen Hauses versuchte, alles abzustreiten. Nur eine unerwartete Sonneneruption, sagte er. Seine Worte wurden abgeschnitten, noch bevor er mit seiner Rede fertig war. Aus einer Höhe von tausend Meilen sahen wir, wie die große Welle aus dem Atlantik sprang. Sie spülte sämtliche alten Städte von der Küste. Die letzten Worte, die wir hörten, kamen aus White Sands. Ein betrunkener Funktechniker wünschte uns frohe Weihnachten.«

Tanya fragte: »Was geschah mit Mister DeFort?«

»Ich glaube, es war ihm egal.« Mein Vater hob die Schultern. »Er hatte zu lange für den Bau der Station gekämpft und trauerte zu sehr um alles, was er verloren hatte. Am meisten trauerte er um seine Frau. Er war hier nie glücklich. Schlief nicht viel. Die Hälfte seiner Zeit verbrachte er im Dom und schaute zur Erde zurück. Sie war immer noch eine riesige weiße Perle, glänzend im Sonnenlicht, aber von Vulkanausbrüchen gesprenkelt. Wir sahen nie die Oberfläche. Im dritten Jahr beschloss er, zurückzugehen –«

Arne staunte: »War er verrückt?«

»Wir flehten ihn an zu warten, bis die Wolken so weit aufbrachen, dass er einen sicheren Landeplatz ausmachen konnte. Aber er hielt an der fixen Idee fest, dass es immer noch Überlebende geben könnte, die irgendwie ausharrten. Schließlich brachte Pepe uns hinunter. Ich ging mit, um die Reise auf Video aufzunehmen. Unter den Wolken sahen wir nichts als Tod. Die Hitze des Einschlags hatte Städte, Wälder und Weideland verbrannt. Die Meere waren angestiegen, als das Polareis taute. Tieflande waren überflutet, Küstenstriche verändert worden. Das Land sah aus, wie ihr es jetzt seht, schwarz und kahl, roten Schlamm in die Ozeane blutend. Nirgends auch nur ein grünes Fleckchen.

Pepe musste am Ufer eines neuen Meeres landen, das weit in das Amazonastal hineinreichte. Als wir die Schleuse öffneten, fing ich einen Hauch der Luft auf. Sie stank schweflig verbrannt und brachte uns alle zum Husten. Dennoch war DeFort entschlossen, Schlamm- und Wasserproben zu nehmen, um sie auf überlebende mikroskopische Organismen zu untersuchen.

Wir hatten keine geeignete Atemausrüstung. Er versuchte zu improvisieren, indem er sich eine Plastiktüte über den Kopf stülpte und den Schlauch einer Sauerstoffflasche in den Mund steckte. Pepe und ich beobachteten ihn vom Schiff aus. Nördlich von uns zog sich zerklüftete schwarze Lava an einem rauchenden Bergkegel herab. Nirgends Sonnenlicht. Im Westen türmten sich von Blitzen zerrissene Gewitterwolken.

Cal hatte ein Funkgerät dabei. Ich versuchte zu verstehen, was er sagte, aber durch die Plastiktüte war er kaum zu hören. Er ging hinunter ans Wasser, bückte sich, um Steine aufzusammeln und in seinen Eimer zu legen. ›Nichts Grünes‹, hörte ich ihn sagen. ›Keine Bewegung.‹ Er schaute zu dem Vulkan hinter und die blutfarbenen Wellen vor ihm. ›Absolut nichts.‹

Pepe bat ihn, zurückzukommen, aber er murmelte etwas, das ich nicht ausmachen konnte, und stolperte weiter über erstarrte Lava und hinunter zu einem schlammigen kleinen Bach. An dessen Rand ging er in die Hocke und kratzte etwas zusammen, das er in seinen Eimer gab. Wir sahen, wie er sich unter einem Hustenanfall krümmte. Er stand wieder auf, stapfte weiter am Ufer entlang und in die rosafarben schäumende Brandung.

›Sir!‹, rief Pepe. ›Gehen Sie nicht so weit raus.‹

Er winkte mit einer Probenflasche und kämpfte sich tiefer in den Schaum hinein.

›Unsere beste Chance auf eine neue Evolution‹, sagte er. Das Plastik verzerrte seine Stimme. ›Wenn im Meer noch irgendetwas übrig geblieben ist.‹

›Bitte!‹, flehte Pepe abermals. ›Kommen Sie zurück, so lange Sie noch können. Wir brauchen Sie.‹

›Kein Grund zum Heulen.‹ Ich hörte sein gedämpftes Lachen. ›Vergesst nicht, dass ihr alle unsterblich seid.‹

Seine Stimme erstickte unter einer weiteren Welle, die über ihm zusammenschlug. Er rang nach Atem, versuchte, noch etwas zu sagen, das ich nicht verstand. Er verlor das Funkgerät und seinen Eimer. Er drehte sich um und taumelte ein paar Meter auf uns zu, ehe er stolperte und fiel. Die Sauerstoffflasche trieb davon. Wir sahen ihn danach greifen, aber die nächste Welle trug sie aus seiner Reichweite.«

»Ihr habt ihn dort gelassen?«, erhob Dian scharf die Stimme. »Zum Sterben?«

»Er war bereits tot.« Mein Vater zuckte die Achseln. »Es war seine eigene Entscheidung, denke ich. Er wusste um die Gefahr, aber sein Geist war tot. Er trauerte um seine Frau. Er ließ sich von dieser letzten Welle begraben. Wir sahen ihn später, weit draußen in der Brandung. Nur ganz kurz, bevor er wieder unterging. Pepe wollte nach seiner Leiche suchen, aber das hätte uns beide umbringen können. Wir hatten keine Sauerstoffausrüstung.«

»Die Luft?«, fragte Arne. »Was stimmte nicht mit der Luft?«

»Vulkanische Dämpfe und vielleicht Zyanid, dem Geruch nach zu schließen, den ich wahrnahm.«

»Zyanid?« Pepe zog die Stirn kraus. »Wie gelangte das dahin?«

»Durch das Impaktobjekt, nehme ich an. In Kometengasen ist Zyan enthalten.«

»Giftige Luft!« Arne wurde blass. »Und ihr wollt, dass wir zurückgehen?«

»Erst wenn ihr erwachsen seid, aber ja, deshalb wurdet ihr geboren. Um der Natur zu helfen, den Planeten zu heilen.« Ernst sah er auf Arne hinab. »Dein Vater war der Terraformer. Er wusste, dass Grünpflanzen unsere Arbeit tun können. Sie nutzen die Energie des Sonnenlichts, um freien Sauerstoff zu erzeugen. Wenn es keine mehr gibt, müsst ihr neue anpflanzen.«

5

Wir sind eine jüngere Generation. Wir, die wir im Maternitätslabor geboren wurden und in unseren engen Kammern und den Tunneln unter dem Stationsdom aufwuchsen, haben unseren Eltern zugehört und die Briefe, Notizen und Tagebücher gelesen, die sie uns hinterließen. Wir haben die Bücher und Disks in Dians Bibliothek und die kostbaren Relikte in ihrem Museum studiert. Die Robos haben uns die unterirdischen Werkstätten und Hangars gezeigt. Dort bauen sie das Raumfahrzeug, das uns nach Hause bringen wird, wenn die Zeit dafür gekommen ist. Ich glaube, wir haben etwas Verständnis für unsere Identität und unsere hehre Mission gewonnen.

Wie viele Jahre sind vergangen, seit der große Impaktor auf die Erde stürzte? Wenn die Robos und unsere Holo-Eltern es wissen, dann haben sie es uns nie verraten. Aber die Wolkendecke, die die Erde umhüllte, ist dünner geworden. Eine Eiszeit ist angebrochen und vergangen. Die Robos, die den Planeten mittels der Instrumente im Dom beobachten, gehen davon aus, dass er wieder warm genug für menschliches Leben ist.

Die Station ist ein einsames, kleines Gefängnis, aber im Großen und Ganzen war unsere Kindheit recht glücklich. Wir kennen unsere Eltern zwar nur als Bilder im Holotank, aber sie wirkten stets lebendig und schienen uns zu lieben. Der Charakter meines Vaters hatte zwei Seiten. Der Impakt verletzte ihn so fürchterlich, wie er die Erde verletzte. Er wollte nie über den entsetzlichen letzten Tag auf der Erde reden, aber seine Stimmung besserte sich, wenn er von unserer Mission sprach.

»Deshalb sind wir hier«, sagte er immer. »Unsere Art von Leben brauchte Milliarden Jahre, um sich auf der Erde zu entwickeln. Der Impakt löschte es aus, alles bis auf uns. Außer uns gibt es nichts mehr. Ihr wurdet geboren, um alles wieder aufzubauen. Die Gesellschaft. Die Kultur. Die Zivilisation. Den ganzen Biokosmos. Eine außerordentliche Verantwortung. Vielleicht zu groß, als dass ihr sie begreifen könnt, bis ihr mehr darüber wisst.«

Mehr als einmal ließ er uns in einer Reihe vor dem Holotank antreten, wobei die Robos, die uns dienten, schweigend hinter uns standen. Er ließ uns die rechte Hand heben und feierlich geloben, dem Mastercomputer Folge zu leisten, zur Erde zurückzukehren, wenn er es uns befahl, und unser Leben zu geben für unsere große Aufgabe.

»Es wird nicht einfach sein«, warnte er uns, »aber Leben ist selten im Universum. So weit wir wissen, könnten wir sogar allein hier sein. Versprecht mir, dass ihr es nie sterben lassen werdet.«

Wir versprachen es.

Unsere Eltern wechselten sich ab im Tank, um uns alles zu lehren, was sie konnten. Unsere Robos waren stets bei uns, nur im Tank nicht. Mein Robo brachte mir das Buchstabieren bei, unterrichtete mich in Naturwissenschaft und Geometrie und nahm die Zeit, wenn ich in der Zentrifuge trainierte.

»Denk nicht an den Schweiß«, pflegte er mir zu sagen. »Trainiere deinen Körper, denn du wirst ihn brauchen. Ich mag ja für alle Zeit überdauern, aber du bist nur ein Mensch. Du musst arbeiten, um am Leben zu bleiben.«

Pepes Robovater lehrte ihn das Einmaleins und unterrichtete ihn in Raketenbau und Kampfsport, was ihn geistig und körperlich gleichermaßen gewandt werden ließ.

»Um dich fit zu machen«, erklärte er. »Damit du tun kannst, was du tun musst.«

Pepe konkurrierte gern. Fortwährend bettelte er darum,

seine Boxkenntnisse an Arne oder mir zu erproben. Da er besser war als ich, schlug er mich, bis ich die Nase voll hatte. Arne war groß und schnell und seine Hiebe ließen Pepe in der geringen Schwerkraft des Mondes bis zur Wand segeln, aber das störte Pepe nicht. Er kam stets wieder, um es noch einmal zu probieren.

Tanyas Robo klonte ihr eine Katze als Haustier, brachte ihr bei, sich um eine babygroße Puppe zu kümmern, und unterrichtete sie in Biologie und Gentechnologie – alles Kenntnisse, die ihr einst helfen mochten, die Erde wieder zu bepflanzen und zu bevölkern. Bei der Arbeit im Maternitätslabor lernte sie, Frösche zu klonen und sie zu sezieren, aber sie weigerte sich, jegliche Art von Katzen unters Messer zu nehmen.

Arnes Robo half ihm, laufen zu lernen, versuchte, ihm Astronomie und Geologie beizubringen, damit er verstehen konnte, was der Asteroid auf der Erde angerichtet hatte und was wir zu ihrer Genesung unternehmen mussten. Sein erstes experimentelles Projekt war eine Kolonie geklonter Ameisen in einer Farm mit Glaswänden.

»Daraus wirst du lernen«, sagte sein Holovater zu ihm. »Alles Leben entwickelte sich zu einem einzigen System. Es ist ein wunderbarer symbiotischer Biokosmos. All seine Bestandteile hängen voneinander ab, genau wie es ein menschlicher Körper tut. Grünpflanzen setzen den Sauerstoff frei, den wir atmen. Wir atmen das Kohlendioxid aus, das sie brauchen. Der Einschlag vernichtete nahezu alles auf der Erde. Unsere Aufgabe ist es, die Saaten, Sporen, Zellen und Embryos zurückzubringen, die sie wieder zum Leben erwecken werden.«

Arne zuckte die Achseln und murrte: »Ich habe für meine Ameisen einen eigenen Biokosmos geschaffen.«

Wenn mein Holovater mein Lehrer war, zeigte er sich als hagerer Mann in einer braunen Cordjacke mit einem gepflegten Bärtchen. Wenn er meine Liegestütze zählte, während ich in der Zentrifuge trainierte, sah er jünger aus, trug einen roten Jogginganzug und hatte keinen Bart. Er hatte eine Pfeife, aber er rauchte sie nie, weil sein Tabak aufgebraucht war und sie keine Saat mitgebracht hatten. Das war gut so, sagte er, aber dennoch vermisste er die Pfeife.

Bis auf die goldene Platte in seiner flachen Brust sah Tanyas Robo wie die anderen aus. Ihre Holomutter allerdings war hoch gewachsen und schön und alles andere denn flachbrüstig. Sie hatte helle, graugrüne Augen und dichtes schwarzes Haar, das ihr bis zur Hüfte reichte, wenn sie es offen trug.

Wenn sie uns im Klassenzimmer-Holotank in Biologie unterrichtete, trug sie einen weißen Laborkittel. Im Fitness-Tank, wo sie uns das Tanzen beibrachte, sah sie hinreißend aus in ihrem langen schwarzen Kleid. Am Pool auf der untersten Ebene erschien sie in einem roten Badeanzug, den sie auch in meinen Träumen noch trug.

Es gab kein echtes Klavier, aber manchmal spielte sie auf einem virtuellen Flügel und sang ihre eigenen Lieder über Leben und Liebe auf der Erde. Tanya wuchs selbst zur Größe ihrer Mutter heran, hatte dieselben hellen, grünlichen Augen und das weiche schwarze Haar. Sie lernte, mit derselben vollen Stimme zu singen. Wir liebten sie alle – oder alle außer Dian, die es nie zu kümmern schien, ob jemand sie liebte.

Dians Holomutter, Dr. Diana Lazard, war kleiner als Tanyas, und ihre Brust war so flach wie die Erkennungsplatte ihres Robos. Sie trug eine dunkle Brille, die es schwer machte, ihre Augen zu sehen. Ihr Haar war von einer rotgoldenen Farbe, die vielleicht schön gewesen wäre, hätte sie es länger wachsen lassen. Aber sie hielt es kurz und versteckte es meistens unter einer eng sitzenden schwarzen Kappe.

Ihr Robo kümmerte sich in vielfältiger Weise um Dian, aber es war ihre Holomutter, die uns Französisch, Russisch und

Chinesisch beibrachte und versuchte, uns ihre Liebe zur Literatur und Kunst zu vermitteln.

»Wissen. Kunst. Kultur.« Ihre Stimme war trocken und emotionslos, aber sie konnte auch vor Leidenschaft klingen, wenn sie von jenen Schätzen sprach und ihrer Angst, dass sie für immer verloren sein könnten. »Hütet sie wie euer Leben«, beschwor sie uns. »Sie sind wichtiger als alles andere.«

In ihrem Unterricht setzten wir VR-Headsets auf, mittels derer sie uns durch die alte Welt geleiten konnte. In einem virtuellen Flugzeug flogen wir über die weißen Spitzen des Himalajas und tauchten hinab, um über die Eiswüste der Antarktis und jene Flüsse hinwegzugleiten, die den Grand Canyon in den Fels geschnitten hatten. Wir sahen die Pyramiden und die Akropolis und die neuere Sky Needle. Sie führte uns durch die Eremitage, den Louvre und das Prado.

Sie wollte, dass wir all dies liebten, dass wir alles liebten, was die Erde einmal gewesen war. Und Dian tat das auch. Nach dem Bilde ihrer Mutter aufwachsend, schnitt sie sich die Haare ebenso kurz, steckte sie unter dieselbe schwarze Mütze und trug dieselbe dunkle Brille. Eine Brille, die sie brauchte, um ihre Augen vor dem Gleißen der Erde zu schützen, wie sie sagte, obwohl sie nur selten im Dom war, um die Erde überhaupt zu sehen.

Wenn ihr jemand etwas bedeutete, dann war es Arne.

Sein Holovater, Dr. Linder, war ein Football-Quarterback gewesen, dem seine Sportstipendien zu akademischen Abschlüssen in Physik und Geologie verholfen hatten. Ebenso kampflustig und ebenso klug wie sein Vater, lief Arne jeden Tag auf der Tretmühle in der Zentrifuge. Er lernte alles, was unsere Eltern uns beibrachten, trug die VR-Ausrüstung, um die verlorene Welt zu bereisen, und spielte Schach mit Dian. Vielleicht schliefen sie auch miteinander; das fand ich nie heraus.

Wir hatten keine Kinder. Sie waren in DeForts Plan nie vorgesehen gewesen. Das Maternitätslabor, so erklärte uns Tanyas Mutter, war nur für uns Klone bestimmt. Die Robos gaben uns Verhütungsmittel, wenn wir sie brauchten.

Tanya brauchte sie. Als unsere Biologin kannte sie sich mit Sex aus und genoss ihn. Genau wie Pepe. Seit sie Teenager waren, hingen sie ständig zusammen und machten aus ihrer Zuneigung keinen Hehl. Doch mir gegenüber erwies Tanya sich als großzügig. Einmal, als ich im Fitnessraum mit ihr tanzte, war ich so hingerissen von ihrem Duft, ihrer Stimme und ihrem geschmeidigen Leib in meinen Armen, dass ich ihr zuflüsterte, was ich empfand. Während Pepe uns hinterher starrte, führte sie mich aus dem Raum und in den Dom hinauf.

Auf der Erde begann ein neuer Tag, ein langer Bogen roten Feuers spaltete die kalte, tonlose Nacht und tauchte die tote Mondlandschaft in ein gespenstisches Rosa. Im Halbdunkel des Domes zog Tanya sich aus, um ihren Zauber zu offenbaren, und sie zog mich aus, während ich zitternd vor betäubender Erregung dastand.

Dank der nur leichten Schwerkraft des Mondes brauchten wir kein Bett. Sie lachte über meine Unkenntnis und war meine Lehrerin. Sie, die Expertin in diesen Dingen, schien die Lektion ebenso sehr zu genießen wie ich. Wir blieben lange, der Tanz war vorbei und nur die Robos waren noch wach, als wir wieder nach unten gingen. Sie gab mir einen langen Gutenachtkuss, den ich nie vergaß, und flüsterte mir zu, dass ich durch Übung besser als Pepe werden könnte. Doch leider lud sie mich nie zum Üben ein.

Sie musste Pepe hinreichend Trost gespendet haben, denn er hegte keinen Groll auf mich. Im Gegenteil schien er danach freundlicher denn je, vielleicht unserer gemeinsamen Verehrung für Tanya wegen. Weniger gut kam er mit Arne zurecht, der ewig Schach mit Dian spielte und mit seiner VR-Kappe über die alte Erde streifte, um DeForts Plan zur Restauration des Planeten zu studieren. Er wollte unser Anführer sein.

Aber der Anführer hätte natürlich DeForts Klon sein sollen, doch ohne seine Frau hatte er nicht geklont werden wollen. Der Robo mit seinem Namen auf der weißen Brustplatte stand reglos in seiner Ecke des Lagerraums, grau unter Jahrtausenden von Mondstaub.

In dem Jahr, da wir 25 wurden, riefen uns unsere Robo-Eltern im Tankraum zusammen. Unsere Holo-Eltern erwarteten uns bereits, alle in ihrer formalsten Erscheinung und sehr ernst dreinblickend.

»Die Zeit für euren ersten Flug zur Erde ist gekommen.« Mein Vater sprach für alle, oder vielleicht war es auch der Mastercomputer. »Eure Ausbildung ist beendet. Fernmessungen zeigen an, dass die Eiszeit vorbei ist. Die Robos haben einen zweisitzigen Mondspringer aufgetankt und mit Saatgut beladen. Zwei von euch werden hinunterfliegen. Der Start erfolgt, wenn ihr bereit seid.«

»Ich bin bereit.« Den Blick auf Tanya gerichtet, ergriff Pepe das Wort. »Heute noch, wenn es geht.«

»Du bist der Pilot.« Mein Vater lächelte und wandte sich an Arne. »Linder, du gehst und beginnst mit der Wiederbepflanzung.«

Arne lief rot an und schüttelte den Kopf.

»Hast du vergessen, wer du bist?« Die Stimme meines Vaters wurde scharf. »Unser Chef-Terraformer. Neues Leben zu säen ist der elementare erste Schritt, um die Evolution wieder anzufachen und die Natur ihre Arbeit tun zu lassen. Oder auch die unsere.«

Mit entschlossen vorgerecktem Kinn schüttelte Arne abermals den Kopf.

6

Arne schüttelte immer noch den Kopf und starrte unsere Eltern im Holotank finster an. Dian trat an seine Seite und legte ihren Arm um ihn.

»Wir müssen gehen«, sagte Pepe zu ihm. »Hast du vergessen, warum wir hier sind?«

»Verdammt sei DeFort!« Arne stülpte trotzig die Unterlippe vor. »Sein verrückter Plan geht an den tatsächlichen Gegebenheiten vorbei. Mag ja sein, dass er schlauer als sonst jemand war, aber er wurde trotzdem überrascht. Der Asteroid war größer, als er es sich je vorgestellt hatte. Er machte die Erde nicht nur unfruchtbar, sondern zertrümmerte einen Großteil ihrer Kruste. Dadurch entstanden seismische Instabilitäten, die immer noch Erdbeben und Vulkanausbrüche verursachen. Der Planet erholt sich nach wie vor, das Eis schmilzt, aber ich glaube, wir sollten ihm noch eine Generation lang Zeit lassen.«

»Arne!« Tanya schüttelte tadelnd den Kopf. »Der Albedo der Erde zufolge ist es wieder warm genug. Sie ist für uns bereit.«

»Wenn man an die Albedo glaubt.«

Unsere Holo-Eltern standen starr im Tank, ihre Blicke auf Arne fixiert, als sei der Mastercomputer nicht für den Fall einer solchen Rebellion programmiert worden. Tanya schnitt Arne eine Grimasse.

»Angsthase, Zuckerhase!« Als sie ihn so verhöhnte, wurde ihre Stimme schrill wie damals, als sie drei war. »Hinter deinen Bluffs warst du immer ein Feigling. Oder bist du nur ein Waschlappen?«

»Tanny, bitte.« Pepe berührte ihren Arm. »Wir sind doch alle erwachsen.« Ganz sachlich wandte er sich an Arne. »Und wir dürfen nicht vergessen, warum Doktor DeFort uns hierher gebracht hat.«

»DeFort ist tot.«

»Zu gegebener Zeit werden wir das alle sein.« Pepe hob die Schultern. »Aber wenn man bedenkt, was der alte DeFort mit uns im Sinn hatte, kann uns das eigentlich egal sein. Ganz gleich, wann und wie wir sterben, wir können immer durch eine neue Generation ersetzt werden.«

»Ich bin noch nicht bereit, ersetzt zu werden.« Arne war vor Zorn rot geworden, aber er schüttelte den Kopf in einer Art erzwungener Bedachtsamkeit in Tanyas Richtung. »Du nennst mich feige. Ich würde eher besonnen sagen. Ich kenne mich aus mit Geologie und der Wissenschaft des Terraformings. Ich habe tausende Stunden damit verbracht, die Erde per Teleskop, Spektroskop und Radar zu untersuchen, ich habe Ozeane, überflutete Ebenen und Tieflande studiert. Und nirgends habe ich geeignete Voraussetzungen für Leben gefunden. Die Meere sind immer noch mit Schwermetallen des Asteroiden verseucht, die Flüsse extrahieren immer noch tödliche Stoffe von den Kontinenten. Die Atmosphäre wäre für uns nicht atembar, kaum Sauerstoff, Kohlendioxidwerte, die uns umbrächten, Schwefeldioxid von ständig neuen Ausbrüchen. Das Klima ist zu rau, als dass das Leben dort irgendwo Wurzeln schlagen könnte. Ich sehe keinen Ort für irgendeine Art von Leben, vorerst jedenfalls. Wenn wir entgegen aller Chancen einen wahnwitzigen Versuch unternehmen müssen, dann lasst uns wenigstens noch zehn oder zwanzig Jahre warten –«

»Worauf warten?«, unterbrach Tanya ihn noch schärfer. »Wenn eine Eiszeit nicht lang genug war, um den Planeten zu reinigen, was für eine Art von Wunder erwartest du dann in nur zehn oder zwanzig weiteren Jahren?«

»Wir können Daten sammeln.« Arne senkte seine Stimme, um an die Vernunft zu appellieren. »Wir können den Plan aktualisieren, damit er zu den irdischen Gegebenheiten passt, wie sie in zehn- oder zwanzigtausend Jahren sein werden. Wir können für unsere eigene Mission trainieren, falls wir sie schließlich doch antreten müssen.«

»Wir haben trainiert.« Pepe wartete auf Tanyas Nicken. »Wir haben studiert. Wir sind so bereit, wie wir es nur sein können. Wir gehen. Und zwar jetzt.«

»Ich nicht.« Arne zog Dian an sich, und sie lächelte ihn an. »Wir nicht.«

»Wir werden euch vermissen.« Pepe zuckte die Achseln und wandte sich mir zu. »Wie steht's mit dir, Dunk?«

Ich schluckte und holte Luft, um mein Einverständnis zu erklären, aber Tanya hatte Pepe bereits am Arm gepackt. »Ich bin die Biologin. Ich verstehe mich auf die Probleme. Ich habe Masken im Lagerraum gefunden, falls wir Sauerstoffmasken brauchen. Nimm mich mit runter. Ich weiß, wie man die Saat ausbringen muss.«

Sie starteten gemeinsam, Pepe flog das Raumschiff, Tanya erstattete per Funk Bericht, während sie die Erde von einer niedrigen Umlaufbahn aus inspizierten. Sie beschrieb die geschrumpften Eiskappen, die hohen Wasserstände der Meere, die verschobenen Küstenlinien, die es schwer machten, vertraute Umrisse zu erkennen.

»Wir brauchen Erdboden, in dem die Saat aufgehen kann«, sagte sie. »Es ist vom Weltall aus schwer zu sagen, ob es den überhaupt gibt. Fels zerfällt zwar zu Schlick, aber der Regen wäscht das meiste davon ins Meer, weil es keine Wurzeln gibt, die ihn halten. Wir werden versuchen, vom All aus zu säen, aber ich möchte landen, um mich genauer umzusehen.«

Dian bat sie, nach Überresten menschlicher Zivilisation Ausschau zu halten.

»Dafür sind wir etwas zu spät dran.« Tanya klang bissig. »Eis und Zeit haben die Pyramiden zerstört, die großen Dämme, die Chinesische Mauer. Alles, was groß genug war, um danach suchen zu können.«

»Nicht überraschend«, murmelte Arne. »Der Impakt hat die Erde neu geschaffen, aber nicht für uns. Vielleicht wird sie nie mehr für menschliches Leben geeignet sein.«

»Das ist unser Job.« Pepes Stimme. »Sie geeignet zu machen.«

»Eine brandneue Welt!« Tanyas Ironie war verschwunden. »Die auf den Funken des Lebens wartet.«

Am Mikrofon stellte Arne technische Fragen über Spektrometerwerte der Sonnenstrahlung, die von der Oberfläche reflektiert und in der Atmosphäre gebrochen wurde, Fragen über das Polareis, über die Luft und die Meeresströmungen. Das alles seien Daten, sagte er, die wir für die nächste Generation aufzeichnen sollten.

»Wir sind hier, um den Planeten wiederzubepflanzen.« Tanya wurde ungeduldig. »Und jetzt sind wir zu tief über dem Äquator, um allzu viel ausmachen zu können. Bislang gibt es nichts Nützliches, was wir über die Atmosphäre oder Meeresströmungsmuster sagen könnten. Zumindest können wir sehen, dass der Planet ziemlich feucht ist. Dichte Wolken verhüllen den größten Teil der Oberfläche. Wir werden das Radar brauchen, um nach einer Landestelle zu suchen.«

Arne sagte nie, dass er wünschte, dabei zu sein. Doch er fuhr mit seinen Fragen fort, bis ich glaubte, dass er ein schlechtes Gewissen hatte.

Sie gingen in eine Umlaufbahn, die die Atmosphäre streifte, und besäten den Planeten mit so genannten Lebensbomben, vor Hitze geschützten Zylindern, die mit Fallschirmen ausgerüstet und mit Saatkörnern gefüllt waren, die wiederum mit Düngemittel ummantelt waren.

Das aufklarende Wetter über Ostafrika offenbarte einen schmalen See im Great Rift Valley, der tiefer und breiter geworden zu sein schien. Dort wollte Tanya landen.

»Der geeignetste Ort, den wir bislang gesehen haben. Müsste warm und feucht genug sein. Das Wasser ist blau, wahrscheinlich frisch, keine Anzeichen größerer Verschmutzung. Außerdem befindet er sich in der Nähe der Gegend, wo sich der Homo sapiens entwickelte. Ein symbolischer Ort für eine zweite Schöpfung, auch wenn Pepe meint, ich sei verrückt, mir darüber Gedanken zu machen. Er sagt, unsere Arbeit sei fast erledigt. Wir haben auf allen Kontinenten Saat ausgebracht und in alle großen Meere Algenbomben geworfen. Er sagt, wir müssen der Natur den Rest überlassen, aber ich bin schließlich Biologin. Ich möchte Boden-, Luft- und Wasserproben nehmen, die uns beim nächsten Versuch helfen können, falls wir es noch einmal probieren müssen. Arne sollte hier sein.« Sie klang ernst, ganz ohne Sarkasmus. »Er als Geologe würde die Folgen des Einschlags verstehen. Er ist der Terraformer, ein besserer Experte als wir. Und er verpasst den Kick seines Lebens.«

Freudige Erregung mengte sich in ihre Stimme.

»Wir fühlen uns wie Götter. Wir kommen vom Himmel herab, mit dem Geschenk des Lebens für die angeschlagene Welt. Pepe meint, wir sollten zum Mond zurückkehren, so lange wir es noch können, aber ich werde nicht – ich kann nicht – auf eine Landung verzichten.«

Mit dem Beginn des endgültigen Landeanflugs auf der anderen Seite des Erdballs riss der Kontakt ab, und dann kaute ich eine Stunde lang an meinen Fingernägeln.

»Sicher gelandet!« Tanya klang überschwänglich, als wir sie wieder hörten. »Pepe hat uns am Westufer dieses kenianischen Sees heruntergebracht. Ein wundervoller Tag, die Sonne steht hoch, und wir haben einen großartigen Blick über einen Arm des Gewässers bis hin zu einer Wand dunkler Klippen und den Hängen eines neuen vulkanischen Berges, der fast so hoch ist wie der Kilimandscharo. Aus dem Kegel steigt eine Rauchsäule auf. Der Himmel über uns ist so blau wie der See, aber möglicherweise nicht für lange. Im Westen sehe ich, wie sich Gewitterwolken zusammenziehen.«

Sie schwieg einen Moment lang.

»Noch etwas – etwas sehr Seltsames. Pepe landete das Schiff mit dem Heck voran, sodass es aufrecht steht. Vom Cockpit aus können wir weit auf den See hinausschauen. Der größte Teil davon ist ruhig, aber da ist ein seltsamer kleiner Fleck aus weißen Schaumwellen. Seltsam deswegen, weil sie sich auf uns zubewegen, obwohl es nirgendwo sonst Anzeichen von Wind gibt. Ich sehe –«

Ihre Stimme brach ab. Ich hörte, wie sie scharf die Luft einsog. Pepe schrie unterdrückt auf.

»Diese Schaumwellen!« Tanyas Stimme erklang wieder, jetzt scharf erhoben. »Das sind gar keine Wellen. Das ist – etwas Lebendiges!«

Sie musste sich vom Mikrofon entfernt haben. Ihre Stimme verstummte, aber ich fing ein paar Worte von Pepe auf.

»... unmöglich ... nichts Grünes, das heißt keine Fotosynthese, keine Energie unserer Art von Leben ... wo der Sauerstoff so knapp ist ... wir müssen herausfinden ...«

Weiter hörte ich nichts, bis Tanya endlich wieder am Mikrofon war.

»Da schwimmt etwas!« Sie sprach hastig und atemlos. »Schwimmt an der Oberfläche. Wir können nicht viel sehen außer dem Spritzen, aber es muss von etwas herrühren, das den Einschlag überlebte. Pepe bezweifelt, dass irgendein größeres Wesen mit so wenig Sauerstoff leben könnte, aber anaerobes Leben entwickelte sich schon auf der Erde, bevor es freien Sauerstoff gab. Überlebende Spezies wurden in den Thermallöchern am Meeresboden gefunden. Die schwarzen Rauchwolken, die riesigen Röhrenwürmer, die Bakterien, die ihnen als Futter dienten –«

Ich vernahm Pepes gedämpfte Stimme. Das Mikrofon klickte, wurde ausgeschaltet und blieb aus, während Dian und Arne heraufkamen, um mit mir zu lauschen.

»Sie wurden abgeschnitten!« Dian schauderte. »Ein Angriff dieser schwimmenden Wesen?«

»Unmöglich zu sagen, aber ich habe versucht, sie zu warnen.« Arne musste das im Laufe der Stunden ein Dutzend Mal wiederholt haben. »Der Planet ist ganz einfach noch nicht bereit für uns. Vielleicht wird er das nie sein.«

Ich schlug vor, einen Rettungsflug in Betracht zu ziehen.

»Wir wären Narren, wenn wir gingen.« Arne schüttelte den Kopf. »Wenn sie Hilfe brauchen, dann jetzt, nicht erst nächste Woche. Wir wissen nicht, ob sie in Schwierigkeiten stecken. Wir wissen gar nichts. Unsere Pflicht ist es, hier zu bleiben, so viele Daten zu sammeln, wie wir können, und sie für eine Generation aufzuzeichnen, die vielleicht eine bessere Chance haben wird.«

»Ich habe Angst«, flüsterte Dian. »Ich wünschte –«

»Wünschtest was?«, schnappte Arne. »Es gibt nichts, was wir tun können. Nichts außer warten.«

Wir warteten ewig, bis das Mikrofon endlich klickte und wir Pepes Stimme hörten.

»Hier spricht Navarro, ich bin alleine an Bord. Tanya hat das Schiff vor Stunden mit ihrer Atemmaske verlassen, um zu sammeln, was sie nur finden kann. Sie braucht die Maske, weil der Sauerstoff knapp ist und wegen des Kohlendioxids. Ich habe sie angefleht, zurückzukommen, bevor ihr die Luft ausgeht.

Aber sie ist fasziniert von diesen Schwimmern. Wir beobachteten, wie einer aus dem Wasser kroch. Eine Art roter Oktopus, auch wenn sie meint, dass dieses Wesen mit keiner Oktopus-Art verwandt zu sein scheint, die vor dem Einschlag je existierte. Eine Masse dicker, blutroter Schlangen, zu weit entfernt, um wirklich etwas erkennen zu können. Das Ding breitete sich am Ufer aus und lag dann still in der Sonne.

Am meisten zerbrach sie sich den Kopf über seine Energiequelle. Sie fragte sich, ob es eine Art fotosynthetischen Symbionten im Blut hat. Etwas Rotes anstatt Grünes, das sich von Sonnenenergie nährt. Ich weiß nicht, wie sie das feststellen will, aber sie ist immer noch da draußen mit ihrem Fernglas, ihrer Videokamera und ihrem Probeneimer.

Ich habe sie angefleht, es gut sein zu lassen und mit dem zurückzukommen, was sie hat, aber sie braucht immerzu noch ein paar Minuten. Erst blieb sie in der Nähe des Schiffes, aber jetzt arbeitet sie sich auf das Ufer zu. Geht ein irrsinniges Risiko ein, genau wie DeFort es vor Millionen Jahren tat.

Sie will es sich aus der Nähe ansehen. Die roten Dinger sind Amphibien, sagt sie. Ein Dutzend davon hat inzwischen das Wasser verlassen. Eine unerwartete Lebensform, die, so meint sie, ein Problem für zukünftige Kolonisten sein könnte. Lass das deren Problem sein, sagte ich, aber sie will so viel wie möglich darüber herausfinden.

Das Ufer ist schlammig, Schlick, der von den Hügeln im Westen heruntergespült wurde. Sie sagt, die Dinger graben darin, vielleicht nach etwas zu fressen. Sie will nachsehen. Aber jetzt –«

Seine Stimme hob sich und verstummte, während er sie beobachtet haben musste. Ich hörte nichts mehr, bis er sich schließlich wieder meldete. Seine Stimme klang schwach, aber drängend, als er mit Tanya sprach und sie anflehte, zum

Schiff zurückzukommen. Die Zukunft könne warten. Sie sei zu weit am Ufer hinabgelaufen. Der Schlamm sei tiefer, als er aussehe. Ihre Luft sei knapp geworden. Die Wesen könnten gefährlich sein. Sie könne sie vom Cockpit aus beobachten, bis sie mehr über sie wusste. Noch schwächer fing ich ihre Antwort auf.

»Nur noch eine Minute.«

Eine scheinbar endlose Minute lang hörte ich nichts mehr.

»›Noch eine Minute‹«, wiederholte Pepe ihre Worte, als er wieder zu uns sprach. »Zu viele Minuten. Sie sollte zurückkommen, solange sie es noch kann. Es ist fast Nacht. Der Sturm im Westen zieht in unsere Richtung. Der Wind wird stärker. Es tröpfelt schon – halt, Tanny! Halt!« Seine Stimme überschlug sich. »Pass auf den Schlamm auf.«

»Gib mir noch eine Minute.« Ihre Funkstimme war so leise, dass ich sie kaum hören konnte. »Diese Wesen – sie verkörpern eine neue Evolution. Wir müssen wissen, was sie sind, bevor wir wiederkommen. Pfeif auf das Risiko.«

»Ich pfeif aber nicht darauf«, erwiderte Pepe. »Tanny, bitte –«

Er hielt inne, weil sie etwas sagte, das mir entging. Für eine Weile herrschte wieder Stille, bis auf das Rauschen seines heftigen Atems.

»Hier ist Navarro.« Seine Stimme ertönte von neuem, voll bitterer Resignation. »Sie hält weiter auf diese komischen Dinger zu. Erst lagen sie reglos ausgebreitet in der Sonne, aber jetzt bewegen sie sich. Sie stürzen sich aufeinander, springen herum, wie man es nie erwarten würde. Eines duckte sich und sprang auf das andere zu. Jetzt –«

Er pausierte, um zuzusehen und eine weitere Warnung zu rufen.

»Sie hört nicht auf mich. Die Dinger bieten wirklich eine ziemliche Show. Sie scheinen keine Beine zu haben, vielleicht nicht einmal Knochen, aber sie sind erstaunlich aktiv und schnell und ein Rätsel, wenn sie keinen Sauerstoff brauchen. Aber ich wünschte –«

Er rief abermals und wartete.

»Was machen die bloß? Von hier aus sehen sie aus wie ein Wahnsinnsgewirr aus langen roten Tentakeln, die sich im Schlamm winden. Kämpfen sie? Paaren sie sich? Sie will es wissen. Schaut durchs Fernglas, jetzt durch die Kamera. Sie ist zu nahe dran. Erhält vielleicht nützliche Daten, aber mir gefällt dieser Schlamm nicht. Vielleicht ist er bodenlos, ohne pflanzliches Leben, das ihn stützt. Ihre Füße sinken ein. Sie stolpert, kämpft um ihr Gleichgewicht – mein Gott!« Er schrie ins Mikrofon. »Halt still! Ich komme!«

»Nicht!« Ihre Stimme klang dünn, verzweifelt und doch seltsam ruhig. »Pepe, bitte! Flieg zum Mond zurück und erstatte Bericht. Kümmere dich nicht um mich. Es wird einen neuen Klon geben.«

Ich hörte das Surren und Klirren der Luke und dann nichts mehr.

7

Die Robos schliefen. Vielleicht noch eine Million Jahre. Oder zehn Millionen. Wenn der Mastercomputer Jahre zählte, dann verriet er es uns nicht. Nur er blieb wach, um die Sensoren zu überwachen und die Roboter zu wecken, wenn er die Erde für grün genug befand, dass wir wiedergeboren werden konnten. Abermals in den engen Zellen aufwachsend, die vor so langer Zeit in den Tycho-Rand gegraben worden waren, lauschten wir den Robos und den Holos und bemühten uns einmal mehr zu verstehen, was wir waren.

»Fleischroboter.« Arne gab stets den Nörgler. »Erschaffen und programmiert, um für den alten DeFort Gott zu spielen.«

»Götter? Wohl kaum.« Tanya war klug und schön und sich in beinahe allem sicher. »Wir sind vielleicht nur Klone, aber doch wenigstens lebendig.«

»Nein, nur Klone«, zog Arne sie auf. »Fleischliche Kopien der Hologeister im Tank.«

»Mehr als nur Kopien«, sagte Tanya. »Gene sind nicht alles. Wir sind wir selbst.«

»Kann sein«, brummelte Arne. »Aber trotzdem sind wir Sklaven des alten DeForts und seines idiotischen Plans.«

»Na und?« Tanya hatte kräftiges, glattes Haar, und jetzt warf sie es voller Verachtung nach hinten. »Verrückt oder nicht, das ist der Grund, weshalb wir hier sind. Und ich habe vor, mein Scherflein beizutragen.«

»Du vielleicht, aber warum sollte es mich kümmern?«

»Wenn du das wirklich wissen musst, hör einfach deinem Vater zu.«

Wir alle hatten das Bild seines Vaters in den Tanks gesehen. Dr. Arne Linder, ein bronzebärtiger Riese und in der Zeit vor dem Impakt ein namhafter Geologe. Wir hatten seine Bücher in Dians Bibliothek gelesen. *Entstehung des Erde-Mond-Systems* schilderte, wie die Erde und der Mond durch die Einschläge kleinerer Weltraumkörper entstanden waren. *Erde Zwei* war ein optimistischer Vorschlag zum Terraforming und zur Kolonisation des Mars.

Der gebürtige Norweger hatte Sigrid Knutson geheiratet, eine hoch gewachsene, blonde Schönheit, die er aus ihren gemeinsamen Kindertagen kannte. Aus dem Tagebuch erfuhren wir mehr über sein Leben. Die Warnung ereilte ihn auf Island. Auf dem Rückflug zum Stützpunkt flehte er Pepe an, ihn in Washington abzusetzen, wo seine Frau als Übersetzerin für die norwegische Botschaft arbeitete.

Sie war schwanger gewesen, als er sie zurückließ, hatte ihr erstes Kind erwartet. Er wollte sehnlichst bei ihr sein, aber Pepe sagte, sie hätten keine Zeit, um einen Stopp einzulegen. Sie kämpften im Cockpit. Im Gegensatz zu Arne, dem Goliath, war Pepe nur ein leichtgewichtiger David, aber er wusste im Boxring seinen Mann zu stehen. Er schlug Arne k.o. und schaffte es rechtzeitig zurück zur Basis.

»Eine furchtbare Sache für Arne«, sagte Dian. »Er kam nie über die Trauer hinweg, Sigrid allein gelassen zu haben.«

All das lag lange Zeit zurück, aber es wurde lebendige Wirklichkeit, wenn wir uns die alten Holos ansahen. Wir sind eine neue Generation, lernen einmal mehr die uns bestimmten Rollen. Dabei helfen uns unsere Holo-Eltern und die Aufzeichnungen, die unsere verschwundenen Geschwister in Dians Bibliotheksdateien hinterlassen haben.

»*Somos los mismos*«, pflegte Pepe zu sagen. Wenn wir neu erschaffen wurden, glichen wir nie ganz unseren Vorgängern, aber die Mission der Station half uns, in alte Identitäten zurückzufinden. Alte Gewänder, nannte es Pepe, die bequem passten, wenn wir sie anzogen. Den meisten von uns jedenfalls. Arne legte die Verbitterung seines Klonvaters nie ab. Während die grüner gewordene Erde den Rest von uns mit ihrem Versprechen großartiger Abenteuer stets lockte, schaffte er es nie, wirklich Gefallen an der Mission zu finden. Schon als Kind suchte er häufig den Dom auf und blickte dann düster durch das große Teleskop zur Erde.

»Diese schwarzen Flecken«, murmelte er immer und schüttelte den Kopf. »Ich weiß nicht, was es mit ihnen auf sich hat. Ich will es auch gar nicht wissen.«

Es handelte sich um dunkelgraue Kleckse, die hier und da über alle Kontinente verstreut auszumachen waren. Doch die Instrumente zeigten nur nackten Fels und Erdboden, bar allen Lebens.

»Höchstwahrscheinlich nur alte Lavaströme«, meinte Tanya.

»Krebsgeschwüre«, grummelte Arne kopfschüttelnd. »Krebsgeschwüre im Grünen.«

»Ein dummer Gedanke«, schalt sie ihn. »Wir werden die Wahrheit herausfinden, wenn wir landen.«

»Dort landen?« Er sah aus, als sei ihm übel. »Nicht, wenn ich es verhindern kann!«

Unsere Holo-Eltern waren schon zu lange in den Computern, um sich wegen solch aktueller Probleme allzu besorgt zu zeigen, doch die Erde, die sie gekannt hatten, wurde für uns sehr real. Als er für DeForts Robo Multiservice Corporation gearbeitet hatte, war mein Vater in der ganzen Welt herumgereist. Seine Videoaufnahmen der Monumente, Geschichte und Kultur von Russland, China und anderen alten Nationen waren von einer unheimlichen Faszination, dennoch schaute ich sie mir nie gerne an. Sie erfüllten mich mit zu viel Trauer um all das, was vergangen war.

Er sprach nie viel über sich selbst, aber aus einem langen Bericht erfuhr ich mehr über ihn; es handelte sich um eine sonderbare Mischung aus Fakten und Fiktion, die er dem Computer diktiert hatte. Er nannte das Dokument *Der letzte Tag*. Für eine Zukunft, von der er hoffte, dass sie wissen wollte, was in der Vergangenheit gewesen war, sprach er von seiner Familie und allen, die er gekannt hatte, erzählte über deren Leben und was sie ihm bedeutet hatten. Das waren die Fakten, so wahrheitsgetreu, wie es ihm nur möglich gewesen war.

Die Fiktion bezog sich auf ihre letzten Augenblicke. Ein Kapitel drehte sich um Linders Frau. Da er der Trauzeuge bei ihrer Hochzeit gewesen war und auf der Feier mit ihr getanzt hatte, ließ ihm ihr Schicksal keine Ruhe. Das Baby, so stellte er sich vor, war geboren worden, während Arne auf Island weilte. Sie war schon aus dem Krankenhaus entlassen worden, versuchte, ihn zu erreichen und ihm die Neuigkeit mitzuteilen, als DeFort an diesem letzten Morgen bei ihr anrief.

Obwohl er ihr nichts von dem niederstürzenden Asteroiden sagte, erschreckten sie doch seine Hast und der Ton seiner Stimme. Wieder und wieder versuchte sie, Arne in seinem Hotel in Reykjavik zu erreichen. Er war nie da. Verzweifelt versuchte sie dann, Freunde auf dem White-Sands-Stützpunkt anzurufen. Aber die Telefonleitungen waren dicht.

Aus dem Radio und via Holosender erfuhr sie von dem Kommunikations-Blackout, der sich über Asien ausbreitete. Das Baby spürte ihr Entsetzen und begann zu weinen. Sie stillte es, summte ihm leise etwas vor und betete, dass Arne anrufen oder heimkommen möge. Als das Holofon klingelte, meldete sich ein Freund aus der Flugüberwachung in White Sands und meinte, es würde sie erleichtern zu wissen, dass ihr Mann in Sicherheit war. Er war gerade an Bord des Fluchtschiffs gegangen.

Sie musste erleichtert gewesen sein, dachte mein Vater, aber auch schrecklich verzweifelt. Sigrid wusste, dass sie und das Baby sterben würden. Sie bemühte sich, das Gefühl zu ignorieren, dass er sie betrogen habe, und betete für ihn. Sie sang dem heulenden Baby in ihrem Arm etwas vor und betete für Arnes Seele, bis der Oberflächenschock das Gebäude über ihnen zum Einsturz brachte.

Die Gefühlsregung in der Stimme meines Vaters zu hören, ließ mich seinen Kummer teilen, eine Trauer, die mich stets berührte, wann immer wir in den Dom hinaufstiegen, uns die wiedergeborene Erde ansahen und darüber sprachen, wie wir sie wiederherstellen würden. Pepe und Tanya kehrten von jenem ersten Versuch nie zurück. Als mein geklontes Ich einen Rettungsflug unternehmen wollte, verhinderte Arne dies. Zwanzig Jahre später jedoch hatte ein anderer Pepe einen anderen Klon meiner selbst in eine niedrige Umlaufbahn gebracht, von wo aus wir uns ansahen, was es zu sehen gab.

»Ein paar winzige grüne Flecken.« Die Stimme auf dem Video war ein unheimliches Echo meiner eigenen. »Im Amazonas- und im Mississippidelta. Auf den neuen Inseln, die den großen Krater säumen, den der Asteroid hinterlassen hat. Sogar am Rande dieses Sees, wo Tanya und Pepe starben, gibt es einen grünen Tupfen. Für nichts gestorben, meint Arne. Er sagt, unser alter Biokosmos bestand aus Symbionten, Spezies, die miteinander harmonierten, voneinander abhängig waren. Er glaubt, dass wir nie Teil des neuen sein werden.«

Wenn man diese Worte hört, ist es ein ganz merkwürdiges Gefühl, sich bewusst zu machen, dass seitdem ein weiteres geologisches Zeitalter vergangen ist. Unsere Instrumente haben uns nie mehr über jene anomalen Wesen offenbart, die Tanya und Pepe gesehen hatten, aber sie registrierten, dass etwas Grünes gewachsen war. Der Sauerstoffgehalt hatte zugenommen. Hoch droben an unserem schwarzen Himmel drehte sich die Erde rasch durch ihre Tage und Nächte, nahm zu und ab im Laufe unserer langen Monate, war strahlend schön, wenn sie voll über dem gezackten Tycho-Rand und der grauen Wüste aus Gruben und Fels darunter stand, und wurde im langsamen Abnehmen zu einem dünnen Feuerstreif in unseren endlosen Nächten. Ihre Meere sahen wieder sauber und blau aus. Die Polkappen und die großen Sturmspiralen leuchteten so weiß, wie sie es immer getan hatten. Etwas Grünes hatte sich über die äquatorialen Landstriche gelegt und in den Sommerhemisphären weit in Richtung der Pole ausgebreitet.

Obwohl wir dieselben Gene besaßen wie unsere Klongeschwister, waren wir doch nie ganz genau so wie sie. In etwas reiferem Alter waren Tanya und Arne kalt im Umgang miteinander gewesen, sie war in Pepe verliebt, er spielte oft Schach mit Dian und vielleicht ein intimeres Spiel, das sie für sich behielten. Mir, der ich Tanya selbst verehrte, war nur jener eine wunderbare Augenblick mit ihr beschieden gewesen.

Wieder erwachsen waren wir alle drei in Tanya verliebt. Vielleicht war Pepe abermals ihr Favorit, aber sie schien ihn nie zu bevorzugen. Weil sie nicht wollte, dass Eifersüchteleien unsere Mission überschatteten, ließ sie uns alle gleichermaßen zum Zug kommen.

Tanya und Pepe, die Älteren, hatten uns keine Aufzeichnungen hinterlassen. Dian, eine sehr zurückgezogene Person, hatte nur über die Bibliothek geschrieben, über das Museum und ihr Vermächtnis an die Zukunft. Arne hatte uns seine ganz eigene zynische Philosophie vermacht. Zwar hatte er DeFort geholfen, die Survivalstation zu planen und auszurüsten, aber er hatte nie eine tatsächliche Katastrophe zu überleben gehofft oder es auch nur gewollt.

»Überheblichkeit!«, hatte er in sein Tagebuch geschrieben. »Anthropozentrische Überheblichkeit. Pepe und Tanya fanden einen bereits erblühten neuen Biokosmos. Wir haben nicht das Recht, ihm zu schaden. Es zu tun, wäre ein Verbrechen schlimmer als Genozid.«

Der neue Arne lachte, als ich ihn fragte, was er von dieser Passage hielt.

»Das sind die Worte eines anderen Mannes, die vor einer Million Jahren geschrieben wurden. Ich habe die Aufzeichnung über sein Leben gelesen, aber er ist ein Fremder für mich. Ehrlich gesagt verstehe ich nicht, was er in Dian sah, wenn sie denn wirklich ineinander verliebt waren. Ihr sind nur ihre verstaubten Bücher, die kalte Kunst und Schach mit dem Computer wichtig.«

Als der Mastercomputer meinen Vater verkünden ließ, dass die Zeit für unsere Rückkehr gekommen sei, versammelte er uns im Leseraum der Bibliothek.

»Zuallererst einmal«, fragte Arne, »gehen wir wirklich zurück?«

»Natürlich tun wir das.« Tanya, verärgert über seine Worte, sprach mit deutlicher Schärfe. »Das ist der Grund unserer Existenz.«

»Ein schwülstiger Traum.« Er rümpfte die Nase. »Dieser Einschlag war nicht der erste. Und er wird nicht der letzte bleiben. Eine neue Evolution hat den Verlust immer mit etwas Besserem ausgeglichen. Das ist der Gang der Natur, so, wie er sein sollte. Warum sollten wir uns einmischen?«

»Weil wir Menschen sind«, sagte Tanya.

»Ist das wirklich so toll?«, erwiderte er. »Wenn du dir die alte Erde anschaust, all die rücksichtslose Barbarei und das Völkermorden, sind unsere Errungenschaften keineswegs großartig. Pepe und Tanya fanden eine neue Evolution, die bereits eingesetzt hat. Sie könnte zu etwas Besserem werden, als wir es sind.«

»Diese Monster am Strand?« Tanya schauderte. »Ich möchte, dass unsere Art gewinnt.«

Arne schaute sich in der Runde am Tisch um und musste einsehen, dass niemand seiner Ansicht war.

»Wenn wir zurückgehen«, sagte er, »übernehme ich die Führung. Ich kenne mich mit Terraforming aus.«

»Mag sein.« Tanyas Miene verfinsterte sich. »Aber das reicht nicht. Wir müssen in eine niedrige Umlaufbahn gehen und eine neue Untersuchung vornehmen, um den Landeplatz zu bestimmen. Pepe ist der Raumpilot.« Sie lächelte ihm zu. »Wenn wir sicher landen, werden wir Dinge bauen müssen. Und Pepe ist der Ingenieur.«

Wir wählten einen Anführer. Dian hob die Hand für Arne, Tanya für Pepe. Damit war es an mir, das Unentschieden aufzuheben, und ich stimmte für Tanya. Arne saß mit düsterer Miene da, bis sie ihn mit einem Lächeln aufmunterte. Bei der Wahl des Landeplatzes entschieden wir uns abermals für das Ufer desselben Binnengewässers. Pepe legte den Tag fest. Als er kam, versammelten wir uns in Raumausrüstung am Spaceport-Lift. Zunächst nur drei von uns, die wir neugierig gespannt waren und ungeduldig auf Arne und Dian warteten.

»Sie ist weg!« Arne kam den Durchgang heruntergerannt. »Ich habe überall nachgesehen. In ihren Zimmern, im Museum, im Fitnessraum, in den Werkstätten, den Gemeinschaftsräumen. Ich kann sie nicht finden.«

8

Die Robos fanden sie in ihrem Raumanzug an der inneren Kraterwand, 1 000 Fuß in der Tiefe. Sie war gegen gezackte Vorsprünge geschleudert worden, abgeprallt und wieder gegen Fels geschlagen. Blut hatte ihr Helmvisier bespritzt, und sie war steif wie Eisen, als man sie hereinbrachte. Arne fand eine Nachricht auf ihrem Laptop.

»Lebt wohl und viel Glück, falls einer von euch mich vermissen sollte. Ich habe mich entschieden, nicht mitzugehen, weil ich für mich keinen sinnvollen Platz auf dem Außenposten Erde sehe, selbst wenn ihr es schafft, einen solchen zu errichten. Mir fehlt die Kühnheit für das Pionierdasein, und selbst im günstigsten Fall werden die Kolonisten keinen Bedarf für Bibliotheken oder Museen haben, bevor eine weitere Gruppe von Klonen heranwachsen kann.«

»Sie hatte Unrecht.« Pepe schüttelte ernst den Kopf. »Sie hegte die Saat der Zivilisation. Ohne das Vermächtnis, das sie hütete, ist die Mission bedeutungslos.«

»Sie liebte, was sie liebte«, hauchte Tanya. »Sie gab mir ein Geschenk, das ich mit zur Erde nehmen sollte. Einen Gedichtband von Emily Dickinson. Er bedeutete ihr sehr viel, und ich werde ihn nie hergeben.«

Die Robos hoben ein neues Grab aus, in dem Fels und Staub außerhalb des Kraters, wo unsere Eltern und unsere älteren Geschwister schon so lange lagen – und neben ihnen die traurigen kleinen Hügel, die meine Beagles bedeckten. Dort begruben wir sie, immer noch starr in ihrem Raumanzug. Arne sprach ein paar Worte, seine Stimme klang hohl und dunkel in seinem Helm.

»Ich vermisse sie. Es ist ein schrecklicher Moment für mich, denn ich glaube, dass ich sie umgebracht habe. Ich habe die Tagebücher unserer Vorgänger gelesen. Damals waren wir ineinander verliebt. Ich glaube, sie liebte mich auch diesmal wieder, auch wenn sie es mir nie direkt sagte, so wie sie überhaupt nie viel sagte. Vielleicht hätte ich es erahnen müssen, aber ich bin nun mal ich. Nicht irgendein älterer Bruder von mir. Vielleicht werde ich es besser machen, sollten wir jemals wiedergeboren werden.«

»Ich hoffe, dass wir es alle besser machen werden.« Tanya versuchte, ihn zu trösten. »Aber wir können nichts für das, was wir sind.«

Wir sahen zu, wie die Roboter das Grab zuschaufelten, und verschoben den Start abermals, während Arne eine Gedenktafel anfertigte und ans Kopfende des Grabes setzte, eine Metallplatte, die für immer hier auf dem luftlosen Mond stehen sollte und nur diese Aufschrift trug:

DIAN
KLON VON DIANA LAZARD

»Klone!« Seine Stimme im Helm war ein bitteres Grollen. »Das ist alles, was wir sind.«

»Wir sind mehr als das«, widersprach Tanya. »Wir sind so menschlich wie jeder Mensch. Mehr als menschlich, wenn man unsere Mission bedenkt.«

»Aber nicht aufgrund unserer eigenen Entscheidung«, knurrte er. »Ich wünschte, der alte DeFort hätte meinen Vater zum Sterben auf der Erde zurückgelassen.«

Er brummelte, kniete am Fußende des Grabes nieder und schluckte alles herunter, was er sonst noch hatte sagen wollen. Wir anderen warteten schweigend, durch unsere plumpen Anzüge wie voneinander isoliert, aber dennoch gedachten wir alle Dian.

Ich hatte das Gefühl, dass ich selbst sie enttäuscht hatte. Eingeschlossen in ihre eigene kleine Welt der verlorenen Vergangenheit hatte sie zufrieden gewirkt mit den kostbaren Artefakten, um die sie sich kümmerte. Ich hatte dort viele Stunden mit ihr zugebracht, sie aber nie wirklich kennen gelernt.

Arne erhob sich wieder, und Tanya führte uns vom Friedhof zum beladenen Schiff. Unsere fünf persönlichen Robos mussten auf dem Mond zurückbleiben, um für eine andere Generation sorgen zu können, doch der sechste, derjenige, den DeFort zu Lebzeiten nicht programmiert hatte, kam mit uns. Wir nannten ihn Calvin.

Aus dem Orbit inspizierten wir abermals jene dunklen Flecken.

»Sie haben sich verändert, seit wir Kinder waren«, stellte Arne fest. »Sie haben sich von der Stelle bewegt und sind womöglich gewachsen. Ich kann mir nicht denken, worum es sich handelt, aber ich glaube nicht, dass der Planet für uns bereit ist.«

»Bereit oder nicht –«, Tanya grinste und lehnte sich vor, um ihm einen Klaps auf den Rücken zu geben. »Wir kommen.«

»Ich kann mir nicht denken –«, murmelte er noch einmal und blickte düster auf die schwärende Erde hinab, die auf dem Teleskopmonitor so geheimnisvoll wie riesenhaft wirkte. »Ich kann mir nicht vorstellen, was es mit diesen Flecken auf sich hat.«

»Vielleicht ist es blanke Lava an Stellen, wo der Regen keinen Erdboden übrig gelassen hat, auf dem etwas wachsen könnte?«

»Bewegt sich blanke Lava?«

»Vielleicht Brände?« Tanya wartete, bis sie mit dem Lesen der Auswertungen an der Reihe war. »Die Spektrometer zeigen einen Sauerstoffgehalt an, der jetzt höher ist als vor dem

Impakt. Mehr Sauerstoff könnte heißere Waldbrände bedeuten.«

»Die Luft scheint klar zu sein.« Arne runzelte die Stirn und schüttelte den Kopf. »Kein Rauch von irgendwelchen Feuern.«

»Dann lasst uns runtergehen.« Sie hob die Schultern. »Ich möchte es herausfinden.«

Auf ihren Befehl hin brachte uns Pepe in einen Landeorbit über dem Äquator. Der ostafrikanische Graben hatte sich noch einmal verbreitert, seit unsere älteren Zwillinge dort gelandet waren. Der Wasserspiegel des Sees war angestiegen und bedeckte die Schlammebene, wo sie gestorben waren.

»Wir landen wieder dort«, entschied Tanya. »Nach unserer nächsten Umkreisung.«

»Warum?«, verlangte Arne zu wissen. »Hast du diese roten Monster vergessen?«

Sie schüttelte den Kopf. »Ich möchte sehen, wie sie sich entwickelt haben.«

»Eine weitere Gefahr.« Er zeigte auf den Monitor. »Siehst du diesen schwarzen Bereich westlich des Grabens nicht?«

»Doch. Noch etwas, das wir uns ansehen müssen.«

»Aus solcher Nähe? Können wir uns keinen sichereren Ort aussuchen, bis wir Zeit hatten, uns umzuschauen?«

»Wenn es eine Herausforderung ist, dann möchte ich ihr jetzt entgegentreten und mich damit befassen.«

Arne hatte den Fleck jahrelang beobachtet, wie er aus Zentralafrika herauskroch und ausradierte, was Arne für dichten Regenwald gehalten hatte. Er flehte Tanya an, ihn den Fleck von dem niedrigen Orbit aus länger untersuchen zu lassen, aber sie befahl Pepe, am Ufer eines neuen Flusses aufzusetzen, nur ein paar Meilen von jenem schmalen, klippenumrahmten See entfernt.

Wir würfelten aus, wer das Schiff als Erster verlassen durfte. Ich gewann mit einer Sieben und öffnete die Luftschleuse.

Die Luft war gut, würzig von Gerüchen, die neu für mich waren. Eine lange Weile stand ich da, blickte starr nach Westen über den grasbewachsenen Talboden zu dem bewaldeten Hang und den schroffen vulkanischen Anhöhen hin, die den Graben säumten, bis Tanya mich anstupste, damit ich ihr Platz machte.

Pepe blieb im Schiff, während wir anderen ausstiegen. Tanya pflückte Halme des Grases zu unseren Füßen und sagte, es handle sich um beinahe dasselbe Kentucky Blue, das sie und Pepe vor so langer Zeit gesät hatten. Als wir durch das Fernglas schauten, sahen wir jedoch nichts, was sie gepflanzt hatten. Riesenhafte palmartige Bäume erhoben fedrige, jadegrüne Blätterbüschel und trompetenförmige, purpurfarbene Blüten aus einem dichten Gewirr dicker roter Ranken.

»Ein Dschungel der Rätsel«, flüsterte Tanya, als sie ihn in Augenschein nahm. »Die Bäume könnten von irgendwelchen Kaktusarten abstammen. Aber das Unterholz?« Sie betrachtete es lange Zeit und flüsterte dann: »Ein Dschungel aus Schlangen!«

Als sie mir das Fernglas gab, sah ich sie auch. Sich windend wie Schlangen mit Wurzeln wickelten sie sich um die schwarzen Stängel von Gewächsen, die wie riesige Pilze aussahen, und schlugen in einem fort aus, als fingen sie unsichtbare Insekten.

»Eine neue Evolution!« Tanya nahm mir das Fernglas wieder ab. »Vielleicht hatte sie ihren Ursprung in jenen schwimmenden Wesen, die wir vor einer Million Jahren an diesem Ufer sahen. Die Farbe könnte von einem roten, mutierten Fotosynthese-Symbionten herrühren. Ich möchte einen genaueren Blick darauf werfen.«

»Vergiss nicht«, murmelte Arne, »ein genauerer Blick hat dich letztes Mal das Leben gekostet.«

Wir machten keine Bewegung mehr aus, bis uns Pepes Stimme per Funk aus dem Cockpit hoch über uns erreichte.

»Seht nach Norden! Am Rand des Dschungels entlang. Da hüpfen irgendwelche Wesen herum, wie Kängurus. Oder wie übergroße Heuschrecken.«

Wir entdeckten ein Tier, das vorsichtig über einen Hügelkamm spähte, erst aufrecht stehend, damit es uns sehen konnte, dann sank es aus unserem Blickfeld und hüpfte auf uns zu, um dann abermals stehen zu bleiben und uns anzuglotzen. Es schnurrte dabei wie eine riesige Katze. Der Bipede hatte einen kräftigen Schwanz, der seinen Vorderleib ausbalancierte und als drittes Bein diente, wenn er stehen blieb. Langsam tauchten andere Tiere hinter diesem ersten auf, sprangen hoch, hielten dann aber inne, wie um zu grasen.

»Unsere Düsen müssen sie verscheucht haben«, meldete sich Pepe wieder. »Und da! Weiter oben am Hang. Ein paar Ungeheuer, gegen die sich die alten Elefanten wie Zwerge ausgenommen hätten. Und ein halbes Dutzend kleinere Tiere, jüngere vielleicht.«

»Glaubst du, sie stellen eine Gefahr für uns dar?«, fragte Arne unbehaglich.

»Wer weiß? Die Großen sind stehen geblieben, um Ausschau zu halten und zu horchen. Sie haben ihre Ohren zu voller Größe ausgebreitet. Ich höre, wie der Anführer in unsere Richtung brüllt. Sie sehen aus, als könnten sie uns zerquetschen, wenn sie wollten.«

»Sollten wir nicht lieber verschwinden?«

»Noch nicht.«

Arne griff nach dem Fernglas, doch Tanya gab es nicht her und ließ den Blick über den Dschungelrand, das Flussufer und die Herde hüpfender Grasfresser schweifen, während wir warteten.

»Ein Wunderland!« Sie war in Hochstimmung. »Und eine Rätselkiste. Wir müssen länger geschlafen haben, als ich dachte, angesichts dieses evolutionären Wandels.«

Als die größeren Tiere in Sichtweite kamen, kletterte Arne ins Schiff und kam mit einem schweren Gewehr zurück, das er auf ein Dreibein setzte. Eine Waffe, von der DeFort gehofft hatte, dass wir sie nie brauchen würden. Arne richtete sie auf die Tiere und spähte durch das Zielfernrohr.

»Nicht schießen«, ordnete Tanya an, »es sei denn, ich sage es.«

»In Ordnung – wenn du es mir rechtzeitig sagst.«

Er hielt das Gewehr auf die Tiere gerichtet, bis sie ein paar hundert Meter von uns entfernt stehen blieben. Gepanzert mit glatten, purpurschwarzen Platten, die in der Tropensonne schimmerten, sahen sie ein bisschen aus wie Elefanten, aber eher noch wie Militärpanzer. Das größte Tier trat weiter vor, breitete abermals die flügelartigen Ohren aus, öffnete gewaltige Kiefer mit hellen Fängen und brüllte wie ein Nebelhorn.

Arne kauerte sich hinter seine Waffe.

»Nicht«, warnte Tanya ihn. »Du könntest sie nicht aufhalten.«

»Ich könnte es versuchen. Wir haben keine Zeit, um abzuhauen.«

Er hielt das Gewehr weiter aufs Ziel gerichtet. Wir sahen, wie sich die gewaltigen Kiefer noch weiter öffneten. Ein dröhnendes Brüllen vertrieb die Hüpfer. Tanya packte Arne an der Schulter und zerrte ihn von seiner Waffe weg. Das Ungeheuer stand eine Weile lang da und beobachtete uns aus großen, schwarz geschlitzten Augen, als warte es auf eine Antwort auf seine Herausforderung, bis es sich endlich umdrehte und seine Familie um uns herum- und zum Fluss hinunterführte. Sie stapften platschend hinein und verschwanden.

»Das hatte ich nicht erwartet.« Tanya sah ihnen stirnrunzelnd hinterdrein. »Große Landtiere haben den Impakt nicht überlebt, aber vielleicht hatten Meerestiere mehr Glück. Wale lebten in prähistorischer Zeit an Land und zogen sich dann ins Wasser zurück. Vielleicht ist etwas, das ihnen ähnelt, wieder an Land gekommen. Eventuell zum Brüten, falls es sich um Amphibien handelt.«

Die aufgeschreckten Hüpfer beruhigten sich. Tanya befahl uns, still im Schatten des Schiffes stehen zu bleiben, als sie sich uns grasend näherten, bis Pepe sich wieder meldete.

»Wenn ihr ein Raubtier sehen wollt – da kommt eines!«

Der Anführer der Hüpfer richtete sich wieder auf, mit einer Art schnurrendem Schrei. Die Grasfresser wichen zurück und stoben in Panik auseinander. Etwas Schnelles mit Tigerstreifen sprang aus dem Gras hoch und warf sich auf ein Junges, ehe dieses zum nächsten Sprung ansetzen konnte. Arnes Gewehr krachte, und die beiden Tiere stürzten gemeinsam zu Boden.

»Ich hab dir doch gesagt«, fuhr Tanya ihn an, »dass du nicht schießen sollst.«

»Anschauungsobjekte«, sagte er. »Du willst doch sicher einen Blick darauf werfen.«

Er blieb bei der Waffe, während ich mit Tanya losging, um unter die Lupe zu nehmen, was er erlegt hatte. Der junge Hüpfer war nicht größer als ein Hund, haarlos, mit dünnen grauen Schuppen besetzt, sein Leib aufgerissen und die Innereien offen liegend. Tanya breitete sie für meine Videokamera im Gras aus.

»Es ist optimal gebaut für seinen Platz in der Ökologie.« Sie schüttelte enttäuscht den Kopf. »Aber das ist so ziemlich alles, was ich darüber sagen kann. Es müssen Veränderungen über fünfzig oder hundert Millionen Jahre erfolgt sein.«

Das Raubtier war eine kompakte Masse kräftiger Muskeln unter glattem, gestreiftem Fell. Tanya öffnete die blutigen Kiefer des Tieres, damit meine Kamera die Zähne aufnehmen konnte. Dann bat sie mich, den Kadaver umzudrehen, sodass die Zitzen und Krallen zu sehen waren.

»Ein Säugetier.« Sie sprach in das Mikrofon. »Stammt möglicherweise von Ratten oder Mäusen ab, die irgendwie überlebt haben.«

Sie glühte immer noch vor freudiger Erregung, als wir zum Schiff zurückkehrten, und verzieh Arne den tödlichen Schuss.

»Ein Wunderland, das nur auf uns wartet!«, sagte sie zu ihm. »Ein offen stehendes Zuhause für die neue Menschheit, aber so neu und fremd, wie der Mars einst schien.«

»Und wahrscheinlich ebenso unwirtlich«, brummelte er. »Eine nagelneue Biologie, zu der wir, wie ich fürchte, nie gehören werden.«

»Wir werden sehen.« Tanya zuckte die Achseln und sah wieder auf den weiten See hinaus, in dem die großen Amphibien lebten, und hin zu dem Dschungel, aus dem das Raubtier gekommen war. »Deshalb sind wir ja hier.«

Sie beauftragte den Robo, Erde von einem felsigen Hügel abzutragen und eine ebene Fläche für unser Labor und unsere Quartiere zu schaffen. Wir luden Vorräte aus und bauten eine geodätische Kuppel auf, während der Roboter Steine für einen Schutzwall schnitt. Tanya nahm mich mit auf kurze Expeditionen ans Ufer und hinauf zu dem Hügel, damit ich ihre Berichte aufzeichnete, über die Flora und Fauna, die wir vorfanden. Es waren nur ein paar Wochen vergangen, als sie Pepe nach dem Treibstoff für das Schiff fragte.

»Wir haben die Ausrüstung, um ihn hier herzustellen«, antwortete er. »Aus nahezu jedem organischen Stoff.«

»Die Reserve ist noch an Bord?«

»Wir könnten es zurück zum Mond schaffen und vielleicht einen halben Tropfen in den Tanks übrig behalten.«

»Mit nur zwei Mann Besatzung?«

»Dürfte klappen.« Er sah sie mit gerunzelter Stirn an. »Aber mir gefällt es hier.«

»Mir auch.« Sie grinste ob seiner Verwirrung. »Ich glaube, wir sind endgültig nach Hause gekommen. Ich möchte, dass du zurückgehst und holst, was wir brauchen, um unseren eigenen Biokosmos wieder anzupflanzen. Saat, eingefrorene Ova und Embryos, Ausrüstung für das Labor.«

»Das nennst du ein Zuhause?« Arne sah sie finster an. »Mit diesem schwarzen Fleck direkt hinter dem Hügel?«

Sie hob die Schultern. »Es ist ein Risiko. Wir stellen uns ständig Risiken. Wir müssen damit fertig werden, wenn wir können. Und unsere Aufzeichnungen für die nächste Generation hinterlassen, wenn wir selbst es nicht schaffen.« Sie wandte sich an mich. »Du gehst mit Pepe zurück. Holografiere die Daten, die du hast, und was wir dir noch schicken können. Bleib dort, um für eine weitere Generation die Stellung zu halten.«

»Und wir bleiben hier zurück?« Darauf war Arne nicht gefasst. »Nur wir beide?«

»Pepe wird zurückkommen«, sagte Tanya. »Du hast hier genug Arbeit. Bodenproben für unseren ersten Anbau testen. Das Gebiet auf Öl und Erze untersuchen, die wir brauchen werden.«

Pepe und ich kehrten zum Mond zurück. Mein Beagle, Earthman, den ich in der Obhut der Robos zurückgelassen hatte, freute sich, mich wiederzuhaben. Die Robos beluden und betankten das Schiff. Pepe startete wieder und ließ mich mit Earthman allein.

Ich war nicht an Einsamkeit gewöhnt. Die Robos waren armselige Gesellschafter, und die Holos hatten nichts Neues zu erzählen. Aber Earthman spendete mir Trost, und die Nachrichten von der Erde beschäftigten mich eine Zeit lang.

Tanya berichtete, dass Pepe eine weitere Geokuppel aufgestellt hatte, die einen hydroponischen Garten beherbergte. Arne hatte Land für eine Farm vermessen. Als die Regenzeit endete, errichtete der Robo einen Damm und leitete Flusswasser zur Bewässerung ab.

»Arne macht es Spaß, einen jungen Springer zu schießen, wenn wir Fleisch brauchen«, sagte Tanya. »Eine schmackhafte Abwechslung zu dem bestrahlten Zeug, das wir vom Mond mitbrachten. Die Hippo-Wale pendeln zwischen dem Fluss und dem Grasland hin und her. Zwei Mal blieben sie stehen, um uns in Augenschein zu nehmen und anzubrüllen, aber mittlerweile ignorieren sie uns. Ich glaube, unsere winzige Mensceninsel ist wirklich sicher, auch wenn Arne immer noch wegen des schwarzen Flecks beunruhigt ist. Er ist jetzt losgezogen, um die Klippen im Westen zu erklettern und einen Blick über den Kamm zu werfen.«

Ihre nächste Übertragung erfolgte nur Stunden später.

»Arne ist wieder da.« Sie klang angespannt und sprach hastig. »Er ist erschöpft und in Panik. Etwas hat ihn gejagt. Er nennt es Sturm, aber wir können uns darunter nichts vorstellen. Eine Wolke, die so dunkel ist, dass sie die Sonne verdeckt. Ein Brüllen, das nicht vom Wind stammt. Es fällt etwas, das kein Regen ist. Er sagt, unsere Tage auf der Erde seien vorbei.«

9

Das Bild auf dem Monitor erlosch. Ich hörte nur noch statisches Rauschen. Jenseits des Domes prangte die volle Erde am Mondhimmel. Ich sah, wie Afrika außer Sicht glitt, sah die schwarzgefleckten amerikanischen Kontinente durch einen endlosen Tag kriechen, sah hin, bis Afrika zurückkam, und endlich hörte ich Tanyas Stimme wieder.

»Wir sind verzweifelt.«

Ihr Gesicht wirkte abgespannt und wie von etwas Dunklem durchzogen. Durch das Fenster hinter ihrem Kopf sah ich eine kahle schwarze Spur. Sie erstreckte sich bis zu den schwarzen Lavaflüssen, die das Tal des Grabens umgrenzten.

»Die Insekten haben uns überrannt.« Ihre Stimme klang rau und hastig. »Insekten! Daher rührten die dunklen Bereiche, derentwegen sich Arne ständig sorgte. Du musst die wenigen Fakten bewahren, die wir in Erfahrung gebracht haben. Diese Informationen werden sicher wichtig sein, wenn unsere Klongeschwister wiedergeboren werden und es noch einmal versuchen. Ich nehme an, dass diese marodierenden Insekten sich aus Heuschrecken oder Zikaden entwickelten, die dank einer Mutation den Einschlag überlebten. Offensichtlich durchlaufen sie Wanderphasen, wie einige unserer alten Heuschrecken. Ein merkwürdiger Lebenszyklus, so weit ich es verstehe. Ich glaube, sie tauchen periodisch auf, wie die Siebzehnjahreszikade, nur scheinen ihre Perioden deutlich weiter auseinander zu liegen. Ich nehme an, dass sie Jahrzehnte oder sogar Jahrhunderte unter der Erde zubringen, wo sie sich von Pflanzenwurzeln und -säften ernähren. Und sie kommen wieder hervor, wenn sie zu viele ihrer Wirte abgetötet haben. An der Oberfläche sind sie unersättlich und fressen alles Organische, und dann wandern sie weiter auf ein neues Territorium, um ihre Eier zu legen und einen neuen Zyklus zu beginnen.

Ihr Angriff auf uns erfolgte ganz plötzlich. Es war schrecklich. Sie verdunkelten den Himmel, als sie über uns schwärmten. Das Dröhnen war ohrenbetäubend. Sie fielen wie Hagel und fraßen alles, was je lebendig war. Bäume, Büsche, Gras, frisches und abgestorbenes Holz, lebende Tiere und Kadaver. Sie paarten sich in ihren Exkrementen, vergruben ihre Eier darin und starben. Die toten Tiere bildeten einen Teppich aus dunkler Fäulnis. Der Gestank war unerträglich.

Im Schiff sind wir sicher, vorerst jedenfalls, aber um uns her herrscht völlige Öde. Die Insekten haben die Plastikgeodome aufgefressen und all unsere Vorräte darin. Sie haben den Wald und das Gras gefressen. Sie haben die Hüpfer getötet und gefressen, mit Knochen, Haut und Haaren.

Sie häuteten sich und fraßen ihre Flügel. Sie starben und fraßen die Toten. Jetzt sind sie alle tot. Nichts lebt mehr, außer ihren Eiern im Dreck, die darauf warten, dass Wind und Wasser von irgendwoher neue Saat bringen, die das Land wieder belebt, während sie schlüpfen und sich vermehren und darauf warten, wieder zu töten.

Wenn der Wind jetzt bläst, wirbelt dunkler Staub auf, bitter vom Gestank des Todes. Die Hippos kamen aus dem Fluss, streiften verzweifelt umher, um etwas zu fressen zu finden, dann tauchten sie wieder ins Wasser. So weit wir sehen können, gibt es nichts Lebendes mehr. Nichts außer uns, in einer Stille, die ebenso schrecklich ist wie ihr Gebrüll.

Ich weiß nicht, wie lange wir durchhalten können. Arne wollte aufgeben und zurück zum Mond, aber dazu fehlt uns der Treibstoff. Wir haben keine Vorräte für eine längere Wanderung durch die Ödnis, aber Pepe hat Metall vom Schiff gerissen und ein provisorisches Boot daraus geschweißt.

Wenn die Insekten es nicht über den See geschafft haben, dann können wir auf der anderen Seite vielleicht von vorne anfangen.

Das Schiff müssen wir zurücklassen, mitsamt unserer Funkausrüstung. Dies ist unsere letzte Übertragung. Behalte die Erde im Auge und zeichne auf, was du kannst. Und Dunk –« Mit etwas erstickter Stimme hielt Tanya inne und wischte sich eine Träne ab. »Ich darf mir nicht wünschen, dass du hier bei uns wärst, aber du sollst wissen, dass ich dich vermisse. Nächstes Mal, wann immer das sein wird, hoffe ich, dich besser kennen zu lernen. Wie Pepe so gerne sagt: *Hasta la vista*!«

Bis wir uns wiedersehen. Die Redensart war von bitterer Ironie, denn sie wusste, dass es dazu nie kommen würde. Sie mögen eine Chance haben, wenn es den Insekten nicht gelingt, ihnen über den See zu folgen. Sie sind einfallsreich. Sie werden ihr Bestes geben. Ich kann den Computer bitten, die Robos ein neues Schiff bauen zu lassen, das ich mit frischen Vorräten hinunterbringen könnte, aber es ist unwahrscheinlich, dass der Computer Befehle von mir entgegennimmt.

Ich bin hier, allein mit dem Computer, meinem Beagle und den Robos. Der Computer ist nicht auf menschliche Gesellschaft programmiert, obwohl er sämtliche Aufzeichnungen über die verlorene Erde birgt, und über die Bemühungen unserer Generationen, sie wieder zum Leben zu erwecken. Ich kann mir die Videos ansehen und die Holos anhören. Earthman ist ein guter Gefährte, aber er wird bereits alt, und mir fehlt die Fähigkeit, einen weiteren Klon zu erschaffen. Die Robos werden versuchen, sich um mich zu kümmern, so lange ich lebe, aber sie werden keine Trauer empfinden, wenn ich gestorben bin.

Tausend Jahre später sind wir abermals eine neue Generation. Ein Großteil der Erde ist immer noch dunkel vernarbt, doch von Afrika und Europa sind jene dunklen Flecken verschwunden. Wir fliegen wieder zurück, alle fünf, mit einem Kryostat, der mit Saatgut und Zellen gefüllt ist, um den Planeten neu zu bepflanzen. Dian hat Holokopien ihrer kostbaren Artefakte dabei sowie eine Sammlung von Kassetten, Disks und Kuben.

Wir landen im Nildelta. Es mündet jetzt ins Rote Meer, das Tal ist nach wie vor ein saftig grüner Streif in der rotbraunen Wüste. Pepe hat einen Landeplatz ausgesucht, etwas nördlich von der Stelle, an der die Pyramiden standen.

Wir sind überladen. Pepe erklärt, dass wir so viel Treibstoff für Erkundung und Landung verbraucht haben, dass wir es nicht zur Station zurück schaffen würden. Aber wir sind darauf vorbereitet zu bleiben. Als wir in die niedrige Umlaufbahn einschwenkten, hielten wir nach Leben Ausschau.

»Technologie!« Pepes Triumphschrei ertönte während unseres ersten Vorbeiflugs über den Nil aus dem Cockpit. »Sie haben Technologie. Ich hörte Funkgeräusche und einen Moment lang seltsame Musik. Ich glaube, unsere Arbeit ist getan.«

»Wenn es sich um eine –«, Dian starrte durch das Teleskop und murmelte die Worte ehrfürchtig und fast nur für sich selbst, »– eine neue Zivilisation handelt, die für uns bereit ist. Ich hoffe es – ich hoffe es wirklich –«

»Vielleicht.« Von Zweifeln erfüllt wartete Arne darauf, dass er ans Teleskop konnte, und schüttelte den Kopf. »Wir haben sie bislang noch nicht kennen gelernt.«

»Vielleicht?«, spöttelte Pepe. »Wir sind hergekommen, um sie kennen zu lernen, und ich glaube, dass sie uns einiges zu zeigen haben. Ich sehe eine Menge heller Linien in dem alten Delta. Manche reichen bis zum Fluss. Kanäle, nehme ich an. Und –«

Er stockte.

»*Mira*! Seht euch das an! Ein Muster aus dichter beieinander liegenden Linien. Vielleicht die Straßen einer Stadt.« Er schwieg, während die Erde unter uns vorüberrollte. »Gebäude!« Seine Stimme wurde mit einem Mal schrill. »Es ist eine Stadt. Unter der Veränderung des Sonnenstands kann ich einen Turm in der Mitte ausmachen. Ein neues Alexandria!«

»Versuch, Kontakt aufzunehmen«, wies Tanya ihn an. »Bitte um Landeerlaubnis.«

»Landen? Wo denn?« Arne runzelte die Stirn. »Sie haben uns nicht hergebeten.«

»Wo liegt das Risiko?«, fragte Dian ihn. »Was haben wir zu verlieren?«

Pepe versuchte es, als wir wieder im Anflug waren.

»Gekreische.« Unter dem Kopfhörer legte er die Stirn in Falten und verzog enttäuscht das Gesicht. »Pfeifen. Fetzen unheimlicher Musik. Stimmen, endlich, aber unverständlich. Wenn es immer noch Englisch ist, dann hat sich die Aussprache verändert.«

»Da!« Tanya war am Teleskop. »Dort am Rand der Wüste, westlich der Stadt. Ein Muster wie ein Wagenrad.«

Pepe betrachtete es.

»Ich frage mich –« Er hielt inne und sprach dann hastig weiter: »Ein Flugplatz! Die Radspeichen sind Start- und Landebahnen. Und dort ist ein weißer Streifen. Das muss eine Straße in die Stadt sein. Wenn wir wüssten, wie wir um Landeerlaubnis bitten können –«

»Egal«, sagte Tanya. »Wir haben nicht genug Treibstoff, um noch lange suchen zu können. Bring uns runter, aber abseits der Landebahnen, wo wir nichts beschädigen können.«

Beim nächsten Überflug glitten wir tiefer. Die Dächer der Stadt rasten unter uns vorbei. Rote, gelbe und blaue Dachziegel zogen sich an stattlichen Straßen dahin. Der Flugplatz jagte auf uns zu. Wir befanden uns tief über dem hohen Kontrollturm, als ich den massiven Schub der Retroraketen spürte und das Schiff sich neigte, um vertikal zu landen. Brüllendes Feuer und Dampf verhüllten alles, bis ich den Aufprall fühlte, der uns zum Halten brachte. Nun, da der Raketenschub verschwunden war, konnten wir wieder atmen. Tanya öffnete die Kabinentür, damit wir hinausschauen konnten.

Der Dampf war verschwunden, sein heißer Geruch allerdings hing noch in der Luft. Die Sonne blendete mich, ich rieb mir die Augen, und dann sah ich ringsum Büschel gelbgrünen Wüstengestrüpps. Im Osten ragte das Terminalgebäude auf. Wir blieben an Bord und warteten voller Unruhe. Über Funk fing Pepe Brummen, Gequäke und rufende Stimmen auf.

»Die meinen vermutlich uns.« Er drehte an Knöpfen, lauschte, versuchte die Stimmen deutlicher zu empfangen, und schüttelte abermals den Kopf. »Könnte Englisch sein«, sagte er. »Wütendes Englisch, so wie es klingt, aber ich kann nichts heraushören.«

So saßen wir in der Wüstenhitze, bis es im Schiff unangenehm heiß wurde.

»Die wissen nicht –« Arne wich von der Tür zurück. »Sie können nicht wissen, dass wir ihre Vorfahren hierher brachten.«

»Wenn sie es nicht wissen«, sagte Tanya, »werden wir einen Weg finden, es ihnen zu erzählen.«

»Wie?« Nicht nur der Hitze wegen schwitzend fragte Arne an Pepe gewandt, ob wir wieder starten könnten.

»Jetzt nicht«, antwortete Pepe. »Nicht, so lange wir nicht müssen.«

Tanya und ich stiegen zum Erdboden hinab. Spaceman kam mit uns, rannte davon, um an etwas im Gestrüpp zu schnüffeln und es anzuknurren, dann kam er zurück und drängte sich zitternd gegen meine Knie. Arne folgte uns ein paar Minuten später, blieb im Schatten des Schiffes stehen und sah über das Gestrüpp zum Tower in der Ferne hinüber. Dort begann ein leuchtendes rotes Licht zu blinken.

»Sie warnen uns«, murmelte er.

Ich hatte meine Kamera mitgebracht. Tanya ließ mich Büschel des dornigen Gestrüpps filmen und dann einen Stein, der von etwas wie rotem Moos überzogen war.

»Daten über diesen roten Symbionten, von dem die letzte Expedition berichtete.« Klar und deutlich sprach sie in mein Mikro. »Überlebt jetzt in einem mutierten Bryophyt –«

»Hört ihr das?« Arne legte die Hand ans Ohr und lauschte. »Ein Heulen.«

Was ich hörte, war ein pulsierendes, mechanisches Kreischen. Spaceman knurrte und duckte sich dichter an mein Bein, und schließlich sahen wir ein plumpes Fahrzeug auf großen Rädern über einen Hügel schlingern und mit blinkenden, farbigen Lichtern auf uns zurollen.

»Das ist unsere Gelegenheit«, sagte Tanya, »ihnen zu zeigen, was wir mitgebracht haben und dass wir nichts Böses wollen.«

Der hohen Schwerkraft wegen unbeholfen kletterten wir zurück ins Schiff und kamen mit unseren Gaben wieder herunter. Dian hielt eines ihrer kostbaren Bücher in der Hand, die Gedichte von Emily Dickinson, in brüchiges altes Plastik eingeschlagen. Tanya hatte einen kleinen Holoprojektor und eine Schachtel mit Kuben bei sich. Arne brachte ein Megafon mit, vielleicht ein Nachbau desjenigen, das Kell benutzt hatte, um den Mob vom Fluchtschiff fortzuscheuchen. Pepe blieb im Cockpit.

»Wir kommen vom Mond.« Arne drängte sich vor uns und dem Fahrzeug entgegen und schrie in sein Megafon. »Wir kommen in Frieden. Wir bringen euch Geschenke.«

Das Fahrzeug hatte keine Fenster und keinen Fahrer, den wir hätten sehen können. Spaceman rannte ihm bellend entgegen. Arne ließ das Megafon sinken, stand vor dem Vehikel und winkte mit den Armen. Noch lauter heulend fuhr es uns beinahe über den Haufen, bevor es auswich, um uns herumsteuerte und gegen das Schiff stieß. Massive Metallarme fuhren aus, um es zu packen und zu kippen. Pepe kletterte heraus, als es vom Boden hochgehoben wurde. Das Heulen verstummte, und die Maschine schleppte das Schiff davon, derweil Spaceman sich wimmernd gegen meine Füße kauerte.

»Robotergesteuert, nehme ich an.« Pepe blickte dem Fahrzeug nach und kratzte sich am Kopf. »Es wurde nur geschickt, um das Wrack zu bergen.«

Verdutzt und voller Angst standen wir da und schwitzten. Fliegende Insekten summten um uns herum. Einige davon stachen. Auf Tanyas Geheiß machte ich eine Nahaufnahme von einem, das auf meinem Arm saß. Aus der Wüste blies ein heißer Wind, in dem ein scharfer Geruch wie von verbranntem Toast lag. Wir setzten uns in Richtung des Towers in Bewegung.

»Wir sind Idioten«, brummte Arne an Tanya gewandt. »Wir hätten im Orbit bleiben sollen.«

Sie gab ihm keine Antwort.

Wir stapften weiter, kämpften gegen die Schwerkraft an und schlugen nach den Insekten, bis wir über eine felsige Erhebung kamen und die langen weißen Start- und Landebahnen sahen, die sich vor uns erstreckten, der Tower in der Mitte immer noch meilenweit entfernt. Auf den breiten Dreiecken zwischen den Bahnen parkten abgestellte Flugzeuge. Ein paar davon standen wie unser eigenes Schiff aufrecht nach einer vertikalen Landung oder für einen entsprechenden Start, aber die meisten hatten Flügel und Fahrwerk wie jene, die ich von Bildern aus der Vergangenheit kannte.

Als eine riesige Maschine mit silbernen Flügeln über uns hinwegbrüllte, ließen wir uns flach zu Boden fallen, und wir machten erneut Halt, als ein lautloses Fahrzeug auf uns zuraste. Arne hob sein Megafon, senkte es aber, als Tanya den Kopf schüttelte. Spaceman hatte neuen Mut gefasst und knurrte das Gefährt mit gesträubtem Fell an, bis es stoppte. Drei weiß gekleidete Männer stiegen aus, sprachen miteinander und blickten meinen Hund an. Er stand da und bellte sie weiter an, bis einer der Männer etwas auf ihn richtete, das wie eine altertümliche Taschenlampe aussah. Der Beagle heulte auf und stürzte zu Boden. Sie hoben ihn auf und schafften ihn in den Van.

»Warum den Hund?« Arnes Miene war gleichermaßen düster und verdutzt. »Ohne uns überhaupt zur Kenntnis zu nehmen?«

»Hunde sind ausgestorben«, sagte Tanya, »und ihnen somit fremd.«

»Hey!« Ein erschrockener Ausruf von Pepe. »Wir bewegen uns!«

Das neben der Bahn geparkte Flugzeug glitt von uns fort. Sanft, lautlos und ohne sichtbaren mechanischen Antrieb trug uns der glatte, weiße Bodenbelag auf das Terminal zu. Pepe bückte sich, um den Boden mit den Fingern zu berühren, und ging dann auf die Knie nieder und presste sein Ohr dagegen.

»Tausend Jahre Fortschritt, seit wir hier waren und gegen die Insekten kämpften!« Er stand auf und zuckte an Tanya gewandt die Achseln. »Der alte DeFort würde sich bestimmt freuen.«

Dutzende von Menschen verließen das abgestellte Flugzeug und traten auf die Bahn. Männer in Hosen und rockartigen Kilts, Frauen in Shorts und aufreizenden Kleidern und Kinder in Regenbogenfarben, als seien sie im Urlaub. Obwohl ich nichts sah, was unseren orangegelben Overalls ähnelte, schien sich doch niemand daran zu stören. Vor uns strömten Menschen aus dem Terminal. Ich sah, dass die meisten von ihnen helle kleine Silberkugeln an Armbändern oder Halsketten trugen.

»Sir?«, rief Arne einem Mann in unserer Nähe zu. »Können Sie uns sagen –«

Mit einem Zischen, als wolle er uns zum Stillsein ermahnen, runzelte der Mann die Stirn und wandte sich ab. Alle standen ganz ruhig da, allein, paarweise oder im Kreis ihrer kleinen Familien, und schauten ernst geradeaus. Pepe rüttelte mich am Arm, als wir um das Gebäude herumkamen und auf eine prachtvolle Straße stießen, die in Richtung des Herzens der Stadt führte. Mir stockte der Atem. Ich glotzte eine Reihe gewaltiger Statuen an, die auf halbem Wege entlang der Straße standen.

»Seht euch das an!« Arne hob den Arm und deutete nach oben. »Ich glaube, sie erinnern sich doch an uns.«

Eine Frau in einem langen, weißen Gewand bedeutete ihm streng, still zu sein. Der Boden trug uns weiter und auf eine hohe Metallnadel zu, die am Ende der Avenue in den Himmel stach. Auf ihrer Spitze strahlte eine dünne Sichel wie ein leuchtender neuer Mond. Statuen, Nadel, Halbmond, alles bestand aus glänzendem Silber. Irgendwo vor uns begann eine Glocke zu wummern, träge, tiefe Töne wie ferner Donner. Das Stimmengemurmel erstarb. Alle Blicke hoben sich zu dem Halbmond hinauf. Ich sah, wie Pepe sich bekreuzigte.

»Ein Ritual«, flüsterte er. »Ich glaube, sie verehren den Mond.«

Ich hörte, wie er halblaut die Glockenschläge mitzählte. »Neunundzwanzig«, murmelte er. »Die Anzahl der Tage eines Mondzyklus.«

Der Boden trug uns geräuschlos weiter, bis Pepe mich abermals am Arm schüttelte und auf die Statue direkt vor uns zeigte. Sie war mehr als nur prächtig, ein blendender Silberschemen in der Morgensonne, und sie musste über 30 Meter hoch sein. Ich schirmte meine Augen ab, blinzelte, schaute hin und blinzelte noch einmal.

Es war mein Vater. In derselben Jacke, die sein Abbild getragen hatte, wenn er aus dem Tank heraus zu uns sprach, und dieselbe Tabakspfeife schwenkend, mit der er seine Worte unterstrich. Pfeifen, dachte ich, dürften jetzt wohl kaum noch mehr als magische Symbole sein; DeFort hatte keine Tabaksaat gerettet.

Diejenigen, die sich der Statue am nächsten befanden, fielen auf die Knie und küssten ihre mondförmigen Schmuckstücke. Mit nach oben gewandten Blicken raunten sie ihre Gebete und standen wieder auf, während wir uns auf die nächste Skulptur zubewegten, die noch größer als die meines Vaters war. Es handelte sich um Pepe, in jener Fliegerjacke, die sein leiblicher Vater auf dem Flug zum Mond getragen hatte, einen seiner gewaltigen Arme hochgereckt, wie um uns zu der Nadel und dem Halbmond zu dirigieren. Menschen drückten sich dagegen, als wir die Statue passierten, knieten nieder, um sie zu küssen und zu beten.

»Er hat nie davon geträumt«, den Blick nach oben gerichtet schüttelte Pepe ehrfürchtig den Kopf, »dass er einmal ein Gott werden könnte.«

Als Nächstes kam Tanya, noch größer, ihr Laborkittel strahlte in der Sonne, in der Hand schwenkte sie ein gewaltiges Reagenzglas. Es folgte Arne, der mit seinem Gesteinshammer winkte. Und schließlich, am größten, Dian, die ein silbernes Buch hielt. Ich hörte unsere Dian keuchen, als sie den Titel las, der in das Metall eingraviert war.

Die Gedichte von Emily Dickinson.

Am Fuß der Nadel mit dem Halbmond mündete das Laufband in einen weiten Kreis, der von massiven Silbersäulen umrahmt wurde. Im Langsamerwerden drängte es uns alle dichter zusammen. Auf einen einzelnen dröhnenden Glockenschlag hin standen die Leute still und blickten zu einem Balkon empor, der sich hoch oben an der Außenseite des turmartigen Gebildes befand.

Eine winzig wirkende Gestalt in strahlendem Silber erschien dort, die Arme hoch erhoben. Die Glocke schlug noch einmal, Echos hallten von den Säulen wider. Die Stimme des Mannes auf dem Balkon dröhnte, lauter noch als die Glocke. Die Menge sang eine Antwort, einen trägen, feierlichen Sprechchor. Der Mann sagte wieder etwas, und Pepe packte meinen Arm.

»Englisch!«, flüsterte er. »Seltsame Aussprache, aber es muss Englisch sein!«

Der Sprecher verstummte, die Arme immer noch gen Himmel gestreckt. Die Glocke läutete, ihre tiefen Vibrationen erstarben, Stille kehrte ein. Um uns her fielen Menschen auf die Knie, die Gesichter zu dem Halbmond hinaufgewandt. Wir knieten mit ihnen nieder, alle außer Arne. Er schritt nach vorne, das Megafon erhoben.

»Hört zu!«, rief er. »Hört mir zu!«

Um ihn herum zischten Menschen protestierend, aber er schritt weiter auf den Turm zu.

»Wir sind eure Götter!« Er hielt inne, um seine Stimme von den Säulen widerhallen zu lassen. »Wir leben auf dem Mond. Wir sind mit Geschenken zurückgekommen –«

Eine hoch gewachsene Frau in einer silberfarbenen Robe erhob sich von den Knien und wollte ihn anfahren, einen silbernen Stab schwenkend. Er drehte sich um und deutete auf uns.

»Seht uns an!«, rief er. »Ihr müsst uns doch erkennen –«

Die Frau wedelte mit dem Stab in Arnes Richtung. Seine Stimme erstickte. Nach Luft schnappend ließ er das Megafon fallen und stürzte zu Boden. Die Frau schwang den Stab in unsere Richtung. Dian stand auf, schwenkte ihr Buch und zitierte Dickinson:

Ich schreibe diesen Brief der Welt,
Die nie an mich gedacht –

Vage erinnere ich mich des verzweifelten Zitterns in ihrer Stimme, der gedämpften Empörung im Mienenspiel der Frau. Sie vollführte einen Streich mit dem Stab. Ein Hauch feinen Nebels biss kalt in meine Wange. Der Boden schien sich zu neigen, und dann muss ich gefallen sein.

10

Für eine Weile dachte ich, ich sei wieder in der Tycho-Station, in dem Bett unseres winzigen Hospitals. Über mir stand ein Roboter, so reglos geduldig wie unsere alten Robos. Ein Ventilator summte leise. Die Luft war warm, durchsetzt mit einem seltsamen frischen Geruch. Ich verspürte eine behagliche Erschöpfung, bis ein Kribbeln auf meinem Gesicht meine Erinnerung zurückbrachte: die Allee riesiger Silberstatuen, die Frau in der silbernen Robe mit dem strengen Gesicht, der eisige Nebel aus ihrem Silberstab.

Vor Schreck hellwach versuchte ich, aus dem Bett zu steigen, fand jedoch nicht die Kraft dazu. Der Roboter neigte seine Linsen, beugte sich vor, ergriff mein Handgelenk und nahm meinen Puls. Da erkannte ich den Unterschied – sein glatter Plastikkörper war von demselben Blassblau wie die Wände, auch wenn er annähernd die gleiche Form hatte wie unsere Robos auf dem Mond.

Die irdische Schwerkraft machte mich schwindlig. Der Roboter half mir sanft, mich wieder ins Bett zu legen, und schien zuzuhören, wenn ich sprach, seine Antwort allerdings vermochte ich nicht zu verstehen. Als ich mich wieder rührte, half er mir zu einem Stuhl und verließ das Zimmer, um einen Arzt zu holen, einen schlanken, dunklen Mann, auf dessen adretter weißer Jacke ein silberner Halbmond zu sehen war. Rasch und gründlich hörte er mein Herz ab, befühlte meinen Bauch, schüttelte den Kopf in Erwiderung auf das, was ich zu sagen versuchte, und wandte sich zum Gehen.

»Meine Freunde?«, rief ich ihm zu. »Wo sind sie?«

Er hob die Schultern und ging hinaus. Der Roboter stand

da und sah mich an. Als ich endlich aufstehen konnte, nahm er mich beim Arm und führte mich hinaus in einen runden Garten, der von einem ringförmigen Gebäude umgeben war. Der Blick seiner Linsen folgte mir aufmerksam, während ich auf Kieswegen an seltsamen Pflanzen vorüberging, die die Luft mit mir neuen Düften erfüllten. Hinter den anderen Türen, so dachte ich, mochten sich meine Gefährten befinden, aber der Roboter fing meinen Arm ab, als ich anzuklopfen versuchte. Als ich Widerstand leistete, zog er einen kleinen Silberstab, der an seiner Hüfte befestigt war, und dirigierte mich schweigend zu meinem Zimmer zurück.

Unter seiner Aufsicht wurde ich recht gut behandelt – für einen Gefangenen. Auch wenn er nicht wusste, was meine Worte bedeuteten, nickte er, wenn ich mir Lippen und Bauch rieb, und brachte ein Tablett mit Essen: Früchte, die wir auf dem Mond nie gesehen hatten, einen Teller mit knusprigen, braunen, nach Nuss schmeckenden Keksen, ein Glas sehr guten Weines. Ich aß mit plötzlich erwachtem Appetit.

Die meiste Zeit verhielt sich der Roboter still, nur ab und an sagte er etwas. Offenbar hatte er Fragen. Genau wie ich verzweifelte Fragen über diese entfernten Nachfahren von uns hatte und darüber, was sie mit uns tun würden. Er schien ausdruckslos zuzuhören, wenn ich sprach, und schloss die Tür ab, als er ohne die Andeutung einer Antwort ging.

Heimgesucht von unseren kolossalen Abbildern entlang jener monumentalen Avenue schlief ich in dieser Nacht sehr schlecht, träumte, dass sie uns dicht auf den Fersen waren, während wir durch eine leblose Landschaft flohen, in der tiefe Krater klafften, die jene schwarzen Insekten aus der Vergangenheit in den Planeten gefressen hatten.

Die Angst vor den riesigen Statuen ließ mich schaudern. Wollten sie uns in jenem heiligen Kreis opfern? Oder uns im Nil ertränken? Uns an die Insekten verfüttern? Uns in Silber gießen und als Wachen wider die nächste Invasion ketzerischer Klone aufstellen? Zitternd wachte ich auf, und ich fürchtete mich davor, die Wahrheit zu erfahren.

Am nächsten Morgen brachte der Roboter eine merkwürdig aussehende Maschine und ließ eine dünne, flinke Frau herein, die ein bisschen wie Dian aussah, auch wenn sie Falten hatte und gebräunt war von der Sonne, die unter unserem Tycho-Dom nie geschienen hatte. Vielleicht war sie eine Art Nonne, denn sie trug einen silbernen Turban und fummelte an einem Silbermondanhänger herum, wenn etwas sie verdross oder verwirrte. Mittels des Apparates projizierte sie Worte an die Wand.

The moon is distant from the sea,
And yet with amber hands
She leads him, docile as a boy,
Along appointed sands.

Vertraute Worte. Ich hatte gehört, wie Dian sie in bewunderndem Tonfall zitierte, auch wenn ich nie recht gewusst hatte, was sie bedeuteten. Jetzt, als die Frau sie wie ein Gebet aufsagte, wurden sie mir noch fremder. Sie wiederholte sie zwei oder drei Mal im selben feierlichen Tonfall und las sie dann etwas langsamer, wobei sie mich durch eine dunkelrandige Brille beobachtete und meiner Reaktion harrte, bis ich schließlich aufgrund eines Funkens des Begreifens nickte. Vokallaute hatten sich schlicht verschoben. Aus *Mond* war *Mahand* geworden, *See* zu *Sey*.

Die Frau kam ein ums andere Mal zurück und benutzte ihr Gerät, um mich wie ein Kind zu unterrichten. Aber selbst als mir die Worte vertraut wurden, blieb alles andere doch verwirrend: Pflanzen und Tiere, Kleidung und Werkzeuge, Karten der Welt und mathematische Zeichen. Doch letztendlich war ich in der Lage, nach meinen Gefährten zu fragen.

»Uhl-klaag.« Sie legte die Stirn in Falten und schüttelte den Kopf. *Unklug.*

Als ich ihr zu erklären versuchte, dass wir Besucher vom Mond waren, schalt und bedauerte sie mich. An ihrem heiligen Schmuckstück herumfingernd, sprach sie von einem Paradies, das die Allmächtigen Fünf auf dem Mond erschaffen hatten, wo die Gesegneten in ewig währender Freude lebten, die aber nicht für mich gedacht war. Hochstapler, die dummerweise trachteten, sich die heilige Autorität anzueignen, sollten für alle Zeit von den schwarzen Dämonen in deren Hölle unter der Erde verschlungen werden.

In früherer Zeit, erklärte sie mir düster, wäre meine verirrte Seele wohl mit göttlichem Feuer gereinigt worden. Zu meinem Glück jedoch würden in den heutigen aufgeklärteren Zeiten jene, die versuchten, die heilige Schrift zu missbrauchen, entweder als behandlungsbedürftige Psychotiker betrachtet, oder als Sünder, die ewige Qualen verdienten.

Sie versuchte, mich die lunare Wahrheit zu lehren und meine kranke Seele zu heilen. Ihre Medizin bestand aus einer Unmenge silberner Platten mit theologischen Fußnoten zu fast jedem heiligen Wort. Dickinsons Pirol war zu einem Schwindler-Gott geworden, Pepe nämlich, der mit seinem Zauber betrog. Dian war nicht nur die Große Mutter, sondern auch die Seele, die sich ihre eigene Gesellschaft erwählte, jene, denen das Glück zuteil wurde, mit ihr im Paradies zu wandeln. Das Buch selbst war ihr Brief an die Welt, die nie an sie gedacht hatte.

Ich blieb unbekehrt bis zu jenem Tag, an dem ich mit dem Roboter durch den Garten spazierte und den Pfad verließ, um eine lilafarbene Blume zu pflücken. Der Roboter sagte: »Nuucht, nuucht!« und nahm mir die Blume ab, aber der kleine Ball zerknüllten Papiers, den ich in meiner Handfläche verbarg, entging seinem Blick. Als ich das Papier in der Privatsphäre meines Badezimmers auseinander faltete, sah ich, dass es eine Notiz von Tanya war, geschrieben auf eine leere Seite, die sie aus ihrem eigenen alten Exemplar von Dickinsons Gedichtband gerissen hatte.

Sie wollen glauben, dass wir verrückt sind, obwohl sie Mühe haben zu erklären, wie wir in einer Art Flugzeug, wie sie es noch nie gesehen haben, hierher gelangten. Mein Arzt hat eine Theorie. Er versucht mir einzureden, dass wir aus Südamerika kamen, das bislang nicht kolonisiert ist. Er spricht von einer verschollenen Expedition, die vor einigen hundert Jahren aufbrach, um dort die schwarzen Insekten zu bekämpfen. Sie endete scheinbar mit dem Absturz in ein Gebiet des Amazonasregenwalds, das die Insekten gerade eroberten. Rettungsversuche schlugen fehl, aber er glaubt, dass wir von Überlebenden abstammen. Er meint, wir hätten das abgestürzte Vehikel irgendwie geborgen und repariert und seien damit zurückgekommen. Wenn wir hier raus wollen, dann, so glaube ich, spielen wir das Spielchen am besten mit.

Ich rollte das Papier zusammen und ließ es anderntags dort fallen, wo ich es gefunden hatte. Letztendlich machten wir alle mit, wenn Arne sich auch weigerte, bis Dian ihn überreden konnte. Er murrte, bis er Arbeit bei einer Nilgrabung fand, wo er den Kanal verbesserte und aus einem Sumpf neues Land für Docks und Lagerhäuser machte. Er sagt, er sei jetzt glücklicher als beim Daumendrehen auf dem Mond.

Zwar scheint die Zeit sämtliche Relikte unserer Welt ausgelöscht zu haben, aber diese Menschen suchen in ihrer eigenen Vergangenheit nach Beweisen für die Heiligen Klone. Dian hat einen Job in einem Museum erhalten, wo sie ihr Talent zur Restaurierung und Bewahrung von Antiquitäten sinnvoll einsetzen kann.

Pepe hat sich für einen Flugschein qualifiziert, und Tanya hat Methoden zur Kontrolle der räuberischen Insekten erforscht. Die beiden sind jetzt mit einer neuen Expedition unterwegs, um die amerikanischen Kontinente urbar zu machen.

Obwohl all die mir bekannte Historie hier als Ketzerei gilt und streng verboten ist, habe ich doch eine Stelle an einer Universität gefunden, als Hausmeister. Dadurch habe ich Zugriff auf Funkgeräte, mittels derer ich die Mondstation erreichen kann. Wir können nur hoffen, dass unsere silbernen Abbilder lange genug überdauern werden, um Zeugen zu werden, wie dieses neue Ägypten sich zu einer besseren Welt entwickelt, als es die unsere je war.

Das jedoch ist alles andere als gewiss. Arne sagt, dass es dazu nie kommen werde. Dian hat in Dickinsons Werk nach etwas gesucht, das diese Menschen zu neuer Erleuchtung führen könnte, aber sie wollen keine Neuinterpretation des heiligen Textes. Tanya meint, wir könnten nichts Besseres tun, als das Zeremoniell unserer Verehrung als Götter, die wir nie waren, zu erlernen, unser Leben zu leben und Stillschweigen zu bewahren über die Station und die Wahrheit.

Die unbedeutenden Rollen, die wir hier spielen, halten uns auf Trab. Obgleich wir versuchen, uns voneinander fern zu halten und jegliche Aufmerksamkeit zu meiden, die uns wieder in Gefahr bringen könnte, treffen wir uns ab und zu zum Mittag- oder Abendessen in kleinen Restaurants, wo gewöhnliche Arbeiter einkehren. Wir finden Trost im Zusammensein und in dem Wissen, dass die Tycho-Station noch intakt ist auf jenem weit entfernten Kraterrand.

Der Gedanke, dass wir unsere Mission erfüllt haben, gefällt uns. Das Leben auf der Erde wurde nach einem großen Vernichtungsschlag wiedererweckt, ohne dass eine Milliarden Jahre lange Evolution vonnöten gewesen wäre, die wohl ohnehin keine weitere Spezies wie die unsere hervorgebracht hätte.

Wir existieren noch. Genau wie unsere Kultur und unsere Wissenschaften, zumindest in veränderten Fragmenten. Diese seltsame neue Welt könnte überleben. Wenn nicht, wenn die Dinge hier völlig schief gehen, wenn eine neue Bedrohung von außerhalb der Erde zuschlägt, wird uns der Mastercomputer sicher wieder klonen und es uns von neuem versuchen lassen.

TEIL ZWEI

Ingenieure der Schöpfung

11

Kinder können grausam sein.

»Hey, Schlitzauge!«, rief Arne oft, wenn er Casey sah. »Du bist ja von Kopf bis Fuß schmutzig. Wasch dich mal.«

Wir waren Schöpfer, pflegte mein Vater zu sagen, geklont, um die Erde wiederzuerschaffen. Eine weitere Generation wuchs in der Tycho-Station auf dem Mond heran. Diesmal waren wir zu sechst, und wir lernten für unsere große Mission: den Planeten, auf dem der mörderische Impakt alles ausgelöscht hatte, zu terraformen.

Casey hatte das Gesicht eines Chinesen, war aber schwarz wie der Mondhimmel. Arne zog ihn deswegen gerne auf, obwohl wir anderen uns ebenfalls voneinander unterschieden. Pepe war zu braun, um noch Sonnenbräune anzunehmen. Tanya hatte ebenso dunkle Augen wie er und glattes schwarzes Haar. Arne und Dian waren so blass wie ihre Holo-Eltern. Casey nahm den Spott geduldig hin – bis er von seinem leiblichen Vater hörte.

Wir waren im Holoraum. Aus dem Tank heraus erzählte uns mein Vater die Geschichte. Der Mann, der sich K. C. Kell genannt hatte, war ein Nachtwächter auf dem White-Sands-Stützpunkt im alten New Mexico gewesen. Als der Impaktor auf die Erde zustürzte, hatte er gerade Dienst auf der Abschussbasis. Er verteidigte das Fluchtschiff vor dem panischen Mob, der um einen Platz an Bord kämpfte. In den letzten verzweifelten Minuten entsagte er seiner Pflicht und erzwang sich Zutritt zum Schiff. Bei ihm war seine Freundin, die sich als Mona Lisa Diamond vorstellte.

»Casey hatte eine Waffe«, sagte mein Vater. »Das war sein

Ticket zum Mond. Cal DeFort hatte weder Zeit noch die Möglichkeit, sie von Bord des Schiffes zu bringen. Oder vom Mond. In der Station machte er Platz für die beiden, und schließlich befand er, dass sie Gene besaßen, die dem Überleben nützen konnten. Er lagerte ihre Zellen im kryonischen Gewölbe ein.« Er nickte Casey liebevoll zu. »Und deshalb bist du hier.«

Wir kannten unsere leiblichen Eltern durch ihre Roboter und ihre Abbilder, Kell und Mona jedoch hatten wir noch nie gesehen, bis mein Vater ihre Holos in den Tank lud. Kell stand da und grinste uns an, klein und muskulös wie Casey und mit demselben schwarzen Chinesengesicht. Sein Oberkörper war nackt, so wie er meinem Vater zufolge an Bord gekommen war. Auf seiner glatten schwarzen Brust kreuzten sich die auftätowierten Flaggen von Mexiko und China, darüber war in roten Buchstaben der Name El Chino zu lesen.

Mona stand dicht neben ihm. Er hatte seinen Arm um sie gelegt. Sie trug einen gelben Overall und war einen halben Kopf größer als er. Ihre Haut war so weiß wie Dians. Blassgoldenes Haar fiel über ihre Schultern. Sie sah älter aus als Kell. Müdigkeit zog Linien um ihre Augen, die so blau waren wie die Meere, die wir auf der Erde sehen konnten. Ich fand sie wunderschön. Casey liebte sie von diesem allerersten Augenblick an. Er fragte, warum sie nicht mit ihm geklont worden war.

»Frag den Computer.« Mein Vater hob die Schultern. »Er trifft die Entscheidungen. Aber vielleicht –«

»Vielleicht was?«, hakte Casey nach, als mein Vater die Stirn in Falten legte und innehielt.

»Die ursprünglichen Teammitglieder waren alle Wissenschaftler oder Experten, die aufgrund ihrer Eignung für die Mission ausgewählt wurden.« Mit immer noch kraus gezogener Stirn blickte er Mona und Kell an. »Sie entsprachen nicht dem Muster.«

»Warum nicht?«

Mein Vater runzelte abermals die Stirn. Er zögerte. »Kell sprach nicht gern über sich selbst, aber er gab zu, dass er als Hitman für ein internationales Drogensyndikat gearbeitet hatte.«

»Hitman? Was ist das?«

»Ein Berufskiller.« Obwohl wir eine Menge Referenzmaterial über die Vergangenheit der Erde besaßen, waren uns die dunkleren Aspekte der Gesellschaft auf der alten Erde doch fremd, und mein Vater musste es uns erklären. »Die Gesetzgeber hatten das Geschäft mit bestimmten Drogen verboten, Rauschgift, das viele Menschen haben wollten. Der Handel damit wurde ein illegales, aber profitables Unternehmen, um dessen Kontrolle kriminelle Organisationen kämpften. Kell gab zu, dass er als Gunman und Spion für eines der Syndikate tätig war. Und was Mona angeht –«

Er nickte in ihre Richtung. Wie sie da miteinander im Tank standen, schienen sie so lebendig wie wir. Aber im Gegensatz zu unseren leiblichen Eltern war für sie keine Interface-Software im Computer installiert. Ihren Abbildern fehlten Animationsprogramme, um sie mit uns interagieren oder auch nur vollkommen lebendig wirken zu lassen.

»Sie stammte aus einer armen Hinterwäldlerfamilie im Osten Nordamerikas. Der Name in dem Pass, den sie uns zeigte, lautete Fayreen Sutt. Sie war eine Tänzerin. Ihr Manager gab ihr den Namen Mona Lisa, weil er zu dem Da-Vinci-Gemälde passte, das auf ihren Bauch tätowiert war. Sie und Kell hatten Ärger mit dem Gesetz. Auf unseren Stützpunkt in New Mexico waren sie offenbar mit dem Traum gekommen, sich auf den Mond abzusetzen, noch bevor der Impaktor ihnen die Möglichkeit dazu bot.«

»Er hat Menschen getötet?«, flüsterte Dian und wich vor Kells dunklem, schweigendem Abbild im Tank zurück, das umgekehrt keinen von uns wahrnehmen konnte. »Für Geld?«

»Die alte Erde war nie ein friedlicher Ort.« Mein Vater seufzte. »Die Menschen kämpften ständig um Macht oder Land oder einfach nur, weil sie verschiedene Götter anbeteten.«

»Unsere neue Welt wird besser sein.« Casey lächelte meinen Vater an. »Wir werden sie besser machen.«

»Du?«, höhnte Arne. »Du hinterhältiger Klon eines schwarzen Killers. Seinetwegen war die alte Welt schlecht.«

»Vielleicht war er ein Killer.« Casey zuckte die Achseln. Er bemühte sich, vernünftig zu bleiben. »Aber die Menschen, die er tötete, waren schlechter als er. Menschen, die schlimme Drogen an Unschuldige verkauften.«

»Pah!«, grunzte Arne. »Ein Killer ist ein schlechter Mensch.«

»Vielleicht musste er schlecht sein.« Casey hob abermals die Schultern. »Weil seine Welt schlecht war. Wir können eine Welt erschaffen, in der ich nie jemanden töten muss.«

»Dann willst du also eine Memme sein?« Arne lachte. »Außen schwarz, innen feige?«

Tanya und Dian sahen die beiden an. Tanya flüsterte etwas. Dian kicherte. Arne grinste ihnen zu und schüttelte seine Faust in Caseys Richtung. »Wenn du Angst davor hast, ein Hitman zu sein, fordere ich dich heraus, mich zu schlagen.«

Eine Minute lang starrte Casey Mona, Kell und meinen Vater im Tank durchdringend an. Ich sah, wie seine Lippen bebten, als sei er drauf und dran zu heulen, aber dann verkantete sein schwarzes Gesicht.

»Danke, Sir«, sagte er in sehr höflichem Ton zu meinem Vater. »Ich bin froh zu wissen, dass mein Vater El Chino war, und stolz darauf, sein Klon zu sein. Wenn er in dieser schlechten alten Welt ein Killer sein musste, dann muss ich hier und jetzt tun, was ich tun muss.«

Er ballte eine dunkle Faust und schickte Arne mit blutender Nase quer durch den Raum.

Auch wenn sie nie wirklich Freunde wurden, lernten Arne und Casey doch, miteinander auszukommen, meistens jedenfalls. Wir lauschten unseren Eltern im Tank und lasen die Aufzeichnungen, die sie uns hinterlassen hatten, erfuhren, was wir waren und warum wir hier waren. Wir erlernten die Wissenschaften und den Umgang mit den Instrumenten im Dom. Casey studierte mit uns, aber er wollte mehr. Wieder und wieder rief er die Holos von Mona und seinem leiblichen Vater auf und lauschte jedem Wort, das sie aufgezeichnet hatten. Sie waren nur Geister im Tank, und so beantworteten sie nie eine Frage, schienen nicht einmal zu wissen, dass er ihnen zuhörte, aber er dachte sich seine eigenen romantischen Geschichten über die beiden aus. Er machte sie zu Helden.

»Ich glaube, der Meteorit kam, weil die alte Welt so schlecht war«, erzählte er mir. »Menschen verhungerten, obwohl es Nahrung gab, Menschen waren krank, obwohl es Medikamente gab, Menschen bekämpften sich ohne triftigen Grund. Wenn El Chino und Mona Verbrecher waren, dann nur deshalb, weil die Gesetze schlecht waren. Wenn sie den Reichen Geld abnahmen, dann gaben sie es den Armen. Sie liebten einander und wurden von bösen Männern gejagt, die sie umbringen wollten. Sie kämpften und riskierten ihr Leben, um an Bord des Fluchtschiffs zu gelangen. Dein Vater sah, was für großartige Menschen sie waren, und rettete ihre Gene, weil sie für die Mission gebraucht wurden. Vielleicht war El Chino ein Hitman, aber ich bin froh, seine Gene zu haben.«

Casey sehnte sich stets nach einem Weg, der aus unseren engen Tunneln hinausführte. Oft stieg er in den Dom hinauf und schaute von dort aus auf die Hangars und Raumschiffe auf den Flugrampen unterhalb des Kraterrandes hinab. Er brütete über Flughandbüchern. Als er groß genug war, übte er im Flugsimulator. Oft zog er einen Raumanzug an und drehte Runden vor der Luftschleuse.

»Ich möchte in ein Cockpit steigen und mir alles genau ansehen«, sagte er zu mir. »Wenn es für uns an der Zeit ist, zur Erde zurückzukehren, möchte ich der Pilot sein.«

Damit, dachte ich, will er beweisen, dass er El Chinos Überlebensgene in sich trägt.

Die gesamte Belegschaft, alle fünf Klone der letzten Generation, war vor tausend Jahren zur Erde hinuntergeflogen und hatte nur die Robos zurückgelassen, damit diese sich um die Station kümmerten. Nun war wieder etwas auf dem Planeten eingeschlagen. Riesig und reglos hing die Erde an unserem tiefschwarzen Himmel, scheinbar nahe genug, um sie berühren zu können. Während wir in unserer langsamen Mondumlaufbahn kreisten, drehte sie sich schneller durch ihre eigenen Tage und Nächte, nahm in rascher Folge zu und ab. Ihr Anblick war Furcht erregend. Selbst mit bloßem Auge erkannten wir, dass das grüne Leben von den Kontinenten verschwunden war. Die Meere waren so blau wie immer, das Land jedoch war weiß wie die leuchtenden Wolkenspiralen.

»Weiß von Eis und Schnee?«, fragte Pepe meinen Robovater, als dieser uns zu den Teleskopen hinaufführte, sodass wir uns das Mysterium selbst ansehen konnten. »Eine neue Eiszeit?«

»Etwas Merkwürdigeres.«

»Was denn?«, fragte Arne.

Mein Robovater kam mir selbst bisweilen reichlich merkwürdig vor. Er war nur eine mannsgroße Gestalt aus grauem Hartplastik, bis der Computer die Interaktionssoftware aktivierte, die vor dem Impakt installiert worden war, aber darüber vergaß ich oft, dass er nicht so lebendig war wie ich. Jetzt stoppte er und stand starr da, bis der Computer ihn ruckartig wieder zum Leben erweckte.

»Keine Daten«, murmelte er. »Keine Daten, die uns Aufschluss geben.«

Wir sammelten an Daten, was wir konnten. Tanya und Pepe durchforsteten die Computeraufzeichnungen der tausend Jahre, die vergangen waren, seit unsere Geschwister der letzten Generation an der Mündung des Nils eine wiederhergestellte menschliche Zivilisation vorgefunden hatten.

»Etwas hat die Erde getroffen«, sagte Pepe. »Und zwar schwer.«

Sie hatten uns zum Briefing in den Dom hinaufgerufen, der hoch auf dem Nordrand von Tycho thronte. Die volle Erde hing riesenhaft und totenbleich am dunklen Nachthimmel, die tote Kraterlandschaft unter uns schimmerte gespenstisch grau in ihrem Licht. Wir waren damals erst im Teenageralter, aber Pepe und Tanya betrachteten die Mission bereits mit gehöriger Sachlichkeit und wollten keine Zeit vergeuden.

Pepe war immer noch jungenhaft und schmächtig, immer noch kleiner als Tanya, aber angesichts des Problems wirkte er angespannt und ernst. Tanya war bereits eine Frau, hellhäutig und vollbusig, weitaus reizvoller als Dian. Ich war hoffnungslos verliebt in sie, und es brach mir das Herz, dass sie Pepe favorisierte.

Wir standen um das große Teleskop und um die Monitore mit ihren Bildern der Erde herum. Pepe ließ den Verlauf der letzten Expedition Revue passieren. Das gesamte Team war zur Erde hinuntergeflogen. Sie waren nie zurückgekehrt. Obwohl ein Großteil des Planeten mit einer tödlichen Rasse mutierter Insekten verseucht gewesen war, berichteten ihre Funkübertragungen von einer blühenden Menschenkolonie an der Nilmündung, die um einen hoch aufragenden Mondtempel und kolossale Silberstatuen von uns fünfen herum entstanden war.

»Während der folgenden vierhundert Jahre schien sich alles gut entwickelt zu haben.« Tanya stand neben Pepe am Monitor und zeigte uns die Bilder der Erde, die die Robos aufgenommen hatten. »Die Killerinsekten waren endlich vernichtet.«

Bild um Bild schrumpften die schwarzen Flecken, die jene Insekten verheert hatten, und schließlich verschwanden sie ganz. Grünes Leben breitete sich über sämtliche Kontinente aus, und die Kolonisten waren ihm gefolgt. Tanya vergrößerte Ausschnitte von Ostasien und Südamerika, wo Pepe auf etwas zeigte, das, wie er sagte, Straßen und Städte waren.

»Es schien, als sei unsere Arbeit getan«, sagte Tanya. »Bis etwas fürchterlich schief ging. Binnen eines einzigen Jahres verschwand alles Grün. Die ganze Erde wurde so weiß, wie ihr es jetzt seht.«

»Ist sie tot?« Arne sah zu der knochenbleichen Erde hinauf und wich vor dem Anblick zurück. »Was hat sie umgebracht?«

»Wir haben einen Anhaltspunkt.« Tanya rief ein weiteres Bild auf und ließ den kleinen roten Pfeil ihres Laserpointers darüber tanzen. »Seht euch das an. Sagt mir, was es ist.«

Der Laser fand einen winzigen leuchtenden Punkt über der weißen Erde. Das Bild wechselte. Sie fand den Punkt erneut, jetzt war er schwarz. Er befand sich über der weißen Wüste des tropischen Indiens. Sie drehte einen Knopf, und aus dem Punkt wurde eine kleine schwarze Kugel.

»Ein Asteroid?«, fragte Arne. »So nahe?«

»Zu nahe«, sagte Tanya. »Vielleicht ist es kein Asteroid.«

Pepe wartete, bis sie drei weitere Bilder aufgerufen hatte, die das Objekt beim Überflug über die volle Erde zeigten.

»Das reicht, um uns zu beunruhigen.« Düster starrte er auf den Monitor. »Die scheinbar rasende Geschwindigkeit bringt das Ding in eine niedrige Umlaufbahn, näher zur Erde hinab. Der Durchmesser beträgt schätzungsweise etwas weniger als einen Kilometer.«

»Und?«, murmelte Arne. »Wenn es kein Asteroid ist?«

»Mir gefällt die Form nicht«, sagte Tanya. »Eine perfekte

Kugel. Ein natürlicher Körper von so geringer Masse hat zu wenig Schwerkraft, um diese Form anzunehmen.«

»Es sei denn, es ist Wassereis«, warf Pepe ein. »Oder es entstand durch eine andere natürliche Schmelze.«

»Etwas Künstliches?« Arne starrte die kleine schwarze Scheibe finster an, die sich jetzt über dem weißen Gespinst eines mächtigen Taifuns befand, der im blauen Pazifik tobte. »Ein außerirdisches Raumschiff? Invasoren aus dem All, die die Erde zerstört haben?«

»Das haben wir in Betracht gezogen.« Tanya schüttelte den Kopf. »Aber wir wissen, dass wir allein im Sonnensystem waren. Die Sterne sind so weit voneinander entfernt, dass ein Weltraumkrieg einfach zu unwahrscheinlich ist.«

»Was sonst?«

»Ein Rätsel«, meinte Pepe. »Auf unserer Suche nach Antworten haben wir das Spektrum der Erde untersucht. Der Sauerstoffgehalt der Atmosphäre ist gesunken, das Kohlendioxid gestiegen. Die Eiskappen sind geschrumpft. Die globalen Temperaturen liegen höher. Das Klima hat sich verändert, die Wüsten sind größer geworden. Obwohl Luft- und Meeresströmungsmuster nur geringe Veränderungen zeigen, sehen wir große Wolken weißen Staubes, die ganze Gebirgszüge verhüllen. Alles Rätsel.« Sein Gesicht verdüsterte sich. Er schüttelte den Kopf. »Aber keine Lösungen. Wir sehen nichts, was den Planet umgebracht haben könnte, doch alle Anzeichen sprechen dafür, dass er tot ist.«

An unserem 21. Geburtstag versammelten wir uns im Dom der Station. Tintenschwarze Schatten füllten den Krater. Die volle Erde stand, wo sie immer stand, hoch am schwarzen Nordhimmel, und strahlte herab auf die schroffe Wand, die sich von unserem hoch gelegenen Aussichtspunkt aus gen Osten und Westen krümmte. Afrika war ein großer weißer

Fleck auf dem meeresblauen Planeten. Der Victoriasee sah größer aus, als ihn die alten Karten zeigten, ein gewaltiger blauer Edelstein, der von innen heraus strahlte.

Auf der Suche nach irgendeinem Hinweis auf Menschen nahmen wir den Nil in Augenschein. Unsere Karten zeigten den grünen Streifen von Leben, den er durch die Wüste bis in sein Delta und ans Meer gezogen hatte. Jetzt war er nur mehr ein dünner, dunkler Strich. Wir fanden keinen Damm, keine Stadt, kein Grün kultivierter Felder.

Das Mittelmeer war zur Gänze von Land umschlossen und zu einem großen Salzsee geschrumpft, nachdem geologische Aktivitäten Gibraltar emporgehoben hatten. Eine neue Biegung hatte den Nil ins Rote Meer umgeleitet. Das Teleskop zeigte eine Ödnis aus langen weißen Dünen in der Wüste westlich des Flusses und eine weiße Staubwolke, die sich weit gen Asien erstreckte. Wir untersuchten die Gegend, in der unsere Geschwister eine neue Stadt gefunden hatten, wo einst Alexandria gelegen hatte, und fanden kein Anzeichen irgendwelchen Lebens.

Mein Holovater rief uns hinunter zum Tank im Speiseraum, um über die Mission zu sprechen. Am Kopfende des langen Tisches stehend, starrte Arne mit verkniffenen Augen auf seinen Laptop und verlas die jüngsten Daten über Lufttemperatur, Meereszirkulation, Eiskappenschmelze und die planetare Albedo. Casey fragte, was sich daraus ergebe.

»Ich weiß es nicht.« Arne, groß und blond wie seine Wikingerahnen, wenn auch nicht so unerschrocken, sträubte sich, als beleidige ihn die Frage. »Ich habe Angst davor, es zu wissen. Ich hoffe, wir erfahren es nie.«

»Es wäre besser, wenn wir es wüssten.«

»Oder auch nicht.« Arne wurde sehr ernst. »Denkt an unsere Verantwortung. Wir haben kein eingeborenes Leben gefunden. Wir wenigen hier in der Station sind sehr wahrscheinlich das einzige Leben, das es im Sonnensystem noch gibt. So weit wir wissen, das einzige Leben im Universum. Wir müssen es bewahren.«

»Unsere Verpflichtung gegenüber der Mission«, stimmte Casey leise zu. »Was immer die Erde getroffen hat, wir müssen uns damit befassen. Wenn das Leben ausgelöscht wurde, müssen wir es zurückbringen.«

»Wenn wir können.« Arnes Miene blieb stur. »Was immer den Planeten getötet hat, würde höchstwahrscheinlich auch uns töten.«

»Wir haben keine Beweise, dass es irgendwelche Eindringlinge gibt«, warf Pepe ein.

»Was immer der Erde widerfahren ist«, sagte Casey, »wir sind hier, um sie wiederherzustellen.«

»Wir sind wegen der Mission hier«, erklärte Arne halsstarrig. »Um ihretwillen müssen wir uns schützen. Unsere Pflicht besteht jetzt darin, Daten zu sammeln, an die wir gefahrlos herankommen, und sie für spätere Generationen aufzuzeichnen – wenn es spätere Generationen geben sollte. Wir sind noch jung. Uns bleibt der Rest unseres Lebens, diese Aufgabe zu erfüllen. Unsere oberste Priorität ist es, auf uns selbst Acht zu geben.«

»Wir können mehr tun.« Casey schüttelte den Kopf. »Wir können Landesonden entwickeln, die nach Daten suchen und sie zurückschicken. Aber wenn der Zeitpunkt kommt, müssen wir selbst runtergehen und uns mit eigenen Augen umsehen.«

»Nein!« Arne blinzelte und versteifte sich. »Denkt an die Gefahr. Selbst eine Sonde könnte uns verraten. Die Invasoren würden uns auslöschen, wenn sie uns jemals fänden.«

»Und?« Caseys Stimme gewann an Schärfe. »Was willst du tun?«

»Unerkannt bleiben. Nichts unternehmen, was uns auffliegen lassen kann. Hoffen, dass zukünftige Generationen genug über die Aliens wissen werden, um eine bessere Chance zu haben.«

»Hoffnung reicht nicht.« Casey wischte Arnes Vorschlag mit einer Handbewegung beiseite. »Wir wissen doch gar nicht, ob die Erde von irgendetwas Außerirdischem getroffen wurde. Wenn wir nichts tun, vereiteln wir die Mission. Wenn es ein Risiko gibt, müssen wir es eingehen.«

»Müssen wir das?«, versuchte Arne einen Einwand. »Lass uns doch nicht unser Leben verschwenden. Zumindest nicht, bis wir so viel wie möglich in Erfahrung gebracht haben. Vergiss diese Kultur am Nil nicht. Diese Leute waren genauso klug wie wir, gewappnet mit all unserem Wissen und unserer Technik. Sie hatten ihre Chance, sich selbst zu retten. Bis wir wissen, warum sie versagt haben, können wir nicht so tun, als sei die Station unantastbar.«

»Und wenn wir sterben?« Casey zuckte die Achseln. »Dann werden wir eben wieder geklont.«

Er erwähnte Mona zwar nicht, aber er musste von einem neuen Leben mit ihr geträumt haben.

»Es sei denn –« Mit wütendem Blick schüttelte Arne den Kopf. »Es sei denn, die Fremden finden uns.«

Er forderte eine Abstimmung. Dian stellte sich auf seine Seite, wir anderen jedoch stimmten gegen die beiden. Wir kamen überein, ein leichtes Schiff mit einer Zwei-Mann-Besatzung loszuschicken, um die Erde und ihre Umgebung aus einem niedrigen Orbit heraus zu inspizieren und sämtliche Erkenntnisse an die Station zu berichten. Dann sollte das Schiff in Nordafrika landen. Casey war ganz begierig darauf, das Schiff zu steuern. Arne gab Karten aus, um das andere Crewmitglied zu bestimmen. Der erste schwarze Bube ging an mich.

12

Gemeinsam starteten wir, Casey und ich. Hinter uns gähnte der Krater tief im grauen Gesicht des Mondes, die langen, weißen Narben des Einschlags, der ihn hinterlassen hatte, erstreckten sich in die funkelnde Dunkelheit des Weltraums. Er schrumpfte, als wir abhoben, schrumpfte, bis der Mond nur noch ein dahinschwindender grauer Ball war, der in der Unendlichkeit trieb. Die Erde wirkte im Vergleich jedoch immer noch kleiner. Die Milchstraße hüllte uns in einen wie mit Diamanten bestäubten Gürtel aus fernem, kalten Glanz.

Aus dem Cockpit blickend, krümmte ich mich unter einer unvermittelten sonderbaren Sehnsucht nach der Behaglichkeit unseres gemütlichen kleinen Baus. Die Leere um uns her war mir zu weit, zu alt und komplex und fremd. Wie konnte das Schicksal der Menschheit in diesem unendlichen Kosmos von Bedeutung sein, wo der pure Zufall König war, wo jeden Augenblick ein weiterer zufällig des Weges kommender Asteroid einschlagen und alles Leben für immer beenden konnte?

»Stark.« Casey grinste und deutete mit einer sehnigen schwarzen Hand in die Sternenweite hinaus. Er sprach gern in El Chinos Dialekt. »Sieht das nicht stark aus?«

Es fiel mir schwer, seine Hochstimmung zu teilen. Schon vor dem Start hatte ich wegen der Expedition gemischte Gefühle gehegt. Ich war alles andere als ein begeisterter Freiwilliger. Ich verfügte über keine besonderen Fähigkeiten irgendwelcher Art, ich war nur der Historiker der Mission, meine Aufgabe war es schlicht, dafür zu sorgen, dass nützliche Aufzeichnungen für die Klongenerationen nach uns aufbewahrt wurden. In Anbetracht des Gedankens an die tote Erde und das Geheimnis ihres Todes hatte ich wenig Hoffnung, dass wir je mit halbwegs brauchbaren Berichten zum Mond zurückkehren würden.

Dennoch hatte ich für den Versuch gestimmt, weil die Mission es verlangte. Und ich hatte, genau wie Casey, kaum etwas zu verlieren. Die anderen hatten sich zu Liebespaaren zusammengefunden: Arne und Dian, Pepe und Tanya. Ich hatte keine Geliebte, die ich zurückließ. Casey hatte nur seine Träume von Mona, für den Fall, dass der Mastercomputer sie einmal beide klonen sollte. Auch wenn ich bisweilen das Gefühl hatte, dass er zu überzeugt war von seinem verbrecherischen Vater und zu erpicht darauf, den Wert seiner Gene unter Beweis zu stellen, kamen wir doch gut miteinander aus.

Jetzt überraschte mich sein vergnügtes Grinsen.

»*Adiós*, Arne Linder!« Er machte eine Handbewegung, als wolle er den klein gewordenen Mond mitsamt Arnes prahlerischem Ego ins Vergessen fegen. »Ist das nicht eine großartige Chance für uns? Unser Leben lang waren wir unter dem Dom wie Insekten in einer Flasche eingesperrt, und jetzt guck dir all das an!« Er schwieg eine halbe Minute lang und drehte seinen Sitz, um den Blick über die Diamantfelder der Sterne schweifen zu lassen. »Unser ganz eigener riesiger Spielplatz.«

»Oder unser Schlachtfeld«, sagte ich.

»Wenn wir jemanden finden, gegen den wir kämpfen müssen.« Er hob die Schultern. »Vergiss meinen Dad nicht. Wer immer ihm in die Quere kam, es war nur ein weiterer Job, für den er bezahlt wurde. Ich bin El Chino, und ich bin stolz darauf. Wenn es jemanden gibt, der uns nicht mag, zeigen wir ihm, mit wem er es zu tun hat.«

Ich war noch nicht ganz so weit wie er, aber doch froh, Casey bei mir zu haben.

Im geosynchronen Orbit trieben wir wochenlang über Nord- und Südamerika, wochenlang über Ostasien, wochenlang über Afrika. Das eisweiße Land war vom Polarschnee schwer zu unterscheiden. Wir suchten mit Fernglas, Teleskopen und Spektrometern, fanden jedoch kein Anzeichen von Leben auf der Erde, aber auch keine außerirdischen Ungeheuer.

»Tot«, murmelte Casey mehr als nur einmal und blickte kopfschüttelnd auf die bleiche Welt unter uns. »Vielleicht ist sie für immer tot.« Aber er verlor seine Abenteuerlust nie für lange. Unentwegt suchte er nach neuen Hinweisen und schmiedete neue Pläne. »Weißt du, Dunk, ich hab jetzt ein Gefühl für die Mission. Das ist was Tolles. Etwas, für das sich zu sterben lohnt. Ein Dutzend Mal sterben, wenn es sein muss. Sag Arne, dass er bei uns sein sollte.«

Pepe hatte versprochen, uns im Auge zu behalten und das Funkgerät zu besetzen, wenn wir im Empfangsbereich des Mondes waren. Wir beschrieben, was wir sahen, übermittelten die Daten unserer Instrumente, erkundigten uns, was es bei den Zurückgebliebenen Neues gab. Pepe antwortete, wann immer er eine Nachricht erhielt, aber wir hörten nie ein Wort von Arne.

Wir gingen in niedrigere Umlaufbahnen, umrundeten den Planeten alle drei Stunden, dann alle neunzig Minuten, schwenkten nach Norden und Süden, damit wir bis zu den Polen hinsehen konnten. Trotzdem entdeckten wir nichts Grünes. Wir überquerten Nordafrika, und dann noch einmal und untersuchten die Gegend am Nil, wo unsere Geschwister jene Stadt entdeckt hatten.

Die Gebäude waren zu einer leuchtend weißen Schneelandschaft aus vom Wind bewegtem Staub zerfallen, aber die Straßen hatten neben dem Fluss ein Netz schwacher dunkler Linien hinterlassen. Wir fanden die strahlenförmig angelegten Start- und Landebahnen des Flugplatzes und die Straße, die durch die Stadt führte. Die gigantischen Silberstatuen unserer als Götter verehrten Klone standen immer noch in einer Reihe entlang der Avenue, die zum Tempel des Mondes führte, dessen Turm jedoch in Trümmern lag. Meine Erinnerung an das, was mein Klonvater über die Landung geschrieben hatte, erfüllte mich mit einem seltsamen Gefühl, als ich seine riesige Statue aus den Verwehungen aufragen sah.

»Da ist Arne, als er noch ein Gott war.« Mit einem sardonischen Grinsen zeigte Casey auf einen altersfleckigen Koloss, der sich in den Staub neigte. »Los, das sagen wir ihm.«

Der volle Mond befand sich außerhalb unserer Reichweite, über der dunklen Seite der Erde. Wir riefen die Station, als der Mond wieder über uns stand, warteten auf eine Antwort, die nicht erfolgte, warteten und riefen erneut, hörten aber nur statisches Knattern und Krachen.

»Erzähl's den Robos«, sagte Casey. »Der Computer wird es aufzeichnen.«

Ich rief wieder, diesmal mit einem Weckcode.

»Ist ja schon gut«, knisterte Pepes Stimme aus dem Lautsprecher. »Entschuldige, Dunk, aber Arne hat die Führung übernommen. Er versteckt sich. Er will nicht, dass du uns anfunkst, und er will nicht, dass wir antworten.«

»Warum nicht? Wir sind auf keine Aliens gestoßen.«

Jede Antwort brauchte drei lange Sekunden, um uns vom Mond aus zu erreichen.

»Ist ihm egal. Er fürchtet, sie könnten uns abhören.«

»Und uns immer noch jagen, nach vierhundert Jahren?«

Er senkte seine gehetzte Stimme. »Wenn du geglaubt hast, Arne zu kennen, irrst du dich. Er ist total paranoid geworden. Und er hat Caseys Waffe gefunden. Er hat sich Tanya und Dian geschnappt. Mich behandelt er wie einen Sklaven. Droht, mich in die Kälte hinauszuschmeißen, wenn ich mich ihm in den Weg stelle. Ich wünschte –« Er stockte. »Ich wünschte, ich hätte dich und Casey begleitet.«

»Halt durch, bis wir zurückkommen.«

»Tut das nicht!«, erwiderte er heftig. »Versucht nicht, zurückzukommen. Arne hat Angst, die Außerirdischen könnten euch sehen und folgen. Selbst wenn ihr es schafft, würde er euch nicht reinlassen.«

Konsterniert fragte ich ihn, warum.

»Seit eurem Abflug ist er der Leitwolf. Und dieser Job gefällt ihm.«

»Kommst du nicht gegen ihn an?«

Die dreisekündige Verzögerung dehnte sich zu einer halben Minute.

»Ich habe es versucht.« Pepes Stimme klang rau und dumpf, als er sich endlich wieder meldete. »Ich habe die Waffe geklaut, als er schlief, aber Tanya –« Aufwallende Gefühle würgten ihn. »Sie war mit ihm im Bett. Sie wachte auf und stellte sich zwischen uns. Du weißt, wie wir zueinander standen, aber jetzt – sie liebt ihn, Dunk. Und ich kann absolut nichts tun.«

Ich wollte ihn fragen, ob er sich davonstehlen könnte, um sich uns anzuschließen, aber seine heisere Stimme unterbrach mich, ehe meine Worte ihn erreichten.

»Es ist Zeit, Lebewohl zu sagen, Dunk. Ich würde gerne glauben, dass Arne wirklich so verrückt ist, wie er sich benimmt, aber – na ja, man kann es nicht wissen. Er könnte Recht haben. Du sagst, ihr seid keinen Aliens begegnet, aber ihr habt auch noch nicht herausgefunden, was den Planeten getötet hat. Die Station könnte tatsächlich in Gefahr geraten.«

»Oder auch nicht«, versuchte ich abzuschwächen. »Wir haben nichts Elektronisches ausgemacht. Ich bezweifle, dass irgendetwas hier über die Technik verfügt, uns abzuhören.«

»... tut mir Leid, Dunk.« Er hatte meine Antwort gar nicht abgewartet. »Arne will, dass wir den Funkbetrieb einstellen. Nur eins noch, Dunk –« Seine Stimme sank zu einem Flüstern. »Ich hoffe, dass wir uns in einem späteren Leben wiedersehen – wenn wir jetzt nicht von Außerirdischen erwischt werden.«

Wir benutzten die Landeklappen zum Abbremsen, um auf der letzten Umlaufbahn Treibstoff zu sparen, und glitten über den Indischen Ozean und hinunter in den Ostafrikanischen Graben, um schließlich auf einem breiten, weißen Strand zwischen altehrwürdigen Kippen und einem Süßwassersee zu landen. Auf dem Wasser tanzten Wellen, sonst aber bewegte sich nichts.

Wir blieben zwei Tage an Bord, sammelten Daten und sicherten sie, für jemanden, der uns vielleicht folgen mochte. Das Spektroskop zeigte atmosphärischen Sauerstoff, etwas niedrig aufgrund des fehlenden Pflanzenlebens, etwas erhöhte Kohlendioxidwerte, aber keinerlei Merkwürdigkeiten, keine Gifte, keine Mikroorganismen, nichts, was uns alarmiert hätte.

Am dritten Tag wagte Casey sich aus dem Schiff.

»Viel Glück, Dunk.« Er schüttelte mir die Hand, bevor er den Schutzanzug anlegte. »Es hat Spaß gemacht. Du wirst bald wissen, ob Arne Recht hatte, was den tödlichen Wirkstoff angeht. Wenn ich nicht zurückkomme, setz deine Aufzeichnungen fort und schick sie den Robos. Was immer hier passiert, ich möchte, dass wir noch eine Chance bekommen. Und dass ich noch eine Chance bekomme –«

Er stockte.

»Meine Chance, wieder mit Mona zusammen zu sein.«

Ich sah zu, wie er eine lange Furche in den lockeren weißen Sand grub, Saatkörner ausbrachte, die mit Dünger ummantelt waren, sie sorgfältig bedeckte und am Ende der Reihe lange niederkniete. Dann stapfte er zum Ufer hinunter und holte eimerweise Wasser, um die Saat zu bewässern.

»Test Nummer eins.« Er stand auf und meldete sich über sein Helmfunkgerät. »Du wirst die Resultate in einer Woche sehen. Wenn das Leben hier wieder existieren kann, wird die Saat aufgehen. Es wird sich etwas Grünes zeigen. Wenn Arne Recht hat, wenn die Welt zu lebensfeindlich geworden ist, dann nicht. Und jetzt Nummer zwei.«

»Nicht!« Ich sah, wie er die Versiegelung seines Helmes löste. »Warte erst ab, ob die Saat aufgeht.«

Er nahm den Helm ab und grinste tief durchatmend zu mir herüber. Ich glaubte, ihn wanken zu sehen, aber er bückte sich nur nach den Verschlüssen seiner Stiefel. Er zog den Anzug und das gelbe Futter darunter aus. Nackt und schwarz stand er da und hob zwei Finger zum V-Zeichen, wie es DeFort, das hatten wir im Holo gesehen, nach der Flucht von der Erde getan hatte. Dann rief er etwas, das ich nicht verstehen konnte, und rannte auf das Wasser zu.

Er watete hinein, bis es ihm an die Hüften reichte, dann tauchte er unter, schaffte es schließlich, an der Oberfläche zu bleiben, und paddelte so weit hinaus, dass ich Angst um ihn bekam. Als er endlich zurückwatete, winkte er mir zu und legte sich lange Zeit in die Sonne, ehe er seine Ausrüstung aufsammelte und durch die Luftschleuse wieder hereinkletterte.

»Eine jungfräuliche Erde!« Er sprudelte schier über vor Begeisterung. »Blank gefegt von all dem Unkraut, den Insekten und rivalisierenden Spezies, mit denen sich unsere Vorfahren herumschlagen mussten. Auf uns wartet ein neues Feld, auf dem wir unseren eigenen neuen Garten Eden anpflanzen können.«

»Und Arnes Außerirdische sind vielleicht der neue Satan, der darauf wartet, uns den Apfel zu reichen.«

»Kann sein.« Casey hob die Schultern. »Aber ich hoffe nicht.«

Am nächsten Tag ging ich mit ihm hinaus. Unsere Raumausrüstung ließen wir an Bord.

Die Erde! Dies war ein Moment, von dem ich mein Leben lang geträumt, auf den ich mit einer Mischung aus Begierde und Furcht gewartet hatte. Die Sonne stand hoch. Ihr Widerschein auf dem Sand und der Brandung tat mir in den Augen weh. Ich drehte mein Gesicht und spürte den Wind, den ersten, den ich je spürte. Er war heiß, des Staubes wegen trocken und beißend, und doch empfand ich etwas von Caseys freudiger Erregung.

»Komm mit!« Vor mir rannte er auf den See zu. »Raus aus unserem kleinen Loch im Kraterrand, rein ins Universum!«

Trotz all unseres Trainings in der Zentrifuge war die Schwerkraft der Erde doch immer noch ein schwerer Hemmschuh, aber ich trottete hinter ihm her und half ihm beim Wassertragen, um die Saatfurche wieder zu füllen. Danach watete ich mit ihm hinaus, tauchte, bis ich lernte zu schwimmen, und dann ging ich ans Ufer zurück und ruhte mich im Sand aus, bis mich das Kribbeln eines Sonnenbrands wieder ins Schiff trieb.

Innerhalb weniger Tage verlieh die Sonne der Furche eine schwach grüne Färbung. Grüne Halme drängten hervor. Blätter entfalteten sich. Ein leuchtend grüner Streifen verlief durch den weißen Sand auf den See zu. Casey verbrachte seine Zeit damit, die Pflanzen zu wässern, den Boden um sie her zu rechen und kleine provisorische Zelte zu errichten, um die Keimlinge zu schützen, die durch zu heftige Sonnenbestrahlung einzugehen drohten. Auf sein Geheiß hin rief ich die Station, damit er vom schnellen Wachsen der Pflanzen und dem schieren Wunder des Lebens schwärmen konnte. Doch vom Mond kam keine Antwort.

Wir blieben eine Regen- und eine weitere Schönwetterphase lang an jenem Strand. Der weiße Staub erwies sich als fruchtbarer Boden. Casey hegte und pflegte die Pflanzen und genoss die Luft, den See und die Sonne. Ich bekam einen Teint und baute Muskelmasse auf, die mich mit der Schwerkraft zurechtkommen ließ. Unsere Pflanzen wuchsen, robustes Buschwerk und Gräser, die blühten und ihre Saat verbreiteten. Von diesen Aussichten getrieben, starteten wir wieder und verwendeten unsere Treibstoffreserven darauf, auf Höhe der Stratosphäre über dem Planeten zu kreuzen und über den Kontinenten und Meeren mit Saatgut gefüllte Lebensbomben abzuwerfen.

Nachdem wir das getan hatten, landeten wir wieder, um auf dem Hochplateau zwischen dem Graben und dem Indischen Ozean das Ende unseres Lebens abzuwarten. Es ist ein schönes Fleckchen, auch wenn sich weit im Süden oft vulkanische Rauchwolken über dem Kilimandscharo türmen und Staubstürme manchmal den Himmel trüben. Jahr um Jahr breitet sich unsere kleine grüne Insel weiter über die kahle Ebene aus.

Gemeinsam arbeiten wir in dem Garten, der uns ernährt. Es gibt keinen Frost hier, und wir haben kein Ungeziefer mitgebracht außer jenem, das für die Ökologie des wachsenden Grüns erforderlich ist. Es gibt kein Unkraut. Casey liest Shakespeare und genießt es, große Reden zu deklamieren, in jenem Stil, den er aus den Holodramen im Saal der Schätze gelernt hat, die Dian für kommende Welten hortet. Er unterrichtet mich in Kampftechniken, die er wiederum von einem Holo gelernt hat, das El Chino ihm hinterließ. Eine ausgezeichnete Fitnessübung, wenn auch wohl von eher geringem Nutzen für eine etwaige Unterhaltung mit irgendwelchen Außerirdischen, sollten sie denn auftauchen.

Wir rechnen nicht mehr mit Schwierigkeiten aus dieser Richtung, aber ich nehme an, dass Arne es tut. Wir erhalten nie eine Reaktion auf die Testsignale, die wir zur Station schicken, aber ich halte weiterhin Wetter- und Seismikdaten fest, schreibe die Geschichte unseres Wirkens nieder und sende Berichte zum Mond. Wir warten auf Arnes Ende und vertrauen darauf, dass die Roboter noch dort sein werden, wenn er tot ist, und der Computer unsere Übertragungen aufzeichnet für diejenigen, die uns dereinst folgen mögen. Casey hat eine Nachricht geschickt – einen Liebesbrief, nehme ich an, auch wenn er ihn mich nicht lesen ließ –, die für eine zukünftige Mona bestimmt ist. Ja, wir rechnen damit, wieder zu leben.

13

Wir sind eine neue Generation; ich kann kaum glauben, dass der Computer so viele erschaffen hat.

Ich bin wieder und wieder gestorben, meine Knochen blieben an namenlosen, vergessenen Orten zurück, doch während ich die Geschichten unserer Holo-Eltern und unseres eigenen früheren Lebens lese, kann ich spüren, dass ich stets ein- und dasselbe Ich war. Stets in ein- und demselben Maternitätslabor aus ein- und denselben Zellen geklont, in ein- und demselben Loch im Tycho-Rand mit ein- und denselben Gefährten aufgewachsen und von ein- und denselben Robotern und Holos auf ein- und dieselbe große Mission vorbereitet, waren wir nicht den tausend Ablenkungen ausgesetzt, derentwegen eineiige Zwillinge in der alten Welt sich auseinander lebten. Ich weiß, dass jedes neue Leben seinen eigenen, neuen Weg findet. Und doch habe ich nach so vielen Inkarnationen manchmal das Gefühl, ein- und derselbe Unsterbliche zu sein.

Während ich die Tycho-Station und unsere Mission auf der Erde zu verstehen versuchte, habe ich mir oft Fragen gestellt über die Ereignisse seit dem großen Impakt, der unsere leiblichen Eltern mit den Robos und dem Mastercomputer allein hier auf dem Mond zurückließ. Aber ich bin mir kaum einmal sicher. Wenn der Computer die vergangenen Jahrtausende gezählt hat, so hat er es uns nie verraten. Wir studieren die Unterlagen, die frühere Generationen hinterlassen haben, aber an manchen Stellen scheinen sie unvollständig zu sein.

Dennoch, unsere Pflicht ist uns klar. Und wir beabsichtigen, sie zu erfüllen.

Seit Casey und ich neues Leben auf dem toten Planeten

säten, ist enorm viel Zeit vergangen. Unsere frühen Jahre verliefen weitgehend so, wie unsere Klongeschwister es in ihren Aufzeichnungen und Briefen an uns geschildert hatten, aber die Erde hat sich gewaltig verändert. Eine Eiszeit war über sie gekommen. Gletscher haben sich vom Pol aus nach Süden zum Himalaja und über den größten Teil Nordamerikas ausgebreitet.

Dennoch hatten Casey und ich nicht etwa versagt. Der weiße Staub war verschwunden. Quer über Australien und Südasien verlief ein breiter Gürtel lebenden Grüns. Afrika und die amerikanischen Kontinente indes bestürzten uns – als wir alt genug waren, um bestürzt zu sein.

Unsere Mission, die Erde wiederherzustellen, schien eine überwältigende Herausforderung zu sein, aber diesmal hatte der Computer auch Cal DeFort geklont, der uns bei dieser Aufgabe helfen sollte. Vielleicht hatte der letzte Arne aufgrund seiner Angst vor etwaigen außerirdischen Invasoren erwartet, dass wir DeFort brauchen würden, der gegenwärtige Arne allerdings war nie froh über seine Anwesenheit. Cal war ein schlaksiger Rotschopf, sommersprossig und kampflustig – und verbittert, weil er keinen Vater hatte.

Sein leiblicher Vater starb bei der ersten Landung auf der Erde, noch bevor Programme entwickelt worden waren, um auch nur einen Teil seines Geistes im Tank am Leben zu erhalten. Der Robovater, der für künftige Cals gebaut worden war, war auf der Erde verloren gegangen. Als Heranwachsender versuchte er uns allzu offensichtlich glauben zu machen, dass er keinen von beiden brauchte, und war doch stets allzu stolz darauf, wer er war.

»Ihr kennt ja meinen Vater«, pflegte er zu prahlen. »Das Genie, das die Station baute und den Impakt kommen sah und uns hierher brachte, um die Erde zu terraformen. Ich bin er, wieder lebendig und immer noch der Boss. Und das werde ich immer sein.«

Damit war Arne nie einverstanden. Die Streitigkeiten begannen, als sie fünf Jahre alt waren. Ständig hatten sie blaue Augen und blutende Nasen, weil sie sich prügelten. Arne war größer und kräftiger, aber Cal wollte nie aufgeben, bis Dian dazwischenging, um Arnes Verletzungen zu versorgen. Sie liebte Arne. Cal schien es nie zu kümmern, ob ihn jemand liebte oder nicht.

Unsere Holo-Eltern hielten uns auf Trab, während wir aufwuchsen, lehrten uns die Wissenschaften und die Fähigkeiten, die wir auf der Erde brauchen würden. Cal konnte kaum erwarten, dass es losging. Er war ganz erpicht darauf, den Planeten zu erkunden und einen Platz für unsere erste Kolonie zu finden. Er bedauerte es sehr, dass die erste Expedition keine Tiere dort lassen konnte, weil es kein Futter für sie gegeben hätte, bis die Pflanzen wuchsen. Daher lernte er so viel wie möglich über die eingefrorenen Embryos und die Ausrüstung, die wir benötigten, um sie aufzuziehen und zu ernähren.

Sein Enthusiasmus beunruhigte Arne, der Angst vor einer Rückkehr, Angst vor außerirdischen Invasoren hatte, die auch sein älteres Ich schon gefürchtet hatte. Er hatte Angst, etwas zu tun, was die Existenz der Station verraten könnte. Und es machte ihm Angst, was wir in Afrika und Amerika entdeckten.

»Asien sieht lebendig aus«, sagte mein Holovater. »Die Pflanzen, die wir säten, gedeihen offenbar und könnten Tiere ernähren, wenn wir welche ansiedeln. Und ich hoffe, dass sie uns ernähren. Aber Afrika?« Er schüttelte den Kopf in ungeduldiger Enttäuschung, die den Eindruck vermittelte, als wolle er aus dem Tank steigen und sich auf den Weg machen, um selbst nach der Erde zu sehen. »Und Amerika? Was zum Teufel ist dort passiert?«

Auf der Suche nach Antworten hielten wir uns während unserer Kindheit ständig im Dom auf, blickten durch Teleskope und Spektroskope, lagen den Robos und unseren Eltern in den Ohren und befragten über die Tastatur den Mastercomputer selbst. Die Welt entsprach nicht mehr unseren Karten. Gletschereis türmte sich auf den Landmassen und hatte die Meere abgesenkt und die Straße zwischen Sibirien und Alaska trockengelegt.

Das sterile Weiß, von dem der letzte Dunk und Pepe berichtet hatten, war aus Afrika verschwunden, aber es war an seiner Stelle nichts Grünes gewachsen. Die Sahara war wieder braun, doch der Rest des Kontinents hatte sich dunkelrot verfärbt. Der Nil war ein dünner roter Strich. Das geschrumpfte Mittelmeer war rot umrandet. Als wir den Kontinent absuchten, fanden wir Netze aus bräunlichen Linien, die über dem Süden lagen, eines davon an der Nilmündung ins Rote Meer.

»Straßen einer Stadt?«, fragte sich Cal. »Und Straßen, die davon abzweigen, wenn Arnes Außerirdische denn Städte bauen, führen hinaus in dieses rote Zeug, was immer es sein mag.«

»Also sind sie noch dort!« Arne verzog unbehaglich das Gesicht. »Sie haben unsere Lebensform auf dem Planeten ausgelöscht, damit sie ihn übernehmen können. Sie werden auch uns töten, wenn sie uns je entdecken.«

»Vielleicht.« Cal schüttelte den Kopf. »Aber die Erde ist eine viertel Million Meilen entfernt. Zu weit weg, um uns viel verraten zu können.«

Die untere Hälfte Nordamerikas und der größte Teil von Südamerika sahen ebenso seltsam aus. Das Land zeigte ein merkwürdiges grünliches Blau, gesprenkelt mit Inseln wechselnder Schattierungen von Rot, Orange und Gold, in Mustern, die jedes Mal, wenn wir hinschauten, anders aussahen.

»Das gefällt mir nicht.« Finster blickte Arne ins Teleskop. »Dian und ich haben uns die Spektrografen angesehen. Wir sind Computeraufzeichnungen durchgegangen.« Er machte ein besorgtes Gesicht. »Es ist ein furchtbares Geheimnis. Es mag zwar Leben sein, aber nicht von unserer Art.«

Casey fragte, woher er das wusste. Arne hatte Molekularbiologie studiert. Er versuchte zu erklären, dass manche Moleküle polarisiertes Licht in Drehung versetzen. Er sagte, unsere Art von Protoplasma verleihe ihm eine Linksrotation. Die Tests seien schwierig, sagte er, und schwer zu interpretieren, aber er und Dian behaupteten aufgrund ihrer spektroskopischen Untersuchungen, dass das Leben auf den amerikanischen Kontinenten rechtsläufig sei.

»Außerirdisches Protoplasma! Es muss von außerhalb des Sonnensystems gekommen sein. Es könnte giftig sein für jeden, der so verrückt ist, da hinunterzugehen.«

»Dann nenn mich verrückt«, sagte Cal. »Aber ich gehe runter, sobald ich kann.«

Cal sagte das zum ersten Mal, als er kaum zwölf Jahre alt war. Arne wollte, dass nie jemand ginge, aber Cals Entschlossenheit ließ niemals nach. Als er 16 war, fing er an, den Computer um die Genehmigung einer Expedition zu bitten. Als er 21 wurde, gab der Computer seine Zustimmung. Cal rief uns in den Dom und teilte uns mit, dass die Robos ein Schiff bereitmachten.

»Jetzt noch nicht.« Arne schaute sich um. Er wollte sehen, wer sich auf seine Seite stellte. Dian nickte. »Wir müssen vorsichtig sein. Ich weiß nicht, was mit Amerika geschehen ist, aber in Afrika hat sich ganz sicher etwas Außerirdisches niedergelassen. Wahrscheinlich dieselben Aliens, die den Planeten sterilisierten, damit sie ihn übernehmen konnten.«

»Mag sein.« Cal schüttelte den Kopf. »Aber wir wissen es nicht.«

»Wir wissen genug.« Arne reckte das mit fahlgelben Stoppeln bedeckte Kinn vor. »Und ich habe Angst vor ihnen. Angst vor dem, was da in Amerika auch sein mag. Es gibt zu viele Fragen, die noch eingehenderer Untersuchungen bedürfen. Ich sehe keinen Grund, eine Landung zu riskieren. Oder in den nächsten zehn oder zwanzig Jahren auch nur darüber zu reden.«

»Zehn oder zwanzig Jahre?«, schnaubte Cal. »Ich starte morgen.«

»Überlege es dir noch einmal.« Arnes Stimme wurde tiefer. »Ich werde nicht zulassen, dass die Station oder die Mission gefährdet werden, solange wir nicht wissen, womit wir es zu tun haben.«

»Wir werden es nie erfahren, wenn wir nicht nachsehen.« Casey wandte sich an Cal. »Ich begleite dich.«

»Tut mir Leid.« Arne sah die beiden an. »Ich kann nicht erlauben –«

»Lass sie gehen«, sagte Pepe. »Wir haben uns lange genug versteckt.«

»Ich werde nicht –« Arne blickte finster in Caseys schwarzes Gesicht, sah unsicher zu Dian und erkannte, dass er geschlagen war. Abrupt drehte er sich mir zu. »Na schön, na schön. Du gehst mit ihnen, Dunk. Sichere deine Aufzeichnungen für die Zukunft – falls wir eine Zukunft haben. Ich bleibe bei den Mädchen. Wir werden die Station in Betrieb halten.«

Mit Tränen in den Augen gab Tanya mir einen Abschiedskuss.

»Komm zurück, Dunk.« Sie drückte mich kurz. »Komm zurück, wenn du kannst.«

Ich hatte nicht gewusst, dass ich ihr etwas bedeutete.

Über der einladend grünen Weite Asiens zogen wir mögliche Landestellen in Betracht. Über dem roten Afrika debattierten wir darüber, was es mit jenen schwach auszumachenden Linien auf sich haben mochte. Über Amerika richteten wir das Teleskop auf die blaugrüne Tiefebene und das vielfarbige Hochland und standen einmal mehr vor einem Rätsel. Südasien begrüßte uns mit weiten Ausdehnungen kräftigen, vertrauten Grüns.

Im Kaschmirtal landeten wir schließlich.

»Das Paradies!«, flüsterte Cal, als er von der Luftschleuse aus hinunterkletterte und sich umschaute. »Wir sollten es Eden nennen.«

Der Talboden war ein üppiger Teppich aus jenem Gras, das die letzte Expedition gesät hatte. Dichter Wald ummantelte die unteren Berghänge. Dahinter stiegen nackte Felswände zu den Gipfeln des Himalajas auf, die uns einschlossen. Lange Zeit standen wir schweigend da, sahen zu den schneegekrönten Bergspitzen hinauf, atmeten die frischen Düfte des Lebens, hüpften auf den Fußballen, um die Schwerkraft zu testen, und bückten uns, um Halme des grünen, heimischen Grases zu pflücken.

»Verdammt! Verdammt!« Casey atmete tief durch und verrenkte sich beinahe den Hals, um zu den spitzen Gipfeln und dem azurblauen Himmel hinaufzusehen. »Ich wünschte, ich hätte Worte dafür.«

Als der volle Mond über die Gipfel stieg und damit in Funkreichweite kam, rief Cal die Station und meldeten, dass wir den perfekten Platz für die Kolonie gefunden hatten. Ein natürlicher Wald, sagte er, sicher vor Flut und Dürre und nahezu allem außer einem weiteren Einschlag. Seine Abgeschiedenheit würde den Ort vor einer Entdeckung schützen.

»Das reicht!«, knisterte Dians scharfe Stimme und unterbrach ihn. »Schalt ab! Arne hat dir befohlen, die Außerirdischen nicht auf uns aufmerksam zu machen.«

»Bislang haben wir keine Aliens gesehen«, erwiderte Cal. »Kein Anzeichen irgendeiner höheren Technologie. Nur diese Linien über dem roten Zeug, fast zu schwach, um sie zu erkennen. Wenn es dämmert, starten wir und sehen uns das näher an. Wir lassen euch dann wissen, was wir finden.«

»Nicht!« Arnes wütende Stimme. »Werft euer Leben nicht weg.«

»Unsere Nachfolger müssen wissen –«

»Unterbrich die Übertragung.« Seine Stimme klang schriller. »Bleibt am Boden. Wir kommen nicht runter, um eine Kolonie anzusiedeln, auch dann nicht, wenn ihr behauptet, hundert Paradiese gefunden zu haben. Um der Mission willen, verratet uns nicht.«

»Dunk?« Tanyas Stimme, hastig und nervös, kam aus dem Lautsprecher. »Ihr habt getan, was ihr wolltet. Könnt ihr jetzt nicht zurückkommen? Habt ihr noch Treibstoff?«

»Gerade genug«, sagte Casey. »Wenn wir jetzt starten.«

»Wir starten«, erklärte Cal. »Nach Afrika und dann nach Amerika. Nicht zum Mond.«

»Dunk – Dunk –«

Tanyas bebende Stimme wurde abgeschnitten.

Im Mondlicht wirkte das Tal mit seinen Eiswänden herrlich. Wir starteten in der Dämmerung. Hoch in der Stratosphäre, aufmerksam auf etwaige Feindseligkeiten achtend, kreuzten wir über Afrika. Kein Radar erfasste uns. Keine Raketen stiegen auf. Kein Schiff erschien, um uns anzugreifen. Durch unsere Ferngläser machten wir dunkle Punkte aus, die sich auf jenen dünnen, grauen Linien bewegten. Casey sagte, er habe sie schon vom Orbit aus gesehen.

»Verkehr«, sagte er. »Straßen, auf denen sich etwas bewegt. Nicht in unsere Richtung. Städte.« Er hatte die rätselhaften Linien und Flecken auf einer Karte skizziert, die den Kontinent so zeigte, wie er früher ausgesehen hatte. Es gab Zielmuster aus winzigen, konzentrischen Kreisen, die meisten davon nahe der Küste, drei in der Nähe der Mündung des Limpopos, des Nils und des Kongos, einer auf dem kenianischen Plateau, ein weiterer an der Nordküste des Mittelmeers.

»Das müssen Städte sein, der Geografie wegen. Sie liegen dort, wo wir früher lebten. An Flüssen oder fruchtbaren Ebenen.«

»Dann sind Arnes Außerirdische also wirklich hier, was?« Casey nickte. »Und wir müssen davon ausgehen, dass sie uns nicht hier haben wollen.«

»Könnte sein.« Cal sah stirnrunzelnd auf seine Karte. »Wir wissen es nicht. Wenn wir nichts tun, ist die Mission gestorben. Sie mögen zwar Afrika erobert haben, aber sie sind immer noch weit entfernt von jeglicher Kolonie, die wir in Asien gründen könnten.«

Casey war unser Pilot.

»Such eine Stelle aus«, sagte er. »Und ich bring uns runter.«

Wir landeten in der Nacht auf dem kenianischen Plateau, nahe einer der Linien auf Caseys Karte, die er für eine Straße hielt und die, wie er meinte, von einer Stadt der Außerirdischen zum Indischen Ozean führte. Bei Tagesanbruch sahen wir um uns her eine flache Ebene, die mit etwas bewachsen war, das wie hohes rotes Gras aussah. Weit im Süden erhob sich der Kilimandscharo, einen Wolkenmantel um den weißen Gipfel. Wir warteten stundenlang, hielten Ausschau, horchten. Wir hörten keinen Laut und nichts über Funk. Eine lange rote Hügelkette verwehrte uns die Sicht auf die Straße.

»Wenn uns jemand gesehen hat«, meinte Cal, »dann scheint es sie nicht zu kümmern.«

Der abnehmende Mond stand noch immer hoch und befand sich im Funkempfangsbereich. Wir riefen die Station. Ich meldete die Landung und beschrieb, was wir ringsum sehen konnten. Wir erhielten keine Antwort. Cal nahm das Mikro.

»Es ist etwas hier«, sagte er. »Wir sehen keine Anzeichen einer industriellen Kultur, keine Hinweise auf eine Technik, die zur Raumfahrt im Stande wäre. Was immer sie auch sind, diese Wesen bauen keine langen Brücken. Ihre Straßen überqueren keine großen Flüsse. Keine Auffälligkeiten im elektromagnetischen Spektrum. Ich bezweifle, dass sie dieses Signal auffangen.«

Wir warteten eine halbe Minute, ohne etwas vom Mond zu hören.

»Ich hoffe, bald mehr berichten zu können«, fuhr Cal fort. »Wir sind nur etwa zwei oder drei Meilen von der Straße entfernt. Bei der Landung sah ich etwas, das noch näher war. Etwas, das eine Behausung sein könnte. Eine kreisförmige Lichtung von einer halben Meile Durchmesser, in der Mitte ein Gebäude mit einem Kuppeldach. Ich gehe los und versuche, irgendwie Kontakt aufzunehmen.«

Casey blieb an Bord. Ich kletterte hinter Cal hinab und hinein in eine rote Vegetation, die so dicht war, dass er nur ein paar Meter weiter nicht mehr zu sehen war. Die Luft war reglos und ofenheiß, fast erstickend. Ein beißender, bitterer Geruch brachte mich zum Husten. Aus Angst vor all dem Unbekannten zog ich mich zur Leiter zurück. Dicht um uns her drängten sich dicke Büschel von Blättern mit gezackten Rändern. Sie waren schmal wie Rapiere, mit purpurfarbenen Federbüschen besetzt, und hatten die rotschwarze Färbung getrockneten Blutes. Sie waren doppelt so hoch wie wir, und ich kam mir dazwischen verloren vor.

»Ich habe genug gesehen«, rief ich Cal zu, abermals hustend. »Das ist kein Ort für Menschen.«

»In Ordnung.« Er schaute durch das dornige Gewirr zurück. »Bleib hier und melde alles, was passiert. Wenn ich nicht zurückkomme, fliegt ihr nach Nordamerika.«

Sich vorsichtig einen Weg durch die Blätter bahnend verschwand er wieder.

14

Casey und ich wechselten uns im Cockpit ab, während wir darauf warteten, dass Cal aus diesem dornigen Gestrüpp zurückkehrte. Die Sonne kroch auf die bläulichen Vulkankegel weit westlich von uns zu. Im Süden stieg eine Ambosswolke über dem Kilimandscharo auf, breitete sich aus und verdeckte den Himmel. Ein plötzlicher Wind peitschte durch die rotschwarzen Blätter. Blitze zuckten. Donner krachte. Regen und Hagel hieben auf uns ein. Der Sturm ging vorüber. Die Sterne kamen hervor. Ich schlief unruhig im Navigatorensitz, bis Casey mich aufweckte, damit ich sehen konnte, wie eine rote Dämmerung heraufzog und eine rote Sonne aufging.

Der Kilimandscharo ragte so gleichmütig aus der roten Landschaft auf, wie er vor dem Impakt in unserer grünen Welt gestanden hatte. Es kamen keine Aliens aus dem Dschungel, aber auch Cal kehrte nicht zurück. Unsere Hoffnung begann zu schwinden. Zur Mittagszeit aßen wir von den Früchten und der Tiefkühlkost, die wir von der Station mitgebracht hatten, und Casey sah mich düster an.

»Ohne Waffe, ohne Essen oder auch nur Wasser –« Mit finsterer Miene hob er die Schultern. »Ich hätte mit ihm gehen sollen.«

»Wir haben seine Befehle«, entgegnete ich. »Bericht an die Station erstatten. Weiter nach Amerika und uns dort umsehen.«

»Das werden wir auch.« Er aß den Rest einer Banane und wischte sich die Lippen ab. »Aber jetzt will ich nach Cal suchen.« Er zog seine Stiefel an. »Gib mir zwölf Stunden.

Wenn ich bis dahin nicht zurück bin, fliegst du ohne mich los.«

Diese Stunden zogen sich endlos dahin. Der Nachmittag war schon schlimm genug, aber wenn der böse Zauber dieser roten Welt mich zu übermannen begann, vermochte mich ein Blick auf den Kilimandscharo stets wieder in die Realität der Erde zurückzubringen. Nach Einbruch der Dunkelheit allerdings fand ich keine Zuflucht mehr vor den Ungeheuern, die meine Vorstellung gebar. Einmal, im Versuch, diese unerträgliche Unruhe abzustreifen, öffnete ich das Schott und sah hinaus.

Die Blüten an den Spitzen jener rapierartigen Blätter schimmerten schwach und woben den Dschungel in gespenstisches Violett. Die Nacht war totenstill, bis ich ein Flüstern des Windes vernahm, der blutrote Funken aufwirbelte, Pollenkörner vielleicht. Die schwüle Luft war erfüllt von einem leichten, aber Übelkeit erregenden Gestank, für den ich keine Worte fand.

Eine Stunde lang stand ich da, lauschte nach Caseys Stimme und dachte, er könnte sich verlaufen haben und jetzt durch diesen fremden Dschungel irren. Also rief ich seinen Namen, bis sich die Schatten in derart monströse Gestalten zu verwandeln begannen, dass ich vor Angst schauderte und die Luke schloss, um sie auszusperren.

Die zwölf Stunden, um die Casey mich gebeten hatte, waren inzwischen mehr als zweimal vergangen. Ein neuer Abend dämmerte, und mein Blick war verschwommen, meine Augen angeschwollen. Dann sah ich ihn aus diesem Gewirr rotschwarzer Blätter hervortaumeln. Seine Kleidung war zerfetzt, seine Haut verschrammt und blutig. Er wankte zur Leiter. Ich half ihm herein. Er stürzte in den Navigatorensitz.

»Bring uns hoch«, keuchte er. »Bring uns hoch.«

Das konnte ich natürlich nicht. Er war von Pepes Holovater in Astronautik unterrichtet worden und hatte im Simulator trainiert. Ich nicht. Ich konnte ihm nur eine Flasche Wasser geben, als sein verstörter Blick sich an mir festfraß. Er trank die Flasche aus und sank dann aus der Welt, ohne ein weiteres Wort zu sagen.

Abermals hielt ich so lange Ausschau, wie ich wach bleiben konnte. Es zeigte sich nichts, was Casey hierher gefolgt war. Er lag schnarchend in seinem Sitz, brummelte und zuckte ab und zu, als kämpfe er gegen einen unsichtbaren Feind. Ich war selbst erschöpft, wollte schlafen und ließ mich in den Pilotensitz sinken. Irgendwann in der Nacht zerrte er mich am Arm, damit ich ihm Platz machte. Dann hoben wir ab.

Als wir sicher in der Luft waren, fand ich ein paar Essenspakete und fragte ihn, ob er Hunger habe. Stattdessen ließ er mich ein Medipack öffnen. Auf seinen Armen war Blut aus langen Schnittwunden schwarz getrocknet. Sein Knöchel war blau und geschwollen. Die Dornen hatten überall Kratzer hinterlassen, die jetzt geschwollen und entzündet waren. Als ich ihn berührte, war er fieberheiß. Er wollte nicht reden, aber er ließ mich ihm helfen, die Schnittwunden zu säubern und mit Heilspray zu besprühen.

Es half nichts. Er zitterte, aber er blieb über die Steuerung gekauert, die Augen auf die Instrumente gerichtet. Ich stellte keine Fragen, aber schließlich, als wir hoch über dem Atlantik in der Stratosphäre waren, holte er geräuschvoll Luft und setzte sich etwas aufrechter hin.

»Wenn du wissen willst –« Zunächst war seine Stimme heiser und gebrochen. »Wenn du wissen willst, was aus Cal geworden ist –«

»Wenn du reden kannst.«

»Ich habe ihn nicht gefunden.« Seine blassen Lippen zuckten. »Keine Spur. Aber du wirst die Geschichte für die Aufzeichnungen brauchen – wenn wir lange genug leben, um sie zu übertragen.«

Ich fand den Audiorekorder. Er saß lange da, umklammerte ihn mit zitternder Hand, bevor er sich so weit sammelte, um unsere Namen zu nennen sowie Längen- und Breitengrad. Er hielt inne, tat einen langen, zittrigen Atemzug und schüttelte den Kopf in meine Richtung.

»Wir suchten vom Orbit aus nach Hinweisen auf mögliche Außerirdische in Afrika.« Seine Worte kamen am Anfang angestrengt und leise, sein Tonfall war schmerzhaft formell. Aber als er fortfuhr, sprach er freier. »Markierungen, die wir vom All aus entdeckten, erwiesen sich als künstlich. Unten in der Savanne zwischen dem Ostafrikanischen Graben und dem Indischen Ozean, in der Nähe einer, wie wir glaubten, belebten Straße, gerieten wir in dichtes Gestrüpp uns unbekannter Pflanzen. Als Commander DeFort von einem Erkundungsgang in die Umgegend nicht zurückkam, machte ich –«

Er schloss die Augen und sank im Sitz zusammen. Vielleicht suchte er nach der Kraft, um fortfahren zu können, vielleicht versuchte er auch nur, seine Worte für den Computer und unsere Nachkommen in tausend Jahren zu formulieren. Ich sah, wie er zitterte, aber er richtete sich wieder auf und sprach mit deutlicher, fester Stimme.

»Ich machte mich auf und folgte ihm durch diesen Dornendschungel. Es war ein dichtes Gewirr aus dunkelroten, dreikantigen Halmen mit scharfen Widerhaken an den Rändern. Es wäre undurchdringlich gewesen, aber die Halme standen in dicken Büscheln und dazwischen gab es etwas Platz, genug, dass DeFort sich einen Weg hindurchbahnen konnte.

Der Boden war locker und sandig. Er hatte Fußspuren hinterlassen, denen ich folgen konnte, aber ich musste mir selbst Mut machen, um die Suche fortzusetzen. Die tropische Sonne brannte aus dem Zenit herab. Die Luft regte sich nicht und war heiß wie in einem Ofen, und die Blüten an den Spitzen der Halme verströmten einen Übelkeit erregenden Geruch, der das Atmen fast unmöglich machte. Ich war schweißüberströmt, noch bevor ich nur ein Dutzend Schritte gegangen war. Ich blieb stehen, schaute zum Schiff zurück, wollte es nicht verlassen.

Aber natürlich musste ich weitergehen. DeFort war immer gut zu mir gewesen, schon auf der Erde, bevor wir geklont wurden, wie unsere Briefe und Tagebücher zeigten. Er hatte sich meine Geschichte angehört und mir auf der Station einen Job verschafft. Arne Linder mag zwar nichts mehr von uns hören wollen, aber wir müssen alles, was wir in Erfahrung bringen konnten, in den Mastercomputer transferieren. Um Cals willen jedenfalls. Sein Leben schien mir ab und zu mehr zu bedeuten als die unbekannte Zukunft der Erde.

Ich folgte seiner Fährte durch das Dickicht etwa zwei Stunden lang, bis ich eine weite kreisförmige Lichtung erreichte, die ich für ein bestelltes Feld hielt. In der Mitte stand ein kleines Gebäude mit einem niedrigen, schwarzen Kuppeldach. Es war umgeben von runden Reihen niedrig wachsender, schwarzblättriger Pflanzen. Pflanzen, die mit nichts von all dem Ähnlichkeit hatten, was in unseren Botanikbüchern verzeichnet ist. Die dreieckigen Blätter lagen flach auf dem Boden. Sie bildeten sternförmige Muster, in deren Mitte kräftig rote, apfelgroße Früchte wuchsen.

Das Feld sah leer aus, aber mir war so unwohl, dass ich mir eine Waffe wünschte. Mit meinem Jagdmesser schnitt ich einen Halm ab, der länger war als ich, und entfernte die Dornen am unteren Ende, damit ich ihn greifen konnte. So bewaffnet folgte ich DeForts Fußspuren über das Feld. Auf halbem Weg zu dem Gebäude erreichte ich das Ende der Fährte.

Er muss gekämpft haben. Die schwarzen Blätter waren zerstört und mit etwas Rotem bespritzt. Vielleicht war das Rote nur der Saft dieser roten Früchte, die bei dem Kampf zerquetscht wurden, aber ich glaube, es war sein Blut. Als ich dort kniete und versuchte, die Spuren zu interpretieren, hörte ich ein seltsames Brüllen, stand auf und sah von dem Gebäude aus etwas rasch auf mich zukommen.

Es war ein Ding, das so unirdisch war wie die Pflanzen, etwa so groß wie früher unsere Löwen und Tiger, aber ansonsten ähnelte es ihnen nicht. Es hüpfte auf zwei kräftigen Beinen mit langen Klauen in die Höhe und glitt auf weiten, ledrigen roten Fledermausflügeln wieder herab. Sein Körper war mit glatten, schwarzen Schuppen bedeckt, die dunkelrot schimmerten, wenn sich die hoch stehende Sonne darauf brach. Und es besaß zwei Köpfe.

Der größere hatte lange Schlitzaugen und ein riesiges Maul mit einer Doppelreihe langer Fänge, die wie schwarzes Glas glänzten, wenn sich die Kiefer zum Brüllen öffneten. Der kleinere befand sich zurückgesetzt auf seiner Schulter und wirkte so glatt und schwarz wie die Zähne. Er hatte fast die Form eines menschlichen Schädels, mit riesigen weißen Augen, in denen sich die Sonne wie in Spiegeln fing.

Ich starrte es einen Moment lang an, dann wandte ich mich zur Flucht. Aber das Ding war zu schnell. Mit einem letzten langen Gleiten kam es um mich herum und landete vor mir, um mir den Weg zum Dschungel abzuschneiden. Die Spiegelaugen hatten gelbumrandete Pupillen, die mich mit lähmender Macht anstarrten. Es brüllte wieder. Heißer Atem, der nach verwestem Fleisch stank, wehte mir entgegen. Eine dünne rote Zunge schnappte nach mir wie eine angreifende Schlange.

Ich duckte mich und stieß meinen Speer in den aufklaffenden Rachen. Die Zunge wickelte sich um meinen Knöchel und riss mich von den Füßen, aber der Speer hatte etwas Lebenswichtiges verletzt. Aus dem Brüllen wurde ein

Kreischen, das erstickte und verstummte. Das Wesen stürzte auf die Seite, die schwarz geschuppten Beine zuckten konvulsivisch. Die Zunge zog mich auf das Ding zu, mit einer Kraft, die mir fast den Knöchel zerquetschte, aber dann lockerte sie sich so weit, dass ich mich losreißen konnte.

Ich rappelte mich auf und dachte, ich hätte es geschafft, bis ich sah, wie sich der totenschädelartige zweite Kopf von der Kreatur löste. Er hatte das Ding quasi geritten und sich mit vier langen Haken festgeklammert, scharfe, rote Stacheln, von denen dunkles Blut tropfte, als er sie aus dem Rücken des Wesens löste. Er rollte zu Boden, lag da und starrte mit diesen riesigen weißen Augen zu mir auf. Er hatte ein winziges, zahnloses Maul, das wie ein hungriges Kätzchen maunzte. Gelähmt vor Entsetzen stand ich da, bis ich sah, wie sich diese Stacheln unter ihm zusammenzogen.

Der Kopf machte sich zum Sprung bereit. Ich zerrte an meinem Speer, aber die Widerhaken hielten ihn im Rachen der Kreatur fest. Die Stacheln waren Beine, wie Krallen zugespitzt, aber nach oben hin muskulös. Das Ding spannte sie unter sich an und sprang auf mich zu. Ich fing es mit beiden Händen wie einen Basketball. Es fühlte sich glatt und kälter an, als etwas Lebendes es sein dürfte.

Die Stacheln schlugen nach meinen Armen, versuchten, mich zu packen und sich festzuklammern. Ich warf den Schädel wie einen Ball von mir, taumelte nach hinten und humpelte in Richtung des Dschungels. Er hüpfte hinter mir her, maunzte jetzt lauter. Mein Knöchel pochte, war durch den Griff dieser schleimigen Zunge verstaucht, aber ich erreichte den Dschungel mit genügend Vorsprung. Als ich einen Blick zurückwarf, sah ich, wie es wieder auf diese schwarze Kuppel zuhüpfte.

In dem Dornengewirr ließ ich mich flach auf eine kleine freie Fläche fallen, blieb liegen und rang nach Atem. Mir wurde schlecht, als ich daran dachte, was mit Cal passiert sein musste. Dieses Ding ist ein Parasit. Ein Vampir. Es bohrt diese Stacheln in sein Opfer, reitet sie und saugt ihnen das Leben aus.«

Einen Moment lang saß er schweigend da und schüttelte niedergeschlagen den blutverschmierten Kopf.

»Sie haben ihren eigenen Biokosmos mitgebracht. Nichts davon entwickelte sich aus dem, was wir in Asien pflanzten. Sie sind intelligent. Und sie dürften nicht hier sein.« Er verstummte und sah mich an, seine Augen dunkel umrandet und leer. »Ich frage mich, wie sie hierher kamen. Und ob sie den Planeten nicht töteten, um Platz für sich selbst zu schaffen.«

»Aber um auf das eigentliche Geschehen zurückzukommen –« Mit einem kläglichen Achselzucken hielt er inne und fuhr mit dem Finger eine lange rote Narbe nach, die sich über seine Stirn zog. »Dieser schwarze Vampir hatte mich fast erledigt. Meine Arme bluteten aus den Schnittwunden von seinen Stachelbeinen. Ich verlief mich. Cal hatte unseren einzigen Kompass bei sich gehabt. Ich konnte die Sonne nicht sehen, nur hie und da, wenn sie genau über mir stand. Ich erinnere mich, endlos lange gelaufen zu sein, bis ich wohl ohnmächtig geworden bin.

Heute Morgen erwachte ich unter einem dieser Dornenbäume, alles tat mir weh, ich war fast zu steif, um mich zu bewegen, und noch immer hatte ich keine Ahnung, wo das Schiff war. Ich taumelte weiter, als ich wieder laufen konnte, und endlich erreichte ich eine felsige Stelle, an der ich hochklettern und mich umsehen konnte. So fand ich das Schiff.

Ich schlug mich in seine Richtung durch und verirrte mich abermals. Irgendwie stolperte ich wieder über diese runde Lichtung, wo ich auf die Monster getroffen war. Auf der anderen Seite machte ich umherkriechende Dinge aus. Maschinen oder Kreaturen, die diese roten Früchte ernteten, nehme ich an. Sie hielten in ihrem Tun inne und kamen auf mich zu.

Voller Angst rannte ich am Rand des Feldes entlang, bis ich unsere Fußspuren fand, Cals und meine, dort, wo ich ihm auf die Lichtung hinaus gefolgt war. Zu dem Zeitpunkt war es fast schon Nacht, und ich kam mir wie tot vor, aber ich schaffte es, den Fährten zurück zu folgen.« Er grinste mich matt an. »Danke, dass du gewartet hast.«

Mittlerweile war seine Stimme rau und schwach geworden. Er ließ sich in den Sitz zurücksinken, zitterte wieder, vielleicht eine Folge des Giftes der Dornen oder eines außerirdischen Virus. Ich hatte keine Ahnung, was ihn erwischt hatte und was ich tun sollte, aber ich fand zumindest eine Decke und breitete sie über ihn.

»Keine Sorge«, flüsterte er. »Ich bin in Ordnung. Ich werde uns runterbringen.«

Alles andere als in Ordnung kuschelte er sich in die Decke und lag dann da, schwer atmend, die Augen geschlossen. Das Schiff wurde per Autopilot gesteuert. Er schien zu schlafen. Ab und zu murmelte er Worte, die ich nicht verstand, stöhnte wie vor Schmerzen, schlug krampfhaft um sich; vielleicht träumte er von seinem Kampf mit dem Parasiten.

Das Schiff dröhnte weiter durch die Stratosphäre. Wir waren im Dunkeln gestartet, aber wir überholten die Sonne. Unter uns lag ein endloser schiefergrauer Ozean, bis am Horizont vor uns endlich eine dünne, dunkle Landlinie auftauchte. Als ich zu Casey hinschaute, lag er immer noch in den Pilotensitz gekauert da. Durch seine unruhigen Bewegungen hatte er die Decke abgestreift. Ich rief seinen Namen, um ihn aufzuwecken.

»Ich glaube, wir nähern uns Amerika. Kannst du das Schiff landen?«

Er richtete sich ruckartig auf, holte zischend Luft und legte sich wieder hin. Aus leeren, roten Augen sah er mich an, Entsetzen verzerrte sein blutiges Gesicht.

»Casey? Erkennst du mich nicht?«

Er wich vor mir zurück. Sein Mund öffnete sich, als versuche er zu schreien, aber ich hörte nichts.

»Wach auf«, schrie ich ihn an. »Du musst das Schiff landen.«

Er zuckte noch weiter zurück und hob die Hände, wie um mich abzuwehren.

»Du verdammtes – verdammtes Ding!«, keuchte er. »Was hast du mit Cal gemacht?«

Ich griff nach seiner Schulter. Er schauderte und entwand sich mir. Als ich ihn von neuem packte, schlug er wild mit beiden Fäusten zu und sank dann schlaff zurück und lag nur noch schwer atmend da.

»Casey, bitte!«

Er wich mit einer kraftlosen Bewegung aus, als ich nach seinem Gesicht fassen wollte. Seine Haut war schweißnass, immer noch fiebrig heiß, dennoch sah ich, wie er fröstelte.

»Casey«, flehte ich abermals. »Erkennst du mich denn nicht?«

Er richtete sich etwas gerader auf und glotzte mich mit leerem Blick an.

»Bitte! Wir sind gleich über Amerika. Du weißt doch, dass ich kein Pilot bin. Du musst uns runterbringen.«

»Cal?« Er schüttelte den Kopf und blinzelte verwirrt. »Wer zum Teufel –« Seine zugeschwollenen Augen weiteten sich, als er mich erkannte. »Entschuldige, Dunk. Ich bin nicht mehr ganz bei mir.« Er nickte mühsam und griff nach dem Rand der Decke, um sich damit übers Gesicht zu wischen. »Ich dachte – ich schätze, es war ein Albtraum. Ich versuche, uns runterzubringen. Hoffentlich erwartet uns dort etwas Besseres als in Afrika.«

15

Casey flog uns in Richtung Nordamerika. Er war wieder halbwegs bei sich und kauerte unsicher über der Steuerung. Ich kochte ihm eine Tasse bitteren Tee, den wir in der Station anbauten. Er nippte abwesend daran, essen konnte er allerdings noch immer nicht. Mit zuckenden Wangenmuskeln konzentrierte er sich auf seine Aufgabe, musterte die unbekannte Welt, die unter uns durch den Dunst kroch, ermittelte unsere Route anhand der Karten, die wir nach unseren Eindrücken vom Orbit aus gezeichnet hatten, und schätzte, wie weit wir noch kommen würden, mit dem Treibstoff, der sich in den Tanks befand.

Es muss irrsinnig anstrengend gewesen sein. Ich sah den Schweiß, der sein angespanntes, blutbeflecktes Gesicht überzog, sah das Zittern seiner von Dornen zerschundenen Hände. Aber er brachte uns zum Kontinent – der ganz anders aussah als alles, was auf unseren alten Karten verzeichnet war. Seen waren geschrumpft, als das Wasser gefror. Gletschereis bedeckte jetzt das frühere Kanada und erstreckte sich östlich der Rockies und weiter über das obere Tal des Mississippis.

Wir erreichten die Eisfläche auf Höhe des Breitengrads des alten New Englands und flogen südwestlich an seinem Rand entlang. Durch das Fernglas betrachtete ich das offene Land, bis die beigebraune Ödnis der Frühlingstundra anderer Vegetation Platz machte. Das Tiefland war grün, ein helleres, blaueres Grün, als wir es in Asien vorgefunden hatten. Höhere Lagen waren mit sonderbar bunten Farben gesprenkelt und gefleckt: Rot und Gold, Bernstein, Smaragd und Blau, alle in verschiedenen Schattierungen. Ich reichte Casey das Fernglas und versuchte ihn nach seiner Meinung zu fragen. Aber er saß nur vornübergebeugt und mit grimmigem Gesicht an den Kontrollen, hob die Schultern und sagte nichts.

Weiter südlich wich das Eis bis an die Berge zurück, aber auf den westlichen Gipfeln lag immer noch Schnee, als Casey zur Landung ansetzte. Während wir tiefer gingen, behielt ich diese Flecken und Tupfen im Auge und machte allmählich Bäume aus. Sie erinnerten weder an Eichen, Ulmen oder Kiefern, wuchsen aber in kleinen Gruppen und weiten Wäldern. Die meisten waren gerade und hoch und standen ein gutes Stück voneinander entfernt. Um sie her wucherte kein Unterholz. Sie waren ziegel- und kirschrot, orange und rosa, strahlend golden, gelb und leuchtend wie Feuer.

Casey verbrauchte den Rest unseres Treibstoffs für die Landung, glitt im Tiefflug über diese exotische Landschaft, bis dicht vor uns eine Wand aus Bäumen auftauchte. Er zog den Bug hoch, bremste unseren Flug ab und sank schließlich hinab auf ein felsiges Kissen inmitten blaugrünen Samtes und plötzlicher Ruhe. Das Schiff schwankte und stand dann still. Casey sackte müde zurück, wischte sich mit dem Ärmel übers Gesicht und winkte mir mit der Karte zu.

»Mexiko ...« Rau stieß er die Worte eines nach dem anderen hervor, als bedürfe jedes einzelne einer gesonderten Anstrengung. »Das alte Chihuahua ... Westlich von uns die Sierra Madre ... Tanks leer ... Wir müssen hier bleiben.« Die Karte flatterte aus seiner zitternden Hand. »Ich bin erledigt, Dunk ... Überlasse den Rest dir ... Gib Acht ... auf alles ...«

Mit geschlossenen Augen sank er in den Sitz zurück, sein Atem war ein träges, keuchendes Schnarchen. Ich stellte die Lehne nach hinten, zog ihm die Stiefel aus und breitete die Decke über ihn. Dann drehte ich mich zum Fenster um. Die flache blaue Ebene erstreckte sich weit nach Osten und Süden. Der Wald befand sich weniger als eine Meile westlich von uns, eine hoch aufragende Wand aus prächtigen Bäumen, die das Rot und Gold des Sonnenuntergangs zu reflektieren schienen. So seltsam sie auch wirkte, vermittelte mir die Szenerie doch einen Eindruck von Ruhe und Frieden.

Auf unserem Flug nach Westen waren wir der Nacht voraus gewesen, jetzt aber holte sie uns ein. Purpurfarbene Dämmerung stieg im Osten auf. Die zunehmende Dunkelheit flößte mir Unbehagen ein. Ich nahm das Fernglas und suchte unsere Umgebung ab. Die Ebene erstreckte sich nahtlos gen Osten, wo sie auf die niedersinkende Dunkelheit traf. Ich sah keine Bewegung im Wald, spürte keine Gefahr. Casey schien fest zu schlafen. Ich öffnete die Luke und kletterte zum Boden hinunter. Die Luft war reglos und kühl, darin die Süße schwachen Blütendufts. Ich kniete nieder, sah mir den Boden an, und fand einen nachgiebigen Teppich aus blaugrünen Fasern, die sich so warm und weich wie Fell anfühlten.

Zunächst war die Welt noch still, als sei sie aufgrund unserer Landung verstummt, aber schon bald hörte ich ein schwaches, weit entferntes Geräusch, einen hohen, reinen Ton, der anschwoll, trillerte und schließlich erstarb. Er schien von den Bäumen zu kommen. Ich ging um das Schiff herum, um nachzusehen. Zwischen den Stämmen gerannen bereits dichter werdende Schatten, aber das Rot des Sonnenuntergangs streifte die Baumwipfel noch und umkränzte die dunklen Gipfel weit dahinter.

Ich lauschte, bis der Ruf wieder ertönte, höher, süßer, zitternd, in einem melodischen Takt pochend, wie ich ihn noch nie gehört hatte. Er erreichte seinen Höhepunkt, wurde leiser und verstummte. Ein Vogel?, fragte ich mich kurz. Mein Vater hatte uns Holos von Vögeln gezeigt, als wir klein waren. Wir hatten Vogelzellen im Kryostat. Tanya hatte ihre Mutter gebeten, ihr einen Kanarienvogel zu klonen, doch Arne hatte gelacht und gesagt, Dians Katze würde ihn doch nur fressen.

Natürlich gab es all diese Vögel von früher nicht mehr. Gehörte diese Stimme einer neuen Spezies, die auf der Erde so fremd war wie die schwarzen Vampire? Etwas, das womöglich durch unsere Landung aufgeschreckt worden war und jetzt wissen wollte, was wir waren? Ich dachte, es hätte irgendwie nach einer Stimme geklungen, die mich rief, wenn auch nicht nach einer menschlichen. Eine beharrliche Stimme, fast drängend, die mir das Gefühl einer Absicht vermittelte, allerdings keiner, die ich begriff.

Sie ertönte von neuem. Ich ging in ihre Richtung, ohne zu überlegen, weshalb. Während ich mich bewegte, wurde sie lauter. Ihr Timbre veränderte sich. Es wurde ein vielstimmiger Chor daraus, der einen Rhythmus intonierte, der mir völlig fremd war und mich mit Emotionen erfüllte, wie ich sie noch nie empfunden hatte. Ein Gruß? Ein Willkommen? Die Frage, wer oder was wir waren?

Ich hörte keine Bedrohung darin. Die quälende Angst vor den schwarzen Vampiren fiel von mir ab. Afrika lag weit hinter uns, und ich war mir sicher, dass sie kein Flugzeug hatten, das sie über die Grenzen des Kontinents hinaustragen konnte. Etwas drängte mich zu noch größerer Eile, bis mir die Fremdartigkeit Einhalt gebot – und der Gedanke an Casey, den ich im Schiff zurückgelassen hatte, der krank geworden war unter dem Einfluss von etwas noch Fremderem. Ich wandte mich zum Schiff um. Der vertraute Anblick beruhigte mich, eine schlanke, spitz zulaufende Silberscherbe, die vor der purpurnen Nacht schimmerte.

Dieser unheimliche Wohlklang folgte mir, steigerte sich zu einer Dringlichkeit, die mich auf halbem Weg zum Schiff stehen bleiben ließ. Ganz hingerissen stand ich da, völlig perplex, und versuchte zu verstehen. Außer in Holos hatte ich nie einen Hurrikan gehört, keinen Donnerschlag, aber diese herrliche Harmonie bannte mich mit jener Macht, die ich mir in solchen Naturgewalten immer vorgestellt hatte.

Ich drehte mich wieder zum Wald um und suchte nach der Quelle dieses Ehrfurchtgefühls. Die riesigen Baumstämme waren mittlerweile in der Dunkelheit verschwunden, doch die hohen Wipfel leuchteten immer noch düster rot vor dem noch röteren Sonnenuntergang. Ich sah nirgends eine Bewegung, aber irgendetwas minderte meine Sorge um Casey. Es löschte den Schmerz meiner Erkenntnis, dass wir hier unser Leben leben und sterben würden, ohne jemals die Station und unsere Freunde wiederzusehen. Es erfüllte mich irgendwie mit neuer Hoffnung für die Mission und die Klongenerationen, die nach uns kämen.

Ich stand da in der dichter werdenden Dunkelheit, lauschte vergebens nach einem vertrauten Ton oder Rhythmus im An- und Abschwellen jener machtvollen Flut von Lauten und war doch wie gelähmt von einer Freude, die ich nicht verstand. Ich vergaß unsere Auseinandersetzungen mit Arne, vergaß die Vampire in Afrika, vergaß mich selbst und sogar meine Sorge um die Zukunft der Erde. Ich fühlte mich in schiere Hochstimmung versetzt, jenseits allen Bedürfnisses zu denken oder zu handeln.

Die Zeit stand still, bis diese Musik, wenn ich es denn Musik nennen kann, ihren Höhepunkt erreichte und langsam zu Stille erstarb. Sie ließ mich zurück mit einer schmerzhaften Sehnsucht, dass sie doch weitergehen möge. Die Dunkelheit verwandelte sich in Einsamkeit, und die Sorge um Casey erfasste mich wieder. Schwerfällig ging ich zum Schiff zurück. Als ich die Leiter erreichte, blickte ich zurück und sah, wie sich etwas aus dem Wald erhob.

Ein Ballon!

Erst nur ein goldener Blitz, als er ins Sonnenlicht aufstieg, wurde dann ein richtiger Ballon daraus, unter dem eine Gondel schwang. Obwohl ich keinen Wind spürte, trieb er langsam auf mich zu. Ich stand mit verrenktem Hals da, bis er hoch über mir vorbeiflog und schließlich in der niedersinkenden Nacht verschwand. Das hieß, dass eine weitere Art von Aliens hier war, dachte ich, intelligente Wesen mit fortschrittlicher Technik. Dennoch empfand ich keine Angst. Noch immer wie berauscht von jener Musik brannte ich förmlich darauf, sie kennen zu lernen.

Ich kehrte ins Schiff zurück, wo Casey aufrecht dasaß und besser aussah. Er bat mich, ihm einen Teller Suppe aufzuwärmen und ein Päckchen der Kürbis-Tofu-Waffeln zu öffnen, die die Roboter herstellten; Arne nannte es das Manna des Mondes. Während Casey aß, versuchte ich ihm von dieser Musik zu erzählen und wie sie meine Stimmung verändert hatte.

»Ich habe sie auch gehört, oder so etwas Ähnliches«, sagte er, »in einem verrückten Traum.« Seine Hand mit dem Löffel blieb in der Luft hängen, als er verwundert den Kopf schüttelte. »Sie gab mir das Gefühl – ich kann es gar nicht beschreiben –, dass die Mission trotz dieser Viecher in Afrika eine Chance hat. Ein Traum, der immer verrückter wurde.«

Er hielt abermals inne, um mich anzusehen, als würde ich mich fragen, ob er nicht selbst verrückt sei.

»Ich glaubte, einen goldenen Ballon aus dem Wald aufsteigen zu sehen. Mona saß darin. Sie war vom Mond heruntergekommen, um nach mir zu suchen. Ich nehme an, du weißt nicht, dass sie schwanger war, als wir an Bord des Fluchtschiffs kamen. Im sechsten Monat, aber es war kaum zu sehen. Es war ein Junge. Wir wollten ihn Leonardo nennen. Nachdem wir die Station erreichten, hatte sie eine Fehlgeburt. In dem Traum glaubte ich, dass der kleine Leo noch eine Chance haben könnte. Ich erinnere mich –« Die Augen halb geschlossen verstummte Casey und erinnerte sich.

Oder schien es zu tun. Als wir aufwuchsen, hatten wir alle unsere Kloneltern gekannt, durch die Holos im Tank und all die Briefe, Tagebücher, Aufzeichnungen und Relikte, die sie uns hinterlassen hatten. In meinem Schrank wartete auf mich die Pfeife meines Vaters und der brüchige Lederbeutel, in dem er seinen Tabak aufbewahrt hatte, sein Taschenmesser und seine Brieftasche mit verblassten Fotos, die ich nicht kannte.

Sein Leben und seine Welt waren für mich lebendiger und aufregender geworden als unser winziger Bau auf dem Kraterrand, die Geschichten unserer Kloneltern so wirklich wie tatsächliche Erinnerungen. Und wir waren vom selben Fleisch. Mein Vater sprach von kollektiven Erinnerungen, die unterbewusst weitergegeben wurden, um Mythos und Lebensweise zu formen. Ich glaube, es gab Augenblicke, in denen wir unsere Erinnerungen wirklich nicht nur aus dem Hörensagen schöpften, obwohl Arne nie dieser Ansicht war.

»Und weißt du, Dunk –« Casey lächelte, die dunklen Augen geweitet. »Ich erinnere mich, wie ich sie fand. Es war in einem Nachtklub in einer alten südamerikanischen Stadt namens Medellin. Ich war als Pilot und Bodyguard dort, arbeitete für einen Mann namens Hugo Carrasco, der mit verbotenen Drogen handelte. Mona –«

Er hielt inne und schüttelte den Kopf, als sei der Traum ein Wunder gewesen. Während Pepe, Arne und ich immer Tanya und Dian geliebt hatten, die mit uns am Leben und in der Station waren, betete Casey seine Vision von Mona an. Einmal, vor langer Zeit, hatte er mir ein Bild von ihr gezeigt, das er in der Brieftasche fand, die El Chino bei sich gehabt hatte, als er auf den Mond kam. Ein winziges Foto, zerknittert und verblasst, aber ihm war es doch heilig, so wertvoll, dass er Dian gebeten hatte, es wieder ins Kühllager zu legen.

»Eine tolle Frau, Dunk!« Ein Strahlen ging über sein Gesicht. »Langes, honigfarbenes Haar, das ihr über den Rücken fiel. Augen so blau wie dieser Erdenhimmel. Eine Figur wie die alten Statuen der Venus. Sie sang traurige spanische Lieder, und sie gingen mir mitten ins Herz. Ich gab unserem Kellner eine Hundertdollarnote, die er ihr zustecken sollte. Ihr erstes kurzes Zwinkern wurde zu einem

Lächeln, als sie sah, wie viel es war, und sie konnte den Blick nicht mehr von mir nehmen. In dem Moment wusste ich, dass wir zusammengehörten. Aber mein Boss hatte seine eigenen Vorstellungen.

Er war ein großer, haariger, brutaler Kerl. Man nannte ihn El Matador, weil er die Angewohnheit hatte, jeden umzubringen, der ihm in die Quere kam. Er hatte etliche Pina Coladas zu viel und wollte mit Mona tanzen. Sie versuchte ihm klar zu machen, dass sie nur zum singen da war. Er zerrte sie auf die Tanzfläche. Sie entschlüpfte ihm und rannte zu mir. Er kam hinter ihr her, schrie mir zu, sie für ihn festzuhalten.«

Casey starrte aus leeren Augen in die Vergangenheit und schüttelte den Kopf mit einem grimmigen Lächeln. »Keine schwere Entscheidung. Er zog seine Waffe. Ich schoss zuerst. Traf ihn in die Schulter. Er fiel, lag brüllend am Boden. Ich hatte die Schlüssel für seine Limousine und seinen Jet. Wir entkamen den örtlichen Cops und schafften es zum Flugplatz. Zum Glück hatte er mir aufgetragen, den Jet für etwaige Notfälle aufzutanken; er war also startbereit. Wir flogen nach Norden und verkauften den Jet in Mexiko. Sie hatte einen amerikanischen Reisepass. Ich hatte Kontakte, um einen zu bekommen. In Juarez überquerten wir die Grenze. Wir tauchten unter, bis ich endlich einen anderen Job fand, bei Cal DeFort. Er bezahlte mir nur einen Bruchteil von dem, was ich bei Carrasco verdient hatte, aber er rettete uns das Leben.«

Ich machte uns noch eine Kanne des schwarzen Tees der Roboter und versuchte, über den goldenen Ballon zu sprechen. Hieß das, dass wir hier eine weitere außerirdische Art gefunden hatten? Würden sie eine Kolonie, die wir anzusiedeln versuchten, willkommen heißen? Doch Casey hörte mir kaum zu; er hatte immer noch nur Mona im Kopf.

»Dieser Traum, Dunk.« Er schüttelte den Kopf und zuckte in ironischer Sehnsucht die Achseln. »Weißt du, er gab mir das Gefühl, dass unser kleiner Leo wirklich eine Chance haben könnte. In einer zukünftigen Generation, wenn Mona und ich gemeinsam geklont werden.«

Er aß noch eine Kürbis-Tofu-Waffel, trank seinen Tee aus und legte sich wieder in seinem Sitz zurück. Bald darauf schnarchte er leise. Ich fühlte mich völlig erschöpft, aber ich lag lange Zeit da und dachte über die singenden Bäume und den aufsteigenden Ballon nach. Und ich dachte an die Geschichte von Mona und El Matador. Casey redete gern über El Chino und die Vergangenheit, wie er sie sich vorstellte. Er erzählte seine Geschichten gut. Ich mochte sie, selbst wenn sie bloße Fantastereien zu sein schienen. Ob sie nun stimmte oder nicht – seine Hoffnung, den kleinen Leo eines Tages doch noch kennen zu lernen, ließ mich mit ihm fühlen.

Irgendwann in der Nacht schreckte er mich mit einem qualvollen Schrei auf.

»Mona! Mona, warte auf mich!«

Der Tag war bereits angebrochen, als ich aufwachte. Durch das Fenster fiel ein gelber Sonnenstrahl auf Caseys Sitz. Er war leer.

16

Ich rief seinen Namen und erhielt keine Antwort. Er hatte die Kabinentür offen gelassen. Ich stieg zum Boden hinunter, fand aber keine Spur von ihm. Die Morgensonne, die heiß und hoch im Osten stand, offenbarte keinerlei Leben auf der weiten Ebene ringsum. Auf dem moosigen Boden zeichneten sich keine Fußspuren ab. Aus dem rotgoldenen Wald im Westen drang kein Geräusch, nicht einmal ein Flüstern des Windes. Kein goldener Ballon schwebte darüber.

Ich fragte mich, was ich tun sollte, kletterte wieder an Bord, wühlte im Essensschrank nach einem Frühstückspack und stellte dann fest, dass ich keinen Appetit hatte. Nur drängende Fragen. Warum war Casey verschwunden? Hatten ihn diese giftigen Dornen in ein Delirium gestürzt, oder vielleicht ein fremdartiger Virus an den Zähnen des Vampirs? Oder hatten ihn seine Fieberträume von Mona in den singenden Wald gelockt? Da ich keinen Hinweis hatte, musste ich nach Antworten suchen.

Zunächst rief ich die Station und meldete unsere Landung und Caseys Verschwinden, im Vertrauen darauf, dass die Roboter meinen Bericht aufzeichneten. Ich hatte keine Waffe. DeFort hatte kein Arsenal mit auf den Mond gebracht. Aber meine durch den Gesang der Bäume hervorgerufene Euphorie war nicht völlig geschwunden.

Nur mit dem Fernglas verließ ich das Schiff und ging in Richtung des Waldes. Er wirkte sehr offen, parkähnlich und sauber, der Boden war mit demselben blattlosen, blaugrünen Rasen bedeckt. Die Bäume standen weit auseinander, unter ihnen lag weder abgefallenes Laub noch Geäst. Als ich näher kam, schienen sie höher und immer höher vor mir aufzuragen. Selbst die Schößlinge am Waldrand degradierten das Schiff zum Spielzeug. Die Bäume, die weiter entfernt standen, schienen unendlich hoch zu sein. Der Boden darunter war merkwürdig sauber. Ich fand lediglich ein einziges abgefallenes Blatt, ein bettdeckengroßes Stück kupferroten Gewebes, das sich über einen drachenähnlichen Rahmen spannte.

Ich lauschte nach einem Geräusch von Casey, aber ich vernahm nur Stille, eine Ruhe, die irgendwie lebendig und wachsam wirkte, aufmerksam, lauernd. So kam es mir jedenfalls vor. Als ich nach Casey rief, warfen die hoch aufragenden Stämme Echos zurück, Laute, die so schwach und geisterhaft klangen, dass ich auf weiteres Rufen verzichtete.

Im Weitergehen hörte ich ein gedämpftes Geräusch und fand eine Frucht, die unweit von mir zu Boden gefallen war. Ich hob sie auf. Eine leuchtend rosafarbene Blase, birnenförmig und schwer, und sie gab in meiner Hand nach, als sei sie mit einer Flüssigkeit gefüllt. War sie essbar oder möglicherweise so giftig wie jene Dschungeldornen? Ich wog sie abermals in der Hand und überlegte. Wir würden für den Rest unseres Lebens hier sein. Die Nahrungsmittel im Schiff würden bald aufgebraucht sein. Wir mussten Risiken eingehen, und der merkwürdige Geruch der Frucht weckte zudem meinen Appetit.

Das schmalere Ende der Blase lief in einer Art Nippel aus. Ich drückte ihn. Wohlriechende, weinrote Tropfen traten hervor. Ich fing sie in meiner Handfläche auf und roch noch einmal daran. Mir lief das Wasser im Munde zusammen. Ich berührte die Tropfen mit der Zunge. Der Geschmack war leicht salzig, leicht süßlich und insgesamt gut. Ich saugte an dem Nippel, bis die Blase leer war.

Das stillte meinen Hunger, ließ mich allerdings mit einer Frage botanischer Art zurück. Die Früchte in unserer alten Welt waren mit Fleisch umhüllte Saatkerne gewesen, so entwickelt, dass sie beweglichere Organismen anzogen, die von ihnen essen und die Saat verbreiten sollten. Diese Blase hingegen war zu einer flachen Hülle geschrumpft und barg keine Saat in sich. Was war ihre biologische Funktion?

Als ich nach vorne schaute, sah der Wald dunkler und fremdartiger aus. Die massiven Stämme, deren Farbe über die Jahre zu der alter Bronze geworden war, ragten wie die Säulen eines riesigen Tempels auf. Das Geäst begann so weit oben, dass ich den Kopf in den Nacken legen musste, um es ausmachen zu können. Das dichte Laubwerk sperrte die Sonne aus und ließ mich in dichtem Zwielicht stehen. Ich ging nur noch ein kleines Stück weiter und verharrte dann, weil ich spürte, dass ich einen geweihten Ort betrat, an dem zu sein ich kein Recht hatte.

Ich kehrte um und suchte nordwärts entlang des Waldrandes, wobei ich sorgsam das Tageslicht im Auge behielt. Ich musste zwei oder drei Meilen zurückgelegt haben, als ich wieder etwas singen hörte. Die Stimme schien von den Baumwipfeln herabzudringen, zunächst weit vor mir und weit entfernt, dann näher, lauter, bis es zu einem Trällern hoch über mir wurde, eine Melodie so munter und beschwingt, dass ich meine Schritte ihrem Takt anglich.

Wusste es, dass ich hier war?

Einen Moment lang glaubte ich das, aber was es auch war, es sang sein Lied weiter, als ich stehen blieb. War es an Casey gerichtet, nicht an mich? Plötzlich war ich mir dessen ganz sicher, ohne vernünftigen Grund, und so blieb ich still und staunend stehen, bis es abbrach. Nach einem Augenblick vollkommener Stille hörte ich einen durchdringenden Ton, wie einen Schmerzensschrei, der zu einem lang gezogenen Heulen wurde, das von überall um mich her zu kommen schien. Das farbige Leuchten der Baumspitzen verdunkelte sich wie unter plötzlich aufgetauchten Schatten, aber ich sah keine Wolke.

Von einer Woge der Angst übermannt, für die ich keinen Grund kannte, wich ich weiter ins Offene zurück und hielt etwas beunruhigt nach unserem Schiff Ausschau. Es stand dort, wo ich es verlassen hatte, klein und einsam in der Ferne, nicht mehr als ein winziges silbernes Ausrufezeichen hinter diesem ersterbenden Heulen. Ich hob das Fernglas, um mich zu vergewissern, dass es sicher war, als ich einen weiteren Ballon sah.

Ein golden leuchtender Ballon, klein und weit entfernt, trieb über den Wald auf die Ebene zu. Eine Woge aus Dunkelheit folgte ihm, ein Schatten, der zu groß war, als dass er ihn hätte werfen können. Er flog zu niedrig. Die Gondel streifte die Baumwipfel, verfing sich und riss sich wieder los, verhakte sich abermals und kam wieder frei. Das schwindende Heulen war zu atemlosem Schweigen verstummt, als empfinde der Wald selbst Beunruhigung.

Das Fernglas zitterte in meiner Hand, und so brauchte ich einen Moment, um es auf den Ballon zu fokussieren. Mir stockte der Atem. Der Ballon hing abermals an einem Ast fest, den ein Blitz zersplittert haben musste. Der Wind zerrte den Ballon wieder los, aber der Stoff musste zerrissen sein. Die Hülle verlor Luft und sank schnell dem Boden zu. Seitlich an der Gondel öffnete sich ein Loch. Etwas sprang heraus.

Ich versuchte, das Fernglas ruhig zu halten und schärfer zu stellen. Das niederfallende Wesen sah halb menschlich, halb unirdisch aus, aber eindeutig weiblich. Ihre Haut war haarlos, glatt und fast von der goldenen Farbe des Ballons. Sie hatte dreizehige Hühnerfüße mit dunklen Klauen, dazu geschaffen, sich um einen Ast oder eine Stange zu krallen. Ihre Schenkel allerdings waren wohlgeformt und umschlossen oben einen Schopf goldenen Schamhaars. Ihre vollen goldenen Brüste hatten Nippel wie die Frucht, die ich leer gesaugt hatte.

Einen Augenblick lang sah ich ihr Gesicht. Glatt, oval, weiblich weich, umrahmt von einer Flut blassgoldenen Haares. Ihre Augen waren dunkler, goldgrün und vor Entsetzen geweitet. Ihr Mund klaffte auf wie zu einem Schrei, der allerdings zu weit entfernt erklang, als dass ich ihn hören konnte.

Nach unten taumelnd, breitete sie Flügel aus, leuchtend goldene Segel, die zwischen Schulter und Ellbogen an ihren Armen befestigt waren. Einer schien verzogen, nutzlos. Sie hatte sie zu spät ausgebreitet. Rasch fallend flatterte sie wie wild damit, landete hart, rappelte sich auf, stolperte, sank zu einem goldenen Häuflein zusammen und blieb reglos liegen. Ich folgte dem Impuls, ihr zu helfen, so sie denn Hilfe brauchte, und lief in ihre Richtung, blieb aber stehen, als Casey hinter ihr aus dem Wald gerannt kam.

Er ging neben ihr in die Knie, tastete nach ihrem schmalen Handgelenk und legte seinen Kopf gegen ihre Brust, um nach ihrem Herzschlag zu horchen. Ich sah, wie sich seine Lippen bewegten, als er sprach, sah, wie Angst in Erleichterung umschlug, als ihre Lider flatterten, ihre Augen ihn anstarrten und sie schließlich lächelte. Eine lange Weile lehnte er sich über sie, beugte sich vor, als ihre Lippen sich bewegten, und ging auf die Knie, um den verletzten Flügel zu untersuchen.

Ich sah, wie sie zusammenzuckte und zurücksank, als sie versuchte, ihn zu bewegen. Casey packte sie und hob sie hoch. Ihre gefiederten Arme legten sich um seinen Hals, die goldenen Flügel hüllten sie beide ein. Ich dachte, er würde sie an Bord des Schiffes bringen. Stattdessen trug er sie in den Wald davon. Die Baumwipfel erstrahlten wieder hell wie zuvor. Etwas wie eine einzelne Stimme erscholl, schwoll an und wurde zu einem gewaltigen Chor der Freude darüber, so nahm ich an, dass das geflügelte Wesen in Sicherheit war.

Ich verspürte den Drang, ihnen zu folgen – mehr aus Neugier als aus Mitleid. Aber ich vermutete, dass Casey das nicht wollte. Er musste annehmen, dass ich an Bord des Schiffes war, wenn er überhaupt an mich dachte. Warum hatte er nicht versucht, mich zu erreichen? Hatte der Wald irgendwie Besitz von ihm ergriffen, so wie die schwarzen Vampire von ihren Wirten Besitz ergriffen? Derlei Rätsel – allesamt ungelöst – plagten mich.

Die Stimme des Waldes wurde leiser, als Casey das Wesen in die Schatten trug. Eine sanfte Melodie, die keinem der musikalischen Muster entsprach, die uns Dr. Lazard gelehrt hatte, wenn sie uns an ihrem Holoklavier Musikunterricht erteilte. Die Melodie wurde so ruhig und beruhigend wie die Laute des Windes, des Baches und der Brandung, die uns Tanyas Mutter vorgespielt hatte, als wir klein waren und sie wollte, dass wir schliefen.

Diese Klänge besänftigten meine Unruhe so weit, dass ich stehen bleiben und den schlaffen Ballon untersuchen konnte: ein großes, zerrissenes Tuch, das ein wenig wie Plastikfolie aussah, aber mich insgesamt doch verblüffte. Es hatte keine Metallteile, keine Nieten oder Ösen und keine Gaszylinder. Ich entdeckte weder Schnüre noch Seile oder irgendwelche Klappen, die den Ballon hätten steuern können. Es bestand aus einem Stück. Ich fand weder Nähte noch Stiche, kein Zeichen dafür, dass es von Hand gefertigt war. Und die Gondel –

Ich musste mich aufrichten, kratzte mich am Kopf und starrte wieder in den Wald, der jetzt leise schnurrte, wie Tausende von Dians Katzen. Die Gondel war eine glatte orangerote Hülle, hart wie eine Pekannussschale. Sie war weit aufgeplatzt, um dem geflügelten Wesen die Flucht zu ermöglichen. Ich fragte mich, wie das Geschöpf darin Platz gefunden haben mochte, bis ich sah, dass das Innere mit einem weichen, nachgiebigen Material ausgekleidet war, das die

Umrisse seines Körpers nachformte. Als ich mich vorlehnte, um hineinzusehen, nahm ich einen Hauch des weinartigen Geruchs der Frucht wahr, die ich gefunden hatte.

Was war dieses Wesen?

Eine weitere Frucht des Waldes, die auf einem singenden Baum wuchs? Das war schwer vorstellbar, aber was sonst? Weder die Bäume noch die schwarzen Vampire konnten sich hier auf der Erde entwickelt haben. Mein Vater hatte uns Worte gelehrt, die man für solche Andersweltler erfunden hatte. Panspermie. Extraterrestrisch. Xenobiologie. Doch die Worte waren alles, was ich wusste.

Auf Caseys Rückkehr hoffend blieb ich im Schiff oder wenigstens in seiner Nähe. Ich dachte, dass Hunger und Durst ihn zur Rückkehr bewegen würden, aber er ließ sich nicht blicken. Ein ums andere Mal wagte ich mich zum Waldrand vor, um nach einem Anzeichen von Casey Ausschau zu halten, aber ich ging nie sehr weit. Was mich aus dem Wald fern hielt, war etwas Mächtigeres als meine Sorge um Casey, mehr Ehrfurcht denn wirkliche Furcht, die Angst vor einer fühlbaren Präsenz, die ich weder kannte noch begriff. Eine Präsenz, die sich meiner bewusst war, die vielleicht auf der Hut, vielleicht nur neugierig oder der ich womöglich völlig gleichgültig war. Das Gefühl dieser Gegenwart war nicht feindselig und auch nicht wirklich beängstigend, aber doch stark genug, um mich zurückzuhalten.

Ich fand ein weiteres großes, kupferfarbenes Blatt, das von dem zerborstenen Baum am Waldrand gefallen war. Ich zerrte es hinaus unter freien Himmel, holte eine Holokamera und vermaß und beschrieb es für einen weiteren Bericht an die Station. Die lange Mittelader war eine hohle Röhre mit einer Art Rohrblatt am Ende. Es quietschte leise, als ich es drückte. Waren die Blätter die Stimmbänder des Waldes?

An einem anderen Tag ging ich zurück, um den Ballon noch einmal in Augenschein zu nehmen. Die leere Hülle der Gondel verwuchs mit dem Boden. Der goldene Stoff war ausgebleicht und beinahe weiß, und ich versuchte, einen Fetzen davon loszureißen. Als ich das geschafft hatte, sah ich winzige gelbe Wurzeln, die aus dem Erdboden in den Stoff hineingewachsen waren. Ein Rätsel war gelöst. Der Wald brauchte keine Förster und Holzfäller, um den Eindruck eines gut gepflegten Parkes zu erwecken. Der moosige Boden übernahm diese Arbeit, indem er absorbierte, was immer auf ihn fiel.

Am nächsten Morgen saß ich an Bord des Schiffes und versuchte, unsere Daten und Schlussfolgerungen für die Übertragung zusammenzufassen. Ich bezweifelte nun nicht mehr, dass Arnes Angst vor einer außerirdischen Invasion auf Tatsachen fußte. Obschon wir in Afrika keine Hinweise auf Raumfahrzeuge oder überhaupt eine höher entwickelte Technik entdeckt hatten, stammten die schwarzen Vampire doch gewiss nicht von der Erde. Die singenden Bäume? Sie blieben ein noch größeres Rätsel.

Während ich darauf wartete, dass der Mond in Funkreichweite kam, hatte ich den Eindruck, das Mikrofon sei ein schwarzes Loch, in dem meine Worte auf ewig verloren sein würden. Ich hoffte zwar, dass die Robos zuhörten, aber sicher konnte ich mir dessen nicht sein. Ich gestehe allerdings, dass mir die Vorstellung von Arne, der aus Angst vor einer Entdeckung durch die Vampire zitterte, eine gewisse perverse Befriedigung bereitete.

Die Schiffsluke stand offen. Ich vernahm einen plötzlichen Aufruhr, ein Geräusch, als schrien tausend Stimmen, und es war keine Musik darin. Es schwoll an und wieder ab und wurde zu heftigem Schnellfeuer, das in meinen Ohren keinerlei Harmonie besaß. Vom Ausstieg aus sah ich den ganzen Wald wie im Licht vielfarbiger Blitze flackern.

Dann platzten Casey und das geflügelte Ding förmlich in mein Blickfeld. Sie rannten wie wild. Die Frau hinkte. Casey hielt ihre Hand, um ihr zu helfen, sie hatte die Schwingen um ihn geschlungen. Als sie die Bäume hinter sich gelassen hatten, breitete sie ihre Flügel aus und versuchte zu fliegen. Eine der Schwingen krümmte sich. Das Wesen stürzte zu Boden. Casey hob es auf, es legte die Arme um seinen Nacken, und so stolperten sie weiter in Richtung des Schiffes. Der Wald dröhnte im Takt von Caseys Schritten, hinter ihnen lohten purpurne Blitze.

Etwas folgte ihnen aus dem Wald.

17

Es war ein plumpes, braun bepelztes Tier, das unbeholfen auf langen Hinter- und kürzeren Vorderbeinen vorwärts sprang, auf eine Weise, die es hinten grotesk groß und vorne klein wirken ließ. Er hatte bereits die Hälfte der Distanz zum Schiff zurückgelegt, und zunächst glaubte ich, Casey hätte genug Zeit, den Wettlauf zu gewinnen. Aber er stolperte nur mühsam voran. Das goldene Wesen war anscheinend zu schwer für ihn.

Ein gutes Stück vom Waldrand entfernt richtete sich das Tier auf den gewaltigen Hinterbeinen auf, trompetete wie die Elefanten, die ich in Holos gesehen hatte, und trottete dann weiter, schneller als zuvor. Ich ergriff das Fernglas und stellte die Optik scharf, sodass ich die Kreatur deutlicher sehen konnte. Es war ein Zweifüßler, ähnelte jedoch eher einem großen Affen als irgendetwas Menschlichem. Im Grunde aber erinnerte es an nichts, was sich je auf der Erde entwickelt hatte.

Zwei große, gelbe Augen glotzten aus einem glatten, haarlosen Schädel, der von einem roten, sägezahnartigen Kamm gekrönt wurde. Die Hände des Wesens waren gefährliche Klauen. Die dreizehigen Füße waren mit noch längeren Krallen und leuchtend roten Spornen besetzt. Unter seinem gelbpelzigen Bauch ragte ein spitzer, schwarzer Penis hervor. Es näherte sich in schlingerndem Lauf, als sei es eher daran gewöhnt, sich auf allen vieren fortzubewegen.

Casey hatte immer noch einigen Vorsprung, bis er über den herabhängenden Flügel der Frau stolperte. Beide fielen zu Boden. Sie blieb unter den verdrehten Schwingen reglos liegen. Casey kam auf Hände und Knie hoch, starrte zu dem Tier hin, rappelte sich auf und taumelte ihm entgegen. In seiner linken Hand hielt er eine Waffe, etwas, das wie eine der grauen Socken aussah, die wir in unseren Stiefeln trugen; die Zehen waren mit Steinen gefüllt.

Das Tier hielt inne, wandte sich um und brüllte seine Wut in den Wald hinein. Der Wald erwiderte dies mit einem gewaltigen, donnernden Crescendo misstönenden Zornes. Das Tier schwang wieder herum, heulend wie ein jagender Wolf. Casey hob die rechte Hand, die Handfläche zum Zeichen des Friedens nach vorne gerichtet.

Die Kreatur knurrte, kam näher und zog ihm ihre Krallen über die Brust, womit sie ihm sein bereits zerfetztes Hemd fast zur Gänze vom Leibe riss. Casey nahm die Socke in die rechte Hand, schwang sie hoch und ließ sie niedersausen, auf den gelblichen Kopf des Dings. Es duckte sich und packte mit seinen beiden schwarzen Klauen nach ihm. Casey schwang die Socke von neuem und traf die Kreatur seitlich an der purpurfarbenen Brust.

Das Ding hielt wie benommen inne, die gelben Augen blinzelten Casey an. Er wich zurück, um wieder zu Atem zu kommen, helles Blut lief ihm über die Brust. Die Kreatur wankte und stürzte ihm entgegen. Ich dachte, er hätte sie k.o. geschlagen, aber sie packte ihn abermals, riss ihn von den Füßen und schleuderte ihn davon.

Die Socke entglitt seiner Hand und prallte von einem goldenen Flügel ab. Casey lag still, dann sah ich, wie sich seine Finger ins Erdreich wühlten. Die Kreatur stakste auf ihn zu, trat ihm einen ihrer roten Sporne in die Seite, stampfte mit ihrem dreizehigen Fuß auf seine blutbesudelte Brust und drehte sich mit hoch erhobenen Armen, um einen wilden Triumphschrei in den Wald zu brüllen. Der Wald antwortete mit einem dröhnenden Siegesgesang.

Abermals hieb das Ding einen Sporn in Caseys schlaffen

Körper, dann beugte es sich vor, hob die Frau mit seinen purpurnen Krallen hoch, und trug sie zum Wald zurück, den verletzten Flügel nachschleifend. Der Wald begrüßte seine Rückkehr mit einem grollenden Singsang im Takt seiner Schritte.

Casey versuchte, sich aufzusetzen, noch ehe ich ihn erreicht hatte, und sank entkräftet zurück. Er wirkte wie eine Mitleid erregende Vogelscheuche, hohläugig und halb nackt. Getrocknetes Blut klebte in schwarzen Klümpchen an den umrandeten Vampirbisswunden, und dort, wo ihn die Klauen erwischt hatten, quoll frisches Blut hervor.

»Verdammt, verdammt, verdammt!« Er brachte ein verzweifeltes Grinsen zustande. Beunruhigung drängte sich in seinen Tonfall. »Hast du Mona gesehen?«

»Ich habe – etwas gesehen.«

»War sie nicht wunderschön?«

»Etwas Seltsames«, sagte ich, »das einer neuen Biologie entstammt.«

»Sie ist – anders.« Er hielt inne und holte Luft. »Wunderbar! Und, ja, seltsam, bis ich Mona in ihr fand.«

Auf meinen ungläubigen Blick hin schüttelte er den Kopf und versuchte, sich abermals aufzurichten. Ich half ihm beim Aufstehen. Er wankte der Kreatur hinterher, die sich mit der Frau entfernte, stolperte, stürzte fast und gab dann mit einem hilflosen Achselzucken auf. Er stand da, schaute ihnen nach und schöpfte Atem, während der scharfe Kamm der Kreatur zu einem leuchtend roten Punkt schrumpfte, der über den goldenen Schwingen der Frau davonhüpfte. Schließlich verschwanden sie in den Schatten. Casey wandte sich wieder mir zu, immer noch schwankend, doch in seinen tief eingesunkenen Augen leuchtete etwas Wildes.

»Du hältst mich wahrscheinlich für krank oder verrückt.« Er schüttelte den Kopf und lächelte schwach. »Ich weiß, dass sie einer anderen Rasse angehört. Schwer zu verstehen. Aber sie hat Mona in sich. Wenn du ihre Augen gesehen hättest – sie hat Monas Augen.« Er flüsterte heiser, in seinem verstörten Gesicht zeichneten sich Ehrfurcht und Hingabe ab. »Es ist Monas Stimme, wenn sie singt. Ich liebe sie, Dunk.« Seine Züge verkanteten in sturer Entschlossenheit. »Ich muss sie zurückholen.«

»Wie? Wie kannst du hoffen –«

Er hörte mir nicht zu.

»Dieses – dieses schreckliche *Ding*!« Seine Stimme schwoll vor Zorn. »Ein Teufel von – von was weiß ich woher. Ich glaube, das Ding kam in dem ersten Ballon herunter, den wir sahen. Jagte sie. Wir versteckten uns. Liefen vor ihm davon.« Er verhielt, um seine bebende Stimme zu beruhigen. »Ich kann nicht zulassen, dass es sie verschleppt.«

Er hatte die zerschundenen Fäuste geballt, konnte aber kaum stehen. An meiner Seite humpelte er zurück zum Schiff und ließ mich seine Wunden säubern und Heilspray auftragen. Er musste krank sein infolge des Giftes oder eines Virus, aber zum Teil rührte seine Schwäche auch von Hunger her.

»Sie hat Früchte für uns gefunden«, sagte er. »Große, rote Trauben voller Saft, den wir aussaugen konnten. Schmeckte gut. Er bescherte mir eine Art Hochgefühl, aber er war nicht für Menschen bestimmt. Er verlieh keine Kraft.«

Er verschlang zwei Essenspacks und eine Banane, die die Robos in unserem Treibhaus angebaut hatten. Dann schenkte er sich einen kräftigen Schluck des selbst gebrannten Alkohols ein, den El Chino ihn zu destillieren gelehrt hatte. Er sagte, das Zeug lindere seinen Schmerz. Völlig erledigt vor Erschöpfung, war er doch zu nervös, um zu schlafen. Er wollte über Mona reden. Oder die Monas. Die von der Erde Geflohene, die mit El Chino an Bord des Raumschiffs gekommen war, und die goldgeflügelte Außerirdische waren in seinem Kopf irgendwie miteinander verschmolzen.

»Sie hat für mich gesungen, Dunk. Nicht mit Worten, in ihrer Sprache gibt es keine Worte. Es war nicht einmal eine Melodie, die ich als solche erkannt hätte. Aber sie ließ mich spüren, was sie für mich empfand. Wir unterhielten uns durch etwas Besseres als Worte.« Er hielt inne, um auf die Fragen in meiner Miene mit einem Achselzucken zu reagieren. »Ich weiß nicht wie. Es ist auch egal. Ich hörte ihr zu, und ich sah, was sie sah. Hörte, was sie hörte. Ich verstand die Bäume, wenn sie zu ihr sangen.«

Ich erhob mich, um eine Kanne Tee aufzubrühen.

»Dunk!« Ungeduld ließ Caseys Stimme lauter werden. »Wenn du glaubst, ich hätte den Verstand verloren, dann nur, weil du sie nie singen gehört hast. Aber diese verdammten Bäume!« Grimmig verzog er das Gesicht. »Sie mögen mich nicht. Weil ich kein Baum bin. Sie sagen, ich gehöre nicht dorthin. Sie haben Angst, dass ich sie fortbringe. Aber sie liebt mich, Dunk. Sie liebt mich.«

Seine Stimme war verstummt, und nun saß er da und starrte ins Nichts, bis ich ihn am Arm berührte und ihm eine Tasse heißen Tee anbot. Er zuckte zusammen, als hätte ich ihn erschreckt.

»Tut mir Leid, Dunk. Ich vergesse, wo ich bin.« Er schenkte mir ein um Entschuldigung bittendes Lächeln und gab einen Schuss seines Selbstgebrannten in den Tee. »Sie schenkte mir Träume.« Er nippte an seinem Tee, und seine Stimme schwand, als drifteten seine Gedanken davon. »Erinnerungen, wirklich, nachts, wenn ich schlief und sie in meinen Armen hielt.«

Er verstummte, als er meines Erschreckens und meiner Zweifel gewahr wurde, und warf mir einen kurzen Blick zu.

»Es stimmt, Dunk.« Sein Tonfall wurde ganz sachlich. »Ich kann es nicht einmal ansatzweise erklären oder begreifen, aber es ist so real wie nur was. Weißt du nicht mehr, wie es war, als wir Kinder waren? Wie unsere Eltern über ihr Leben vor dem Einschlag sprachen? Ich hörte den Holos zu und las die Unterlagen, die sie mir hinterlassen hatten. Ich träumte immer davon, dass El Chino in mir wieder lebendig geworden sei.«

Ich nickte. Da wir auf engem Raum zusammen aufgewachsen und unseren Holo-Eltern so nahe waren, kannten wir einander sehr gut. Tanya hatte gewusst, dass ich sie liebe, noch bevor ich es ihr zu gestehen gewagt hatte, und mir war übel gewesen, weil ich bereits gewusst hatte, was sie darauf sagen würde. Dian nannte es Telepathie. Ich bezweifelte, dass dem so war, weil ich nicht wusste, wie es zu erklären war. Casey war ebenso skeptisch gewesen – bis jetzt.

»Mona –« Er neigte den Kopf und wandte den Blick, als höre er sie sprechen. »Ich träumte immer von ihren Bildern und allem, was ich gehört und gelesen hatte. In den Träumen erinnerte ich mich an Dinge, die auf der Erde geschehen waren, als wir wirklich zusammen waren. Ich erinnerte mich an mehr, als sie und El Chino mir je erzählt hatten. An Dinge wie diese Auseinandersetzung –« Er hielt inne und nickte, als die Erinnerung heraufdämmerte. »Die Schießerei in diesem Nachtklub in Medellin, als El Matador sich an Mona vergreifen wollte. Und an noch eine Schießerei mit den Männern, die seinen Jet bewachten. Einer von ihnen bekam meine letzte Kugel ab. Ein weiterer Mord auf meiner Anklageschrift, wenn man mich erwischt hätte, aber wir entkamen eine Minute, bevor die Bullen eintrafen. Wir flogen nach Norden, in die Dunkelheit über dem Pazifik, um einen Hurrikan herum. Die Treibstofftanks waren leer, als wir auf einem Privatflugplatz in der Nähe von La Paz landeten.«

Er griff nach seiner Karte.

»Das war eine Stadt in Baja California, hier«, er zeigte darauf, »in der Nähe der Spitze der Halbinsel. Ein Zentrum des Drogenhandels. Dort hatte ich einen alten Freund. El Yankee Rosa. Ein Mann, den ich in einem kolumbianischen

Gefängnis kennen gelernt hatte. Ich überließ ihm den Jet, damit er uns half. Er besorgte uns gefälschte Pässe und bot mir einen guten Job in seiner eigenen *grupo* an.

El Matador hatte eine Menge Geld auf unsere Tattoos ausgesetzt. Ein Zeichen dafür, dass wir aufhören mussten. El Yankee hätte uns verraten können, aber er wusste, was für eine falsche Schlange El Matador war. Er wollte mich für seinen eigenen Krieg gegen El Matadors Bande anheuern. Er versprach, Mona zu helfen, zurück in die Staaten zu gelangen. Aber sie ging nicht.«

Casey drehte den Kopf, um durch das Fenster zum Wald hinauszublicken, eine dunkle Wand aus Schatten unter einem blutfarbenen Sonnenuntergang. »Weil sie mich liebte.« Das flüsterte er nur, dann wandte er sich langsam wieder mir zu. »Dunk, wir hatten nur diese eine Nacht während des Fluges zusammen verbracht, und schon liebte sie mich. Und was da auch kommen mochte, ich wollte sie nur bei mir behalten. El Yankee nannte uns *dos locos*, weil wir uns nicht trennen wollten, aber er besorgte uns ein Auto und wünschte uns *vayan bien.*

Nach fünfzig Kilometern trafen wir auf eine Straßensperre. Mussten das Auto stehen lassen und zu Fuß flüchten. Sengende Sommerhitze in einer mörderischen Kaktuswüste. Die Bullen gaben die Verfolgung auf, aber die nächsten drei Tage waren kein Vergnügen. Mona verlor einmal das Bewusstsein, fast verdurstet. Der Regen, den der Hurrikan brachte, rettete sie. Weiter oben an der Küste stahlen wir ein Fischerboot und brachen auf in ein fürchterliches Unwetter.

Der Golf war damals breiter, der Meeresspiegel höher, aber wir schafften es auf die andere Seite. Zogen das Boot an den Strand und humpelten nach Los Mochis. Ein Touristenort. Mona hatte als Reiseführerin gearbeitet. Dank ihres Geschicks und Wissens konnten wir uns einer Reisegruppe anschließen. Mit dem Zug fuhren wir über den Copper Canyon nach Chihuahua.« Er deutete auf seine Karte. »Eine Stadt, die sich ungefähr hier befand, wo wir jetzt sind. Dort bekamen wir einen Flug nach El Paso und tauchten unter, bis wir hörten, dass El Matador von El Yankee erledigt worden war. Und schließlich – und mit sehr viel Glück – waren wir auf Cal DeForts Stützpunkt, als der Bolid kam.«

Er goss mehr Selbstgebrannten in seine Tasse, trank sie in einem Zug leer, wandte sich wieder um und starrte zu dem stillen Wald und dem verblassenden Sonnenuntergang hinaus.

»Erinnerungen.« Er murmelte das Wort und sah wieder mich an. »Erinnerungen, die eine Million Jahre zurückliegen, aber so wirklich sind, als sei es erst gestern gewesen.« Sein Blick wurde bohrend. »Du glaubst mir nicht, Dunk? Du denkst, das alles war nur ein weiterer verrückter Traum?«

»Ich weiß es nicht.« Ich schaute hinaus in die dichter werdende Dunkelheit und dann wieder zu ihm hin. »Ich habe gehört, wie der Wald gesungen hat. Ich sah den Ballon, in dem dieses – in dem deine Mona kam, wenn du sie so nennen willst. Ich sah, wie diese Kreatur dich niederschlug und sie mit sich nahm. Sie stammen nicht von dieser Erde. Es ist mir unmöglich, sie oder ihr Tun zu verstehen.«

»Egal.« Casey setzte sich aufrechter hin. »Sie sind hier. Großartiger Stoff für deinen nächsten Bericht an die Roboter, wenn du meinst, dass die Robos dir noch zuhören wollen. Was Mona angeht –« Er ballte die Fäuste. »Ich werde sie nicht aufgeben. Nicht an dieses Tier oder diesen verrückten Wald. Ich gehe ihr nach. Aber nicht heute Nacht –«

Er gähnte, streckte sich und schlief ein.

Wieder war Caseys Sitz leer, als ich aufwachte. Ich kletterte zu dem blaugrünen Teppich hinab. Die Luft war reglos und kühl, erfüllt von einem belebenden Geruch, der ein bisschen an den Wein erinnerte, den Arne aus den Trauben zu machen pflegte, die unsere Roboter anbauten. Der Wald war still, im Sonnenlicht des Morgens eine riesige Wand aus rotgoldenem Feuer.

Ich fand Casey unter dem Schiff auf dem Rücken liegend. Mit einer langen Metallstange, die er aus den Landestützen geschnitten hatte, kroch er hervor. Da er ohne Hemd arbeitete, sah ich, wie ausgemergelt er war. Dunkle Blutstropfen waren durch den Heilsprayfilm über seinen Wunden gedrungen. Dennoch ging er eifrig zu Werke; mit seinem Schweißbrenner formte er ein Ende der Stange zu einer Spitze, das andere umwickelte er so, dass es ihm als Griff diente. Er wog die Waffe in der Hand, prüfte die Balance, dann wandte er sich um und grinste düster in Richtung des Waldes.

»*Viva*!«, murmelte er. »*Viva la Mona*!«

Der Wald verdunkelte sich. Ich vernahm ein schwaches, weit entferntes Seufzen, wie Wind in den Baumwipfeln, obwohl ich keinen Wind spürte, dann ein tiefes Grollen wie von fernem Donner, alles unmelodisch und kalt, bedrohlich. Ich wich zur Leiter zurück, Casey reckte seine Lanze hoch.

»Ist noch Treibstoff in den Tanks?«, fragte ich ihn. »Könntest du uns an einen Ort bringen, der sicherer ist?«

»Davonlaufen vor diesem haarigen Teufel?«

Einen Moment lang stand ihm der Mund offen vor Fassungslosigkeit, doch dann presste er die Kiefer fest aufeinander. Er streifte meine ausgestreckte Hand ab, schaute einen Augenblick lang in den stillen Wald und schulterte seine Lanze. In seinem Gesicht arbeitete es, und seine sachliche Stimme klang fast entschuldigend, als er sprach.

»Du – du verstehst es nicht.« Seine Stimme zitterte, und er wischte sich fahrig über die Augen. »Du tust mir Leid, Dunk.«

Bevor ich etwas sagen konnte, hob er die freie Hand zu

einer Art salutierendem Gruß und ging in Richtung der Bäume davon. Vor ihm erhob sich ihre fremdartige Stimme zu einem feierlichen Gesang, der weder Melodie noch Harmonie hatte, bis sich ein gedämpfter Trommelrhythmus hineinmischte, der den Takt von Caseys Schritten hielt.

18

Er kam nie zurück. Ich glaube, ich bin der einzige Mensch auf der Erde, vielleicht der einzige Mensch, der überhaupt noch lebt. Oder vielleicht regiert Arne Linder ja noch als Rudelführer auf dem Mond und spielt sich gegenüber seinen drei Gefährten als Herr auf. Ich werde es nie erfahren, aber ich habe die Absicht, so lange ich lebe, meine Berichte zu übertragen, im Vertrauen darauf, dass die Robos sie empfangen und für unsere Nachfahren aufbewahren.

Mein eigener Lebenswille ist ungebrochen, selbst jetzt und hier. Ich führe ein einigermaßen behagliches Dasein. Die Jahreszeiten sind mild, weder Frost noch Dürre, sodass ich mich frage, ob die Bäume nicht das Wetter beeinflussen. Mein Zuhause ist das fluguntüchtige Raumschiff. Als die Vorräte zur Neige gingen, dachte ich an Daniel Defoes schiffbrüchigen Helden in dem alten Papierbuch, aus dem uns mein Holovater immer laut vorlas, wenn wir über Einsamkeit klagten.

Ich habe gelernt, meine eigenen Lebensmittel anzubauen. Weil ich Werkzeuge brauchte, um den Boden zu bestellen, schnitt ich Metallteile aus den Landestützen und machte Spaten und Hacken daraus. Meinen ersten Garten musste ich aufgeben, weil die Bäume in der Nähe rot aufblitzten und wie vor Schmerz schrien, wenn meine Schaufel in den samtigen Boden stieß. Aber etwa eine Meile südlich fand ich eine unbewachsene Stelle, wo Wasser aus einer Quelle durch ein flaches Tal floss.

Von der Station hatten wir Saatgut mitgebracht: Mais, Bohnen, Erdnüsse, Kürbisse, Tomaten, sogar Paprika und Okra für das Gumbo, das mein Vater als Kind in der alten Stadt New Orleans zu schätzen gelernt hatte. Wenn mir meine Ernährung zu einseitig wird, suche ich am Waldrand manchmal nach diesen roten, mit Saft gefüllten Früchten. Obwohl der Waldboden stets sauber ist, fallen doch oft zwei oder drei herab, nahe der Stelle, wo ich suche – gerade so, als seien sie mir zum Geschenk gemacht worden.

Zunächst war mir ihr bittersüßer Geschmack scharf und sonderbar erschienen, inzwischen jedoch schmecken sie mir zunehmend besser. Vielleicht enthalten sie ein Protein oder Vitamin, das meiner sonstigen Nahrung fehlt. Sie verleihen mir neue Energie und Wohlgefühl, aber sie stillen den Hunger nicht, und das kurze Hochgefühl, das sie mir bescheren, genügt doch nie, um mich meine Sehnsucht nach der Station und den Freunden, die ich auf dem Mond zurückließ, vergessen zu lassen.

Ich vermisse Pepe, der immerzu Schach spielen wollte und endlos über seine Züge nachdachte. Ich vermisse Dian, die stets eine Anekdote aus der alten Erdgeschichte parat hatte, die niemanden interessierte. Sogar Arne vermisse ich. Wenn er guter Laune war, zeigte er eine Geisteskraft, die ich bewunderte. Und Tanya – nach ihr sehne ich mich am meisten.

Über meinem Bett im Schiff habe ich ein Bild von ihr, eine kleine Bleistiftzeichnung, die sie mich an dem Tag anfertigen ließ, als wir sechzehn wurden. Ich bin zwar kein Künstler, aber ich fand, dass die Zeichnung den pfiffigen Zug um ihre Lippen und den unverhohlenen Schalk in ihrem Lächeln recht gut einfing. Das Bild vermag eine nachgerade unheimliche Erinnerung an den Kuss heraufzubeschwören, den sie mir an dem Tag gab, da ich es wagte, ihr meine Liebe zu gestehen – an den Geschmack ihrer Lippen, den Duft und die Weichheit ihres Haares, die Wärme ihres Körpers in meinen Armen.

Aber diese wehmütige Erinnerung ist schwer zu fassen.

Pepe war derjenige, den sie liebte. Wenn ich die Zeichnung betrachte und versuche, diesen herrlichen Augenblick zurückzuholen, wird ihr Gesicht zu Monas, so wie ich sie im Holotank sah, mit goldenem Haar, größer als Tanya, verführerischer geformt.

Obwohl ich sie nur als diesen leuchtenden Geist im Tank kannte, wo sie El Chino anlächelte und blind für uns war, träumte ich doch oft von ihnen. Die Schießerei in Medellin, der nächtliche Flug in dem gestohlenen Jet nach Mexiko, die verzweifelte Wanderung durch die Kaktuswüste, der Kampf, um vor dem Impakt an Bord des Fluchtschiffs zu gelangen – das Drama ihres Lebens ist für mich so intensiv, als hätte ich es mit ihnen erlebt.

Die Bäume sind mittlerweile toleranter geworden, sie reagieren nicht mehr mit Knurren und Donnern auf meine Anwesenheit. Sie scheinen meine Stimmungen zu spüren. Eines Nachts, als ich in bitterer Verzweiflung versunken dalag und an Selbstmord dachte, sangen sie, um mich aus dem Schiff zu locken. Draußen begrüßten sie mich mit einer Sinfonie aus Licht und Tönen, die mich auf eine Weise bannte und aufmunterte, die ich nie begriff. Sie bescherten mir Zufriedenheit mit meinem Exil, zumindest für den Moment, und ich war froh, sie in meiner Nähe zu haben.

Etwa ein Jahr später lotsten sie mich eines Abends von meinem Schiff fort. Obwohl ich keinen Wind spürte, schienen sie zu seufzen und miteinander zu flüstern. Das rotgoldene Leuchten ergoss sich zwischen die Baumwipfel, während sich die Dunkelheit verdichtete, und ihr anschwellender Chor sprach in einer Weise zu mir, wie ich es nie zuvor vernommen hatte.

Ich gab mich ihnen hin, ohne Ziel oder Absicht, kletterte die Leiter hinunter und ging zu ihnen. Ihre Stimmen wurden lauter. Wie um mich zur Eile zu treiben, fegte ein rosiges Licht die Schatten aus einer majestätischen Allee zwischen den hoch aufragenden Stämmen vor mir. Ich folgte dem Weg zu einer Lichtung, auf der ein einzelner junger Schössling stand. Sein bronzener, pfeilgerader Stamm war nicht dicker als meine Arme, aber das leuchtende Laubwerk überragte mich um das Doppelte und pulsierte im Takt meines rasenden Herzens in Wogen kräftiger Farben.

Das Schimmern von Metall fing meinen Blick. Caseys Lanze lag neben dem Baum, zwischen zwei weißen Schädeln. Als ich genauer hinsah, stellte ich fest, dass es sich um zwei Skelette handelte, die halb in den blattlosen Boden eingesunken waren. Ich sah Gegenstände, die er nicht absorbiert hatte: Caseys Stiefel, sein Taschenmesser, die goldene Uhr, die sein Klonvater mit auf den Mond gebracht hatte. Die Knochen seines rechten Armes deuteten zu der Lanze hin, Reste seiner Fingerknochen krümmten sich noch um den Griff.

Das andere Skelett sah seltsam halb menschlich aus, war aber größer und kräftiger als Caseys. Es war zur Hälfte verschwunden, doch die dreizehigen Hühnerfüße des Aliens waren immer noch zu sehen, die grausamen schwarzen Krallen, die blutroten Sporne. Der Schädel war länger als Caseys, flacher, die Kiefer kräftiger, und über die Schädelplatte verlief ein spitzer Kamm. Die Lanze war ins rechte Auge gedrungen, die Spitze ragte aus einem Spalt am Hinterkopf hervor.

Ich stand lange Zeit unter den schimmernden Blättern und versuchte mir vorzustellen, wie sie gestorben waren. Casey musste schlimm zugerichtet worden sein. Ich ging in die Knie, um seine Knochen auf Verletzungen zu untersuchen, aber sie waren zur Hälfte mit dem Boden verschmolzen und ließen sich nicht bewegen. Ich entdeckte keine Brüche, keinen Hinweis auf seine tatsächliche Todesursache.

Die Stimme des kleinen Baumes war zu einer feierlichen Monodie geworden und erstarb allmählich ganz. Das Leuchten seiner Blätter verglomm, ihr Licht sammelte sich um seine Wurzeln. Als ich mich erhob, fand ich einen weiteren, kleineren Schädel unter den brüchigen Resten eines zierlicheren Skeletts. Die Knochen von Caseys goldgeflügelter Mona. Dünne Fetzen der Schwingen, die noch nicht vom Boden verschlungen worden waren, lagen neben den Knochen ihres Armes. Sie reckten sich nach Caseys Skelett.

Der kleine Baum war durch die dünnen Überreste ihres Brustkorbs gewachsen. Ich stand im Dunkeln, versuchte ihre Geschichte zu verstehen, bis die Stimmen des Waldes wieder anhoben, zu einem Klagelied, das meine benommene Verwirrung widerspiegelte. Das Schimmern des Baumes verblasste und erlosch flackernd. Das einzige Licht, das mir noch blieb, war das Leuchten entlang der Allee, die mich hierher geführt hatte. Ich folgte ihr zurück zum Schiff.

In dieser Nacht sang der Wald zu mir mit einer Stimme, die ich kannte, mit der menschlichen Stimme von Monas Abbild im Holotank. Ich träumte von dem kleinen Baum. Im Traum zog ich meine Stiefel an und kletterte aus dem Schiff. Die Nacht lag klar und hell unter einem vollen Mond, der die Weite der Ebene und die lange Mauer des Waldes mit einem mystischen Glanz überspülte, wie ich ihn noch nie zuvor erlebt hatte. Wie gebannt stand ich da, bis ein gewaltiger Chor erklang und mich in die Dunkelheit unter den Bäumen rief. Sie glühten vor mir und leuchteten mir den Weg.

Im Traum folgte ich ihm abermals, zurück zu dem kleinen Baum auf der Lichtung. Die Skelette waren verschwunden. Mona stand mit Casey dort, wo seine Knochen gelegen hatten. Nicht das goldgeflügelte Wesen, das mit dem Ballon gekommen war, sondern die hoch gewachsene, blonde, liebreizende Mona, deren Hologeist ich gekannt hatte. Sie sah hinreißend aus mit ihrem langen, roten Gewand und einer roten Rose im Haar. Atemlose Stille erfüllte den Wald, als sie mich erblickte, und sie rannte auf mich zu und schlang ihre Arme um mich.

Ich spürte die Wärme ihres Körpers und roch die Süße der Rose, den Duft jener Rosen, die die Robos im Treibhaus der Station für Tanya gezüchtet hatten. Ihre Lippen waren warm und feucht, als sie mich küsste, ihre Hand warm und kräftig, als sie die meine nahm und mich zu Casey und dem Baum führte.

Casey war jetzt El Chino. Er war massig, schwarz und nackt bis zur Hüfte, wie er es gewesen war, als er sie auf der White-Sands-Station an Bord des Fluchtschiffs gebracht hatte. Er trug dieselben verblichenen Jeans, dieselben schweren Arbeitsstiefel, dieselbe rote Mütze. Der goldene Schimmer des Baumes legte sich über die auf seine breite schwarze Brust tätowierten Flaggen von Mexiko und China. Die rot entzündeten Narben von den giftigen Dornen und den Vampirzähnen waren verschwunden.

»Hi, Dunk!« Mit einem warmen Lächeln trat er auf mich zu und drückte mir die Hand so kräftig, dass mir die Finger wehtaten. Er musterte mich einen Moment lang, ein freundliches Lächeln in seinen schmalen Chinesenaugen. »Für einen Crusoe ohne Freitag siehst du ganz gut aus.« Er nahm Monas Hand und wandte sich dem kleinen Baum zu. »Darf ich dir unseren Sohn vorstellen? Leonardo.«

»Unser kleiner Leo.« Mit einem Lächeln zärtlicher Zuneigung sah Mona zu dem kleinen Baum auf. »Unser Kind, das nie geboren wurde. Jetzt ist es bei uns.«

Casey winkte mich näher.

»Unser guter Freund Dunk«, erklärte er dem Baum. »Duncan Yare. Er kam mit mir vom Mond herunter. Er kommt dir vielleicht seltsam vor, aber er ist in Ordnung. Sitzt hier ganz alleine fest und braucht einen neuen Gefährten.«

Über mir hörte ich ein Flüstern im Laub, wie von einem

Wind, den ich nicht spürte. Licht pulsierte hindurch, wurde heller, so hell wie die Rose in Monas Haar. Das Flüstern wurde zu einer singenden Stimme, fast zu leise, als dass ich es hören konnte. Ich vernahm einen Tonfall wie Monas, dann wie Caseys, aber weder Worte, die ich verstand, noch etwas wie die Musik, die ich zu schätzen gelernt hatte, als Dian ihre Holoplatten abspielte.

Manchmal stimmte der fließende Rhythmus mit meinem Herzschlag überein, manchmal mit meinem Atem. Die schiere Seltsamkeit hielt mich in ihrem Bann, bis sie mir nicht länger seltsam schien. Ich begann, Trost darin zu finden, und noch etwas anderes, mehr, vielleicht sogar Liebe. Mein Vater hatte mir einmal erzählt, dass seine Mutter mit ihm gesprochen und ihm vorgesungen hatte, noch ehe er geboren worden war. Unsere eigene Erziehung beginnt im Maternitätslabor. Wir erinnern uns nicht, aber ich bin mir sicher, dass sie zu dem beiträgt, was wir sind. Auf irgendeine Weise, so glaube ich, berührte mich der Baum.

Ich weiß nicht, wie lange ich dastand, von Ehrfurcht ergriffen und staunend. Der Wald stimmte in den Gesang des kleinen Baumes ein, erst nur ganz leise, doch dann mit einem rollenden Crescendo von solcher Gewalt, dass es durch mich hindurch zu vibrieren schien, bevor es seinen Höhepunkt erreichte und verklang. Die glühenden Baumwipfel verblassten. Stille und Dunkelheit senkten sich über den kleinen Baum. Als ich mich nach Casey und Mona umsah, waren sie verschwunden.

Und das war das Ende des Traumes.

Ein schrilles Kreischen riss mich aus dem Schlaf. Ich war in meinem Bett im Schiff, das alte Metall quietschte, als es sich in der Wärme der Morgensonne ausdehnte. Helles Sonnenlicht funkelte auf den Instrumententafeln. Vor dem Fenster trieb ein leuchtend goldener Ballon tief über der langen Wand des Waldes dahin. Unter ihm kroch eine helle Insel über die Baumkronen, folgte ihm wie der Schatten einer Wolke, aber das Wundersame des Traumes war vergangen.

Ich saß auf der Bettkante, benommen vom Schmerz des Verlusts. Casey wieder am Leben, die menschliche Mona hier auf der Erde, der leuchtende Baum, den sie ihren Sohn hießen – alles Illusion. Die kalte Wirklichkeit holte mich mit meiner Erinnerung an die drei vom Erdboden verschlungenen Skelette ein, Caseys Lanze, die sich durch den Kopf des Aliens gebohrt hatte, die brüchigen Rippenfragmente um die Wurzel des kleinen Baumes. Still und dunkel lag der Wald da. Das Glücksgefühl des Traumes war völliger Einsamkeit gewichen. Die trostlose Tatsache holte mich ein: Ich war hier für immer allein, der einzige Mensch auf der Welt, vielleicht überhaupt.

Doch der Selbsterhaltungstrieb hält an. Ich hatte keinen Appetit auf Frühstück, und so trottete ich zu dem Teich unterhalb meiner Quelle, um ein kaltes Bad zu nehmen. Das belebte mich ein wenig, und ich pflügte den Boden, um eine weitere Reihe Mais anzubauen. Als ich davon erschöpft war, legte ich eine Pause ein, um zu verschnaufen, und dabei suchte ich den Himmel nach dem Ballon ab. Er war verschwunden. Hatte er eine weitere goldgeflügelte Fee wie Caseys Mona gebracht? Eine weitere außerirdische Kreatur wie das Ding, das ihn getötet hatte? Ich erfuhr es nie.

Die Zeit nimmt weiter ihren Lauf. Ich beobachte den Wald nun und lausche ihm, sehne mich nach dem Gefühl von Trost und Gesellschaft, das ich in jenem Traum genoss. Er spricht nie mit mir, nicht in einer Sprache der Menschen, und doch spüre ich jetzt, dass er mir mehr als nur Toleranz entgegenbringt. Einige Male glaubte ich, eine neuerliche Einladung in seinem Gesang zu hören und ging hinein, um wieder nach dem kleinen Baum zu suchen.

Die ersten paar Male wagte ich mich nicht weit vor. Die aufragenden Stämme schienen mir zu gewaltig, das Dach der Äste zu hoch, die Schatten zu dunkel, seine fremdartige Präsenz insgesamt zu überwältigend. Die Angst, mich zu verlaufen, so wie sich Casey in jenem afrikanischen Dschungel verlaufen hatte, trieb mich zurück ans Tageslicht. Doch im Laufe der Zeit hat sich diese Angst gelegt.

Jetzt, da ich älter bin, kenne ich den Wald besser und vertraue ihm. Ich habe gelernt, hier zu leben. Jetzt weiß ich, wann ich was pflanzen muss, wie ich meine Ernte lagere und einteile. Ich habe gelernt, abgetragene Stiefel und Kleidung zu flicken, gelernt, mir zu helfen und zu improvisieren. Obwohl ich mich immer fragen werde, ob Arne, Tanya und Dian auf dem Mond noch am Leben sind, ist diese Frage doch nicht mehr von größerer Bedeutung. Wir werden alle wieder geklont werden.

An heißen Sommernachmittagen, wenn ich müde bin von der Arbeit auf meinem kleinen Feld, habe ich es mir zur Gewohnheit gemacht, den Schatten der nahen Bäume aufzusuchen, um der sengenden Hitze der hoch stehenden Sonne auf der freien Fläche zu entgehen. Ich mag die Stille, wenn die Bäume schweigen, und ich mag ihre Stimmen, wenn sie singen. Manchmal schlafe ich und träume von dem kleinen Baum namens Leo. Er spricht mit tanzenden Farben und wortlosen Liedern zu mir und ist mir zum Freund geworden. Weil ich das Gefühl hatte, dass er mich kennen lernen möchte, habe ich ihm die Geschichte des großen Impakts und seiner Folgen erzählt, ebenso die Geschichte der Station und unserer Mission, den Planeten wiederherzustellen. Irgendwie fühle ich, dass er mich versteht und die Aussicht auf unsere Rückkehr zur Erde sogar begrüßt.

Er hat mich zurückgeführt zu der Lichtung, auf der er

steht. Er ist gewachsen, sein gerader Stamm ist jetzt kräftiger, seine Blätter sind breiter und lebhafter golden und rot gesprenkelt. Die Skelette sind verschwunden. Wo sie einst lagen, ist der Boden nun leer, da ich Caseys Lanze und die anderen Dinge, die nicht verschlungen wurden, zum Schiff zurückgebracht habe.

Ich besuche ihn oft. Manchmal singt er ganz leise, nur für mich. Manchmal schweigt er. Aber immer vermittelt er mir ein Gefühl stiller Gesellschaft. In seiner Nähe fühle ich mich nicht länger allein. Ohne Worte hat er mir geholfen, die exotische Botanik des Waldes ansatzweise zu verstehen.

Ich glaube, dass diese goldenen Ballons den Bäumen dazu dienen, ihre Saat zu verbreiten. Das goldgeflügelte Wesen, das Casey liebte, mochte eine Art Blüte gewesen sein, oder eher wohl ein schlüpfendes Junges. Casey war das erste sich bewegende Etwas, das es sah, als es die Schale verließ, in der es herangewachsen war. Es verband sich mit ihm, so wie es sich mit dem fremdartigen Männchen verbunden hätte, das nach ihr gesucht hatte.

Caseys Vernarrtheit in dieses Wesen ist schwieriger zu erklären. Ich bin zu der Überzeugung gekommen, dass die Bäume zu einem gewissen Grad über ihre unheimliche Musik und das wechselnde Licht- und Farbenspiel ihrer Blätter hinaus zu kommunizieren im Stande sind. Dian würde es vielleicht Telepathie nennen, aber dafür habe ich keinen stichhaltigen Beweis. Casey war immerhin ein kranker Mann gewesen, der bisweilen halluziniert hatte. Dennoch glaube ich, dass es etwas im Wald selbst war, was ihn das Wesen als El Chinos Mona sehen ließ.

Was auch der Grund gewesen sein mag, es war eine verzweifelte und unmögliche Liebe, und mein Fund unter dem Baum kündete von ihrem Ende. Dem zufolge, was mein Vater wohl Exobiologie genannt hätte, muss das Männchen über etwas wie Pollen verfügt haben, um die Blüte zu befruchten.

Der Leo-Baum musste einer Art Saat entsprossen sein, die ihrer beider Vereinigung im Körper des Weibchens gebildet hatte.

Das sind jedenfalls meine Spekulationen, und zum Spekulieren habe ich ja Zeit. Der Wald birgt mehr Rätsel, als ich je zu lösen hoffen könnte. Unsere Eltern auf dem Mond zwangen uns nie zu beten, aber sie sprachen oft von den Religionen und Philosophien der alten Welt. Die Bäume und selbst die schwarzen Vampire sind Beweis dafür, dass sich auch jenseits unseres Sonnensystems Leben entwickelt. Der Wald ist für mich zu einem Tempel geworden, den ich nicht zur Anbetung und Verehrung aufsuche, sondern um ein ehrfürchtiges und feierliches Gefühl der Verwandtschaft mit dem Leben im Kosmos zu teilen.

Denn mir wird bewusst, dass Leben universell ist. Die alten Astronomen fanden seine Grundbausteine in den großen Wolken aus interstellarem Staub und Gasen, den Stoff jenes Lebens, das erschaffen wurde, noch bevor die Sterne entstanden. Leben, so scheint es, erschafft sich und bildet sich neu in einer endlosen Zahl von Formen. In meiner wortlosen Gemeinschaft mit den Bäumen habe ich ein Gefühl für ein riesiges Netz von Leben und Bewusstseinen erlangt, die überall im Kosmos existieren.

Ich erhasche einen flüchtigen Eindruck von Wesen, die mitunter älter, klüger und fremder sind, als ich es mir je vorstellen könnte, die meisten davon gut in jenem abstrakten Sinn, dass altruistische Liebe gut ist, manche davon böse, so wie ich die schwarzen Vampire als böse einstufe, weil ihr blinder Eigennutz böse ist. Diese bösen Wesenheiten liegen oft im Krieg miteinander, die Besten der Guten mit dem Tod.

Mittlerweile betrachte ich die Bäume als Maschinen der Schöpfung, die wie wir erschaffen wurden, nicht von einer übernatürlichen Kraft, sondern durch die Prozesse natürlicher Evolution, mittels derer sich das Leben selbst erschafft. Arne hatte, so denke ich, Recht mit seiner Angst vor einer außerirdischen Eroberung. Irgendwo im Kosmos muss es eine böse Macht geben, die unser neu gesätes Leben von der Erde tilgte, um Platz für die schwarzen Vampire zu machen. Die singenden Bäume mussten als Werkzeuge des Guten hier installiert worden sein, als Gegenkraft.

Das glaube ich jedenfalls.

Macht uns das zu unglückseligen Marionetten in einem äonenlangen Krieg zwischen gewaltigen, unbekannten Mächten, der sich über ganze Galaxien erstreckt? Das können wir unmöglich wissen, aber welch besserem Zweck könnten wir dienen, als unsere Schöpfungsmission unentwegt fortzusetzen? Ich rechne damit, mein Leben allein hier zu verbringen und schließlich zu sterben. Dennoch, dank der Gesellschaft der Bäume fühle ich mich nicht mehr ganz allein. Die Schöpfung ist ewig. Wir selbst, wir Klone in der Station, sind Maschinen des Lebens. Unsere Mission muss andauern.

Das ist die Botschaft, die ich an den Mond übermittelt habe. Unsere Erben der nächsten Generation müssen informiert und gewarnt werden. Ich erinnere an das Tal von Kaschmir, jenen hübschen kleinen Garten Eden, weit weg von der vampirischen Rasse in Afrika und sicher hinter seinen majestätischen Bergwänden. Ich vertraue darauf, dass wir wieder geklont werden und Mona und Casey mit uns, sodass wir dort landen und die Menschheit wieder auf der Erde ansiedeln können.

TEIL DREI

Agenten des Mondes

19

Binnen der nächsten 50 Jahre wurde eine neue Generation geklont. Es gibt nur wenige Aufzeichnungen über sie, und die Robos waren nie als Historiker gedacht gewesen. Wir wuchsen auf, zusammen mit Mona und Casey. Die Robos bauten uns ein Raumschiff. Wir machten uns auf den Weg, alle zusammen, um im Kaschmirtal eine Kolonie anzusiedeln. Der Mastercomputer fing einen Funkspruch auf, als wir zur Landung ansetzten.

»Ein perfekter Smaragd!«, höre ich meine eigene Stimme das Tal beschreiben. »Eingelassen in einen Ring aus leuchtendem Eis!«

Das war die letzte Übertragung, die in der Station einging.

Ein weiteres Zeitalter verstrich, ehe der Mastercomputer uns wieder leben ließ. Er hält Haus mit seinen Ressourcen und folgt seinem eigenen Zeitplan. Er hatte auf einen ganz bestimmten Grund gewartet, um uns wieder zu erwecken.

Eines Tages, wir waren neun oder zehn Jahre alt, rief uns mein Holovater in den Tankraum. Casey und Mona hielten Händchen und lächelten einander an, während wir warteten. Dian hatte ihren Laptop mitgebracht, um sich Notizen zu machen. Tanya hielt ihre großen, dunklen Augen starr auf das Abbild meines Vaters gerichtet, bis Arne sie mit dem Ellbogen beiseite drängte.

»Neue Rätsel warten auf der Erde auf euch«, ließ sich mein Vater aus dem Tank vernehmen. Er hielt inne und wartete, bis wir ihn alle ansahen. »Vielleicht eine neue Gefahr für die Kaschmirkolonie, falls sie noch existiert.«

Er verstummte und sah Tanya tadelnd an, als sie Arne nun ihrerseits den Ellbogen in die Rippen stieß. Er brummelte ihr etwas zu. Casey bedeutete ihnen mit einem Zischen, zuzuhören. Mein Vater schwenkte geduldig seine leere Pfeife und räusperte sich die Kehle frei, wie er es oft tat, eine Art Hüsteln, um unsere Aufmerksamkeit auf sich zu lenken.

»Es gibt da etwas, das ihr wissen müsst.« Er klang sehr ernst. »Die Robos haben, wie immer, nach neuen Bedrohungen aus dem All Ausschau gehalten. Vor über zweihundert Jahren entdeckten sie mit den Teleskopen ein anormales Objekt, das sich der Sonne näherte. Seine Geschwindigkeit war zu hoch, als dass es zum Sonnensystem gehören könnte. Es kam aus der Richtung des galaktischen Kerns.«

Selbst Arne hatte den Blick erhoben und war ganz Ohr.

»Es handelte sich offenbar um etwas Gewaltiges, sein geschätzter Durchmesser betrug fast zweihundert Kilometer. Zunächst schien es keine Gefahr für die Erde darzustellen, doch dann veränderte sich seine Bewegung auf seltsame Weise. Es wurde langsamer anstatt schneller, als es tiefer in die Schwerkraft der Sonne geriet. Und es drehte sich der Erde zu, schien uns mit einem neuerlichen verheerenden Einschlag zu bedrohen. Aber dann stoppte es ganz, wich zurück und verlor seine runde Form. Es zog sich von der Sonne zurück und ist mittlerweile völlig verschwunden.«

»Kein Grund zur Sorge«, meinte Arne, »wenn es doch fort ist.«

Mein Vater deutete mit der Pfeife auf ihn.

»Wir glauben, dass es etwas zur Erde transportiert hat. Die Beobachtung der Roboter legt den Schluss nahe, dass es sich bei dem Objekt um ein interstellares Lichtsegelschiff handelte. Es muss eine Ladung hergebracht haben.«

»Ein Licht-... was?«

»Ein Segel aus einem ultradünnen Stoff, der sich wie ein riesiger Fallschirm ausbreitet. Der Strahlungsdruck seines Heimatsterns wurde genutzt, um das Schiff zu starten. Das Segel fing die Strahlung unserer Sonne auf, um seine Bewegung zu stoppen und sich zur Erde zu drehen. Dann fiel das Segel in sich zusammen. Und schließlich wurde das Schiff abgetrieben. Aber wir vermuten, dass die Ladung irgendwie zu uns gelangte.«

»Invasoren?« Pepe war erschrocken. »Eindringlinge von einem anderen Stern?«

»Durchaus möglich.« Mein Vater nickte ihm und Casey zu. »Wir glauben sogar, dass dies die Herkunft der merkwürdigen Vegetation erklären könnte, die ihr beide in Nordamerika gefunden habt, oder vielleicht der vampirischen Monster, die DeFort in Afrika getötet oder verschleppt haben. Wenn ein Lichtschiff bei uns eingetroffen ist, könnten andere schon zuvor hier gewesen sein.«

»Na schön«, brummte Arne. »Und worin besteht jetzt dein Problem?«

»Oder vielleicht eures.« Mein Vater sah ihn scharf an. »Ihr habt alle auf die Erde hinuntergesehen, aber der Computer verlangt jetzt nach einer eingehenderen Untersuchung. Die Bereiche mit der exotischen Vegetation in Nordamerika scheinen über die letzten paar Jahrzehnte geschrumpft zu sein. Die Rotfärbung dieses Dornendschungels in Afrika hat das Mittelmeer erreicht und umschlossen. Wir haben kein einziges Mal von der Kaschmirkolonie gehört, seit sie gelandet ist. Sie könnte in Gefahr sein. Wir müssen herausfinden, was dort vorgeht.«

»Können wir –?« Casey wandte sich an Mona. Sie nickte und lächelte ihm zu. »Können wir runtergehen und nachsehen?«

»Vielleicht.« Mein Vater nickte. »Wenn ihr erwachsen und

sofern ihr für die Mission qualifiziert und ausgebildet seid. Der Computer wird nach Freiwilligen fragen.«

Sie erklärten unisono: »Wir werden die Freiwilligen sein.«

Sie waren das seltsame Paar unter uns. Geklont in den Maternitätseinheiten, die DeFort für sich und seine Frau vorgesehen hatte, gab es für Casey und Mona keine Robos, die sich ihrer annahmen. Ihre Holo-Eltern, aus bruchstückhaften Aufzeichnungen kreiert, die man nach der Ankunft des Fluchtschiffs auf dem Mond gemacht hatte, waren zu unvollständig und konnten sich nicht wirklich um die beiden kümmern. Während sie zusammen aufwuchsen und sehr ineinander verliebt waren, lebten sie in der Vergangenheit. Sie grübelten über die Funkberichte nach, die mein älterer Klon über die Vampirwesen im afrikanischen Dschungel heraufgeschickt hatte. Mit Ehrfurcht und Sehnsucht im Ton zitierten sie immerfort, was er über die singenden Wälder in Nordamerika gesagt hatte. Casey fragte sie, ob sie wirklich in dem geflügelten Wesen wiedergeboren war, das er nach ihr benannt hatte. Sie zuckte die Achseln, küsste ihn und meinte, dass es egal sei. Wehmut dämpfte ihre Stimmen, wenn sie von dem kleinen Schössling sprachen, dem sie den Namen Leonardo gegeben hatten.

Erwachsen und immer noch unzertrennlich ließen sie sich von Pepes Robo für den Weltraumflug trainieren. Als der Mastercomputer nach Freiwilligen fragte, die den Zustand der Erde in Augenschein nehmen sollten, waren sie bereit. Der Computer erachtete sie als qualifiziert. Casey gab uns vor dem Aufbruch die Hand. Mona küsste uns alle, sogar Arne. Sie legten ihre Weltraumausrüstung an und gingen durch die Schleuse.

Die Robos hatten ihnen auf dem Startplatz unterhalb des Kraterrands ein Raumschiff bereitgestellt. Ein nettes kleines

Zwei-Mann-Vehikel, das genug Treibstoff hatte für eine Landung auf der Erde, eine Umkreisung des Planeten und den Rückflug zum Mond. Wir sahen vom Dom aus zu, wie die Robos die beiden an Bord geleiteten und dann das Schiff klarmachten. Die Dampfwolke aus den Düsen gefror zu einem Wirbel sich auflösenden Schnees. Das Schiff gewann rasch an Höhe und verschwand im schwarzen Mondhimmel.

Während sie die Erde aus einer niedrigen Umlaufbahn heraus untersuchten, schickten sie kurze Funkberichte herauf. Die Gletscher der letzten Eiszeit waren noch immer im Rückzug begriffen. Südasien schien eisfrei zu sein und über genug Pflanzenwuchs zu verfügen, um menschliches Leben zu unterstützen. Die hohen Berggipfel rund um das Kaschmirtal trugen noch immer weiße Hauben, aber Casey sagte, sie hätten Anzeichen einer dort lebenden Kolonie entdeckt. Sie verließen den Orbit, um eine Landung zu versuchen.

Obwohl wir monatelang warteten, empfingen wir nichts mehr. Pepe und ich wollten ihnen folgen. Auch wenn sie nie recht zu uns zu gehören schienen, mochten wir sie doch. Mona war stets so nett zu mir gewesen, dass mir ihre blonde Schönheit immer noch Träume bescherte. Wir hatten beide Angst um sie.

»Ihr seid verrückt, dieses Risiko einzugehen«, sagte Arne. »Wir haben schon zu viele Schiffe und zu viele von uns verloren. Wollt ihr noch mehr vergeuden?«

»*Por qué no?*« Pepe zuckte die Achseln. »DeFort baute die Station, um die Erde am Leben zu erhalten. Wir sind hier, um Risiken einzugehen.«

Arne murrte weiter: Wie viele Schiffe könnten die Robos wohl noch für uns bauen, damit wir sie verlören? Wenn Casey und Mona keinen Erfolg hatten, wie könnten wir dann hoffen, es besser zu machen? Aber Pepe war fest entschlossen.

Vielleicht hatten sie ja Erfolg gehabt. Vielleicht hatten sie sich einfach nur vom Schiff entfernt, ohne Funkgerät. Wir mussten es herausfinden, mussten sie suchen und ihnen helfen, wenn es möglich war.

Wir flehten meinen Vater an, den Computer davon zu überzeugen. Er wirkte ebenso zynisch wie Arne, aber am Ende ließ der Computer ein weiteres Zwei-Mann-Raumschiff für uns bauen und auftanken. Ich hatte den Mond noch nie verlassen, und die elegante Anmut des Schiffes ließ mich erschauern.

Arne schüttelte uns die Hand und wünschte uns Glück, aber ich hatte das Gefühl, dass er nicht unglücklich darüber war, uns loszuwerden. Mit einem steifen kleinen Lächeln gab Dian uns Kopien alter Silbermünzen, die uns, wie sie meinte, helfen würden zu beweisen, dass wir wirklich vom Mond kamen. Tanya umarmte und küsste uns und wandte sich ab, um ihre Tränen zu verbergen.

Wir stiegen die Rampe hinauf. Pepe versiegelte die Schleuse. Wir nahmen unsere Plätze ein, und die Robos gaben uns das Zeichen. Die Düsen husteten und brüllten. Kondensierender Dampf wölkte über den Startplatz um uns her und senkte sich in glitzernden Flocken. Der plötzliche Schub presste mich in meinen Sitz.

Das graue, pockennarbige Gesicht des Mondes schwand hinter uns dahin, und wir hielten in der sternübersäten Dunkelheit vor uns Ausschau nach der schmalen, leuchtenden Sichel der naszierenden Erde.

Der Flug bis zum Orbit dauerte drei Tage. Wir verbrachten die Zeit mit Karten und Briefen, die unsere früheren Inkarnationen uns hinterlassen hatten. Pepe war fast besessen von der Geschichte über den Tod des unirdischen Wesens, das Casey für eine wiedergeborene Mona gehalten hatte, und das Rätsel um den jungen Baum, den er als ihren Sohn bezeichnet hatte.

»Lach nicht.« Sein Ton verschärfte sich. »Es mag zwar seltsam klingen, aber sie waren auf einer Welt, die fremd geworden war. Wer weiß, was wir jetzt in dem Tal oder sonst wo vorfinden werden, aber ich möchte nach Amerika und diesen Baum suchen.«

Als wir den Orbit schließlich erreicht hatten, horchten wir nach einem Funksignal, nach Signalen irgendwelcher Art, aber wir fingen nichts auf. Eine Woche lang beobachteten wir die Erde aus der Umlaufbahn. Südlich der Sahara zeigte Afrika weitenteils eine stumpfe Rotfärbung, die von dem fremden Biokosmos herrührte, der sich hier angesiedelt hatte. Nord- und Südamerika waren mit nichtirdischer Vegetation gesprenkelt. Die nördliche Hälfte Asiens glänzte weiß von Gletschereis, das sich vom Pol bis zum Himalaja erstreckte.

Da es kein Anzeichen einer neuen Hochtechnologie gab, fand ich es an der Zeit, einen Landeplatz zu suchen, um einen neuen Versuch zu wagen. Pepe behielt Südasien im Auge, wo die heimische Pflanzenwelt, die wir wiederhergestellt hatten, üppig gedieh. Auf unserem letzten Überflug in geringer Höhe suchte er sie per Teleskop ab.

»Linien!« Freudige Erregung lag in seinem Ton. »Ich sehe ein Netz schmaler Linien, das sich über den indischen Subkontinent und weiter bis nach China hinein ausbreitet. Das müssen Straßen sein, oder Schienen. Ich glaube, dass wir auf eine Zivilisation stoßen werden.«

Ich musste die Frage stellen. »Ohne Elektrizität?«

»Vielleicht verwenden sie Dampf.«

Aus dem All betrachtet war das Kaschmirtal eine winzige grüne Oase, eingebettet in eine Barriere aus hoch aufragenden, gezackten Gipfeln, die das Eis abhielten.

»Sie leben!« Wir waren auf unserem letzten Überflug. Pepe griff nach dem Fernglas. »Wirklich!« Er drehte sich um und grinste mich freudig an. »Das Tal sieht bewohnt aus. Die

Straßen führen darauf zu. Ich kann rechteckige Flächen erkennen, das müssen Felder sein.« Er schaute wieder hinunter. »Dort, in der Mitte des Tales!« Seine Stimme hob sich. »Das muss eine Stadt sein!«

Wir fuhren die Landeklappen aus und setzten zur Landung an. Ich brauchte kein Fernglas, um Straßen, Felder und verstreut liegende Dörfer auszumachen, als sich das Tal unter uns weiter und immer weiter öffnete. Die Stadt bildete ein seltsames Muster, das Zentrum war ein weißer Fleck in der Mitte einer grünen, ovalen Fläche, umringt von roten, grünen und grauen Kreisen, die im Näherkommen zu Straßen, Bäumen und Gebäuden mit roten Dächern wurden.

In einem Kissen aus brüllendem Dampf landete Pepe das Schiff auf dem weißen Fleck. Er schaltete die Düsen ab und öffnete die Luke. Sie schwang nach unten und bildete eine schmale Plattform. Wir drängten hinaus und standen eine Zeit lang da, gebannt vor Staunen. Pepes Hand zitterte, als er meinen Arm packte. Unsere ganze Welt hatte aus dem winzigen Nest von Tunneln im Kraterrand und dem Dom bestanden, von dem aus man den kahlen, farblosen Mond und seinen tiefschwarzen Himmel überblickte. Dieses Tal war überwältigend.

»Sagenhaft!«, flüsterte Pepe. »Welch ein Wunder!«

Der Anblick ließ mich schwindeln. Ein Himmel, der nicht schwarz, sondern strahlend blau war, und darin hing ein riesiger weißer Pilz. Ich beschattete meine Augen, um genauer hinzusehen.

»Eine Wolke!« Pepe deutete darauf. »Das ist eine Wolke.«

Die Station war ein winziges Fleckchen Leben auf einer Welt gewesen, die nie gelebt hatte. Hier standen wir nun inmitten von Luft, die uns vor tödlicher Strahlung abschirmte, und blickten über ein Meer aus roten Dächern hinweg, auf eine Landschaft, die nicht das tote Grau von trockenem Staub und kahlem Stein zeigte, sondern saftiges

Grün. Ich spürte kühlen Wind und wärmendes Sonnenlicht, atmete süße Düfte ein, für die ich keine Worte fand. Ein dunkler Klecks segelte melodisch pfeifend über uns hinweg. Ein Singvogel?

Ich atmete tiefer durch und nahm alles in mich auf. Das offene Oval war ein riesiges Amphitheater, das von Sitzen umrahmt wurde. Gebäude umringten es, nur zwei oder drei Stockwerke hoch, aber solide gebaut, aus irgendeinem weißen Stein. Weit dahinter stieg der Talboden zu dunkelgrünem Wald hin an. Und noch weiter entfernt erhoben sich nackte Felswände zu eisigen Hängen empor, die im Sonnenlicht schimmerten.

»Arne würde vielleicht Augen machen!«, grinste Pepe. »Nie und nimmer wurde das hier von seinen Außerirdischen gebaut.«

Er reichte mir das Fernglas. In südlicher Richtung entdeckte ich eine Anzahl hoher Schlote, aus denen Rauch stieg. Weit im Osten sah ich einen dunklen Strich über eine grüne Anhöhe kriechen, über der Spitze hing eine Rauchfahne.

»Ein Zug.« Ich gab das Fernglas zurück. »Sie verwenden tatsächlich Dampf.«

»Aber keinen Strom, glaube ich.« Pepe zog die Stirn kraus. »Deshalb konnten sie die Station nicht erreichen. Ich vermute, sie waren zu beschäftigt. Unterkünfte errichten, neues Land roden und pflügen, um Nahrung anzubauen, Labors einrichten, um Tiere und Menschen zu klonen. Sich verteidigen, wenn sie es denn mussten. Aber sie – sie haben es geschafft!«

Er erstarrte, während er noch durch das Fernglas blickte.

»Sieh dir das an!«

Er deutete zum Ende des Ovals. Etwa hundert Meter entfernt sah ich ein weiteres großes Raumschiff, einen Zwilling unseres eigenen. Leuchtend rot gestrichen stand es auf einer zweiten weißen Landefläche.

»Das Schiff ist angekommen.« Pepe hob das Fernglas, um es sich noch einmal anzusehen. Ehrfurcht dämpfte seine Stimme. »Ich glaube, sie erinnern sich. Ich glaube, dass sie diesen Bereich für uns freigehalten haben. Ich glaube, sie haben uns seit dreihundert Jahren erwartet.«

Plötzlich setzte er sich in Bewegung. Er faltete die Ausstiegsleiter auseinander.

»Ich gehe runter. Ich möchte sie kennen lernen.«

Ich griff nach dem Fernglas und entdeckte Menschen auf den Dächern jenseits der Arena. Zunächst nur eine Hand voll, doch dann zu Dutzenden. Männer in Jacken, wie mein Holovater sie trug. Männer in bunt gemusterten Hemden. Frauen in Hosen, Frauen in Röcken, Frauen mit Babys im Arm. Stille Kinder, hübsch uniformiert in Blau und Weiß. Ich vernahm ein gedämpftes Summen von Stimmen.

»Das sind unsere Kolonisten. Kinder unserer Klone?« Beunruhigung mengte sich in Pepes Ton. »Sind sie – wir?«

Mit gerunzelter Stirn stellte er die Optik schärfer und grinste dann erleichtert.

»Ich bin jedenfalls nicht dabei. Sie hatten Zellproben von hunderten Individuen. Sie mussten sich nicht immer wieder selbst klonen.«

Er zeigte zu einem breiten Tor, das sich in der Seite der Arena öffnete. Zwei Männer kamen heraus; sie fuhren in einem sonderbaren kleinen Vehikel, das weißen Dampf ausstieß. Er hob das Fernglas, und ich hörte, wie er scharf die Luft einsog.

»Schau dir den Fahrer an.« Heiser flüsternd drückte er mir das Fernglas in die Hand. »Sieh dir sein Gesicht an.«

Der Fahrer saß hinten, über der Maschine. Nackt bis zur Hüfte und schwarz wie Casey. Er hatte dieselben hohen Wangen und mandelförmigen Augen und etwas wie eine schwarze Perle auf der Stirn.

»Er sieht aus wie ein neuer El Chino.«

Abermals betrachtete ich das Gesicht des Fahrers und machte auf der dunklen Haut unterhalb der kleinen Perle einen kleinen roten Fleck aus. Der Beifahrer war ein schmächtiger Mann in Silber und Schwarz, der tiefer saß, über dem einzelnen Vorderrad. Sie fuhren langsam in einem Kreis um uns herum und stoppten dann unter unserer Plattform. Der Beifahrer stieg aus dem Vehikel, sank auf ein Knie nieder, erhob sich wieder und beschattete seine Augen, um zu uns heraufzuschauen.

»Sind Sie Agenten –« Seine zittrige Stimme stockte, und er setzte von neuem an: »Sind Sie Agenten vom Mond?«

»Wir kommen von der Tycho-Station.«

»Willkommen in Kaschmir.« Er kniete sich hin und stand wieder auf. Sein knopfartiger Adamsapfel hüpfte auf und ab, als er schluckte. Er holte noch einmal tief Luft und fuhr dann fort: »Ich bin Thomas Drake, Erster Sekretär des Stellvertretenden Agenten Eric Frye. Ich grüße Sie im Namen des Ersten Agenten Arne Stone, Regent des Mondes. Wir bitten Sie, in Ihrem Schiff zu bleiben, bis ein angemessener Empfang vorbereitet ist.«

Ich schaute Pepe an.

»Warum nicht?« Er sah den schwarzen Fahrer mit trauriger Miene an und hob unbehaglich die Schultern. »Spielen wir ihr Spiel eben mit.«

»Es wird dem Ersten Agenten eine Ehre sein, Sie zu empfangen«, sagte Drake. »Er bedauert die Unannehmlichkeit dieser kleinen Verzögerung, aber es sind Vorbereitungen zu treffen.« Er hob das Handgelenk, um auf einen klobigen Zeitmesser zu schauen. »Ich werde in zwei Stunden zurück sein, um Sie abzuholen.«

»Richten Sie dem Ersten Agenten unseren Dank aus«, rief Pepe. »Sagen Sie ihm, die Ehre ist ganz unsererseits.«

Er senkte die Stimme. »Ehre! Dass ich nicht lache.«

Drake kniete abermals nieder und stieg dann wieder in das

kleine Fahrzeug. Der schwarze Mann fuhr durch das Tor hinaus. Pepe hob das Fernglas wieder und ließ den Blick über die raunende Menge auf den Dächern schweifen, die noch größer wurde, während wir warteten. Er tat es in verbissenem Schweigen, bis er mich plötzlich am Arm ergriff und mit der anderen Hand auf etwas deutete.

Aus einem Zugang auf der gegenüberliegenden Seite der leeren Fläche kam eine junge Frau auf einem Fahrrad. Das blonde Haupt gesenkt radelte sie schnell auf uns zu. »Mona!« flüsterte er. »Das ist Monas Klon.«

20

Sie hielt direkt unter unserer Plattform an, stieg von ihrem Fahrrad und sah zu uns herauf. Pepe schüttelte den Kopf und gab mir das Fernglas zurück.

»Nein, das ist nicht Mona.« Seine Stimme sank vor Enttäuschung. »Sie hat dieselben blauen Augen, aber nicht Monas Kinn.«

Sie lehnte das Fahrrad an die Seite der Treppe, machte sich daran, emporzusteigen, hielt dann aber inne und schaute uns an. Sie trug Hosen und eine hübsche grüne Jacke, ihr honigfarbenes Haar war kurz geschnitten, und sie sah so bezaubernd aus, wie ich mir die junge Mona vorstellte, als sie das ostamerikanische Hügelland verließ, um für die unselige Erde zu singen und zu tanzen. An ihrem Kinn war nichts auszusetzen.

»Darf ich zu Ihnen kommen?«

Pepe grinste ihr zu. »Sie sind ja schon halb da.«

Ich trat in den Türrahmen zurück, um Platz zu machen. Sie kam zu uns herauf, mit rotem Gesicht und etwas atemlos von der Fahrt. Einen Moment lang stand sie da und sah uns an, die blauen Augen vor Aufregung groß.

»Sie sind Unsterbliche?« Ehrfurcht dämpfte ihre Stimme. »Echte Unsterbliche vom Mond?«

Ich überließ es Pepe zu antworten. Er lächelte sie an und wirkte noch atemloser, als sie es war.

»Ich kenne Ihr Bild aus den Geschichtsbüchern.« Sie musterte sein Gesicht. »Sie sind Raumpilot Pedro Navarro.«

»Nennen Sie mich einfach Pepe.«

Sie schaute mich an. »Sie – Sie müssen Doktor Yare sein.

Ich kenne Ihre Texte über die Unsterblichen. Das große Epos über den Impakt und die Restauration. Manche halten es für frei erfunden. Ich habe nie verstanden, wie Sie unsterblich wurden.«

»Das sind wir nicht«, sagte Pepe. »Nur Klone. Aber wir kommen tatsächlich von der Tycho-Station auf dem Mond.«

»Wirklich?« Sie errötete noch heftiger. »Wir haben seit Jahrhunderten auf Sie gewartet, aber ich habe nie damit gerechnet, dass Sie gerade jetzt kommen könnten.« Sie hielt inne, um nach Luft zu schnappen, und ihr Blick wurde schärfer. »Wenn ich Sie um ein Gespräch bitten dürfte –«

»Okay«, sagte Pepe.« Sprechen wir.«

»Okay?« Sie runzelte die Stirn. »Ihre Worte sind so seltsam.«

»Ihre auch.« Er grinste. »Aber lassen Sie uns reden.«

Sie griff in eine braune Ledertasche, die sie über der Schulter trug, und reichte ihm eine kleine, weiße Karte. »Ich bin ein Watchbird«, erklärte sie, »für den *New World Reporter.* Ich habe einige Fragen.«

Er las die Karte und reichte sie dann an mich weiter. »Was ist ein Watchbird?«

»Jemand, der über Ereignisse schreibt.« Auf der Karte stand, dass ihr Name Laura Grail war. »Ihr Kommen ist ein historisches Ereignis. Und hier ist meine große Frage.« Sie sah mich forschend an und dann wieder Pepe. »Bringen Sie eine Warnung für unsere Welt?«

»Warnung?« Pepe schüttelte den Kopf und zuckte verdutzt die Achseln. »Nein, keine Warnung, absolut nicht. Wir kamen nur, um die Kolonie zu besichtigen und dem Computer in der Station Bericht zu erstatten. Über Ihre Geschichte. Ihren Fortschritt. Ihre Probleme, wenn Sie denn Probleme haben. Und am wichtigsten ist es uns, herauszufinden, was aus dem Team wurde, das wir voriges Jahr herschickten.«

»Keine Warnung? Sind Sie sicher?« Sie sah mich genau an

und dann wieder zu Pepe. »Suchen Sie den Himmel nicht nach Gefahren ab?«

»Das macht der Computer.«

»Sie sehen nicht die Gefahr eines weiteren Impakts? Kein großes Objekt, das aus dem Weltall kommt, um auf der Erde einzuschlagen?«

»Rein gar nichts.« Sie schien sich zu entspannen, und Pepe fuhr fort: »Hier ist unsere große Frage. Über unsere verschollene Expedition. Vor knapp einem Jahr verließen zwei unserer Leute den Mond mit einem Schiff wie diesem hier.«

Sie sah ihn mit leerem Blick an, schüttelte den Kopf und trat dann zurück, um staunend die turmhohe, silbrig schimmernde Hülle unseres Schiffes zu betrachten.

»Sie wollten in diesem Tal landen.« Er wies mit einer Geste auf die eisgekrönten Berge, die uns umgaben. »Wissen Sie, ob sie angekommen sind?«

»Ich habe nie davon gehört – oder vielleicht –« Sie blinzelte fast überrascht. »Es gab da eine Geschichte, die niemand glaubte. Ein entflohener Sklave, der so verrückte Dinge erzählte, wie sie solche Leute eben erfinden. Er behauptete, ein Unsterblicher vom Mond zu sein.«

»Nur einer?«

»Ein Mann und eine weibliche Entflohene. Kopfgeldjäger fanden die beiden. Sie versteckten sich im Eis.«

»Was geschah mit ihnen?«

»Nichts Außergewöhnliches. Sklavenflucht. Wenn man die Besitzer nicht findet, werden sie öffentlich versteigert.«

»Die Frau?«

Das Mädchen wandte sich von Pepe ab und lauschte der fernen Musik, die von irgendwo außerhalb des Ovals kam.

»Ich sollte nicht hier sein.« Ihre Miene verdüsterte sich beim Anblick der Beobachter auf den Dächern, und sie sah sich unbehaglich auf der freien Fläche um. »Ich muss gehen.«

»Noch nicht!«, bat Pepe sie. »Wir sind gerade erst angekommen. Wir brauchen Antworten. Alles ist so fremd für uns. Selbst das Wetter.« Er lächelte Laura Grail an, versuchte, sie aufzuhalten, und deutete an ihr vorbei zu den schimmernden Berggipfeln, in den indigoblauen Himmel, auf die sich dort türmende Wolke. »Auf dem Mond haben wir Sonnenhitze und bitterkalte Nächte, aber kein Wetter.«

»Es ist Frühling.« Sie betrachtete unsere verzerrten Abbilder, die sich auf der Keramikhülle des Schiffes spiegelten, und fasste neugierig danach, um sie zu befühlen. »Der Sommer wird wärmer sein, und im Winter haben wir oft Schnee.« Sie sprach etwas schneller. »Darf ich, für den *Reporter* fragen, was Sie hier vorhaben?«

»Zuerst einmal«, sagte Pepe, »brauchen wir Hilfe, um unsere Leute ausfindig zu machen. Wenn es sich um diesen entflohenen Sklaven und die Frau handelte, die bei ihm war.«

Ihr Gesicht wurde ernst.

»Sklaven lügen. Der Mann sprach von einem Mondschiff, das über den Gletschern abstürzte, aber die Zensoren ließen nie etwas über ein solches Schiff verlauten. Ich rate Ihnen, die Sache zu vergessen.«

»Gibt es einen Grund, sie zu vergessen?«

»Die Scienteers.« Sie nickte ernst. Obwohl die Beobachter auf den Dächern weit entfernt waren, senkte sie ihre Stimme. »Ich hätte nicht hierher kommen sollen. Wenn Sie je danach gefragt werden, dürfen Sie mich nicht erwähnen. Oder irgendetwas von dem, was ich sage. Wenn ich über Agenten des Mondes rede, könnte das mein Leben in Gefahr bringen.«

»Kein Wort«, versprach Pepe. »Hand aufs Herz.«

Sie wirkte verwirrt.

Er legte sich die Hand auf die Brust und fragte: »Was sind Scienteers?«

»Feinde.« Fast flüsternd trat sie einen Schritt näher. »Sie bezeichnen die Regentschaft als Betrug und behaupten, die einzig wahren Agenten des Mondes zu sein. Kopfgeldjäger sollen sie zur Strecke bringen. Sie werden entweder getötet oder an die Reiter verfüttert.«

»Und der Sklave und die Frau wurden für Scienteers gehalten, sagen Sie?«

»Vielleicht.« Sie sah unbehaglich drein. »Solche Ereignisse werden nie publik gemacht. Und bitte verstehen Sie mich richtig, ich will den Regenten nicht verleumden. Er hat größere Probleme als die Scienteers.«

»Ja?«, hakte Pepe nach. »Was für Probleme?«

»Überall. Rebellen in Amerika. Ein Patt an der afrikanischen Front. Verrat hier zu Hause. Und er ist nicht mehr jung.«

»Sind wir ein weiteres Problem?«

Abermals hörte ich Musik von irgendwo abseits des Feldes, vielleicht ein Militärmarsch. Ich sah, wie Laura die Hände wand, als sei sie nervös. Sie lächelte Pepe beunruhigt zu.

»Sie müssten eigentlich in Sicherheit sein«, erklärte sie ihm, »es sei denn, Sie werden für Scienteers gehalten.«

»Das sind wir nicht«, versicherte er ihr. »Aber Sie müssen uns alles sagen, worüber wir nicht sprechen dürfen. Was wir nicht tun dürfen. Wir warten gerade auf einen Empfang. Was bedeutet das?«

»Eine große Ehre, wenn Sie wirklich vom Mond kommen.«

»Was haben wir zu erwarten?«

»Fragen, ganz sicher.« Sie runzelte die Stirn und überlegte. »Sie sollten mit Bedacht sprechen. Der Regent hat manchmal merkwürdige Ideen. Und merkwürdige Berater.«

»Können Sie uns mehr über ihn erzählen? Über die Geschichte der Kolonie? Über die Lage hier?«

»So viel, wie ich noch kann.« Die Militärmusik setzte wieder ein, und Laura sah nervös zum Tor hin. »Und wenn Sie mich nicht erwähnen.«

»Wir werden nichts ausplaudern.« Pepe hielt ihr die Hand hin. Ich fragte mich, ob ein Händedruck hier noch von Bedeutung war, aber sie lächelte und ergriff seine Hand. »Wir brauchen Ihre Hilfe, und wir sind dankbar dafür. Was für Fragen könnte man uns stellen?«

Auf die Stimmen von den Dächern lauschend, trat sie näher zu ihm.

»Der Regent könnte einen Beweis verlangen, dass Sie tatsächlich Agenten des Mondes sind.« Nachdenklich hielt sie inne, um sich das blonde Haar aus dem Gesicht zu streichen. »Er könnte Sie fragen, ob Sie eine Nachricht von den Unsterblichen haben. Er könnte Sie fragen, ob man Sie geschickt hat, um zu helfen. Und –« Ihre Miene verdunkelte sich. »Wenn jemand fragt, dann habe ich das nie gesagt, aber er könnte fürchten, dass Sie seine Autorität bedrohen.«

»Wir sind nicht gekommen, um uns einzumischen.«

»Unsere Leser –« Abermals hielt sie inne, um zu horchen. »Sie werden irgendeine Nachricht erwarten, wenn sie glauben, dass Sie wirklich vom Mond kommen.«

»Sie könnten ihnen sagen, dass die Tycho-Station nach wie vor existiert und die ursprüngliche Mission fortgesetzt wird.«

»Wenn das wahr ist – wenn der Regent es glaubt –, dann wird er Sie wohl willkommen heißen. Die Scienteers sind sich hinsichtlich der Tycho-Station nie ganz sicher gewesen. Sie haben vermutet, dass sie nur ein Mythos sei, von den Regenten erfunden, um ihre Autorität zu stützen.«

»Haben Sie denn keine Aufzeichnungen?«

»Keine aus dem ersten Jahrhundert, die als authentisch anerkannt werden. Die Fakten werden alle in Frage gestellt. Es wurden Kriege geführt über Erzählungen, die niemand beweisen kann. Scienteers wurden für ihren Glauben verbrannt.«

»Und Sie? Was glauben Sie?«

Sie wurde rot und biss sich auf die Lippe.

»Solche Fragen sollten Sie nicht stellen.«

»Entschuldigen Sie«, sagte er. »Was glaubt man allgemein?«

Einen Moment lang stand sie schweigend da und legte nachdenklich die Stirn in Falten, derweil sie der Musik von jenseits des Tores lauschte.

»Okay«, sagte sie schließlich, dieses neue Wort ausprobierend. »Fragen Sie die Regenten. Fragen Sie die Scienteers, wenn Sie auf einen treffen. Die Regenten betrachten dieses Feld hier als heiligen Ort. Sie glauben, dass dieses alte Raumschiff immer noch dort steht, wo es einst landete. Sie haben diesen Bereich für die Landung eines neuen Schiffes reserviert. Offiziell sind sie ganz begierig darauf, neue Agenten des Mondes willkommen zu heißen.« Sie zögerte und senkte ihre Stimme wieder. »Persönlich glaube ich, dass sie es vorziehen, alles so zu belassen, wie es ist.«

»Und die Scienteers?«

»Sie bezweifeln die offizielle Geschichte. Der zufolge gerieten die Unsterblichen nach der Landung in Streit um das Kommando. Arne Linder tötete seine männlichen Begleiter und zeugte mit der Unsterblichen Dian einen Sohn. Dieser Sohn wurde Arne der Erste, der Begründer der Dynastie.«

»Die Scienteers glauben an eine andere Geschichte?«

»Es ist schwierig, die Wahrheit in Erfahrung zu bringen, da alte Bücher und Texte selten sind. Vielleicht wurden sie von den ersten Regenten vernichtet. Die Scienteers haben behauptet, dass die Kolonisten sicher landeten, aber zu weit oben im Tal. Die drei Männer von der Schiffsbesatzung kamen in Lawinen um. Die Frauen überlebten und errichteten das erste Maternitätslabor, wo sie neue Kinder klonten. Die Scienteers leugnen, dass in den Regenten das Blut der Unsterblichen fließt. Das ist der Kern ihres Verrats.«

»Das ist unser Arne.« Pepe grinste mir zu. »Er musste immer der Anführer sein.«

»Vorsicht!«, warnte sie ihn. »Passen Sie auf, was Sie sagen.«

»Erzählen Sie uns mehr über die geschichtliche Entwicklung«, bat er sie. »Wenn uns unsere Unwissenheit das Leben kosten könnte, müssen wir mehr erfahren.«

»Das könnte sie wirklich.« Nüchtern blickte sie zurück zu dem hohen Bogentor. »Das erste Jahrhundert war schwierig. Selbst danach wurde Arne der Dritte in den Chino-Kriegen beinahe gestürzt. Ein paar der späteren Regenten waren allerdings kompetente Herrscher. Unsere Zivilisation hat sich nach Osten hin zum Pazifik ausgebreitet. Vor hundert Jahren begann Arne der Achte damit, Verurteilte per Schiff nach Nordamerika zu schicken. Eine lange Reise in ein fremdes Land, wo die Bäume angeblich singen und seltsame Wesen herumfliegen. Die Kolonie wurde trotz der Entfernung und aller Gefahren profitabel durch die Verschiffung exotischer Exportgüter, aber jetzt ist dort eine Rebellion ausgebrochen.«

»Sie haben von einem Krieg mit Afrika gesprochen –«

»Krieg mit den schwarzen Reitern und dem roten Dschungel, in dem sie leben.« Ihr Blick verfinsterte sich. »Er nimmt kein Ende. Sie sind langsam, aber ihr Verbreitungsdrang lässt nie nach. Wir haben sie studiert, Handel mit ihnen getrieben, versucht, Frieden zu schließen, aber niemand versteht sie. Der Regent hofft sicher, dass Sie bessere Waffen mitgebracht haben.«

Die Musik war jetzt lauter, und Laura rückte zur Treppe hin. »Bitte, vergessen Sie mich. Ich muss gehen.«

»Wir können nicht vergessen.« Pepe wollte nach ihrer Hand greifen. »Werden wir Sie wiedersehen?«

»Das hoffe ich.« Sie fasste kurz nach seiner Hand und rannte dann die Stufen hinunter.

»Laura Grail.« Ich hörte ihn ihren Namen murmeln, während sie sich auf ihr Rad schwang und rasch den Weg zurückfuhr, den sie gekommen war. »Eine bemerkenswerte Frau und so schön wie Mona. Ihre Augen und ihr Haar müssen von Monas Genen herrühren.«

In der Station hatten wir beide Mona geliebt, auch wenn sie sich stets für Casey entschieden hatte. Sie hatte die Tänze ihrer Mutter gelernt, hatte sich El Chinos Holo angeschaut und die Roboter dazu gebracht, ihr die Kunst der Selbstverteidigung beizubringen, aber sie blieb dennoch ein freier, bezaubernder Geist und war zu fast allem bereit.

»Wir hatten großes Glück, dass Laura herkam.« Pepe sah ihr nach, als sie durch den schmalen Zugang verschwand. »Sie hat uns viel erzählt, was wir wissen müssen.«

»Und vieles konnte sie uns nicht erzählen, weil keine Zeit dafür blieb. Sklaven, Gefangenenkolonien …«

Plötzlich dröhnte die Musik lauter. Ein großer Mann in Blau und glänzendem Gold schritt durch das offene Tor herein, eine gewaltige Trommel schlagend. Ihm folgten ein Fahnenträger und dann ein Dutzend Männer mit Instrumenten, die eine vertraute Melodie schmetterten.

»›The Stars and Stripes Forever‹«, murmelte Pepe. »Arne hörte sich gern eine Aufnahme davon an. Aber die Fahne ist eine andere.«

Als der Wind die Flagge erfasste, sah ich, dass sie blau war und in der Mitte einen weißen Halbmond zeigte. Die Kapelle marschierte geradewegs auf uns zu und blieb 20 Meter entfernt stehen. Die Musiker lösten sich aus ihrer Formation und nahmen in einer Reihe Aufstellung.

»Und jetzt?« Pepe sah mich unsicher an. »Sollten wir nicht hinuntergehen und sie begrüßen –«

Er brach ab, als sie sich von uns ab- und dem Tor zuwandten und ein weiteres Stück anstimmten. Durch das Tor kam eine riesige Sänfte aus glänzend poliertem Silber. Sie hatte vier Sitze. Acht Männer trugen sie. Sie waren schwarzhäutig und schweißglänzend und mit Riemen an die Tragestangen gegurtet, vier Mann vorne, vier hinten. Am Fuß unserer Treppe blieben sie stehen.

Pepe schnappte sich das Fernglas. Der einzige Passagier war Thomas Drake, der kleine Mann, der in dem dampfgetriebenen Dreirad gekommen war und uns willkommen geheißen hatte. Er rief einen scharfen Befehl. Die Träger bückten sich und setzten die Sänfte ab. Er stieg heraus, kniete formell vor uns nieder, erhob sich wieder und sah zu uns herauf.

»Euer Ehren –« Seine hohe Stimme stockte. »Verzeihen Sie mir, ich kenne Ihre gebührenden Titel nicht.«

Pepe stand schweigend da und blickte starr durch das Fernglas.

»Egal«, rief ich. »Wir sind bereit.«

»Danke, Herr.« Drake wischte sich mit zittriger Hand über die Stirn. »Wenn Sie herabsteigen möchten, Stellvertretender Regent Frye erwartet Sie.«

Als Pepe sich nicht rührte, fasste ich ihn am Arm, um ihn zur Treppe zu drängen, aber er blieb steif und unbeweglich stehen. Ich hörte, wie er scharf Luft holte.

21

Pepe hielt das Fernglas auf die Männer an den Tragestangen gerichtet. Sie sahen alle gleich aus, waren nackt bis auf einen blauen Lendenschurz und so schwarz wie der Mann, der das Dampffahrzeug gelenkt hatte. Abwartend standen sie starr da, den Blick stur geradeaus gerichtet, die Gesichter so ausdruckslos wie unsere Roboter in der Station.

»Schau!« Pepe klang heiser und atemlos. »Sieh dir ihre Gesichter an.« Mit zitternder Hand reichte er mir das Fernglas. »Sie sehen alle aus wie Casey!«

Ich stellte die Gesichter scharf. Sie waren eher Masken als sonst etwas, gefrorene Kopien von Caseys schwarzen asiatischen Zügen, und sie starrten leeren Blickes ins Nichts.

»Die Perlen!«, flüsterte Pepe. »Auf ihrer Stirn.«

Ich fokussierte die Optik auf die schwarzen Stirnen und die noch schwärzeren Perlen in ihrer Mitte; um jede der kleinen Perlen zog sich ein dünner, roter Blutfleck. Das waren keine bloßen Schmuckstücke, das waren Wanzen mit harter Hülle, schädelförmig, glatt und glänzend. Beinahe lebendiger als die Männer, an denen sie sich festklammerten, beobachteten sie uns aus winzigen, weiß umrandeten Augen.

Der Anblick rief unzählige schmerzhafte Erinnerungen an Casey wach, aus der Zeit, da wir gemeinsam auf dem Mond aufgewachsen waren. Ich erinnerte mich, wie er Arne beim Schachspielen gewinnen ließ, nur um ihn zu einem weiteren Spiel zu bewegen. Ich erinnerte mich, wie er Mona wegen einer kleinen, herzförmigen Sommersprosse auf ihrer Nase aufzog. Ich erinnerte mich, wie er uns dazu überredete, Shakespeares Stücke laut vorzulesen, weil er die Sprache und das

Dramatische so liebte; er hatte immer die Schurkenrollen für sich beansprucht, Shylock, den Mohr und Macbeth.

Mir wurde schlecht, während ich zu den reglosen, schweißnassen Sklaven hinuntersah.

»Kennst du diese Wanzen nicht?«, flüsterte Pepe. »Oder so etwas Ähnliches? Erinnerst du dich an die Beobachtungsexpedition, bevor die Kolonisten aufbrachen? Was geschah, als du, Casey und Calvin in Afrika landeten?«

Wir alle hatten die Abschriften wieder und wieder gelesen und uns die Audioberichte angehört, bis wir im Geiste selbst die Klone waren, die ihre letzten Tage vor 400 Jahren hier auf der Erde verbracht hatten. Ich erinnerte mich an die rostrote Färbung des Kontinents, die ich vom All aus gesehen hatte, erinnerte mich an die Landung in dem Dornendschungel nördlich des Kilimandscharos, erinnerte mich an das Dickicht aus gezahnten Blättern, die größer waren als wir.

Calvin DeFort verließ das Schiff, um nach den Erbauern der Straßen und Städte zu suchen, die wir vom All aus gesehen hatten. Er kehrte nie zurück. Casey zog los, um nach ihm zu suchen, und stieß auf jenes Ding, das ihn übel zugerichtet und fast umgebracht hatte. Diese glatte, schwarze Kreatur von der Größe eines menschlichen Schädels hatte sich mit säbelartigen Gliedmaßen an dem außerirdischen Wesen festgeklammert, auf dem sie geritten war. Sie griff Casey an, als er die Reitkreatur tötete, schlitzte ihm mit den Krallen die Arme auf und jagte ihn zurück in den Dschungel. In seinen Wunden hatte das Ding ein Gift zurückgelassen, das ihn beinahe umbrachte.

Diese Perlen waren winzige Kopien jenes Wesens.

»Wir nannten sie Vampire!«, flüsterte Pepe weiter. »Außerirdische Wesen. Und jetzt …« Hart packte er meinen Arm, stand eine Weile da und starrte hinunter zu den acht gleich aussehenden Männern, die roboterhaft an den Stangen standen. »Und jetzt reiten sie uns. Beherrschen unsere Körper und saugen unser Blut aus.« Ein bitteres Lächeln verzerrte sein Gesicht. »Ich glaube, die Kolonisten haben sich irgendwie ihr eigenes kleines heißes Eck der Hölle eingerichtet.«

Drake wartete am Fuß der Treppe.

»Euer Gnaden?« Er wirkte so ungeduldig wie unruhig. »Sind Sie bereit?«

Mit zusammengebissenen Zähnen ging Pepe vor mir her nach unten. Drake gab uns einen schweißfeuchten Händedruck und bedeutete uns, in die Sänfte zu steigen. Auf einen scharfen Zuruf seinerseits hoben die Träger sie an und rannten mit uns zum Tor hinaus und eine breite Straße entlang.

»Moon Boulevard«, sagte Drake mit einer Geste hinaus. »Er verläuft vom Mondfeld aus durch den Regentschaftsbezirk.«

Männer in blauschwarzen Uniformen bewachten Straßenkreuzungen. Heller gekleidete Menschen säumten die Gehsteige und warteten, um uns passieren zu sehen. Die meisten schwiegen, wenn wir vorbeikamen. Hier und da hörte ich Applaus oder die Stimme eines Kindes, dem rasch Ruhe geboten wurde.

Im Umsehen fragte ich mich, wie sich die Kolonie wohl entwickelt haben mochte und wie ihre gegenwärtige Situation war. Ich sah keine blinkenden Zeichen, keine Straßenbahnschienen, keine hohen Türme. Weil es keine Elektrizität gab? Dennoch, die Bauweise machte einen sehr soliden Eindruck. Die Gebäude bestanden aus weißem Stein, gedeckt mit roten Ziegeln, zurückgesetzt von den Bäumen entlang des leeren Pflasters. Die Stadt erweckte den Eindruck gesunder Prosperität.

Pepe saß still neben mir, die Kiefer aufeinander gepresst, die Augen auf die Träger gerichtet. Sie hielten ihre kahl geschorenen Köpfe gebeugt, ihre schwarzen Muskeln spielten und glänzten von Schweiß, und so rannten sie im Gleichschritt dahin, ihre schwieligen Füße klatschten im Gleichtakt aufs Pflaster. Sklavenkraft anstatt Verbrennungsmotoren.

Pepe lehnte sich mit einer Art grimmiger Aufmerksamkeit vor, zeigte hierhin und dorthin und fragte Drake nach allem. Ein paar Eichen und Ulmen entlang der Straße kannten wir aus Videos von der alten Erde, aber das Gros der Bäume war uns fremd. Wir sahen große Pilzgewächse mit kräftigen, rotbraunen Stielen, gekrönt von Blättermassen, die wie fette, blutrote Schlangen aussahen. Sie erfüllten die Luft mit einem schweren Geruch, der ein wenig nach faulem Obst roch und mich zum Niesen reizte.

»Afrikanisch.« Drake zeigte auf die Pilze. »Arne der Sechste entsandte eine Expedition, die Proben zurückbrachte. Er hielt sie für dekorativ. Mir ist der sumpfige Verwesungsgeruch zuwider, aber sie gelten heute als historische Monumente.«

Nervös versuchte er, den perfekten Gastgeber zu spielen. Er sagte, seit Generationen habe man auf unsere Ankunft gehofft. Der Regent sei über alle Maßen geehrt ob unseres Besuchs. Beunruhigung schlich sich in seinen Ton. Brachten wir Nachricht von einer Katastrophe oder der Gefahr einer Katastrophe? Vielleicht ein zweiter Impakt?

»Keine Katastrophe«, versicherte Pepe. »Der Computer überwacht den Himmel, selbst während die Station schläft. Er hat keinen neuen Impaktor gemeldet.«

Drake schien froh, das zu hören, froh, dass er unsere Ankunft erleben durfte. So viele Generationen seien enttäuscht gestorben. Der Regent freue sich darauf, mehr über unsere Mission zu erfahren. Wie lange wir bleiben könnten? Welche Pläne wir hätten? Was wir sehen wollten? Welche Veränderungen wir für die Erde mitgebracht hätten?

Pepe antwortete mit Bedacht. Wir hätten nicht die Absicht, die Regentschaft zu ändern. Wir wollten nur Informationen. Die Station existiere nur, um die verheerte Erde wiederzubeleben, nicht, um über sie zu herrschen. Wir seien gekommen, um die Kolonie zu untersuchen und mit unseren Daten zurück zum Mond zu fliegen. Was in Zukunft geschehen würde, hinge davon ab, was wir hier erfuhren.

Als ganz listiger Inquisitor setzte sich Drake in seinem Sitz zurecht und fuhr mit seiner scharfsinnigen Fragerei fort. Konnten unsere Teleskope Ereignisse auf der Erde verfolgen? Wussten wir, wie die außerirdischen Invasoren Afrika erreicht hatten? Waren wir über die Rebellion der Scienteers in Nordamerika informiert worden?

Pepe stellte weitere Fragen über die Scienteers und achtete sorgsam darauf, Laura Grail nicht zu verraten.

Drakes Lächeln verging, und sein Tonfall wurde ärgerlich. Sie seien ein Kult gesetzloser Ketzer, Feinde der Regentschaft. In Asien hätte man sie beinahe ausgerottet, aber in letzter Zeit schlüge ihr Verrat in Nordamerika neue Wurzeln.

»Sie behaupten, Geheimagenten des Mondes zu sein.« Er drehte sich in seinem Sitz, sodass er uns scharf anblicken konnte. »Wissen Sie etwas von irgendwelchen Kontakten?«

»Nein.« Pepe hob die Augenbrauen. »Nie davon gehört.«

Drake lehnte sich zurück und wollte mehr über die Station wissen. Wenn es auf dem Mond doch keine Luft und kaum Wasser gäbe, wenn dort nichts wüchse, wie könnte da jemand Hunderte von Jahren überleben?

»Eher Millionen von Jahren«, erklärte Pepe. »Die Roboter warten den Computer und halten sich selbst instand. Der Computer läuft immerzu, aber wir werden erst dann wieder geklont, wenn er eine neue Mission für uns hat.«

»Bemerkenswert!« Drake schüttelte den Kopf, als habe er nie von Robotern oder Computern gehört. »Bemerkenswert!«

Seine Welt indes schien mir bemerkenswert. Ich fragte mich, was man allein mit Dampfkraft alles erreicht haben mochte, dachte an das Parthenon, die römischen Aquädukte, die großen Kathedralen des Mittelalters, alles mit reiner Menschenkraft erbaut.

Drake rief den Trägern etwas zu. Sie verließen die Straße und trugen uns durch ein Tor, das von einem halben Dutzend gleich aussehender schwarzer Männer bewacht wurde, bei denen es sich um weitere Klone von Casey zu handeln schien. Sie trugen blauweiße Uniformen und Waffen, die den Musketen ähnelten, die wir auf alten Zeichnungen gesehen hatten.

Der weitläufige Hof dahinter war voller Sänften wie der unseren, ihre schwarzen Träger standen wie eingefroren da. Unsere Träger rannten mit uns eine lange Marmortreppe hinauf und setzten uns zwischen den weißen Säulen eines Portikus vor dem Eingang eines monumentalen Gebäudes ab.

»Der Tycho-Palast«, sagte Drake mit einer Geste auf das Bauwerk. »Einst die Residenz des Regenten, heute die des Stellvertretenden Regenten Frye.«

Mit breitem Lächeln kam Frye über einen roten Teppichläufer auf uns zu, um uns zu begrüßen. Er war ein dicker Mann mit einem schimmernden Silberband um den blond gelockten Kopf und trug ein silbriges Gewand, das den Togen auf den Zeichnungen des alten Roms ähnelte. Es wirkte steif und schwer, als sei echtes Metall in den Stoff eingewoben worden.

»Agent Navarro! Agent Yare!« Er ergriff unsere Hände, als wir aus der Sänfte stiegen. »Regent Arne bedauert, dass er Sie nicht selbst begrüßen kann. Wir haben uns hier in seinem Namen versammelt, um Sie auf der Erde willkommen zu heißen. Er bat mich, Ihnen für die Dauer Ihres Besuchs sämtliche Ressourcen der Regentschaft zur Verfügung zu stellen.«

Seine Hand fühlte sich schlaff und klamm an. Er zog sie rasch zurück und kniff die listigen Augen zusammen, um uns zu mustern. Gleichmütig bat Pepe ihn, dem Regenten unseren Dank und unsere Grüße auszurichten, dann folgten wir ihm in einen lang gestreckten Saal, der von vielen Stimmen erfüllt war.

»Angehörige der Agentur.« Drake nickte in Richtung der Menge. »Offizielle. Bürger von Kaschmir. Alle möchten Sie kennen lernen, bevor wir mit dem Abendessen beginnen.«

Das Stimmengewirr verstummte, als ein Mann mit dröhnender Stimme unsere Namen verkündete. Die Leute starrten uns einen Augenblick lang an, dann aber wandten sie sich wieder ihren Gruppen zu, und das Geplauder hob von neuem an. Jegliche Ungeduld, uns kennen zu lernen, verbargen sie gut. Wir standen am Eingang und orientierten uns. In dem riesigen Raum hallten die Stimmen von hohen Wänden und einer gewölbten Decke wider.

Mein Blick fiel auf riesige Wandgemälde, auf denen der Künstler versucht hatte, seine Vorstellung des Einschlags und seiner Folgen darzustellen. Auf einer Wand stürzte ein riesiger Feuerball in einen Ozean, das aufspritzende Wasser überschwemmte eine Stadt, ihre Bewohner flohen in Panik vor einer Flutwelle, die sich bereits hoch über sie türmte. Die gegenüberliegende Wand zeigte seine künstlerische Vision einer Mondlandschaft, aus der die Felswände des Tycho zu einem gewaltigen Kristalldom hin anstiegen. Eine riesenhafte Gestalt mit Arnes Gesicht, aber ohne Helm oder Raumanzug, schritt vom Kraterrand herab auf ein rot gestrichenes Raumschiff zu. Ein zweiter Arne blickte von einem gewaltigen Gemälde am Ende des Saals herab, ein kaltes Lächeln in seinem Gesicht mit der ausgeprägten Kieferpartie und dem kantigen Kinn.

»Arne müsste jetzt hier sein«, raunte mir Pepe ins Ohr. »Er wäre stolz darauf, seinen Erben zu begegnen.« Er schüttelte den Kopf und zwinkerte mir zu. »Aber ich fürchte, der tatsächliche Regent könnte ihn als Problem betrachten.«

Frye führte uns in den Saal und nickte einer Gruppe weiß

gewandeter junger Männer zu, die eine junge Frau in Hellgrün umstanden.

»Jemand, den Sie kennen lernen müssen.« Er hob gebieterisch die Hand. Laura Grail verließ ihre Bekannten und kam lächelnd zu uns. »Ein Watchbird«, sagte er. »Sie wird an Ihrer Geschichte interessiert sein.«

Mit großen blauen Augen wartete sie unschuldig darauf, dass er uns bekannt machte.

»Unsere berühmten Gäste«, erklärte er ihr. »Inspektoren vom Mond. Agent Pepe Navarro.« Pepe beugte sich über ihre dargebotene Hand. »Agent Duncan Yare. Sie haben vielleicht eine Geschichte für Sie.«

»Ich werde Fragen haben.«

Pepe wandte sich einem jungen Mädchen in der Nähe zu, das ein Tablett mit Gläsern trug. Sie war nackt bis zur Hüfte, blond wie Mona und hatte das arglose Gesicht eines schlafenden Kindes. Ihre Augen waren geweitet, blickten ausdruckslos ins Nichts. Ein kleiner Blutfleck trocknete um die glänzende, schwarze, schädelförmige Perle auf ihrer Stirn.

»Herr?« Sie sprach mit hoher Kinderstimme, ihr Blick immer noch abwesend. »Einen Cocktail?«

Frye nahm zwei Drinks von ihrem Tablett und bot sie uns an. Pepe schüttelte grimmig den Kopf. Ich probierte den Cocktail. Es war etwas Scharfes darin, wie Essig, und der raue Geschmack von Alkohol. Ich stellte das Glas zurück.

»Dieser ... Knopf.« Mit plötzlich harter und angriffslustiger Stimme zeigte Pepe auf die schädelförmige Perle. »Was ist das?«

»Ein Reiter«, sagte Frye. »Kennen Sie das nicht?«

Pepe schüttelte eisig schweigend den Kopf.

»Dort ist der Experte.« Frye wies auf einen Mann auf der anderen Seite des Raumes. »Kroman Venn, der Agent für Energie.«

Venn watschelte zu uns herüber. Er war so schwabbelig und dick wie Frye, schenkte uns ein freundliches Lächeln und bot uns seine fette, weiße Hand dar.

»Unsere Gäste fragen nach der Reiter-Energie«, ließ Frye ihn wissen.

»Ich habe selbst ein paar Fragen.« Venn kniff die blassen Augen zusammen und musterte unsere Gesichter. »Ich nehme an, Sie verfügen in Ihrem Flieger über Elektrizität? Vielleicht Atomenergie? Die alten Texte erwähnen solcherlei Technologien. Wenn sie denn je existierten.«

»Das tun sie noch«, antwortete Pepe. »Die Tycho-Station wird mit Atomkraft betrieben. Aber ich möchte etwas über diese … Wanzen wissen.«

»Die Reiter?« Kroman Venn hielt inne und musterte uns wieder. »Die kennen Sie nicht? Nennen wir sie unseren Ausgleich für die elektrische Magie, von der die Scienteers behaupten, wir hätten sie verloren.«

Pepe sah zurück zu dem Mädchen mit dem Getränketablett. Es hatte sich nicht weit von uns entfernt und stand immer noch so steif da wie die Wachsfiguren, die ich in alten Holos gesehen hatte. Venn griff nach einem Drink und bot ihn Pepe an. Er machte eine Bewegung, als wolle er ihn wegschlagen. Sein Gesicht war bleich, und er brauchte einen Moment, um seine Wut zu bezähmen, aber schließlich sprach er in vernünftigem Ton.

»Wenn Sie Elektrizität wollen, können wir Ihnen das entsprechende Wissen beibringen. Ihr Volk müsste dann nur die Fähigkeiten entwickeln, es anzuwenden.« Er zeigte mit einem zitternden Finger auf die schädelförmige Perle, die ihn aus winzigen, weiß umrandeten Augen anstarrte. »Dieses kleine Ungeheuer – was ist das?«

»Eine unserer eigenen nützlichen Technologien.« Venn lächelte zufrieden. »Sie kennen vielleicht unsere Geschichte nicht. Unser erstes Jahrhundert war eine Zeit voller Schwierigkeiten. Wir hatten Probleme und fanden Lösungen. Wir bauten Windmühlen. Wir entwickelten Wasserkraft. Aber am meisten half es uns zu lernen, wie wir die Reiter nutzen konnten.«

Pepe hatte die Fäuste geballt. »Diese schwarzen Käfer?«

»Überrascht Sie das?« Venn wich zurück und hob wie zur Verteidigung die Hand. »Wenn ich Ihnen erklären darf – wir erhalten die Reitersaat aus Afrika. Sie werden auf unseren eigenen Regentschaftsfarmen gezüchtet und abgerichtet und in sterilen Labors von fähigen Chirurgen implantiert. Sie sind ein wichtiges ökonomisches Mittel. Wertvoller als Rubine, wie das Sprichwort besagt.«

»Implantiert?«, fragte Pepe rau. »Wo?«

»Wo Sie sie sehen.« Venn wies auf das Mädchen. »In das Gehirn von Sträflingen und Klonen.«

»Sie züchten Klone als Sklaven?«

»Warum nicht?« Venns Tonfall verschärfte sich vor Ungeduld. »Wir haben keine andere Verwendung für sie.«

Pepe nickte in Richtung des Mädchens. »Ist sie ein Klon?«

Venn drehte sich um und fuhr das Mädchen an: »Welches Verbrechen hast du begangen?«

»Diebstahl, Herr.« Ihre hohe Kinderstimme war bar jeglichen Gefühls. »Ich stahl Obst vom Markt, weil meine Mutter Hunger hatte.«

»Sehen Sie?« Venn wandte sich wieder an Pepe. »Die Reiter dienen der sozialen Ordnung. Sie entfernen Verbrecher aus der Gesellschaft ohne Kosten für Gefängnisse oder Wachpersonal. Die Chirurgen versichern uns, dass sie keine Schmerzen haben. Ihr Labor dient dem Volk. Beantwortet das Ihre Frage?«

»O ja, das tut es.« Venn wandte sich ab. Pepe hob seine Stimme. »Sir, wenn es Ihnen nichts ausmacht, ich habe noch eine Frage.«

Mit ungeduldig gerunzelter Stirn wandte sich Venn ihm wieder zu.

»Klontechniken sind komplex und kompliziert. Ich frage mich, wie Sie das ohne Elektrizität bewerkstelligen.«

Venn hob die Schultern.

»Das Leben selbst ist Elektrizität. Sie haben vielleicht schon von Zitteraalen gehört. Wir sind mit den Theorien vertraut, aber wir haben nie versucht, Ihre alten Gerätschaften nachzubauen. So weit ich sie verstehe, waren Ihre Techniken mechanischer Art. Unsere sind organisch.«

»Organisch?«

»Sie wissen wohl nichts über Afrika?« Venn hob mit kaum verhohlenem Hochmut seine spitze Nase. »Die Einwohner sind exotischer Natur. Ihr evolutionärer Ursprung ist unbekannt. Manche meinen, sie stammen nicht von der Erde. Ihre Kultur ist so fremdartig wie ihre Körper. Sie benutzen keinerlei Maschinen. Stattdessen adaptieren sie lebende Organismen für ihren Bedarf. Mit beträchtlichem Erfolg.«

Sein schmales Gesicht verzog sich unter einem neuerlichen Stirnrunzeln. »Sie haben den gesamten Kontinent besetzt, und jetzt breiten sie sich über dessen Grenzen aus. Wir haben endlose Kriege geführt, um sie zurückzudrängen. Sie kommunizieren nicht mit uns. Aber wir verstehen genug von ihrer speziellen Biochemie, um die Reiter zu züchten und die Sklaven zu klonen.«

Er nickte in Richtung eines kleinen Mannes auf der anderen Seite des Raumes.

»Das ist Hibbly. Ein Reiter-Ingenieur. Wenn Sie möchten, kann ich für Sie einen Besuch in seiner Zuchtstation arrangieren.«

Pepe dankte ihm, und Venn ging davon.

»Tun Sie das nicht.« Laura senkte die Stimme. »Ich rate Ihnen, nicht über Reitersklaverei zu sprechen. Die Scienteers haben stets dafür gekämpft, die Reiter loszuwerden. Das ist ihr größter Verrat. Wenn Sie zu viel Sorge darüber zeigen, könnte Ihnen das eigene Reiter eintragen.«

22

»Nett, Sie beide kennen zu lernen.« Laura sprach so laut und lächelte, dass jeder ringsum es hören und sehen konnte. »Willkommen in der Regentschaft. Wenn Sie Zeit haben, würde ich für unsere Leser gerne die ganze Geschichte der Tycho-Station erfahren.«

»Eine Frage noch«, murmelte Pepe. »Wie finden wir Mona?«

Sie schüttelte den Kopf und stahl sich davon. Pepe sah ihr nach, bis Frye seinen Arm ergriff.

»Euer Gnaden, bitte.« Frye wies mit dem Kinn auf die Menge, etwa 20 Leute, die sich unterhielten, an ihren Drinks nippten und uns nach den anfänglichen neugierigen Blicken bei unserer Vorstellung nun ignorierten. »Unsere Gäste sind Würdenträger, die eingeladen wurden, um Sie kennen zu lernen.«

»Und sind sie froh darüber?« Pepe grinste. »Sie halten Abstand.«

»Sie zögern, das trifft es wohl eher.« Frye verzog entschuldigend das Gesicht. »Bitte, verstehen Sie doch, dass Ihre plötzliche Ankunft uns überrascht hat. Sie verursachte sogar eine Art Krise, um genau zu sein. Niemand weiß recht, was von Ihnen zu erwarten ist.«

»Wir danken Ihnen für die freundliche Aufnahme«, versicherte Pepe ihm. »Wir wollen niemandem Schwierigkeiten bereiten.«

Frye schenkte uns einen knappen Blick und begleitete uns durch den Saal. Ich hörte aufmerksam zu und machte mir im Geiste Notizen für unsere Berichte. Pepe sprach für uns, achtete aber sorgsam darauf, was er sagte.

Der Handelsagent war ein kleinwüchsiger, fetter Mann namens Galt Wickman mit einem leuchtend goldenen Kopfband und goldenem Besatz auf seiner Toga. Frye erzählte uns, dass ihm die Eisenbahn gehöre. Er schüttelte uns die Hand und winkte dem Mädchen mit den Cocktails. Steif wie ein Roboter hielt sie uns ihr Tablett hin und stand reglos da. Der schwarze Käfer auf ihrer Stirn beobachtete uns aus winzigen, hellen Augen, bis wir die Drinks ablehnten und der Agent das Mädchen mit einer Handbewegung fortschickte. Schweigend inspizierte er uns. Die Stille war bereits unangenehm geworden, als Frye sie endlich brach.

»Unsere Gäste sind neugierig auf unsere Energiequellen. Sie fragten, ob wir etwas von Elektrizität verstünden.«

»Unsere Ingenieure haben sich mit der Theorie befasst.« Er spitzte nachdenklich den Mund. »Ich habe gesehen, wie sie Blitze erzeugten, aber wir haben die Dampfkraft. Unser Eisenbahnnetz reicht im Süden bis zum Indischen Ozean und im Osten bis zum Pazifik, und unsere Schiffe laufen Nord- und Südamerika an. Wir haben nie etwas Besseres gebraucht.«

»Sind Sie sicher?« Düster blickte Pepe dem Mädchen mit den Drinks hinterher. »Hätten Sie Elektrizität, bräuchten Sie keine Menschenkraft.«

»Wozu?« Er zuckte die Achseln. »Sie kostet nichts.«

Pepe blinzelte und sah wieder zu dem Mädchen hin. »Dieses Ding auf ihrer Stirn? Ich glaube, Sie nennen es ›Reiter‹? Habe ich richtig verstanden, dass es aus Afrika stammt?«

»Die Saat, ja.«

»Dann züchten Sie also die Käfer?«

»Ich nicht.« Wickman errötete und wirkte unangenehm berührt. »Wenn Sie mehr über die Reiterkultur erfahren möchten, sollten Sie mit Sheba Kingdom sprechen.«

»Dort ist sie.« Frye deutete auf eine Frau in der Mitte des Raumes. »Ich mache Sie mit ihr bekannt. Ihre Familie kontrolliert die Africa Company. Wenn Sie an Geschichte interessiert sind, dann haben Sie hier ein historisches Drama.«

Sheba Kingdom warf uns einen Blick zu, dann wandte sie sich wieder an die Gruppe um sie her, während Frye näher auf das eben erwähnte Drama einging.

»Ihr Ururgroßvater war einer der frühen Entdecker, noch vor dem Dampfzeitalter. Ein Taifun schleuderte sein Segelschiff an die Ostküste Afrikas. Er schaffte es, lebend an Land zu kommen, und zwanzig Jahre später gelang ihm die Flucht. Er paddelte in einem primitiven kleinen Lederkanu über das Rote Meer. Er war von den seltsamen Kreaturen, die den Kontinent bevölkern, gefangen genommen worden. Kreaturen, die er die ›schwarzen Meister‹ nannte. Eine von ihnen hatte ihn geritten, indem sie ihm die Fänge in den Schädel trieb und sein Gehirn kontrollierte. Er flüchtete, als die Kreatur starb, und kehrte auf einem der ersten Meeresdampfer zurück, um ihre Küstenstädte mit seiner Kanone zu bombardieren. Dann gründete er die Africa Company. Ihre Geschäftsmethoden sind geheim, aber sie erwies sich als profitabel. Sheba Kingdom gilt als reichste Frau der Welt.«

Sie ließ ihre Bewunderer stehen und schritt auf uns zu. Sie war von gebieterischer Präsenz, groß und muskulös, ihr langes, dunkles Haar wurde von goldenen Bändern gehalten. Ein schwerer Strang schwarzer Perlen hing unter ihren üppigen Brüsten. Goldfarbe schimmerte auf ihren Lippen und um ihre Augen. Schweigend stand sie da und musterte uns mit kalter Neugier, während Frye erklärte, dass wir die neuen Agenten vom Mond seien.

»Bringen Sie Gebote vom Mond?« Ihre Stimme klang rau, fast männlich. »Befehle, von denen Sie erwarten, dass wir sie befolgen?«

»Nein«, antwortete Pepe. »Wir sind nur hier, um uns umzusehen und über unsere Erkenntnisse Bericht zu erstatten.«

»Sie haben sich nach der Kultivierung der Reiter erkundigt«, ergänzte Frye. »Vielleicht können Sie es ihnen erklären?«

»Warum?« Sie fixierte ihn mit ihren goldumrandeten Augen. »Warum kümmert Sie das?«

»Wir sehen sie überall.« Pepe nickte in Richtung des Mädchens mit den Drinks. »Unser Computer wird Informationen darüber verlangen.«

Sie verzog ungehalten das Gesicht, machte Anstalten zu gehen, schwang dann aber abrupt wieder herum.

»Sie können Ihrem Computer sagen, dass es sich bei der Reitersaat, die wir aus Afrika importieren, um Eier der schwarzen Meister handelt. Wir brüten sie in Bädern aus menschlichem Blut aus, sterilisieren sie, um ungewollte Fortpflanzung zu verhindern, treffen unsere Auswahl, und dann richten wir sie für bestimmte Dienste ab. Wenn das Ihren schlauen Computer auf dem Mond etwas angeht.«

Sie straffte ihre kräftigen Schultern und ließ uns stehen.

Frye breitete die Hände aus und führte uns weiter, wo wir Stellvertreter Houston Blackthorn trafen, den Agenten für Verteidigung. Ein hoch gewachsener, schwarzbärtiger Mann in einem juwelenbesetzten Gewand und mit glänzenden Medaillen auf einem breiten roten Band, das über seine fassartige Brust verlief. Er quetschte uns die Hände mit seiner kräftigen Faust und hieß uns, dem Computer mitzuteilen, dass die Regentschaft bestens darauf vorbereitet sei, sich gegen jegliche feindliche Macht zu verteidigen. Ich fragte mich, ob er den Mond als feindliche Macht betrachtete, entschied mich aber, nicht danach zu fragen.

Frye fragte ihn nach dem Krieg.

»Welcher Krieg?« Sein bronzenes Lächeln war verschwunden. »Wir haben die Nomaden zurück in ihre Wüste gescheucht und Tausende von indonesischen Piraten an die Fische verfüttert. An der afrikanischen Front halten wir uns wie eine steinerne Mauer. Was Nordamerika angeht –« Ein harter Zug kerbte sich um seine Lippen. »Das ist auf der anderen Seite der Welt. Selbst Dampfschiffe brauchen ewig. Diese verdammten Scienteers sind wie afrikanische Giftwarzen aus dem Boden geschossen. Sie haben jetzt einen neuen Anführer.«

Unter seinem Bart verzog er missmutig das Gesicht.

»Eine Frau, die behauptet, eine echte Agentin des Mondes zu sein. Angeblich geschickt, um die Welt vor einem weiteren Impakt zu warnen. Laut ihren unseligen Phrasen jedenfalls. Ihr Raumschiff stürzte in den Gletschern am Ende des Tales ab, wenn das jemand glauben will. Für so eine Geschichte hätte man sie ergreifen und verwanzen sollen, aber Agenten der Scienteers brachten sie nach Amerika. Dort sät sie ihren Verrat.«

Mona. Pepe sah mich harten Blickes an, seine Lippen formten lautlose Worte. *Das ist Mona.*

»Sie stellt ein Problem für uns dar.« Blackthorn schüttelte den Kopf. »Zu viele Kolonisten fielen auf ihre verrückte Geschichte herein. Die Rebellion weitet sich aus. Unsere Streitkräfte waren ihnen stets hundertfach überlegen, aber gesteuerte Klone kämpfen nicht wie diese Wahnsinnigen. Wir mussten Verluste hinnehmen, aber jetzt jagen wir sie.«

Ein Gong dröhnte. Frye geleitete uns in einen anderen großen Raum. In der Mitte erstreckte sich ein langer Tisch, darüber schwang ein breiter Ventilator träge hin und her, in Bewegung gehalten von je einem von Caseys schwarzen Klonen, die zu beiden Seiten des Raumes an einem Seil zogen. Porzellan, Silber und Glas schimmerten auf einem Meer aus weißem Tuch. Hinter jedem Stuhl stand ein aufmerksamer, weiß gekleideter Kellner, im leeren Gesicht einen schwarz glänzenden Käfer.

Der mir zugewiesene Platz befand sich zwischen einem blassen Bürokraten von der Justiz-Agentur und einer attraktiven jungen Frau mit karmesinrotem Haarband und gleichfarbenen Besätzen auf dem Kleid. Ihr Name war Ellen Teller. Sie stellte sich als Händlerin vor. Pepe saß zu ihrer anderen Seite, Frye an der Stirnseite der Tafel.

Der Gong ertönte ein weiteres Mal. Die Gäste standen auf, hoben Gläser mit herbem schwarzen Wein und tranken zu Ehren des Regenten Arne XIX., Agent der Erde. Ich hatte eigentlich einen Toast auf die Gäste vom Mond erwartet, aber Frye brachte keinen aus.

Die Kellner servierten von Rolltischen aus. Auch wenn ein Großteil des Lebens in Asien unserer eigenen Saat entsprungen war, so waren uns die meisten Gerichte doch fremd. Ellen Teller erläuterte sie strahlenden Lächelns, wann immer Pepe darum bat. Verunsichert ob des Bestecks beobachtete ich die Leute auf der anderen Seite des Tisches, um mir von ihnen die Handhabung abzugucken, bis Ellen mich anlachte.

»Sorgen Sie sich nicht um Ihre Tischmanieren, Agent Yare«, sagte sie. »Wenn Sie mit der Gabel nicht zurechtkommen, ist das der beste Beweis dafür, dass Sie wirklich vom Mond kommen.«

Als Pepe danach fragte, erklärte sie ihm die Wandgemälde. Sie seien historisch: gigantische Darstellungen von Arne dem Ersten beim Erklettern eines Gipfels des Himalajas, von Arne dem Zehnten, wie er eine Flagge an Land trug, um Nordamerika zu besetzen, von Arne dem Zwölften, wie er eine Schneise durch einen Dschungel aus dunkelroten Blättern schlug und ein doppelköpfiges Ungeheuer bekämpfte.

»Sie sind Händlerin?«, erkundigte sich Pepe. »Können wir über Ihr Geschäft reden?«

»Sicher«, sagte sie. »Ich handle mit Gerittenen.«

»Wirklich?« Pepe schwieg einen Moment lang und sah sie an. Sein Ton wurde schärfer. »Sie meinen Klone? Die von diesen Wanzen geritten werden?«

»O nein!« Sie lachte. »Die meisten schwarzen Klone werden auf Niedrigprofitvertragsbasis für den Großhandel gezüchtet. Wir handeln mit frisch Verurteilten aus der Justiz-Agentur. Ein spekulativer Markt, aber weitaus profitabler. Die neu Verurteilten bedürfen individueller Versorgung, aber viele von ihnen bewahren nützliche Fähigkeiten, die den Aufwand rechtfertigen.« Sie machte eine kurze Pause, dann fügte sie strahlend hinzu: »Wenn Sie irgendwelche speziellen Dienste wünschen, kann ich Ihnen wahrscheinlich behilflich sein.«

»Aha«, sagte Pepe und starrte verdrossen auf die Wanzen in den Stirnen der Kellner auf der gegenüberliegenden Tischseite, bis Ellen fragte, was Agent Frye für uns plane. Er brummte, er habe keine Ahnung.

»Der Regent wird Sie empfangen wollen«, meinte sie. »Sobald er sicher ist, dass Sie wirklich vom Mond kommen.«

»Wie könnte er daran zweifeln?«

»Die Scienteers versuchen dauernd, uns mit Behauptungen über neue Botschaften und Boten vom Mond zu täuschen. In jüngster Zeit vor allem in Amerika.«

Pepe versank in brütendes Schweigen, und sie redete auf mich ein.

»Sie sollten Amerika besuchen, wenn Ihr Aufenthalt auf der Erde es zulässt – eine weite Reise, aber Cape Town ist ein guter Zwischenstopp. Das ist unser afrikanischer Handelshafen, wo wir die Reitersaat beziehen. Die Eingeborenen sprechen zwar keine Sprache, die wir verstehen, aber wir kommen mit ihnen zurecht. Von dort aus kann man einige faszinierende Ausflüge unternehmen, die Sie sich nicht entgehen lassen sollten. Man kann den roten Dornendschungel und die Plantagen sehen, wo die Meister ihre eigenen Wesen behandeln. Es gibt sogar einen exotischen Zoo.«

Pepe raffte sich zu einer Frage auf. »Was tauschen Sie gegen die Saat ein?«

»Minerale«, sagte sie. »Es heißt, die Meister seien nicht auf der Erde entstanden. Sie betreiben kaum Bergbau oder Chemie. Wir versorgen sie mit Fluoriden, Jod und Brom. Elemente, die ihr seltsamer Stoffwechsel zu benötigen scheint.«

Pepe brummelte etwas in seinen imaginären Bart und verfiel in neuerliches Schweigen.

»Ich unternahm eine Geschäftsreise nach Amerika, weil ich hoffte, eine Zweigstelle einrichten zu können.« Mit angewiderter Miene wandte sie sich wieder mir zu. »Scheußliche Hotels, und aus dem Projekt wurde nichts. Man steht der Reiterarbeit ablehnend gegenüber, und jetzt gibt es da noch diese Rebellin, die behauptet, eine Agentin des Mondes zu sein.«

Pepe ließ einen Löffel fallen. Sein Kellner hob ihn umgehend auf und legte einen neuen neben seinen Teller.

»Wenn Sie keine Zeit für die Reise haben«, fuhr Ellen Teller fort, »müssen Sie sich die Museen hier in der Stadt ansehen. Herrliche Dioramen afrikanischer und amerikanischer Exotika und faszinierende Relikte unserer eigenen Anfänge und der frühen Kriege gegen die schwarzen Meister.«

»Sie bekämpfen sie?«, fragte ich. »Und Sie treiben Handel mit ihnen? Wenn Sie mir die Frage gestatten –«

Sie lachte.

»Wir müssen sie bekämpfen, weil sich ihr Dschungel immer weiter ausbreitet. Ein Wall aus großen roten Blättern mit giftigen Dornen, die Menschen in Fetzen reißen und mit einem Virus infizieren, das sie umbringt. Die Meister und ihre Monster fallen von dort aus immer wieder über menschliche Siedler her. Man muss sie einfach hassen.« Sie zuckte gelassen die Achseln. »Aber Reitersaat ist mein Geschäft. Und es läuft sehr gut.«

Der Gong schlug. Stille senkte sich über den Saal. Die Gäste erhoben sich, die Hand über dem Herzen, und Frye sprach ein Treuegelöbnis auf Regent Arne. Wir standen in ehrfürchtigem Schweigen da, bis der Gong abermals erklang. Stimmen wurden wieder laut, und Frye kam zu uns.

»Großartige Neuigkeiten für Sie, Euer Gnaden«, verkündete er. »Der Regent wird Sie morgen Mittag empfangen. In der Zwischenzeit haben wir das Gästehaus der Regierung für Sie reserviert.«

Ich sah Pepe an. Er schüttelte den Kopf.

»Wir danken dem Regenten und Ihnen«, erwiderte ich. »Aber wir ziehen es vor, in unserem Schiff zu wohnen, bis wir uns an die Schwerkraft und die Atmosphäre der Erde gewöhnt haben.«

»Wir werden den Regenten in Kenntnis setzen, und Sie dürfen zu Ihrem Schiff zurückkehren.«

Drake erwartete uns am Eingang mit der Acht-Mann-Sänfte und brachte uns zurück. Wieder führte der Weg über den Moon Boulevard mit seinen nichtirdischen Bäumen und dem üblen Geruch. Am Tor zur Arena salutierte uns ein Trupp schwarzer Klone und ließ uns passieren. Drake verabschiedete sich mit dem Versprechen, uns am nächsten Tag zur Mittagszeit für den Empfang abzuholen.

Vom Fuß der Treppe aus ließ Pepe den Blick durch die Arena schweifen und betrachtete stirnrunzelnd die schmale Tür, durch die Laura Grail gekommen war. Daneben sah ich eine Rikscha, umgestürzt und verlassen. Mit einem ratlosen Schulterzucken wandte Pepe sich der Treppe zu und stieg hinauf, blieb jedoch abrupt stehen und schaute auf die Stufen hinab. Sie waren mit Blut bespritzt.

Hinter der Luke drangen raue Atemgeräusche hervor, und wir fanden einen nackten schwarzen Mann auf dem Deck liegend. Als er uns hörte, keuchte er abermals und drehte den Kopf. Ich sah in Caseys vertrautes Chinesengesicht, über dessen Stirn sich jetzt ein breiter roter Schmierfleck zog.

»Casey?«, flüsterte Pepe. »Casey?«

23

Er stöhnte und sank auf den Boden zurück, die Augen geschlossen. Aus der schmalen schwarzen Öffnung auf seiner Stirn quoll immer noch ein dünnes Blutrinnsal.

»Casey!« Pepe kniete nieder und rief seinen Namen. »Kannst du mit mir reden?«

Der Nackte lag auf dem Rücken, sein Atem ging schwach und langsam. Er antwortete nicht.

»Es ist Casey«, flüsterte Pepe.

»Bist du sicher?«

»Ich hab es in seinen Augen gesehen. Er hat mich erkannt.«

Casey lag still da, während wir ihm das trocknende Blut abwuschen und Heilspray auf die Wunde sprühten. Pepe öffnete das Medi-Set, berührte mit den Sensoren die Vitalmesspunkte und verzog ob der roten Anzeige das Gesicht.

»Das Ding weiß auch nicht mehr als wir.«

Wir rollten seinen Körper herum und fanden harte Schwielen an Händen und Füßen, aber keine weiteren Verletzungen. Wir klappten den Copilotensitz zurück, um ein Bett daraus zu machen, und hoben ihn hinauf. Er lag reglos da, bis auf das kraftlose, langsame Pfeifen seines Atems. Abwechselnd wachten wir an seinem Bett, machten jedoch keine Veränderung seines Zustands aus. Ich arbeitete gerade an einem Bericht für die Station, als Pepe sah, wie sich draußen das Tor öffnete.

Ein Trupp uniformierter Männer marschierte herein und schwärmte auseinander, um das Gelände abzusuchen. Sie fanden die umgestürzte Rikscha und zogen sie fort. Sie kletterten in das rot gestrichene Vehikel, das auf dem anderen Landeplatz stand, kamen wieder heraus und versammelten sich schließlich um unser Schiff. Ihr Anführer rief zu uns herauf: »Euer Gnaden, bitte, verzeihen Sie uns. Wir suchen nach einem entflohenen Sklaven. Ein schwarzer Klon, er ist verzweifelt und gefährlich. Wir sind seiner Spur hierher gefolgt. Haben Sie ihn gesehen?«

Pepes Blick fiel auf das Blut auf der Treppe, dann wandte er sich mir zu. Ich überlegte kurz. Wenn man uns mit Casey an Bord erwischte, würde man uns vielleicht als Agenten der Scienteers und Feinde des Regenten betrachten. Dennoch schüttelte ich den Kopf.

»Sie jagen einen davongelaufenen Sklaven?« Pepe täuschte Erstaunen vor. »Hier werden Sie ihn nicht finden.«

»Halten Sie nach ihm Ausschau, Euer Gnaden. Er ist gefährlich, für Sie und Ihre Maschine. Jeder Hinweis muss umgehend gemeldet werden.«

Er ließ seine Männer in einer Reihe antreten und führte sie davon. Pepe hob unbehaglich die Schultern, dann gingen wir wieder hinein, um Caseys Puls zu messen und es noch einmal mit dem Medi-Set zu versuchen. Da wir über keinerlei ärztliche Fähigkeiten verfügten und außer dem Set keine weitere Ausrüstung besaßen, wussten wir nicht, was wir sonst tun sollten.

Das Heilspray hatte immerhin die Blutung gestoppt. Den ganzen Nachmittag über lag Casey flach und schwer atmend da und reagierte nicht, wenn wir seinen Namen nannten oder ihm Wasser geben wollten. Irgendwann nach Sonnenuntergang setzte er sich auf und schaute sich in der Kabine um. Ich sah flüchtiges Wiedererkennen in seiner Miene und dann schiere Angst.

»Mona? Wo ist Mona?«

»Ich weiß es nicht«, begann Pepe, »aber wir haben gehört –«

Mit etwas wie einem Schluchzen sank Casey zurück und lag wieder reglos da. Die ganze Nacht über wechselten wir uns darin ab, kurz zu schlafen und dann neben ihm zu sitzen. Manchmal rieb er über das Heilspray auf seiner Wunde. Manchmal rief er Worte, die ich nicht verstand, oder schlug nach einem unsichtbaren Feind. Als ich seine Hand abfing, klammerte er sich an die meine, als brauche er menschlichen Kontakt, und sein hastiger Atem beruhigte sich. Er entspannte sich, und endlich schien er zu schlafen.

Früh am nächsten Morgen erwachte ich aus leichtem Dämmerschlaf und sah ihn neben dem Bett stehen. Er wankte unstet, bis er sein Gleichgewicht fand, und tappte zum Bad. Ich hörte die Dusche. Immer noch nackt, aber sauber, kam er zurück. Sein Körper war ausgezehrt, doch unter seiner Haut zeichneten sich kräftige Muskeln ab.

»Mona.« Er starrte mich an, die Züge von Schmerz verzerrt. »Habt ihr sie gefunden?«

Pepe schüttelte den Kopf und fragte nach ihr.

»Ich weiß gar nichts.« Caseys Stimme war ein rostiges Raspeln. »Wir stiegen im Eis aus dem Schiff, und da eröffneten sie das Feuer auf uns. Sie jagten uns, und wir versuchten, uns zu verstecken. Mich erwischten sie. Ich weiß nicht, was aus ihr wurde.«

»Ich glaube – ich hoffe, dass sie entkommen ist«, sagte ich zu ihm. »Wir haben von einer Frau gehört, die in Amerika an der Seite der Rebellen kämpft. Eine Frau, die behauptet, dass sie vom Mond kommt.«

»Wenn es denn Mona ist.« Er verstummte und starrte grimmig auf die eisweißen Gipfel weit jenseits des Fensters. »Wenn wir sie nur erreichen könnten.«

»Wenn.« Ich musste den Kopf schütteln. »Sie ist auf der anderen Seite der Welt. Wenn es wirklich Mona ist.«

»Aber jetzt, Casey –« Pepe zögerte. »Könntest du uns erzählen, wie es war? Mit der Wanze in deinem Kopf?«

»Es war die Hölle!« Er schauderte und versuchte zu lächeln. »Später vielleicht. Wenn ich kann. Aber nicht jetzt.«

»Schon gut.« Pepe hob die Schultern. »Du hast Blut verloren. Wie geht es dir?«

»Hm?« Das Heilspray auf seiner Stirn betastend, sah er einen Moment lang drein, als seien wir unwillkommene Fremde. »Entschuldige, Pep.« Er verzog das Gesicht und schüttelte den Kopf. »Es war wie ein Albtraum. Ich würde es gerne vergessen –« Er tat einen tiefen, zittrigen Atemzug. »Ich komme schon wieder in Ordnung, glaube ich. Mein Kopf –« Er zog die Stirn kraus und berührte den Heilsprayfilm, als bringe dieser ihn durcheinander. »Ich brauche Schlaf, das ist alles.«

»Kein Frühstück? Kannst du etwas essen?«

»Frühstück?« Wieder runzelte er die Stirn. »Ich kann's ja versuchen.«

Pepe bereitete einen Topf des bitteren Gebräus, das die Robos Tee nannten, und erhitzte drei der Frühstückspacks, die sie für uns gemacht hatten. Casey probierte vorsichtig davon, aß dann mit wachsendem Appetit, und verlangte noch einen Becher Tee.

»Kannst du reden?«, fragte Pepe noch einmal. »Kannst du uns erzählen, wie es war?«

»Wenn ihr es wirklich wissen wollt.« Casey hüllte sich für einen Augenblick in Schweigen und riss sich mit grimmiger Miene zusammen. »Es war die Hölle!«, explodierte seine Stimme, doch dann fuhr er ruhiger fort. »Wenn man denn an die Existenz der Hölle glaubt. Mein Kopf drohte vor Schmerzen zu platzen, die nie aufhörten. Schlimmer noch war die völlige Hilflosigkeit. Ich konnte alles spüren, alles hören, alles sehen, was mir vor die Augen kam, aber ich konnte keinen Muskel rühren. Selbst wenn mir die Nase juckte, kam es einer Folter gleich. Ich konnte mich nicht kratzen, ja nicht einmal denken, bis auf die Phasen, wenn diese Wanze mich nicht benutzte. Ich kämpfte um meine Freiheit, wann immer ich konnte. Kämpfte, um einmal zu blinzeln, um einen Finger zu bewegen. Wartete auf eine Chance. Gestern Nacht mussten wir die Straßen kehren. Ich kam mit meinem Besen aus einer Gasse, als mich die Wanze stoppte, um einen Frachtwagen vorbeizulassen. In dieser freien Sekunde sah ich eine Regenablaufrinne vor meinen Füßen, ließ den Besen fallen und schaffte es zu stolpern. Drehte meinen Kopf, als ich fiel. Das Ding kämpfte – kämpfte –«

Seine Stimme versagte. Er blickte uns an, als seien wir plötzlich Feinde. Mit geballten Fäusten sah er sich blinzelnd in der Kabine um, als habe er vergessen, wo er war.

»Tut mir Leid.« Er verzog das Gesicht und holte rasselnd Luft. »Es versuchte, mich umzubringen. Ließ mich seinen eigenen Schmerz spüren, als es aufs Pflaster schlug. Ich verlor die Besinnung. Weiß nicht, wie lange ich dalag, bis ich weit genug zu mir kam, um mir die tote Wanze vom Kopf zu reißen. Und dann –«

Er hielt wie benommen inne und strich über den Heilfilm.

»Das Nächste, woran ich mich erinnere, ist der Gestank dieser komischen Bäume. Der Frachtwagen war verschwunden. Die Straße wirkte leer. Ich musste mich an eine Mauer lehnen, bis sich mein Kopf klärte. Als ich so weit war, rannte ich die Gasse hinauf. Fand die Rikscha vor einer Werkstatt und benutzte sie als Deckung, um hierher zu kommen. Und –«

Er verstummte und musterte uns aus angstvollen, blutunterlaufenen Augen.

»Könnt ihr mich verstecken? Damit – damit ich schlafen kann?«

Seine Stimme verebbte. Er sank aufs Bett zurück und schnarchte leise.

»Wir müssen ihm helfen«, sagte Pepe. »Wenn es uns irgend möglich ist.«

Er fand einen Spaten und stieg die Treppe hinunter, um Sand über die Blutspritzer zu schaufeln. Ich aktualisierte meinen Bericht für die Computer und sah, wie ein fahler Mond hinter der Sonne aufging. Der Anblick vermittelte mir ein traumartiges Bild der Station, in dem die Erde aus dem schwarzen Nordhimmel und über den Krater leuchtete und den Dom erhellte. Wehmütige Sehnsucht nach der Station erfüllte mich, während Pepe den Bericht abschickte und wir auf eine Antwort warteten.

Als ich aufwuchs, war ich teils in Tanya, teils in Mona verliebt gewesen, aber stets hatte ich gewusst, zu meinem schmerzhaften Bedauern, dass sie beide Casey mehr liebten. Und dass sie Arne nie mochten. Als er noch nicht der stolze Prinz der Erde gewesen war, sondern eine arrogante Rotznase, die niemand liebte, auch wenn Dian sich von ihm benutzen ließ.

Ich dachte daran, wie sie alle gekommen waren, um sich zu verabschieden, als wir aufbrachen. Dian wünschte uns Glück. Tanya hatte uns geküsst und geweint. Ich fragte mich, wie viel wir ihnen jetzt noch bedeuten mochten. Würde Arne zulassen, dass sie eine Rettungsexpedition organisierten, sollten wir darum bitten müssen? Ich glaubte es nicht.

Wir waren nicht überrascht, als auf unsere Nachricht keine Antwort kam.

Casey schlief, schien endlich Ruhe gefunden zu haben, derweil wir an den Fenstern besorgt Ausschau hielten. Jenseits des Walls tauchten ein paar Leute auf den Dächern auf und starrten zu uns herüber, aber in der Arena sahen wir niemanden. Als der Zeitpunkt des Empfangs näher rückte, schüttelte ich Casey am Arm.

Immer noch verschlafen, erhob er sich unsicher, taumelte zum Bad und trank gierig einen weiteren Becher Tee. Er schien beunruhigt und erschrocken darüber zu sein, dass wir ihn verlassen mussten, aber er ließ sich von Pepe dazu überreden, in den sargähnlichen Frachtraum zwischen den Tanks hinunterzuklettern. Wir schlossen die Bodenluke und breiteten einen Teppichfetzen darüber.

Es wurde Mittag. Das Tor ging auf. Eine silberbeschlagene Acht-Mann-Sänfte wurde hindurchgetragen. Drake und Frye saßen auf dem Vordersitz. Kurz vor unserem Schiff ließen sie die Träger anhalten und stiegen aus. Wir kletterten die Treppe hinunter.

»Lass dir Zeit«, murmelte Pepe. »Vergiss nicht, wer wir sind. Echte Agenten des Mondes.«

»Euer Gnaden!« Frye schüttelte uns überschwänglich die Hand, während Drake sich scheu zurückhielt. »Der Regent ist bereit, Sie zu empfangen.«

Doch er winkte uns zunächst von der Sänfte fort und blickte zurück, als fürchte er, die Träger oder deren Wanzen könnten uns belauschen. Er senkte seine Stimme zu verschwörerischem Tonfall.

»Euer Gnaden, ich vertraue Ihnen.« Er musterte mich so eingehend, dass es mir schwer fiel, ihm zu glauben. »Sie haben nach Informationen über Regentschaftsangelegenheiten gefragt. Darf ich mir erlauben, dem noch etwas hinzuzufügen?«

»Bitte«, forderte Pepe ihn auf. »Wir müssen wirklich alles wissen.«

»Es zeichnet sich eine Krise ab.« Frye fasste uns am Arm und zog uns näher zu sich, seine Stimme war fast nur noch ein Flüstern. »Sie sollten wissen, dass Regent Arne nicht mehr ist, was er einmal war. Sie werden seine zweite Frau kennen lernen, Fiona Faye. Ein Miststück!« Abneigung verzerrte seine Miene. »Vergessen Sie dieses Wort, aber das ist sie nun einmal. Sie protzt mit ihrer Position und bereitet ihm Schande. Angeblich schläft sie mit ihren schwarzen Klonen. Vielleicht auch mit ihrem derzeitigen Liebling, Labor-Agent Ash. Sie schmiedet Pläne, um ihn zum nächsten Regenten zu machen. Doch der rechtmäßige Erbe sollte der Sohn des Regenten sein, Harold. Er weilt gerade in Amerika, wo er den Befehl über unsere Streitkräfte führt und zu weit weg ist, um seine Interessen selbst schützen zu können. Und was Ash angeht –« Frye verzog verächtlich die Lippen. »Er handelt mit kontrollierten Sträflingen. Kauft sie von Teller. Behält die besten Frauen für sich selbst. Verkauft die übrigen oder schindet sie auf seinen eigenen Plantagen zu Tode.«

Er verstummte und musterte unsere Mienen.

»Eine prekäre Lage, die durch Ihre Ankunft noch dringlicher wird. Wenn Sie jemandem in den Weg geraten, könnte das schlimme Folgen haben. Schlimm für Sie und uns alle, wenn Sie mich verstehen.«

Pepe nickte sachlich, um ihm zu bedeuten, dass wir verstanden.

Er winkte uns in die Sänfte, und die Träger rannten mit uns aus der Arena hinaus und wieder zwischen den Wagen, Sänften, Rikschas einher und durch den üblen Gestank der rot gekrönten Pilzgewächse auf dem Moon Boulevard. Die Straße endete an einem Brunnen, aus dessen Mitte eine gewaltige Statue von Arne dem Ersten aufragte. Eine breite Flucht aus weißmarmornen Stufen führte zum Palast des Regenten empor, ein monumentales Bauwerk aus schwarzem Granit hinter einer Kolonnade aus weißem Marmor.

Ein Trupp von Casey-Klonen stoppte und durchsuchte uns, bevor sie uns einen langen Gang hinunter und in ein leeres Vorzimmer führten, einen riesigen Raum, dessen Wände von blanken Holzbänken gesäumt wurden. Dort warteten wir voller Unbehagen, bis ein goldgewandeter Wächter Pepe und mir endlich bedeutete, das Allerheiligste des Regenten zu betreten. Drake und Frye standen auf, um mit uns zu gehen, doch der Wächter gab ihnen schweigend und mit starrem

Gesicht zu verstehen, dass sie hier bleiben mussten. Sie versuchten, sich ihre Verblüffung nicht anmerken zu lassen.

Regent Arne erwartete uns zusammen mit seiner Frau an einem langen Tisch auf einem erhöhten Podium sitzend. Er war eine hingekauerte Masse schwächlichen Fleisches in einer goldbesetzten Toga aus gewobenem Silber und blinzelte uns trübe an. Ich machte keinerlei Ähnlichkeit mit dem Arne aus, den wir vom Mond kannten.

Fiona Faye war eine dünne, kleine Frau in einer purpurnen Robe. Sie mochte einmal eine Schönheit gewesen sein, trotz ihrer Habichtnase, aber aufgrund der goldenen Maske, die um ihre Augen herum aufgemalt war, und der lackierten Locken ihres schwarzen Haares war das unmöglich mit Bestimmtheit zu sagen.

Der Tisch war leer bis auf ein kleines Glas mit einer dunklen Flüssigkeit, das vor dem Regenten stand. Er griff mit zitternder Hand danach, schob es jedoch unbeholfen beiseite, als seine Frau die Stirn runzelte. Wir waren allein mit ihnen in dem stillen Saal und standen lange Zeit da, warteten unter seinem leeren Blick und ihrem raubtierhaften Starren.

»Sie!« Plötzlich geriet Bewegung in Fiona Faye, und sie richtete einen Finger mit silbern lackiertem Nagel stoßartig erst auf Pepe und dann auf mich. Scharf wie ein geschleudertes Messer klirrte ihre Stimme gegen die hohen, kahlen Wände. »Wer sind Sie?«

Wir nannten unsere Namen.

»Wo wurden Sie geboren?«

»In der Tycho-Station«, sagte Pepe. »Auf dem Mond.«

»Können Sie das beweisen?«

Ich dachte an die alten Münzen, die Dian uns gegeben hatte, sah aber nicht, wie sie uns in dieser Situation von Nutzen sein könnten.

»Sie können unser Raumschiff sehen«, sagte Pepe. »Ihre Leute haben beobachtet, wie wir landeten.«

»Wenn es so ist –« Sie ließ uns eine halbe Minute warten, ihre goldumrandeten Augen zusammengekniffen und kalten Blickes auf uns gerichtet. »Bringen Sie eine Botschaft?«

Pepe sah mich unbehaglich an und ließ sich seinerseits Zeit mit der Antwort.

»Nur, dass die Tycho-Station noch existiert und ihre Mission immer noch darin besteht, die Menschheit auf der Erde am Leben zu erhalten.«

Ihr bohrender Blick schwang zu mir und dann wieder zurück zu Pepe.

»Sie bringen keine Warnung vor einer Gefahr vom Himmel? Nichts über diesen Dämonenstein, über den die Scienteers zetern, der angeblich vom Himmel fallen und uns alle töten wird?«

»Ich habe nichts von einem solchen Stein gehört.« Pepe schüttelte den Kopf. »Unser Computer überwacht den Himmel. Er verfolgt viele Objekte. Es liegen keine Erkenntnisse über eine drohende Kollision vor.«

Sie tat es mit einem Achselzucken ab, ohne jedes Anzeichen von Überraschung oder Erleichterung. »Warum also sind Sie hier?«

»Wir sind gekommen, um uns über den Fortschritt der Kolonie zu informieren, und um nach zwei Leuten zu suchen, die vor uns herunterkamen. Außerdem möchten wir unsere Hilfe zur weiteren Entwicklung anbieten, falls dies gewünscht wird.«

»Hilfe? Womit?«

»Mit Wissen, wenn Sie es wollen.« Pepe hielt abwartend inne. Ich entdeckte keine Veränderung in ihrer wölfischen Gespanntheit noch in der stumpfen Gleichgültigkeit des Regenten. Pepe versuchte es noch einmal. »Wir könnten Ihnen Künste und Fertigkeiten vermitteln, die anscheinend verloren gegangen sind. Techniken, von denen ich glaube, dass Sie Ihnen von Nutzen sein könnten. Elektrizität vielleicht.«

»Elektrizität?« Der Regent blinzelte abwesend. »Was ist Elektrizität?«

»Eine nützliche Kraft. Sie erzeugt Licht. Sie kann Ihnen Energie liefern.«

Der Kopf des Regenten sank vornüber. Fiona Faye stieß ihren Mann mit dem Ellbogen an. Er furzte laut und glotzte mich an.

»In der Monsunsaison haben Sie schwere Regenfälle.« Pepe wandte sich wieder an sie. »Schnee auf den Bergen. Aus dem All sahen wir große Flüsse und mächtige Wasserfälle. Wir können Ihnen die Technik für hydroelektrische –«

»Hydro-was?«

»Energie«, erklärte Pepe. »Energie, um eine noch größere Zivilisation zu errichten.« Er hob die Stimme, um die goldene Maske zu durchdringen. »Elektrizität ist leistungsfähiger als Dampf. Ihre Technologie ist stehen geblieben. Sie müssten Ingenieure ausbilden und eine Infrastruktur aufbauen, aber wir können Ihnen die wissenschaftlichen Erkenntnisse vermitteln, die Ihnen zu fehlen scheinen –«

»Lügner!« Der Regent deutete mit zitterndem Finger auf uns. »Intrigante Scienteers!«

»Mitnichten, Sir.« Pepe lächelte verzweifelt. »Geben Sie uns eine Chance. Wir können beweisen, wer wir sind, und Ihnen helfen, Ihre Welt zu verändern. Elektrische Energie könnte tausendmal mehr leisten als Ihre gesteuerten Sklaven. Diese schrecklichen Wanzen könnten der Vergangenheit angehören –«

»Verrat!«, kreischte Fiona Faye den Regenten an, ihr goldenes Gesicht zu einer Maske des Hasses verzerrt. »Das sind Scienteers!«

Mit einem matten, einfältigen Grinsen zu seiner Frau hin nahm der Regent das Glas auf und kippte sich die schwarze

Flüssigkeit in die Kehle. Alarmgongs donnerten. Eine schwere Holzwand fuhr vor uns herab. Im Nu waren wir von schwarzen Klonen umringt, die Knüppel und Macheten schwangen.

24

Ein halbes Dutzend schwarzer Klone umzingelte uns. Ihr Anführer war weiß und blind. Eines seiner Augen war eine verschrumpelte Höhlung. Eine dunkle Klappe verbarg das andere. Er sah uns durch die winzigen schwarzen Augen der Wanze auf seiner Stirn. Er, oder vielleicht auch dieser Käfer, trieb uns mit harten, knappen Befehlen voran: *Lauft! … Schnell! … Rechts! … Links! … Halt!*

Er ließ uns den Moon Boulevard hinaufmarschieren bis zur Justiz-Agentur, ein bescheidenes rotes Ziegelgebäude, das zwei Blocks abseits an einer Seitenstraße lag. In dem Gebäude wurden wir in eine lange, kahle Zelle gesperrt. An einer Wand stand eine steinerne Bank, am hinteren Ende befand sich eine schmale Rinne, die nach menschlichen Ausscheidungen stank.

Durch ein hoch gelegenes Fenster fiel Sonnenlicht wie eine schmale Klinge herein und schnitt einen kleinen Mann in einer schmutzigen grauen Kutte aus den Schatten. Er kauerte als schluchzendes Bündel am Ende der Bank. Hinter uns klirrte die Eisentür zu. Ich fühlte mich in der Falle, empfand Entsetzen, fühlte mich gelähmt wie im Angesicht einer Katastrophe und konnte Pepe nur anstarren.

»Ich wünschte, wir wären nie gelandet.« Er senkte die Stimme, obwohl uns der schluchzende Mann keines Blickes gewürdigt hatte. »Oder dass wir Casey nicht allein auf dem Schiff zurückgelassen hätten. Weiß Gott, was jetzt mit ihm passieren wird.« In tiefe Verzweiflung versunken schwieg er eine Zeit lang. »Wenn das alles ist, was wir zustande bringen«, murmelte er unvermittelt, »hätte DeFort die tote Erde in Ruhe lassen sollen.«

Ich suchte nach einer Möglichkeit, ihn aufzumuntern, wusste jedoch nicht, was ich sagen sollte. Aber irgendwie brachte er genug Elan auf, um sich neben unseren unglückseligen Mitgefangenen zu setzen und ihn dazu zu bewegen, seine Geschichte zu erzählen. Von Schluchzern unterbrochen wimmerte der Mann, dass er seine Frau mit seinem besten Freund im Bett erwischt hatte. Außer sich vor Schmerz und Wut riss er eine Lampe an sich und schlug seinen Freund damit. Seine Frau schrie und rang mit ihm. Er schlug abermals zu. Sein Freund stürzte und starb. Seine Frau hatte sich den Arm gebrochen, aber sie rannte nackt davon und rief die Gesetzeshüter.

»Was wird jetzt mit Ihnen geschehen?«, fragte Pepe.

»Das ist mir egal.« Der Mann rieb sich die geröteten Augen. »Von mir aus können sie mich verwanzen. Ich hätte mit Carlo sterben sollen.«

Da er ihn nicht auf andere Gedanken zu bringen vermochte, forstete Pepe bei anderen Gefangenen, die im Laufe des Tages hereingebracht wurden, nach irgendwelchen Hinweisen. Einer von ihnen war ein nervöser kleiner Mann in einer schmutzig weißen Toga, der ganz begierig darauf war, seine Geschichte zum Besten zu geben. Er sei ein ehrlicher Geschäftsmann gewesen und habe an einem Stand in der Regent Street Obst verkauft. Man habe ihn wegen des Überfalls auf einen Silberschmied verhaftet, und er sei der unschuldige Sündenbock für den wahren Räuber.

»Heute Früh ging ich wie an jedem Tag zu meinem kleinen Verkaufsstand. Der Dieb hetzte an mir vorbei, ein fetter Polizist pfiff hinter ihm her. Der Kerl schnappte sich meinen Hut und warf mir eine Hand voll gestohlenen Silbers vor die Füße. Ich folgte ihm, um mir meinen Hut wiederzuholen. Er blieb stehen, deutete auf das am Boden verstreute Silber und schwor, gesehen zu haben, wie ich einen Stein durch das Schaufenster des Ladens geworfen hatte. Der Polizist lachte über die Wahrheit und ließ den Dieb laufen. Den größten Teil der Beute hatte er noch in den Taschen.«

Der schluchzende Mann setzte sich auf und wandte sich mit einem zynischen Achselzucken an Pepe.

»Glauben Sie ihm ruhig, wenn Sie wollen. Ich würde sagen, es ist sein Reiter, der da spricht. Diese Dinger machen einen Menschen zum Narren, noch ehe sie in sein Hirn hineinwachsen. Aber seine Lügen werden ihn nicht retten. Der Richter wird ihm nicht zuhören, und seiner Wanze wird es einerlei sein.«

Er wischte sich mit dem Handrücken über die verquollenen Augen und versank in trostloses Schweigen.

»Wie viele bekommen eine Wanze?«, wandte sich Pepe wieder an den Mann in der schmutzigen Toga. »Werden manche stattdessen nicht ins Gefängnis gesteckt?«

»Gefängnis? Was ist ein Gefängnis?«

Er starrte uns an, als seien wir fremdartige Tiere, während Pepe zu erklären versuchte, was ein Gefängnis war. »Wenn es solche Orte je gab, dann braucht man sie jetzt nicht mehr. Die Wanzen reichen vollauf.«

Als die Tür ein weiteres Mal schepperte, kam unser nächster Gast herein, ein Betrunkener in einer blutbefleckten Toga und einem um den Kopf gebundenen Stofffetzen. Er wankte ans Ende der Zelle, übergab sich lautstark in die Rinne, fiel auf die Bank und lag dann in einer Wolke aus Alkoholgestank und heiser schnarchend da.

Der Letzte, der hereinkam, war besser gekleidet, mit einem goldenen Stirnband und einem goldbesetzten Gewand, das wie Seide aussah. Er war ein dunkelhäutiger Geselle mit einem buschigen schwarzen Schnurrbart, umgab sich mit einer Aura gekränkter Arroganz und ignorierte Pepes erste Versuche, mit ihm zu reden. Als Pepe nicht nachgab, brach er unvermittelt in eine Tirade aus.

»Die nennen das hier einen Tempel der Gerechtigkeit, aber

ich wurde übers Ohr gehauen! Von meinem Partner hereingelegt. Wir waren im Baugewerbe tätig. Royce und Rian, eine gute, alte Firma, dem Regenten gegenüber loyal. Unsere Bauwerke stehen überall in der Stadt. Wir machten ein Gebot für den Vertrag über den Asia Tower, als mein erster Partner starb und sein Sohn an seine Stelle trat. Mike Ryan, ein großspuriger Lümmel, der gerade erst das College abgeschlossen und den Kopf voller Flausen über Bürgerrechte hatte. Wir haben immer auf Vertragsarbeiter gesetzt. Schwarze Klone für schwere Arbeit, gerittene Sträflinge mit entsprechenden Fertigkeiten für Stahl- und Maurerarbeiten. Natürlich hat uns die Freie-Menschen-Gewerkschaft stets bekämpft, weil wir uns von den Händlern ihre talentierten Ex-Mitglieder holten, die wegen Streiks und Aufruhr verwanzt wurden. Mike wollte, dass wir freie Menschen anheuerten, zum doppelten Preis. Ich sagte ihm, das würde uns ruinieren, aber der Spinner wollte nicht auf mich hören. Stattdessen schmiedete er eine Intrige, um mich zu hintergehen. Hängte mir seine eigenen Verbrechen an. Fälschte Beweise, dass ich in eine große Verschwörung zur Befreiung von Strafgefangenen verstrickt sei. Angeblich sollten deren Reiter mit dem Saft eines giftigen Krauts, das aus Afrika eingeschmuggelt wurde, getötet werden, und dann wollte man sie mittels einer Untergrundorganisation in die Freiheit nach Amerika schicken. Eine ungeheure Verschwörung, um mich aus dem Weg zu räumen und die Firma zu übernehmen.« Er seufzte verzweifelt. »Diese dämlichen Justiz-Agenten haben unser Büro durchsucht, unsere Akten beschlagnahmt und mich verhaftet. Sehen Sie mich nur an! Jetzt bin ich selbst ein Sträfling, dazu verurteilt, den Rest meines Lebens mit einer Wanze im Kopf Sklavenarbeit zu verrichten.«

Der tränenüberströmte Mann richtete sich wieder auf.

»Könnte auch andersherum gewesen sein.« Er grinste Royce hämisch an. »Könnte sein, dass Sie der Dieb waren.

Könnte sein, dass Ihr Opfer den Spieß umgedreht hat. Könnte sein, dass Sie sich selbst reingelegt haben.«

Sie saßen da, stierten einander an, hatten nichts mehr zu sagen. Der dünne Streifen Sonnenlicht wanderte, färbte sich rötlich und verblasste. Die Wachen brachten einen Krug Wasser, den wir herumgehen ließen, aber nichts zu essen. Die stinkende Rinne diente als Latrine, wenn wir austreten mussten. Der Betrunkene rutschte von der Bank und blieb schnarchend auf dem Boden liegen.

Pepe schritt in der engen Zelle auf und ab und kam dann zu mir, um mir etwas zuzuflüstern.

»Denk nach, Dunk! Denk nach! Wenn uns nichts einfällt, sind wir tot.«

Ich versuchte es, aber mir fiel nichts ein.

Das Licht schwand. Pepe tigerte hin und her, solange er etwas sehen konnte. Ich war steif vom langen Sitzen, steif, kalt und bar jeder Hoffnung. In der dunklen Zelle wurde es still bis auf Hust- und Schnarchlaute und den traurigen Mann, der jammernd versicherte, dass er seine Frau liebte und Carlo nicht hatte umbringen wollen. Endlich schlief ich ein. Ich träumte, dass wir wieder in unserem Schiff seien, auf dem Weg zum Mond. Das Kreischen der eisernen Türangeln weckte mich.

Den anderen waren Nummern zugeteilt worden, einem System folgend, das ich nicht begriff. Wachen lasen Zahlen von einer Tafel ab und riefen sie einen nach dem anderen hinaus. Der Betrunkene schnarchte weiter, bis der rotäugige Mann ihn wachrüttelte. Dann versuchte er sich abermals zu übergeben und taumelte hinter dem Wächter aus der Zelle. Pepe und ich warteten nervös, bis wir schließlich einen düsteren Gang entlanggeführt wurden und in einen Raum, in dem uns blendendes Sonnenlicht empfing.

Durch das breite Fenster fiel unser Blick auf einen ummauerten Garten, in dem üppige Pflanzen mit dicken, lilafarbenen, kaktusartigen Blättern und großen, trompetenförmigen roten Blüten wuchsen. Die Sonne schien auf einen großen Schreibtisch aus jettschwarzem Hartholz, das so poliert worden war, dass es das Licht spiegelte. Die Luft war würzig von dem seltsamen Geruch der kleinen goldenen Blüten einer moosartigen Pflanze, die eine Kristallschale ausfüllte.

»Meine Herren!«

Ellen Teller, die Reiterhändlerin, begrüßte uns freundlich und lächelte uns über den Schreibtisch hinweg zu. Heute trug sie etwas Helleres und Enthüllenderes als ihre Toga beim Dinner und machte einen klugen, jungen und reinen Eindruck, fast so attraktiv, wie ich Mona und Tanya in Erinnerung hatte. Sie erhob sich. Einen Moment lang dachte ich, sie würde um den Schreibtisch herumkommen und uns die Hand geben, aber sie deutete nur knapp auf zwei Stühle vor dem Schreibtisch. »Bitte setzen Sie sich.«

Wir setzten uns und warteten.

Als sie wieder Platz genommen hatte, beäugte sie uns nachdenklich. Ich fror, ich war müde und schmutzig, steif vom Schlafen auf kaltem, hartem Stein, und mein Magen schmerzte vor Hunger. Ellen Teller schüttelte den Kopf, als fühle sie meiner Unannehmlichkeiten wegen mit mir, dann wandte sie sich an Pepe.

»Sie behaupten also, Agenten des Mondes zu sein?«

»Wir kommen von der Tycho-Station«, antwortete er, »aber wir sind nur hier, um uns umzusehen und darüber Bericht zu erstatten. Wir maßen uns keinerlei Autorität an und wollen uns in nichts einmischen.« Verzweifelt neigte er sich zu ihr vor. »Wir wollen nur zurück auf unser Schiff und zum Mond.«

»Tut mir Leid.« Ich glaubte, ein kurzes Aufblitzen von Mitleid gesehen zu haben, aber ihr Lächeln war erloschen. »Der Regent erlaubt keine Revisionen. Unser Problem ist jetzt Ihre Zukunft hier bei uns. Es war nicht schwer, Plätze für Ihre Zellengenossen zu finden, aber Sie –« Sie machte eine Pause und setzte eine prüfende Miene auf. »Haben Sie irgendwelche manuellen Fähigkeiten, die hier von Nutzen sein könnten?«

In plötzlicher Hoffnung nickte ich zu Pepe hin. »Er ist ein Raumpilot.«

Sie sah ihn an.

»Eine Fähigkeit, für die Sie wohl keine Verwendung haben.« Pepe hob die Schultern und fügte rasch hinzu: »Aber wir haben etwas Besseres zu bieten – wir können Ihnen Wissen vermitteln. In der Station haben wir eine Bibliothek und ein Museum voll mit der Kunst und Geschichte und den Wissenschaften der alten Erde. Schätze der alten Welt, die Ihre eigene Welt verwandeln könnten.«

Sie schüttelte den Kopf.

»Wir haben den Regenten gesehen«, fuhr er hastig und verzweifelt fort. »Vielleicht will er ja keine größeren Veränderungen, aber wir sind nicht hier, um irgendjemanden zu bedrohen. Es muss doch winzige Stückchen technischen Know-hows geben, für die Sie Verwendung haben.«

»Vielleicht hat jemand für Sie Verwendung.« Ellen Teller blickte zur offenen Tür hinaus und nickte bedächtig. »Ich werde mich damit befassen.« Sie musterte uns wieder und fragte unvermittelt: »Haben Sie etwas gegessen?«

»Nicht in letzter Zeit«, entgegnete Pepe.

Sie klatschte in die Hände. Ein schwarzer Casey-Klon kam mit einem riesigen Silbertablett herein, auf dem Gläser, ein Krug und eine Schale mit Eis standen sowie ein Teller mit kleinen Kuchen, die die Luft mit einem Duft erfüllten, der mir das Wasser im Mund zusammenlaufen ließ. Gierig sahen wir zu, wie der schweigende Klon Eis in die Gläser gab und sie dann mit einer blass rosafarbenen Flüssigkeit füllte.

»Gletschereis.« Strahlend ließ sie sich von dem Klon das erste Glas reichen. »Ein neuer Luxus. Der Handelsagent hat gerade erst eine neue Straße durch die Berge bis zu den Gletschern geöffnet. Jetzt können Klonläufer das Eis zu uns bringen, bevor es schmilzt.«

Das Getränk sei der Saft einer amerikanischen Frucht, erläuterte sie. Sie habe Setzlinge von ihrem Besuch dort mitgebracht und sie auf ihrer eigenen Plantage angepflanzt. Ausgehungert wie ich war, empfand ich die würzige Süße als Genuss. Wir leerten die Gläser, und der Klon servierte die Küchlein. Unverhohlen amüsiert beobachtete sie, mit welchem Appetit wir aßen, bis der Klon mit dem Tablett verschwand.

Pepes Dank ignorierend, nahm sie eine Tafel auf, blickte stirnrunzelnd darauf und schüttelte den Kopf.

»Der Regent sieht keinen Nutzen in dieser Elektrizität, was immer das auch sein mag, oder sonst einer Ihrer Zaubereien vom Mond.« Sie löschte etwas von der Tafel und sah Pepe an. »Verstehen Sie sich nicht auf irgendetwas Sinnvolles, das einen Käufer interessieren könnte?«

»Glauben Sie uns denn nicht?«, flehte er verzweifelt. »Glauben Sie nicht, dass wir wirklich vom Mond kommen?«

»Wer weiß?« Sie zuckte die Achseln. »Ich habe Ihre Flugmaschine gesehen. Vielleicht wäre es anders, wenn ich mehr über Sie wüsste. Erzählen Sie mir von dieser Stadt auf dem Mond. Wie kann man dort ohne Luft zum Atmen leben?«

Sie hörte mit offenkundigem Interesse zu, als Pepe versuchte, die Station zu beschreiben.

»Bringen Sie uns zurück zu unserer Maschine«, sagte er, »und wir können Sie hinfliegen.« Interesse blitzte in ihrem Gesicht auf, und er fuhr rasch fort: »Wir könnten eine Gewebeprobe einfrieren, wenn Sie möchten. Sie könnten geklont werden, um auf zukünftigen Welten wieder zu leben. Eine Art Unsterblichkeit –«

»Mich klonen?« Sie war beleidigt. »Ich habe genug Klone gesehen. Mein Problem ist es, einen Platz für Sie zu finden.«

»Eine Wanze, meinen Sie?« Pepe beugte sich vor, heiser vor Angst. »Sie wollen Löcher in unsere Schädel bohren? Diese grässlichen kleinen Monster in unsere Köpfe implantieren, die uns für den Rest unseres Lebens reiten und quälen sollen?«

»Nichts, was Sie genießen werden.« Sie schenkte ihm ein gelassenes Nicken. »Das Leben ist selten perfekt. Aber Sie haben bereits zugegeben, dass Sie nur Klone sind, versehen mit Ihrer eigenen sonderbaren Unsterblichkeit. Was auch in einem Leben geschieht, Sie können sich immer auf ein neues freuen.«

»Klone sind Menschen.« Er breitete in einer beschwörenden Geste die Hände aus. »Klone empfinden Schmerzen.«

Sie strich etwas auf der Tafel an und läutete eine Glocke, um den Wächter hereinzurufen.

»Miss Teller, bitte!« Verzweifelt hob Pepe die Stimme. »Sie sehen aus wie ein Mensch. Haben Sie denn keine menschlichen Gefühle?«

Sie versteifte sich und wurde rot vor Zorn, aber dann sank sie langsam in ihren Stuhl zurück. Der Wächter erschien in der Tür, blickte sie an und verschwand wieder. Lange Zeit saß sie da und sah uns mit leerem Blick an. Als sie schließlich wieder das Wort ergriff, war ihre Stimme fast zu leise, um sie zu verstehen, als spreche sie nur zu sich selbst.

»Natürlich habe ich Gefühle.« Ihre Lippen zitterten. »Ich erinnere mich an einen Freund, einen Mann, der mir viel bedeutete und der wegen eines läppischen politischen Fehlers verurteilt wurde. Ich legte Berufung ein, aber er hatte Feinde. Einmal sah ich ihn auf der Straße einen Wagen ziehen. Ich rief seinen Namen. Er konnte sich nicht umdrehen oder sprechen, aber sein Reiter schaute mich an. Ich weiß, dass er mich hörte. Ich weiß, was er spürte.«

Blass geworden schlug sie mit der Hand auf den glänzenden Schreibtisch und sackte vornüber, als würde sie gleich weinen. Doch binnen eines Augenblicks war sie auf den Beinen.

»Das war damals.« Ihr Ton war hart und scharf. »Dies ist jetzt. Ich habe Gefühle, Agent Navarro, aber die gehen Sie nichts an.«

Sie läutete abermals nach der Wache.

25

Die eiserne Tür unserer Zelle schepperte wieder, und man ließ uns allein im erdrückenden Gestank der Abwasserrinne. Ich ging auf und ab, während Pepe sich wie ein Häufchen Elend auf die harte Steinbank kauerte.

»*Que cabrón.*« Er stand auf. »Verdammt sei der Regent! Verdammt seien die Reiter! Verdammt sei das ganze widerliche System! Sie werden Casey finden und ihm die Wanze wieder einsetzen.« Seine Fäuste verkrampften sich, entspannten sich, ballten sich von neuem. »Er sollte das Schiff nehmen und nach Mona suchen.« Hoffnungslos hockte er sich wieder hin. »Es gibt nichts, was er hier für uns tun könnte.«

Der dünne Sonnenstreif färbte sich rot und kroch an der Wand empor. Ich fragte mich noch immer trostlos, was für einen Käufer Ellen Teller für uns finden würde, als wir von draußen das Trampeln von Stiefeln hörten. Die Tür öffnete sich kreischend. Zwei starrgesichtige Wächter in Blau befahlen uns mit knappen Worten aus der Zelle.

Es waren zwei kräftige Weiße, die keine Wanzen trugen. Ich sah, wie Pepe sich anspannte, als wolle er einen Ausbruchsversuch wagen, aber die beiden trugen Waffen an den Gürteln und achteten sorgsam darauf, sichere Distanz zu wahren. Sie führten uns einen langen Korridor zur Rückseite des Gebäudes hinunter, schlossen eine schwere Tür auf und ließen uns hinaus in eine schmale Sackgasse, wo zwei leere Rikschas auf uns warteten.

Sie bedeuteten uns, still zu sein und einzusteigen. Dann entledigten sie sich ihrer Uniformen, klebten sich schwarze Perlen an die Stirnen, hoben die Zugstangen auf und trotteten mit uns durch ein Labyrinth aus Gassen zum Moon Boulevard. Pepe grinste mich an und hob zum Zeichen seiner Freude zwei Finger. Ich ließ mich in die Kissen zurücksinken, erfreute mich an der frischen Luft und dem Sonnenschein, wagte jedoch kaum, auf mehr als das zu hoffen.

Plötzlich heulten Sirenen. Das Donnern einer Kanone hallte von den Gebäuden ringsum wider. Unsere Retter schauten nicht zurück. So stoisch und wortlos wie echte Sklaven der Wanzen schlängelten sie sich zwischen den Rikschas, Fahrrädern und schweren Wagen hindurch und zurück zur Arena. Die Torwachen warfen einen Blick auf eine Tafel, die ihnen einer der Männer zeigte, und winkten uns in Richtung des Raumschiffs. Wir sprangen aus den Rikschas. Die schwitzenden Männer waren verschwunden, noch bevor wir ihnen danken konnten.

»Alles in Ordnung?«, hörte ich Laura Grail vom oberen Ende der Treppe herabrufen. Sie begrüßte uns mit einem breiten Lächeln. Bekleidet mit einem grün abgesetzten weißen Gewand und einem grünen Haarband sah sie aus wie ein unglaublicher Traum. »Gehen wir!«

Wir rannten die Stufen hoch.

»Wer sind diese Männer?« Pepe deutete hinter den Rikschas her.

»Freunde.« Sie drängte uns in das Schiff. »Oder nennt sie meinetwegen Helden der Befreiung.«

»Okay!«, rief Casey vom Pilotensitz aus. »Sagt den Wanzen *adiós*!«

Die Triebwerke keuchten und dröhnten. Vom Fenster aus sah ich zu, wie der Dampf brüllend hervorschoss und die Mauern um uns her verhüllte. Das Schiff erbebte und hob ab. Erst langsam, aber dann schneller und schneller fielen die Arena und die rot gedeckten Dächer der Stadt unter uns zurück. Als Casey sich von den Instrumenten abwandte, stellte ich fest, dass er fast wieder wie er selbst aussah. Über der dunklen kleinen Wunde auf seiner Stirn, wo der Reiter gesessen hatte, schimmerte immer noch ein glasiger Heilsprayfilm, aber es drang kein Blut mehr hindurch.

»Wohin?«, flüsterte Pepe. »Zurück zum Mond?«

»Amerika«, sagte er. »Dorthin, wo ich Mona fand, als wir zuvor hier waren.«

Seine Stimme wurde leiser, als er ihren Namen aussprach. Ich sah das Glitzern von Tränen und glaubte ansatzweise zu verstehen, was er empfand. Im Laufe der unzähligen Zeitalter, während der wir lebten und starben und wieder lebten, hatten uns die Roboter und unsere Holo-Eltern ein Gefühl für Unsterblichkeit vermittelt, das uns sehr sterblich machte. Zwar wurden wir geklont und aufgezogen, um wieder diejenigen zu sein, die wir zuvor schon gewesen waren, aber wir waren doch nie ganz identisch; dennoch ruhten diese vergangenen Leben klar und deutlich in meinem Kopf.

Wir hatten 400 Jahre geschlafen seit unserer Flucht vor diesen vampirischen schwarzen Parasiten im roten Dornendschungel Afrikas, doch es schien so real, als sei es erst gestern gewesen. Unser weiter Rundkurs hatte uns nach Norden über die Gletscher geführt und dann zurück nach Süden, entlang des Randes der nordamerikanischen Eiskappe, bis flache, braune Tundra einem exotischen bläulichen Grün wich. Schließlich waren wir über den seltsam vielfarbigen Wäldern dort niedergegangen, wo einst Chihuahua gelegen hatte.

Ich hatte die alten Unterlagen gelesen und mir die Holos angehört, bis die gespenstischen Gesänge der Bäume und das geflügelte Wesen, das Casey Mona genannt hatte, beinahe wie meine eigenen Erinnerungen waren. Ich entsann mich des Baumes, dem er den Namen Leonardo gegeben und den er geliebt hatte, als sei er ihr eigener Sohn. Jetzt fragte ich Casey, ob er vorhabe, nach dem Leo-Baum zu suchen.

»Nach all der Zeit –« Er hob zweifelnd die Schultern, aber in seinem dunklen Asiatengesicht leuchteten alte Gefühle.

»Wegen dem Baum … ich weiß nicht. Aber Laura meint, meine Mona könnte da draußen zusammen mit den Rebellen für ein Ende der Reitersklaverei kämpfen. Wir werden sie finden, wenn es uns möglich ist.«

Er wandte sich wieder seinen Instrumenten zu und ermittelte unsere Route. Da wir von einer anderen Stelle aus gestartet waren, befanden wir uns auf einem anderen weiten Rundkurs und flogen weit nördlich des kleiner gewordenen Mittelmeers dahin. Wir waren bereits sehr hoch. Ich entdeckte den Rand der nordasiatischen Eiskappe. Laura kochte Tee und wärmte Kürbis-Tofu-Packs auf, die sie im Lebensmittelfach des Schiffes gefunden hatte. Pepe fragte noch einmal nach ihren Freunden, die uns befreit hatten.

»Wir hatten von eurer Verabredung mit dem Regenten gehört.« Sie schenkte uns ein ironisches Lächeln. »Mein Redakteur wollte noch eine Story über euch, wenn er sie an den Zensoren vorbeischmuggeln könnte. Ich wollte euch nicht mit Käfern im Gesicht sehen. Ich schlich mich zurück, um mir eure Maschine noch einmal anzusehen. Casey ließ mich ein. Wir unterhielten uns. Und dann –«

Sie hielt inne und warf einen Blick auf den Himmel jenseits der Fenster, der jetzt dunkellila war. Das weiße Schimmern von Eis und Wolken lag tief unter uns.

»Ich habe nicht gewagt, es zu erzählen«, fuhr sie fort, »aber ich gehöre zu den Leuten, die man Scienteers nennt. Oder Irre. Oder Verräter am Regenten. Namen, die sie benutzen, wenn sie uns erwischen und verwanzen. Wir nennen uns selbst Koloniale. Wenn euch unsere Geschichte interessiert – die ersten Kolonisten hatten einen schweren Start. Sie landeten im Tal. Ein reizendes Fleckchen, fruchtbar und mit genügend Wasser, sicher hinter seinen Bergwänden, aber zu nahe am Eis, das damals noch weiter nach Süden reichte.

Der erste Winter war hart. Unerwartete Lawinen verschütteten die ursprüngliche Ansiedlung und vernichteten sie beinahe. Die Überlebenden schafften es, ein Labor zu bauen und neue Menschen zu klonen. Das Tal blieb der Mittelpunkt der Regierung, so weit es eine gab, derweil die Kolonie wuchs, aber die Verständigung war kläglich. Die Generationen, die sich weiter südlich niederließen, waren zunächst unabhängig. Diejenigen an der Küste bauten Schiffe und begannen mit Erkundungen. Ihre Zukunft schien strahlend, bis sie die Ufer Afrikas erreichten und auf die schwarzen Meister trafen.

Damit begann eine andere Art von Prosperität. Einer von Arne Linders Nachfahren entkam mit einer lebenden Wanze aus Afrika. Die Meister vermittelten ihnen das Wissen, und schließlich waren sie im Stande, die Eier auszubrüten und die Reiter in Menschen zu implantieren. Alfred Linder bildete sie auf einer Plantage aus, die ganz Sri Lanka einnahm. Sein Sohn Roscoe baute eine Flotte und stellte fest, dass der Handel mit den Meistern lohnender war, als der Krieg gegen sie.

Die entsetzte Kolonialregierung verbot die Sklaverei, aber Roscoe entzog sich ihrem Zugriff. Er benannte sich in Arne um, erklärte sich zu Arne dem Ersten, Regent des Mondes und rechtmäßiger Herrscher über die Erde. Seine Klonarmeen eroberten das Tal. Ein paar Koloniale hielten an den Grenzen aus. Aber das Gros wanderte nach Amerika aus und gründete dort eine freie Nation. Sein Nachfolger sandte Expeditionen aus, um sie zu Sklaventerritorium zu machen. Regentschaftspolitik!«

Sie zuckte in einer zynischen Geste die Achseln.

»Heute brauchen die schwarzen Meister die Regenten, und die Regenten brauchen sie. Wegen ihrer fremdartigen Biochemie benötigen sie Minerale zur Ernährung, Minerale, die in Afrika schwer zu finden sind. Ihr roter Dornendschungel breitet sich immer weiter aus. Sie verstecken sich darin und reiten auf ihren Killerbestien heraus, um sich die Menschen zu schnappen, die versuchen ihn niederzubrennen oder zu roden. Aber sie können es sich nicht erlauben, die Regenten auszulöschen. Was den Krieg in Amerika angeht, das ist reine Politik. Er wird nur geführt, um die Reitersklaverei auf einen weiteren Kontinent auszudehnen.« Sie hob hilflos die Schultern. »Diesen Krieg gewinnen sie.«

»Aber Mona!«, rief Casey scharf und wandte sich von den Kontrollen ab. »Sie ist da draußen. Wir müssen sie finden.«

»Wenn wir es können.« Laura sah zweifelnd drein. »Es ist ein großer Kontinent.«

Ich fragte sie, was sie sonst noch wusste.

»Nicht viel. Ein Bergsteiger sah, wie ihr Flieger landete. Er meinte, er müsse vom Mond kommen. Sein Bericht alarmierte den Regenten. Sie wurden gejagt. Casey wurde natürlich als entflohener Sklave festgenommen. Die Scienteers fanden Mona und brachten sie über unsere Untergrundorganisation nach Amerika.«

»Und dort ist sie immer noch.« Casey nickte hoffnungsvoll. »Sie kämpft an der Seite der Rebellen.«

»Jedenfalls war sie dort.« Laura zuckte die Achseln. »Es ist schwierig, Neuigkeiten aus Amerika zu erfahren. Unser Freetown-Korrespondent ist verschwunden. Seine letzten Berichte wurden zensiert und monatelang zurückgehalten. Meine Freunde waren bereit, ihr Leben zu riskieren, um euch auf euer Schiff zu bringen, aber sonst gab es nicht viel, was –«

»Wir werden sie finden.« Casey beugte sich wieder über seine Instrumente. »Wir müssen sie finden.«

Wir ließen das Eis hinter uns. Braune Berge erhoben sich aus grauem Dunst, und braune Wüste wurde zu einem merkwürdigen Blaugrün. Ich sah, wie Casey über seinen Karten brütete, Kopien derjenigen, die wir zum Mond gefaxt hatten, bevor wir hier gestorben waren.

»Der Wald«, hörte ich ihn murmeln, »ich kann den Wald nicht finden.«

Ich erinnerte mich an die singenden Bäume, die nicht von der Erde stammen konnten, erinnerte mich an die Ballons, die daran wuchsen und in denen sich ihre Saat befand, erinnerte mich an die goldgeflügelte Saat, die Casey Mona genannt hatte, und den kleinen Schössling, der aus ihrem Körper wuchs, nachdem sie gestorben war.

Casey studierte die Karten und dann wieder den Erdboden, der vor uns lag.

»Der Wald ist verschwunden«, sagte er. »Der Wald, in dem wir gelandet sind.«

Ich hielt danach Ausschau. Die Erde unter uns wirkte flach, braun und tot. Ich meinte, entlang des weit entfernten Horizonts farbige Flecken auszumachen, das Schimmern von Schnee auf einem noch weiter entfernten Bergkegel, aber sonst kaum etwas.

»Siehst du diese Linien?« Casey streckte den Finger aus, aber ich sah keine Linien. »Schienen, würde ich sagen. Sie verlaufen nach Süden. Führen zu Häfen, nehme ich an.« Er spähte aus zusammengekniffenen Augen nach vorne. »Die Flüsse und die geografischen Charakteristika müssten uns die Stelle zeigen, an der wir landeten.«

Schließlich brachte er das Schiff herunter. Dampf umwolkte es, klärte sich und gab den Blick frei auf eine öde Landschaft. Wo einst Bäume gestanden hatten, ragten jetzt nur noch schwarz verkohlte Stümpfe aus schwarzer Asche. In bitterem Schweigen öffnete Casey die Luke und klappte die Landetreppe aus. Wir folgten ihm hinab, unter sengender Sonne und im beißenden Geruch von Feuer.

Nicht weit entfernt schimmerten stählerne Schienen. Casey deutete nach Norden über die Stümpfe hinweg, auf eine weiße Rauchwolke. Wir standen schweigend da, während eine Dampflokomotive an uns vorbeidonnerte. Ich sah eine Reihe rauchverschmutzter Klone, die vom Tender aus große Holzscheite von einem zum anderen reichten, um den Kessel zu feuern. Der Lokführer lehnte sich aus seiner Kabine, hielt Ausschau und ließ eine laute Pfeife ertönen, die mich erschreckte.

Der lange Zug aus Flachwaggons hatte riesige Holzklötze geladen. Wir standen mit Casey in dem feuchtheißen Rauchgestank, bis der letzte Wagen vorübergerumpelt war. Dann, ohne ein weiteres Wort, schritt er steifbeinig über die Gleise. Wir stolperten hinter ihm her, entlang des Ufers eines schmalen Stromes, bis Casey stehen blieb und auf einen breiten Stumpf hinabstarrte.

»Das war Leo.« Sein Gesicht unter dem glasigen Schimmer des Heilfilms über seiner Reiterwunde hatte sich verzerrt, und seine Stimme war heiser und träge. »Unser Sohn.«

Pepe fasste ihn an der Schulter. Wut blitzte in seinem Gesicht auf, als glaubte er, wir würden gleich lachen.

»Es tut mir Leid«, flüsterte Pepe. »Schrecklich Leid.«

Die Wut verging, und er wandte sich wieder dem Stumpf zu.

»Ich musste herkommen«, murmelte Casey. »Ich brauchte Gewissheit.« Lange Zeit stand er da, starrte auf den verkohlten Stumpf hinunter, und schließlich hob er die Schultern und drehte sich wieder zu uns um. »Nicht, dass es darauf ankommt.« Er schüttelte den Kopf, und ich sah Tränen in seinen Augen. »Wenn ihr hört, was ich euch jetzt zu erzählen habe, werdet ihr verstehen, dass es darauf überhaupt nicht mehr ankommt.«

26

Casey stand lange schweigend über den schwarzen Stumpf gebeugt da. Rauch und Staub hatten den wolkenlosen Himmel in Kupfer verwandelt, und eine rote Sonne sengte heiß auf die verkohlte Trostlosigkeit ringsum nieder. In der reglosen Luft hing der beißende Geruch von Feuer. Weit entfernt riss ein Sandsturm eine schmale, schwarze Spirale vom Boden hoch. Das einzige Geräusch war das Plätschern des kleinen Baches, der hinter uns durch sein steiniges Bett floss.

»Komm.« Pepe fasste Casey schließlich am Arm. »Gehen wir.«

»Geht nur«, fuhr Casey ihn barsch an. »Lasst mich noch hier bleiben.«

Wir stapften über die Schienen zurück und kletterten an Bord des Schiffes. Als ich von der Treppe aus zurückschaute, sah ich Casey wie betend vor dem Stumpf knien. Laura war an Bord geblieben. Sie bereitete eine frische Kanne Tee zu, und wir tranken davon, während wir warteten.

»Was nun?«, fragte ich.

Pepe zuckte die Achseln. »*Quién sabe?*«

»Laut den Berichten unseres Korrespondenten führt die Frau vom Mond die Rebellen in dieser Gegend an«, sagte Laura. »Aber das war vor Monaten.«

Schließlich kam Casey zurückgetrottet. Am Ende der Treppe blieb er stehen und ließ den Blick noch einmal über die verbrannte Vergangenheit schweifen, bevor er hereinkam. Doch er wirkte ungerührt und gefasst, setzte sich und nahm einen Becher Tee.

»Tut mir Leid, wenn ich barsch war.« Er sah Pepe mit verzogenem Gesicht kopfschüttelnd an. »Es ist schwer zu erklären, wie hart mich das getroffen hat. Ich habe die Geschichte von Leo mein ganzes Leben lang gekannt, aber ich habe sie nie ganz geglaubt. Bis jetzt nicht.« Er wies mit einem Nicken auf die dunkle Wüste hinter den Fenstern hinaus. »Nicht, bis ich diese Biegung des Baches erkannte und den kleinen Wasserfall sah, wo der Baum gestanden hatte.« Er lächelte und nippte von seinem Tee. »Es war beinahe zu viel, aber jetzt bin ich in Ordnung.«

»Bist du auch bereit, nach Mona zu suchen?«, fragte Pepe. »Hast du eine Spur?«

»Keine Spur.« Er hob die Schultern. »Nicht wirklich. Aber Berichten zufolge versteckten sich flüchtige Rebellen in den noch bestehenden Wäldern westlich von uns. Wir können nur hoffen, dass sie uns gesehen hat. Wenn sie noch dort ist. Wenn sie Zeit genug hat, hierher zu kommen.«

»Genug Zeit?«, fragte Pepe argwöhnisch. »Hast du uns sonst noch etwas zu erzählen?«

»Etwas, das ich nicht gerne sage.« Casey trank seinen Becher leer, setzte ihn ab und ließ einen Augenblick verstreichen, ehe er fortfuhr. »Wie ihr wisst, wurde die Tycho-Station eingerichtet, um nach sich nähernden Objekten Ausschau zu halten, die auf der Erde einschlagen könnten. Der Computer ist darauf programmiert, diese Aufgabe fortzusetzen, während wir schlafen –«

Pepe fiel ihm scharf ins Wort. »Hat er etwas Neues entdeckt?«

»Vor fast vierzig Jahren.« Casey nickte sachlich. »Deshalb wurden wir geklont – der Computer hatte eigentlich vorgehabt, der Kolonie noch tausend Jahre zu geben, bevor er uns zum Nachschauen herunterschicken wollte.«

»Warum hat er uns das nicht gesagt?«

Casey hob die Schultern. »Er trifft seine eigenen Entscheidungen.«

»Was ist mit diesem Objekt?«

»Es handelt sich wahrscheinlich um einen Drifter aus dem Kuiper-Gürtel hinter Neptun.« Casey runzelte die Stirn, erwog seine Worte sorgfältig. »Etwa dreißig Meilen im Durchmesser. Groß genug, dass der Aufprall die Erde verwüsten und vielleicht alles Leben auslöschen würde. Zunächst war es nicht sicher, ob es überhaupt zu einem Impakt kommen würde. Wir wurden erweckt, nur damit wir bereit wären, falls etwas passieren sollte.«

Sein Gesicht verkantete sich.

»Es wird passieren.« Er sah mich an. »Dunk, du weißt, dass dein Holovater die Stimme des Computers ist. Er sagte es Mona und mir, bevor wir den Mond verließen –«

»Ihr wusstet es?« Pepe starrte ihn an. »Und habt uns nichts gesagt?«

»Er meinte, der Computer würde euch über alles informieren, was ihr wissen müsst.«

»Die Gefahr?«, flüsterte Laura. »Dann ist es also sicher?«

»Laut dem Computer, ja. Die ersten Beobachtungen wurden verfeinert. Die Zerstörung wird Berechnungen zufolge vollkommen sein, ohne Chance auf menschliches Überleben. Es war schwer für uns, die Wahrheit zu verdauen. Ich weiß, dass es schwer für euch ist. Die Tycho-Station auf dem Mond sollte das Ganze überstehen, aber es bedeutet, dass unsere sämtlichen vergangenen Anstrengungen vergebens waren. Der Mastercomputer wird den Schaden feststellen und uns weiterhin klonen, aber er wird ganz von vorne anfangen müssen. Aber für uns, jetzt – für die gesamte Erde – für euch –«, das narbige Gesicht grimmig verzogen streckte Casey die Hand aus und berührte Laura an der Schulter, »– ist es das Ende.«

Sie hatte schweigend zugehört. Ihr Gesicht war weiß geworden. Ihre Lippen bebten, sie versuchte zu sprechen, schluckte und lächelte ihm kläglich zu. Er wandte sich wieder an mich.

»Dein Vater riet uns, keinen Versuch zu unternehmen, die Kolonisten zu warnen. Es gibt nichts, was sie tun könnten. Unsere Aufgabe bestand einfach nur darin, ein Stück erinnerungswerter Geschichte aufzuzeichnen.«

»Wann?« Laura sah ihm ins Gesicht. »Wie viel Zeit bleibt noch bis zum Einschlag?«

Er blickte auf die Uhr an meinem Handgelenk.

»Heute ist der 14. August«, sagte er. »Der Impakt ist für den Nachmittag des 17. August vorausberechnet, Kaschmirzeit. Das wäre hier um Mitternacht.«

Eine Zeit lang saßen wir in betäubter Stille da.

»Drei Tage.« Laura schüttelte den Kopf. »Nur drei Tage. So vieles, über das es nachzudenken gilt.« Sie zuckte die Achseln. »Sinnlos, über irgendetwas nachzudenken. Ich brauche Bewegung.«

Pepe und ich gingen mit ihr die Treppe hinunter. Wir spazierten an den Schienen entlang, unsere Füße wirbelten kleine Wolken rußschwarzen Staubes auf. Wir sprachen nicht, bis ich Lauras brüchiges Lachen hörte.

»In drei Tagen geht die Welt unter!« Sie lachte wieder, zu laut. »Eine tolle Schlagzeile. Wer das zu Hause zu drucken gewagt hätte, wäre als Scienteer geächtet und wegen Hochverrats verwanzt worden.«

Pepe nahm ihre Hand, und so gingen sie gemeinsam weiter.

Casey war im Schiff geblieben und behielt den dunklen Horizont im Auge. Zusammen bereiteten wir eine letzte Funkübertragung zum Mond vor. Laura diktierte eine Kurzfassung der Geschichte der Kolonie. Pepe berichtete über unsere Treffen mit dem Regenten und der Reiterhändlerin. Casey gab eine knappe Schilderung seiner Erfahrung unter dem Einfluss des Reiters. Ich umriss unsere Situation und schickte die Nachricht ab, als der Mond aufgegangen war.

In dieser Nacht hielten wir abwechselnd Wache. Wir sahen

nichts bis zum nächsten Morgen, als Casey einen Rauchstreif über den Eisenbahnschienen nördlich von uns ausmachte. Es war ein weiterer Zug, der sich so langsam näherte, als wisse er um unsere Anwesenheit. Ein paar Meilen entfernt hielt er an. Durch das Fernglas sahen wir ein halbes Dutzend Flachwaggons, auf denen sich schwarze Klone in militärischer Ausrüstung drängten, und auf dem letzten stand eine Kanone mit langem Rohr. Die Geschütz-Crew richtete sie auf uns.

»Wenn sie schießen«, brummte Pepe, »sind wir tot.«

Sie schossen nicht, aber bald darauf kam ein kleines Schienenfahrzeug mit flatternder blauweißer Regentschaftsfahne auf uns zu. Es transportierte einen weißen Offizier, und zwei schwarze Klone bewegten die Griffstangen auf und ab, um es anzutreiben.

»Sie sind hier, um uns zu töten.« Pepe sah Laura mit einem unvermittelten Lächeln an und wandte sich dann nervös an Casey und mich. »Starten wir, solange wir noch können.«

»Noch nicht.« Casey schüttelte den Kopf. »Ich lasse Mona nicht hier zurück. Geht, wenn ihr wollt. Ich suche in den Wäldern westlich von uns nach ihr. Vielleicht ist sie dort.« Er schaute mich an. »Kommst du mit, Dunk?«

»Ich komme mit.«

Wir fanden eine Feldflasche und ein paar Essenspäckchen. Laura umarmte uns beide. Pepe schüttelte uns die Hand und wünschte uns Glück. Der Offizier auf der Draisine schoss mit einer Handfeuerwaffe auf uns, als wir die Gleise überquerten. Die Kugeln schwirrten an unseren Köpfen vorbei, und wir stapften weiter. Einige Meilen jenseits der Stümpfe stießen wir auf Bäume, die zwar noch standen, aber abgestorben waren.

»Du hättest sie sehen sollen, als sie noch lebten.« Casey schüttelte bedauernd den Kopf. »Sie waren prachtvoll. Irgendwie heilig.«

Sie waren prachtvoll gewesen. Die geraden schwarzen Stämme hatten einen größeren Umfang als unser Schiff und ragten endlos in die Höhe. Mein Hals schmerzte, so weit legte ich den Kopf in den Nacken, um das dichte Netz aus toten, schwarzen Ästen zu betrachten, das den Himmel überzog. Ein dicker Teppich aus nicht verbranntem Laub bedeckte den Boden und würzte die Luft mit einem eigenartigen Verwesungsgeruch. In der lastenden, deprimierenden Stille hatte ich das ehrfürchtige Gefühl, dass wir einen verlassenen Tempel betraten, errichtet zu Ehren einer toten, vergessenen Gottheit.

Hier gab es keine Brandspuren. Ich fragte mich, was die Bäume getötet hatte.

»Sie waren zu Empfindungen fähig«, meinte Casey. »Empfindungsfähig und alle miteinander verwandt. Ich glaube, sie waren ein einziges Wesen. Selbst die Bodendecke gehörte irgendwie dazu. Wenn du mich nicht verrückt nennst, würde ich sagen, sie sind vor Trauer gestorben.«

Wir marschierten weiter und erreichten eine Ansammlung von Bäumen, die noch Blätter trugen, wenn auch gelblich und verblichen. Wir gingen weiter, erklommen eine Anhöhe und kamen aus dieser Totenstille heraus und hinein in üppiges Leben. Der Boden war nach wie vor bedeckt mit einem weichen, moosartigen blaugrünen Teppich, das Blätterdach hoch über uns noch kraftvoll von Leben und Farben. Obwohl kein Wind ging, hörte ich ein schwaches Singen in den Baumwipfeln und dann den Ansatz eines Liedes, hoch, schwach und weit entfernt.

»Sie kennen uns.« Casey hielt inne. »Sie erinnern sich an Leo.«

Wir standen lange da und lauschten. Der Gesang schwoll an, bis er den Wald erfüllte, eine sich verändernde Melodie, die ich nie gehört hatte und die mich mit Gefühlen anrührte, die ich noch nie empfunden hatte. Auf Caseys nach oben gewandtem Gesicht sah ich Verzückung, als sei er zutiefst bewegt. Als der Gesang schließlich leiser wurde und verstummte, empfand ich schmerzende Leere und das Gefühl, etwas verloren zu haben.

Casey wandte sich mir mit feierlichem Ernst zu.

»Sie kennen Mona«, flüsterte er. »Sie versuchen, sie zu finden. Wenn wir warten, werden sie Mona zu uns führen.«

Wir warteten. Als ich fragte, wie lange sie wohl unterwegs sein würde, hob er die Schultern und sagte, die Bäume drückten sich nicht in Worten und Zahlen aus, hätten kein menschliches Verständnis von Zeit. Später am Tag sangen sie wieder, immer noch ohne Sinn, den ich begreifen konnte, doch manchmal fing ich die Empfindung schmerzenden Kummers auf. Wir leerten die Feldflasche und aßen unsere Essenspacks. Als die Dunkelheit dichter wurde, gingen wir ein Stück zurück und sammelten Laub, um uns ein Bett daraus zu machen. Die Stimme der Bäume war verstummt, die Stille schien drückend vor Erwartung. Ich horchte unruhig, nach irgendetwas – nach Monas Stimme, dem Donnern der Kanone auf dem Waggon oder dem Dröhnen des Schiffes, das ohne uns startete. Aber ich hörte nichts, gar nichts.

Wir warteten den ganzen nächsten Tag über. Die Bäume sangen wieder, manchmal in langsamen, feierlichen Rhythmen, die mich mit wortlosen Stichen von Verlust und Tod durchdrangen. Sie erfüllten meinen Kopf mit glasklaren Bildern der öden Wüste aus toten Stümpfen und des Feuers, das die Landschaft verbrannt hatte. Zum Ende hin jedoch verblüfften sie mich mit einem donnernden Chor, in dem feierlicher Triumph widerzuhallen schien.

»Sie wissen von dem Asteroiden«, erklärte Casey. »Vielleicht haben sie ihn gespürt. Vielleicht hat Mona ihnen davon erzählt. Sie trauern um sich und ihr Ende hier, aber nicht um uns oder die Zukunft der Erde. Sie haben das Böse der schwarzen Meister gespürt und sehen eine Art Gerechtigkeit in ihrer nahenden Vernichtung. Glücklich darüber werden sie in jenem größeren Wesen weiterleben, das sie hierher gebracht hat. Auch wenn der Verlust schmerzhaft für sie ist, können sie den Tod als dunkle Seite des Lebens akzeptieren. Sie gehen davon aus, dass die Zukunft der Erde besser sein wird als ihre Vergangenheit –«

Die zweite Nacht dehnte sich endlos. Ich hörte keinen Wind, keine Stimme von den Bäumen, doch hie und da glaubte ich, eine gespenstische Präsenz in dem schwachen Mondlicht wahrzunehmen, das durch die Äste heruntersickerte – etwas so Flüchtiges, dass es sich auflöste, wenn ich es zu fassen versuchte. Vergebens lauschte ich nach irgendeinem Laut und döste schließlich ein. Ich erwachte mit der traurigen Überzeugung, dass wir verrückt waren, unser Leben dem imaginären Geist eines sterbenden Waldes anzuvertrauen.

»Es ist der letzte Tag«, erinnerte ich Casey, als er aufwachte. »Wenn Pepe und Laura das Schiff noch haben, können sie nicht länger warten. Sie würden dem Einschlag zum Opfer fallen. Sollten wir nicht zurückgehen?«

Casey stand auf und streckte sich die Steifheit aus den Knochen.

»Mona ist auf dem Weg«, beharrte er. »Wir haben Zeit bis Mitternacht.«

Das bescherte mir wenig Trost, aber ich wartete mit ihm und verspürte etwas Erleichterung, als ich ein beruhigendes Gurren von den Bäumen hörte und dann einen plumpsenden Laut, mit dem etwas zu Boden fiel. Casey ging davon und kam mit zwei der großen, saftgefüllten Früchte zurück, an die ich mich aus unserem Leben hier erinnerte. Ihre herbe Süße stillte meinen Durst und Hunger, aber der Tag schien hundert Jahre zu dauern. Das Tageslicht schwand aus den Baumwipfeln, als wir einen fernen Ruf vernahmen.

Casey antwortete, und eine kleine Gruppe abgerissener Männer mit wilden Bärten tauchte aus der zunehmenden Dämmerung auf. Sie hatten grob geschmiedete Schwerter, plumpe Speere und ein paar gestohlene Militärwaffen bei sich. Einer trug einen Arm in einer blutdurchtränkten Schlinge, ein anderer stützte sich humpelnd auf einen abgebrochenen Ast. Zwei oder drei waren schwarze Klone, schmutzige Stirnbänder verbargen die narbigen Stellen, wo ihre Reiter gesessen hatten. Sie waren vor uns auf der Hut und blieben in einiger Entfernung unter einem Baum stehen.

»Casey?« Eine raue, nervöse Stimme. Die einer Frau. »Bist du das?«

»Mona!«, rief Casey. »Gott sei Dank! Oder den Bäumen sei Dank.«

Ihre Gefährten starrten uns noch einen Augenblick lang an, dann zogen sie sich in den Wald zurück.

Mona hinkte auf uns zu. Sie trug die Fetzen einer Jacke und Jeans, wirkte ausgezehrt, war dunkel von Ruß und Blut, ihr verfilztes Haar fransig geschnitten. Doch ihre weißen Zähne blitzten in der Dämmerung, ihr Lächeln war so strahlend, als sei es der Mond selbst.

Sie umarmte mich kurz, bevor Casey sie in seine Arme schloss. Wir hatten keine Zeit zum Reden, führten sie zwischen den sterbenden und toten Bäumen hindurch und ins offene Mondlicht hinaus. Das Raumschiff stand noch dort, wo wir es zurückgelassen hatten, eine schlanke, silberne Säule inmitten der Ödnis aus Baumstümpfen. Bevor wir die Treppe erreichten, vernahm ich ein schwaches, weit entferntes Singen von den Bäumen hinter uns und meinte, eine Monodie liebevollen Abschieds herauszuhören.

Laura öffnete die Tür, um uns hineinzulassen. Vor Erleichterung grinsend gab Pepe uns die Hand, verschloss die Luke und ließ sich in den Pilotensitz fallen. Die Düsen brüllten auf. Das Schiff erbebte. Wir hoben ab, zurück zum Mond. Als wir sicher in der Luft waren, fragte ich Laura, was aus den Regentschaftstruppen geworden war.

»Der Offizier war auf das Schiff aus«, sagte sie. »Er bot uns freien Abzug an, wenn wir es ihm unbeschädigt überließen. Er wollte mir nicht glauben, als ich ihm sagte, warum er es nicht bräuchte. Pepe bat ihn an Bord und ließ ihn den Mond anfunken. Die Antwort überzeugte ihn. Er kehrte zu seinem Zug zurück und verschwand auf dem Weg, den er gekommen war.«

Pepe sah auf seine Uhr und wandte sich von den Instrumenten ab.

»Wir sind auf Kurs.« Er nickte Laura mit einem grimmigen kleinen Lächeln zu. »Zeit genug, um hochgeschleudertem Material auszuweichen und den Einschlag aus der Umlaufbahn zu beobachten.« Er sah mich mit kläglicher Miene an. »Ein finsteres Kapitel, Dunk, aber wir werden wieder leben, um es von neuem zu versuchen.«

Casey und Mona saßen auf dem schmalen Rücksitz dicht nebeneinander und hielten sich an den Händen. Er flüsterte ihr etwas zu und lehnte sich gegen das Fenster, um auf die schrumpfende Erde hinunterzusehen. Die Nacht hatte den verwüsteten Wald längst verschlungen, aber über dem Pazifik leuchteten noch Wolkenbänke im Sonnenlicht. Er schaute lange hinaus, bevor er seufzte und sich wieder Mona zuwandte.

»Unsere Kolonisten, einst unsere letzte und größte Hoffnung.« Traurig schüttelte er den Kopf. »Wenn sie wüssten, dass ihnen nur noch Stunden bleiben. Ein schreckliches Ende, zu schrecklich, um es sich auszumalen. Und doch –« Ein harter Zug kerbte sich um seine Lippen. »Wir konnten nichts tun. Und es liegt eine furchtbare Gerechtigkeit darin. Sie waren den falschen Weg zu weit gegangen.«

TEIL VIER

Die ultimative Erde

27

Wir liebten Onkel Pen. So nannten wir ihn, obwohl der Name, den er uns genannt hatte, Sandor Pen oder so ähnlich lautete, ausgesprochen mit einem Akzent, den wir nie nachzuahmen lernten. Wenn die Roboter und unsere Holo-Eltern uns auch auf Trab hielten mit Unterricht, unseren Aufgaben und dem Training in der großen Zentrifuge, so war das Leben in den engen Unterkünften doch langweilig. Seine Besuche waren unser größtes Vergnügen.

Er kündigte seine Besuche nie an. Wir hielten immer nach ihm Ausschau, schauten vom Dom oben auf dem Tycho-Rand hinunter und über das Feld, das die Bagger geebnet hatten. Sie standen am Rand des Feldes wie hoch aufragende Monster aus dem Weltall und warfen lange schwarze Schatten über die graue Wüste aus Fels, Staub und Kratern.

Sein Besuch an unserem siebten Geburtstag war eine wundervolle Überraschung. Tanya sah ihn landen und rief uns in den Dom. Sein Schiff war eine leuchtende Träne, glänzte im schwarzen Schatten eines riesigen Metallinsekts. In einem geschmeidigen silbrigen Anzug, der ihm wie eine zweite Haut passte, sprang er heraus. Wir warteten an der Luftschleuse, um ihm zuzusehen, wie er ihn abstreifte. Er war ein kleiner, schlanker Mann, der anmutig wie ein Mädchen und dennoch sehr kräftig wirkte. Selbst sein Körper war aufregend anzuschauen, obgleich Dian davonrannte und sich versteckte, weil er so fremdartig aussah.

Nackt hatte er einen leicht goldenen Teint, der im sonnenerhellten Dom dunkler wurde und wieder verblasste, als er mit uns hinunterging. Sein Gesicht war von schmaler Herzform, seine braunen Augen übergroß. Er brauchte keine Kleidung, wie er uns erzählte, weil seine Geschlechtsteile zu seinen inneren Organen gehörten.

Er vermisste Dian und rief sie, und sie kroch wieder hervor, um die Geschenke mit uns zu teilen, die er uns von der Erde mitgebracht hatte. Da gab es süße Früchte, die wir noch nie gekostet hatten, seltsame Spielsachen und noch seltsamere Spiele, die er uns vorführen musste, damit wir wussten, wie man sie spielte. Für Tanya und Dian hatte er Puppen mitgebracht, die komische Lieder sangen mit Stimmen, die wir nicht verstanden, und laute Musik auf winzigen Instrumenten spielten, wie wir sie nie gesehen hatten.

Aber am besten war der Besuch mit ihm im Dom. Pepe und Casey hatten drängende Fragen über das Leben auf der neuen Erde. Gab es Städte? Wilde Tiere? Fremdartige Wesen? Lebten die Menschen in Häusern oder unterirdisch in Tunneln wie wir? Wovon lebte er? Hatte er eine Frau? Kinder wie uns?

Doch er verriet uns nie viel. Die Erde, sagte er, habe sich verändert seit der Zeit unserer Eltern. Sie sei heute so anders, dass er nicht wisse, wo er beginnen solle. Abwechselnd ließ er sie uns durch das große Teleskop betrachten. Später, versprach er, wenn er entsprechende Raumausrüstung für uns fände, würde er uns in den Mondorbit mitnehmen, damit wir einen eingehenderen Blick auf die Erde werfen könnten. Jetzt allerdings versuchte er, so viel wie möglich über die alte Erde in Erfahrung zu bringen, darüber, wie sie vor den letzten großen Einschlägen beschaffen war.

Er zeigte sie uns in den Holotanks und den alten Papierbüchern, auf Bildern aus der Zeit, da sie noch weiße Eiskappen auf den Polen getragen hatte und die Kontinente von öden, braunen Wüsten überzogen waren. Auf der neuen Erde gab es keine Wüsten und kein Eis. Unter den leuchtenden Spiralwolken war das Land grün, wo die Sonne es traf, bis zu den Polen hin. Der Anblick war so herrlich, dass Casey und Pepe ihn beknieten, uns mit zurückzunehmen, damit wir all das mit eigenen Augen sehen könnten.

»Tut mir Leid.« Er schüttelte den Kopf, der mit kurzem, goldbraunem Pelz bedeckt war. »Es tut mir schrecklich Leid, aber ihr dürft noch nicht einmal an eine Reise zur Erde denken.«

Vom Dom aus betrachteten wir sie. Die geheimnisvolle Erde stand hoch am schwarzen Nordhimmel, wo sie immer stand. Tief von Westen her brannte die Sonne heiß auf die neuen Berge, die die Maschinen rund um das Feld aufgetürmt hatten, und füllte die Krater mit tintiger Dunkelheit.

Dian hatte Zutrauen zu Onkel Pen gefasst. Sie saß auf seinem Schoß und blickte bewundernd in sein Gesicht auf. Tanya stand hinter ihm und spielte ein kleines Spiel. Sie drückte ihre Hand gegen seinen Rücken, um den goldenen Teint auszubleichen, und nahm sie dann fort, um zuzusehen, wie die Sonne den Abdruck auslöschte.

Mit gekränkter Miene fragte Casey, warum wir nicht an eine Reise zur Erde denken durften.

»Ihr seid nicht wie ich.« Das stimmte. Casey hat ein breites Gesicht mit schmalen Chinesenaugen und glattes schwarzes Haar. »Und ihr gehört hierher.«

»Ich sehe niemandem ähnlich.« Casey zuckte die Achseln. »Und ich gehöre auch zu niemandem.«

»Aber du gehörst hierher, in die Station.« Onkel Pen sprach mit sanfter Geduld. »Ihr wurdet geklont, damit ihr hier eure Aufgabe erfüllt, um den Himmel nach Gefahren für die Erde abzusuchen und das Leben dort im Fall einer Bedrohung wiederherzustellen.«

»Das haben wir getan«.« Casey sah mich an. »Sag's ihm, Dunk.«

Mein Holovater ist Duncan Yare. Der Mastercomputer, der die Station betreibt, spricht oft mit seiner Stimme. Er hatte uns erzählt, dass wir wieder und wieder aus den Zellen geklont worden waren, die unsere leiblichen Eltern im Kryostat zurückgelassen hatten.

»Sir, das ist wahr.« Ich fürchtete mich ein bisschen vor Onkel Pen, war aber stolz auf alles, was wir getan hatten. »Mein Holovater sagt, dass die Erde durch die großen Impakte immer wieder zerstört wurde. Er sagt, dass wir sie jedes Mal wieder zu neuem Leben erweckt haben.« Meine Kehle war trocken. Ich musste schlucken, aber ich fuhr fort: »Wenn die Erde jetzt lebt, dann unseretwegen.«

»Richtig. Ganz richtig.« Er nickte mit einem seltsamen kleinen Lächeln. »Aber vielleicht wisst ihr nicht, dass euer kleiner Mond selbst einen schweren Impakt abbekommen hat. Dass ihr jetzt lebt, verdankt ihr uns.«

Wir starrten ihn alle an.

»Die Grabmaschinen?« Casey nickte. »Ich habe sie beobachtet und mich gefragt, warum sie hier sind. Wann war dieser Einschlag?«

»*Quién sabe*?« Er wandte sich mit einem Achselzucken an Pepe und ahmte die Gestik und Stimme nach, die Pepe von seinem Holovater übernommen hatte. »Es ist lange her. Vielleicht hunderttausend Jahre, vielleicht eine Million. Ich habe keinen genauen Hinweis gefunden.«

»Etwas hat die Station getroffen?«

»Knapp verfehlt.« Onkel Pen wies mit einem Nicken auf die große dunkle Grube im Kraterrand westlich von uns. »Die Ejekta zertrümmerten den Dom und begruben alles unter sich. Die Station war verloren und fast vergessen. Nur noch ein Mythos, bis ich darauf stieß.«

»Die Grabmaschinen?« Casey drehte sich um und blickte auf den Landeplatz hinunter, wo Onkel Pens Flieger im Schatten jener großen Maschinen und der Berge stand, die sie aufgeschüttet hatten. »Woher wusstest du, wo du graben musstest?«

»Das Kraftwerk war noch in Betrieb«, erklärte Onkel Pen, »und hielt den Computer am Laufen. Es gelang mir, seine Metallabschirmung aufzuspüren und dann seine Strahlung.«

»Wir danken dir.« Pepe trat mit ernster Miene zu ihm und gab ihm die Hand. »Ich bin froh, am Leben zu sein.«

»Ich auch«, sagte Casey. »Wenn ich zur Erde darf.« Er sah, wie Onkel Pen zu einem Kopfschütteln ansetzte, und fuhr rasch fort: »Erzähl mir, was du über den jüngsten Einschlag weißt und wie wir hinunterkamen, um die Erde dieses letzte Mal zu terraformen.«

»Ich weiß nicht, was ihr getan habt.«

»Wir haben den Unterschied gesehen«, sagte Casey. »Das Land ist jetzt ganz grün, ohne Wüsten und Eis.«

»Gewiss ist die Erde verändert worden.« Onkel Pen nickte. Sein Lächeln verging. Tanya ließ ihr Spielchen mit der Sonne auf seinem Rücken sein und nahm im Schneidersitz zu seinen Füßen Platz. »Vor Ewigkeiten. Aber unsere Historiker sind davon überzeugt, dass wir selbst viel mehr dazu beigetragen haben.«

»Habt ihr das?« Casey war enttäuscht und wirkte etwas zweifelnd. »Wie denn?«

»Sie glauben, dass wir unterseeische Riffs entfernt und Meerengen verbreitert haben, um die Meeresströmung zu verändern. Wir haben Flüsse umgeleitet, um neue Seen zu füllen und die Wüsten zu bewässern, wir haben die Atmosphärenzirkulation verändert. Wir haben neue Lebensformen entwickelt, die den neuen Klimata angepasst waren.«

»Wenn die Erde tot war, müssen wir euch hingebracht haben.«

»Natürlich«, sagte Onkel Pen. »Ich grub die Station aus, weil ich nach Antworten suchte, die ich nie fand. Aber Fachleute sind sich einig, dass der zweite Impakt schwerwiegender war als der erste. Er löschte das Leben aus und vernichtete sogar die meisten geologischen Hinterlassenschaften des Lebens. Die Geschichte, die ich hier wiederentdeckte, wurde durch den lunaren Impakt verstümmelt, aber sie bestätigt, dass ihr den Planeten erneut bepflanzt und Kolonisten zur Erde gebracht habt.«

Pepe war zum Rand des Domes gegangen und schaute hinunter auf die ungeheuren Maschinen und Onkel Pens kleines Schiff, das ganz anders war als die Raumschiffe, die wir in alten Video-Holos gesehen hatten. »Kann es zu den anderen Planeten fliegen?«

»Ja.« Er nickte. »Es kann die Planeten anderer Sonnen erreichen.«

»Andere Sterne!« Tanyas Augen wurden groß, und Pepe fragte: »Wie fliegt es ohne Raketenantrieb durch den Weltraum?«

»Das tut es nicht«, erklärte er. »Man nennt es ein Gleitschiff. Es gleitet um den Raum herum, nicht hindurch.«

»Dic Sterne?«, flüsterte Tanya. »Du warst auf anderen Sternen?«

»Auf den Planeten anderer Sterne.« Er nickte ernst. »Und vielleicht gehe ich wieder hin, auch wenn ich hier noch Arbeit zu erledigen habe. Der Raumflug spielt einem Streiche, die euch vielleicht überraschen würden. Ich könnte in einem Augenblick meiner eigenen Zeit zu unserer nächstgelegenen interstellaren Kolonie fliegen und in einem weiteren Augenblick zurück sein, aber hier würden zwanzig Jahre vergehen, so lange ich fort wäre.«

»Das wusste ich nicht.« Tanyas Augen wurden noch größer. »Deine Freunde wären dann alle alt.«

»Wir altern nicht.«

Sie rückte von ihm ab, als fürchte sie sich auf einmal vor ihm. Pepe öffnete den Mund, um etwas zu fragen, und schloss ihn wieder, ohne ein Wort gesagt zu haben.

»Und wir sterben auch nicht.« Onkel Pen kicherte angesichts unserer Verblüffung. »Wir haben uns selbst weiterentwickelt, versteht ihr, mehr noch, als wir die Erde entwickelt haben.«

Casey drehte sich um und schaute über die dunklen Krater hinweg zu der großen Kugel der Erde. Die grünen amerikanischen Kontinente leuchteten auf der sonnenbeschienenen Oberfläche, Europa und Afrika waren nur Schatten im Dunkeln. Er stand lange Zeit da und kam dann langsam zurück und baute sich vor Onkel Pen auf.

»Ich gehe runter, wenn ich groß bin.« Seine Miene verhärtete sich starrköpfig. »Ganz egal, was du sagst.«

»Wirst du dir Flügel wachsen lassen?« Onkel Pen lachte und streckte einen goldenen Arm aus, um ihm den Kopf zu tätscheln. »Falls du es nicht weißt, der Impakt zerstörte euer altes Raumschiff.«

Casey wich rasch zurück.

»Wirklich, mein Junge, du gehörst hierher.« Da er sah, wie verletzt Casey war, sprach Onkel Pen nun sanfter. »Ihr wurdet für eure Aufgabe hier in der Station geklont, um nach Gefahren für die Erde Ausschau zu halten und entstehende Schäden zu beheben. Das ist eine Aufgabe, die euch mit Stolz erfüllen sollte.«

Pepe schluckte hart, aber er schaffte es, mit ruhiger Stimme zu sprechen. »Vielleicht. Aber von wo droht jetzt Gefahr? Warum braucht ihr uns hier auf dem Mond?«

Onkel Pen zeigte plötzlich einen seltsamen Ausdruck. Er nahm sich einen Moment Zeit, ehe er antwortete.

»Wir sind uns keiner akuten Gefahr durch einen weiteren Boliden bewusst. Alle Asteroiden, die sich dem Orbit der Erde zu nähern pflegten, wurden abgelenkt, die meisten davon in die Sonne.«

»Und?« Caseys dunkles Kinn sprang trotzig vor. »Warum wolltest du uns ausgraben?«

»Für die Geschichte.« Onkel Pen wandte den Blick von uns

ab, hin zur riesigen, weit entfernten Erde. »Auf der wiedererstandenen Erde war nahezu jede Spur unserer Anfänge verloren. Manche Menschen versuchten zu beweisen, dass wir uns auf irgendeinem anderen Planeten entwickelt hatten und hierher ausgewandert waren, um das Sonnensystem zu kolonisieren. Die Tycho-Station ist der Beweis, dass die Erde tatsächlich der Mutterplanet ist. Die Ausgrabung der Station war mein Lebenswerk.«

Mit einem zufriedenen Lächeln wandte er sich uns wieder zu.

»Andere mögen sich darüber streiten, aber ich fand unsere Wurzeln hier unter diesem Geröll. Die wahre Geschichte, die selbst die Skeptiker akzeptieren müssen.«

»Wenn es die wahre Geschichte ist«, sagte Casey, »wer braucht die Station jetzt noch?«

»Eigentlich niemand.« Onkel Pen hob die Schultern, wobei er seine goldenen Lippen ein bisschen verzog, und ich glaubte, dass er Casey bedauerte. »Wenn der Mutterplanet von einer weiteren Katastrophe ereilt wird, was absolut unwahrscheinlich ist, könnte er von den Kolonien aus wiederbevölkert werden.«

»Dann hast du uns für nichts ausgegraben?«

»Bitte, versuch doch, es zu verstehen.« Onkel Pen lehnte sich vor und breitete die Arme aus, wie um ihn zu umarmen. Aber Casey wich noch weiter zurück. »Die Station war fast vernichtet. Die Restauration war eine langwierige und schwierige Aufgabe. Wir mussten viele Dinge erfinden und oft improvisieren. Wir mussten die Gewebeproben testen, die noch im Kryostat eingefroren waren, und neue Gerätschaften für das Maternitätslabor bauen.« Er lächelte auf Tanya hinab, deren Gesicht vor Hingabe strahlte. »Die Testergebnisse waren gut.«

»Für dich vielleicht«, brummte Casey verbittert. »Für uns weniger. Erwartest du, dass wir hier tatenlos herumsitzen, bis wir sterben?«

Onkel Pen sah unbehaglich drein, hatte aber nichts zu sagen. Er fasste nur nach Tanya und nahm sie in seine Arme.

»Ich möchte leben«, verkündete Casey. »Und ich werde alles daransetzen.«

»Bitte, mein lieber Junge! Du musst versuchen zu verstehen.« Geduldig schüttelte Onkel Pen sein goldenes Haupt. »Die Station ist ein kostbares historisches Monument, unser einziges überlebendes Relikt der frühen Erde und der frühen Menschheit. Ihr seid Teil davon. Es tut mir Leid, wenn ihr das als Unglück betrachtet, aber auf der Erde ist ganz sicher kein Platz für euch.«

28

Sandor Pen setzte seine Besuche auch dann noch fort, als wir älter wurden, aber es verging mehr und mehr Zeit dazwischen. Seine rätselhaften Geschenke erfreuten und verwunderten uns stets gleichermaßen. Exotische Früchte, die man essen musste, bevor sie verdarben. Neue Spiele und neue Musik, die uns seltsame Träume bescherte. Kleine Holowürfel, die Bilder von uns enthielten, aus der Zeit, da wir noch jünger waren. Er war immer liebenswürdig und herzlich, auch wenn ich manchmal den Eindruck hatte, dass er uns nicht mehr so interessant fand wie früher.

Seine Hauptsorge war offenkundig die Station selbst. Er räumte Schrott und Schutt aus den tiefsten Tunneln, die als Werkstätten oder Lagerräume genutzt worden waren, und staffierte sie wieder mit neuen Werkzeugen und Ersatzteilen aus, wie die Robos sie benutzt hatten, um sich selbst und die Station zu reparieren und zu warten.

Die meiste Zeit verbrachte er mit Dian und ihrer Holomutter in der Bibliothek und im Museum. Er studierte die alten Bücher, Holos, Gemälde und Skulpturen, schaffte sie fort und brachte Kopien zurück, um sie zu ersetzen. Für einige Zeit nahm er die Bagger wieder in Betrieb, entfernte loses Geröll um die Station herum und mahlte es, um Beton daraus zu machen, aus dem eine neue massive Böschungsmauer gegossen wurde, um das Fundament zu verstärken.

An unserem 21. Geburtstag ließ er die Roboter unsere Maße nehmen, und wir erhielten Raumanzüge wie den seinen. Sie waren geschmeidig und glänzten wie Spiegel, passten uns wie eine zweite Haut und sorgten dafür, dass wir uns außerhalb des Domes aufhalten konnten. Wir trugen sie, als wir in den Krater hinunterstiegen und uns eines unserer alten Raumschiffe ansahen, das nun auf dem Startplatz neben Onkel Pens kleinem Gleiter stand. Seine Roboter hatten es aus einem eingestürzten Hangar geborgen, und er ließ sie es mit Ersatzteilen von der Erde wieder instand setzen.

Eine der großen Maschinen hielt es in der Senkrechten. Ein Roboter ersetzte eine zerbrochene Landestütze und verschmolz sie mittels einer Methode, die kein Hitzeleuchten verursachte. Casey sprach den Roboter an, aber der ignorierte ihn. Er kletterte die Rampe hinauf und klopfte an die Einstiegsluke des Schiffes. Eine brüchige Computerstimme reagierte darauf, kaum mehr als ein Rasseln in unseren Helmen.

»Mach auf«, befahl Casey. »Lass uns rein.«

»Erlaubnis verweigert.« Die harte Maschinenstimme hatte Sandors Akzent.

»Von welcher Autorität?«

»Von der Autorität Direktor Sandor Pens, Mondforschungsstation.«

»Bitte den Direktor, uns hineinzulassen.«

»Erlaubnis verweigert.«

»Das denkst du.« Casey schüttelte den Kopf. Seine Worte waren ein zynisches Flüstern in meinem Helm. »Falls diese neuen Roboter denken können.«

In der Luftschleuse hatte Sandor auf uns gewartet. Er half uns dabei, die spiegelnden Anzüge auszuziehen. Casey dankte ihm für das Geschenk und fragte, ob das alte Raumschiff hier auf dem Mond verbleiben würde.

»Vergiss, woran du denkst.« Er sah Casey durchdringend an. »Wir nehmen es mit zur Erde.«

»Ich wünschte, ich könnte mitkommen.«

»Tut mir Leid, das kannst du nicht.« Sein Gesicht war hart, aber Zufriedenheit ließ es in einem tieferen Goldton leuchten. »Es soll im Mittelpunkt unseres neuen historischen Denkmals auf dem australischen Subkontinent stehen, das Teil unserer Rekonstruktion der prähistorischen Vergangenheit ist. Die ganze Geschichte des Planeten und der Menschen vor dem Impakt.«

Er machte eine Pause und lächelte Tanya herzlich zu. Sie errötete leicht und erwiderte das Lächeln.

»Es ist wirklich herrlich! Die Mondstation zu finden war mein großes Glück, und ich habe viele Jahre lang daran gearbeitet. Es hat eine Lücke in der menschlichen Geschichte geschlossen. Fragen beantwortet, über die sich Gelehrte seit Ewigkeiten stritten. Ihr selbst seid in einer nachgebauten Station zu sehen, in einem holografischen Diorama eurer Kindheit.«

Casey fragte, warum wir nicht hinunterkonnten und es uns ansehen.

»Weil ihr hierher gehört.« Ungeduld schärfte seinen Ton. »Und wegen der Charta, die es uns erlaubte, hier zu arbeiten. Wir stimmten überein, die Station so herzurichten, wie sie vor dem Impakt war, ohne selbst Spuren zu hinterlassen. Sie muss gegen jedweden zukünftigen Zutritt versiegelt, geschützt und gesichert werden.«

Wir waren alle ganz krank vor Trauer an jenem Tag, da Onkel Pen uns sagte, dass seine Arbeit auf dem Mond getan sei. Als Abschiedsgeschenk nahm er je zwei von uns auf eine Umkreisung des Mondes mit. Casey und ich gingen zusammen. Hinter Pen saßen wir in seinem kleinen Gleiter. Unser Leben lang hatten wir das All und die Erde zwar vom Dom aus schon gesehen, aber der Flug war dennoch ein aufregendes Abenteuer.

Die Spiegelhülle war von innen fast unsichtbar, und so schienen wir frei im Weltraum zu schweben. Die graue Mondwüste erstreckte sich immer weiter, je höher wir stiegen, und schrumpfte dann zu einer hellen Blase, die in einem Meer aus Dunkelheit trieb. Obwohl ich nicht sah, dass Sandor etwas berührte, veränderte sich unsere Aussicht.

Die Sterne leuchteten mit einem Mal heller, die Milchstraße wurde zu einem breiten, mit Edelsteinen besetzten Gürtel, der den ganzen Himmel umschloss. Die Sonne wurde gedämpft und gewaltig vergrößert, sodass wir die dunklen Flecken auf ihrer Oberfläche sehen konnten. Von dem Angst erregenden Gefühl erfasst, ich würde hineinstürzen, musste ich mich am Rand meines Sitzes festklammern. Noch immer berührte Onkel Pen nichts, und ich verspürte keinerlei Bewegung, aber jetzt breitete sich Australien vor uns aus. Die Wüsten waren verschwunden. Ein neuer, langer See zog sich durch die Mitte des Kontinents, halbmondförmig und kräftig blau.

»Das Denkmal.« Sandor deutete auf eine breite grüne Landzunge, die in den Halbmond hineinragte. »Wenn ihr je auf die Erde kommt – womit ich nicht rechne –, könntet ihr dort in der Tycho-Ausstellung euren Doppelgängern begegnen.«

Casey fragte: »Wird Mona auch dort sein?«

»Frag den Computer«, erwiderte Sandor. »Ihre Gewebeproben befinden sich nach wie vor im Kryostat.«

»Wenn ich es wert bin, geklont zu werden«, meinte Casey, »dann sollte Mona es auch sein.« Wehmut dämpfte seinen Ton. »Eines Tages wird es so weit sein.«

»*Nunca.*« Wiederum Pepe nachahmend lächelte Sandor ihm zu. Aber *nunca* hieß »niemals«.

Sandor versammelte uns im Stationsdom und verabschiedete sich ein letztes Mal. Er schien froh darüber, gehen zu können, aber er sagte nicht, warum. Wir dankten ihm für den aufregenden Blick auf die weit entfernte Erde, für die Raumanzüge und all seine Geschenke und dafür, dass er uns wieder zum Leben erweckt hatte. Er sagte, es sei nur eine kleine Gegenleistung für alles gewesen, was er in der Station gefunden habe. Er gab uns die Hand, küsste Tanya und Dian und streifte seinen silbrigen Anzug über. Wir folgten ihm zur Schleuse hinunter. Tanya musste ihn mehr geliebt haben, als ich ahnte. Sie fing an zu weinen und rannte in ihr Zimmer, während wir anderen zusahen, wie seine leuchtende kleine Träne zur Erde hin entschwebte.

»Wir haben sie auf die Erde gebracht«, brummte Casey. »Wir haben ein Recht zu sehen, was wir dort erreicht haben.«

Er drehte sich um und blickte hinab auf das reparierte Raumschiff, das nun auf seinen eigenen Landestützen stand. Die großen Maschinen waren wieder in Betrieb und hoben eine Reihe tiefer Löcher aus, in denen sie sich selbst unter dem Geröll eingruben. Zurück blieben nur ein paar neue Krater, die, so überlegte ich, für spätere Astronomen zu Rätseln werden mochten.

Am nächsten Morgen rief Casey uns zurück in den Dom, von wo aus wir sahen, wie sich ein Tanklaster aus den unterirdischen Hangars im Kraterrand schob.

»Wir fliegen zur Erde!« Er legte seinen Arm um Pepe. »Wer kommt mit?«

Arne sah ihn finster an. »Hast du nicht gehört, was Mister Pen gesagt hat?«

»Sandor ist nicht mehr da.« Er grinste Pepe an. »Wir haben jetzt einen eigenen Plan.«

Pepe und Casey hatten nicht darüber gesprochen, aber ich hatte sie flüstern gehört und gesehen, wie sie in den Werkstätten zugange gewesen waren. Obgleich uns die Wissenschaft des Raumspringens immer noch ein Rätsel war, wusste ich doch, dass sie sich ausgiebig mit Astronautik und Elektronik befasst hatten. Ich wusste, dass sie Mikrofone getragen hatten, um Sandors Worte aufzuzeichnen, während sie ihn immerfort gebeten hatten, noch mehr über die neue Erde zu erzählen.

»Ich weiß, was Mister Pen gesagt hat.« Arne stieß ein kehliges Grunzen aus. »Und ich kann mir euren verrückten Plan sehr wohl vorstellen, aber ich mache nicht mit. Ich habe die Berichte der Leute gesehen, die in der Vergangenheit zur Erde geflogen sind, um die Folgen unseres Terraformings zu begutachten. Keiner von ihnen fand je etwas, das ihm gefiel, und keiner kehrte zum Mond zurück.«

»*Que le hace.*« Pepe zuckte die Achseln. »Besser das, als unser Leben hier damit zu verschwenden, in unserem kleinen Loch *por nada* zu warten.«

»Wir gehören hierher.« Wütend auf ihn wiederholte Arne, was Sandor gesagt hatte. »Unsere Aufgabe besteht nur darin, die Station in Betrieb zu halten. Aber ganz sicher nicht darin, unser Leben für ein wahnsinniges Abenteuer wegzuwerfen.«

Dian entschied sich, mit ihm hier zu bleiben, auch wenn ich nicht glaubte, dass sie ineinander verliebt waren. Ihre Liebe galt der Station selbst, mit all den Relikten von der alten Erde. Selbst als kleines Kind hatte sie immer mit ihrer Mutter arbeiten und alles dokumentieren wollen, was Sandor mitnahm, um es zu kopieren und dann wiederzubringen.

Tanya hatte ihr Herz an Sandor verloren. Ich glaube, sie hatte stets davon geträumt, dass er sie eines Tages mit zur Erde nehmen würde. Als er ohne sie ging, war sie untröstlich und verbittert und ihr Selbstwertgefühl zutiefst verletzt.

»Er hat uns geliebt, als wir noch klein waren«, schluchzte sie, als Pepe sie bat, ihn und Casey zu begleiten. »Aber ich glaube, nur weil wir Kinder waren. Oder vielleicht so etwas wie interessante Haustiere. Interessant, weil wir nicht von seiner Menschenart sind. Menschen, die ewig leben, brauchen keine Kinder.«

Pepe flehte sie weiter an, wohl weil er sie liebte. Was sie auf der Erde auch finden mochten, es würde größer sein als unsere Tunnel und ganz sicher aufregender. Sie weinte, küsste ihn und beschloss zu bleiben. Auf der neuen Erde sei kein Platz für sie. Sandor würde sie nicht haben wollen, selbst wenn sie ihn fände. Sie versprach, am Funkgerät auf ihre Meldungen zu warten und dass sie für ihre sichere Rückkehr beten würde.

Ich war immer der Historiker der Station gewesen. Die Erde war der Ort, wo Geschichte geschah. Ich schloss mich den beiden mit Freuden an.

»Ihr werdet nicht dazugehören«, warnte Tanya uns. »Und ihr könnt nicht zurückkommen.«

Dennoch besorgte sie uns Feldflaschen und Rationspackungen und erinnerte uns daran, Safarikleidung zu tragen, wenn wir unsere Raumausrüstung ablegten. Wir wechselten uns im Dom ab, beobachteten den Tanklaster, bis er das Schiff erreichte und die Roboter mit dem Betanken anfingen.

»Es ist Zeit.« Casey zeigte ein Grinsen gespannter Erwartung. »Zeit, auf Wiedersehen zu sagen.«

Dian und Arne schüttelten uns mit sehr ernsten Mienen die Hand. Tanya umarmte Pepe lange und küsste mich und Casey. Ihr Gesicht war so tränenverschmiert und traurig, dass ich schmerzhaftes Mitleid für sie empfand. Wir zogen unsere glänzenden Anzüge an, gingen zum Schiff hinaus und stiegen die Landetreppe hinauf. Wieder wollte sich die Luke nicht öffnen.

Casey trat zurück und sprach in sein Helmfunkgerät.

»Dringlichkeitsnachricht von Direktor Sandor Pen.« Seine knisternde Stimme klang fast wie Sandors. »Sonderbefehl für restauriertes Raumschiff SP2469.«

Das Schott reagierte mit einem Sprachgewirr, das in meinen Ohren wie Kauderwelsch klang.

»Der Befehl ist sofort wirksam«, schnappte Casey. »Tycho-Stationsbesatzungsmitglieder K. C. Kell, Pedro Navarro und Duncan Yare sind berechtigt zwecks sofortigen Fluges zur Erde an Bord zu kommen.«

Leise schwang die Luke auf.

Ich hatte erwartet, einen Roboter an den Kontrollen vorzufinden, aber wir waren allein im Bugkegel, der Pilotensitz war leer. Eingeschüchtert von dem, was aus dem Schiff geworden war, schauten wir zu, wie es sich selbst bediente. Die Tür schwang zu. Die Versiegelung zischte. Die Maschinen rasselten und brüllten. Das Schiff erbebte, und wir hoben vom Mond ab.

Als ich zur Station zurückschaute, machte ich nur den Dom aus, ein helles kleines Auge, das von den zerklüfteten grauen Gipfeln des Kraterrands aus in den Weltraum spähte. Es schrumpfte, bis ich es aus dem Blick verlor in dem riesigen See aus Schatten, der den Krater füllte. Der Mond wurde kleiner, bis wir ihn zur Gänze sahen. Grau und von Einschlägen zerschunden fiel er hinter uns in eine finstere, bodenlose Grube.

Sandors Flug im Gleiter mochte nur einen Augenblick gedauert haben. In unserem alten Raumschiff blieb uns Zeit, drei volle Umdrehungen des langsam anschwellenden Planeten vor uns zu beobachten. Die Düsen waren während des größten Teils des Fluges still, korrigierten nur mit einem gelegentlichen Flüstern unseren Kurs. Wir schwebten im freien Fall, achteten sorgsam darauf, nicht versehentlich an die Kontrollen zu stoßen. Abwechselnd versuchten wir zu schlafen, in den Sitzen festgegurtet, aber es gelang uns kaum. Die meiste Zeit verbrachten wir damit, die Erde durch Ferngläser zu betrachten und nach Anzeichen von Zivilisation zu suchen.

»Nichts«, murmelte Casey ein ums andere Mal. »Nichts, das aussieht wie eine Stadt, eine Eisenbahnstrecke, ein Kanal, ein Damm. Nichts, nur grün. Nur Wald, Dschungel, Grasland.

Haben sie den Planeten wieder der Natur anheim fallen lassen?«

»*Tal vez.*« Pepe zuckte immer nur die Achseln. »*Si o no.* Wir sind noch zu hoch, um das mit Bestimmtheit feststellen zu können.«

Schließlich erwachten die Düsen wieder zum Leben und brachten uns tiefer, in einen Orbit, in dem wir mit den Landeklappen abbremsen konnten. Zweimal umkreisten wir den Planeten, der uns so verwirrte, dann tauchte Australien vor uns auf. Die Düsen dröhnten. Wir sanken noch tiefer, der breiten grünen Landzunge zwischen den schmalen Spitzen jenes langen, sichelförmigen Sees entgegen.

29

Von den Fenstern aus konnten wir sehen, dass das Raumschiff auf einem erhöhten Feld in der Mitte eines langen Rechtecks stand, das mit gepflegtem Rasen, Büschen und Beeten voller leuchtender Blumen bedeckt war. Die breiten Straßen ringsum wurden von Gebäuden gesäumt, die mich gleichermaßen mit Ehrfurcht und Erstaunen erfüllten.

»Sandors Tycho-Denkmal!« Pepe versetzte mir einen Rippenstoß. »Dort ist das alte Monument der amerikanischen Hauptstadt! Das kenne ich aus Dians Videos.«

»Geschichte von gestern.« Casey hob die Schultern, als zähle das kaum. »Ich will die Erde von heute sehen.«

Pepe öffnete den Ausstieg. In unseren Safarianzügen traten wir auf den Absatz hinaus, um einen besseren Blick zu haben. Die Luke schloss sich. Ich hörte, wie sie sich hinter uns zischend versiegelte. Pepe schaute sich wieder um. Das Monument ragte am Ende des Rechtecks auf, über seinem eigenen Spiegelbild in einem langen Wasserbecken. Flankiert wurde es auf der einen Seite von einem Megalithen aus strahlendem Silber, auf der anderen von einer auf Sand errichteten Sphinx mit restaurierter Nase.

Wir standen da und betrachteten aus großen Augen das alte amerikanische Kapitol am anderen Ende der Promenade und rechts davon die britischen Parlamentsgebäude. Big Ben verkündete mit seinem Läuten die Uhrzeit. Daran grenzte der Kreml an, vergoldete Zwiebelkuppeln erstrahlten über den trutzigen roten Ziegelmauern. Dahinter stand auf einem felsigen Hügel das Parthenon, mit Dach und in neuer Pracht.

Auf der anderen Seite des Rechtecks sah ich die herrlichen

Kuppeln des Tadsch Mahal, des Petersdoms und der Hagia Sophia aus dem alten Istanbul. Erhöht und in der Ferne erkannte ich das Chrysler Building aus dem alten New York, den Eiffelturm aus Paris, eine chinesische Pagode und die Cheopspyramide, in glatten weißen Marmor gehüllt. Noch weiter entfernt machte ich einen grauen Bergrand aus, der die vertraute Biegung des Tycho-Randes nachbildete, gekrönt vom Glanz unseres heimatlichen Domes.

»Wir haben es geschafft! Wir sind hier!« Gut gelaunt schlug Pepe Casey auf den Rücken. »Was nun?«

»Sie stehen in unserer Schuld.« Casey wandte sich um und ließ den Blick wieder schweifen. »Wir haben sie hierher gebracht, wann es auch gewesen sein mag. Das sollte sie daran erinnern, was wir ihnen alles gegeben haben.«

»Wenn es sie kümmert.« Pepe drehte sich wieder zur Luke um. »Mal sehen, ob wir Sandor rufen können.«

»Schiff geschlossen«, vernahmen wir die tonlose Roboterstimme des Schotts. »Erlaubnis auf Befehl der Tycho-Autorität verweigert.«

»Lass uns rein!«, rief Casey. »Wir wollen die Sachen, die wir an Bord gelassen haben. Kleidung, Rucksäcke, Feldflaschen. Mach die Tür auf, damit wir sie holen können.«

»Erlaubnis verweigert.«

Er schlug mit der Faust gegen die Luke und drückte die Lippen auf die schmerzenden Knöchel.

»Erlaubnis verweigert.«

»Wir sind jedenfalls hier.«

Pepe hob die Schultern und stieg die Landetreppe hinunter. Ein seltsames, von den Wänden ringsum widerhallendes Brüllen stoppte ihn. Wir brauchten einen Moment, um festzustellen, dass es von einer Lokomotive stammte, die langsam und puffend hinter dem Washington Monument hervorkam und weißen Dampf ausstieß. Sie zog eine Reihe offener Waggons, in denen Passagiere saßen, und kroch um das Rechteck herum, wobei sie oft anhielt, um Fahrgäste ein- und aussteigen zu lassen.

Die Sonne stand hoch, und wir beschatteten unsere Augen, um die Leute genauer betrachten zu können. Alle wirkten sie so schlank und gepflegt wie Sandor, etliche waren nackt, und sie hatten alle dieselbe nussbraune Haut. Viele trugen Taschen oder Rucksäcke bei sich. Einige verteilten sich auf den Rasenflächen und in den Gartenanlagen, die meisten warteten an den Ecken auf Lichtsignale, um die Straßen zu überqueren.

»Touristen?«, vermutete ich. »Vielleicht sind sie hier, um sich Sandors wiederentdeckte Geschichte anzusehen.«

»Aber ich sehe keine Kinder«, bemerkte Casey kopfschüttelnd. »Man sollte doch annehmen, dass sie ihre Kinder mitbringen.«

»Jedenfalls sind es Menschen.« Pepe lächelte hoffnungsvoll. »Wir werden uns jemanden suchen, der uns mehr als Sandor erzählt.«

Wir stiegen die Treppe hinunter und dann weiter über breite Stufen zu einem Gehweg, der sich zwischen Anpflanzungen seltsamer, duftender Blüten hindurchschlängelte. Vor uns war ein Pärchen stehen geblieben. Die Frau sah ein bisschen merkwürdig aus, wie ich in Anbetracht des kurzen rötlich gelben Fells fand, das sie anstelle von Haaren besaß, und doch war sie so reizend wie Mona in den Holos aus der Zeit, da sie und El Chino auf dem Mond eingetroffen waren. Der Mann war jugendlich und gut aussehend wie Sandor. Ich hatte den Eindruck, dass sie ineinander verliebt waren.

Sie lachte über etwas, das er gesagt hatte, und rannte ein Stückchen voraus, wo sie sich umdrehte und eingerahmt zwischen dem Monument und der Sphinx für seine Kamera posierte. Um die Schultern trug sie einen scharlachroten

Schal. Auf einen Zuruf des Mannes hin nahm sie ihn ab und lächelte. Ihre zierlichen Brüste waren unter dem Schal blass gewesen, und der Mann wartete, bis die Sonne ihnen Farbe verlieh.

Wir warteten, bis er die Kamera ausgelöst hatte. Wieder lachend rannte sie zurück, warf ihm den Schal um die Schultern und legte die Arme um ihn. Sie hielten einander fest und küssten sich lange. Wir waren ein Dutzend Meter entfernt stehen geblieben. Als sie sich zu uns umwandten, sprach Casey sie in hoffnungsvollem Ton an.

»Hallo?«

Sie starrten uns ausdruckslos an. Casey brachte ein unsicheres Lächeln zustande, aber Nervosität hatte sein dunkles Asiatengesicht mit einem Schweißfilm überzogen.

»Bitte verzeihen Sie uns. Sprechen Sie Englisch? *Francais? Espanol?*«

Sie sahen ihn stirnrunzelnd an, und der Mann antwortete mit einem Fluss von Vokalen, die fast wie Musik klangen, und einem Rasseln von Konsonanten, von denen ich wusste, dass ich sie nie nachzuahmen lernen würde. Ich fing eine Andeutung von Sandors seltsamem Akzent auf, aber nichts, was wie unser Englisch klang. Sie kamen näher. Der Mann zog die kleine Kamera aus der Tasche, richtete sie auf Casey und drückte auf den Auslöser, trat näher, um seinen Kopf in den Sucher zu bekommen. Die Frau lachte ihm zu, kam her, um neben Casey zu posieren, und legte für eine letzte Aufnahme einen goldenen Arm um ihn.

»Wir sind in dieser Maschine gekommen. Vom Mond!« Mit Verzweiflung im Gesicht gestikulierte Casey in Richtung des Raumschiffs hinter uns, drehte sich um und deutete auf die fahle Scheibe des Mondes am Himmel über dem Parthenon, fuchtelte mit den Händen, um unseren Flug von dort zu dem Postament zu veranschaulichen. »Wir sind gerade von der Tycho-Station gelandet. Wenn Sie verstehen –«

Sie lachten ihm zu, fassten sich bei den Händen und rannten weiter zur Sphinx.

»Was zum Teufel …?« Kopfschüttelnd schaute Casey ihnen nach. »Verdammt noch mal!«

»Sie wissen nicht, dass wir echt sind.« Pepe gluckste bitter. »Sie halten uns für Attrappen. Für einen Teil dieser Schau.«

Wir folgten einem Weg, der zum Parthenon führte, und blieben am Bordstein stehen, um den Verkehr zu beobachten, der um das Karree herumfloss. Autos, Busse, Lieferwagen, gelegentlich ein Laster – sie erinnerten mich an Straßenszenen aus Videos, die vor dem Impakt aufgenommen wurden. Neben uns hielt ein Taxi an. Eine Frau stieg aus. Schlank und goldhäutig wie sie war, hätte sie ein Zwilling jener Touristin sein können, die mit Casey posiert hatte.

Der Fahrer jedoch, so unwahrscheinlich es auch sein mochte, sah aus wie ein Überlebender von der alten Erde. Er war massig, dunkelhäutig und kurzatmig, trug eine dunkle Brille und eine schmuddlige Lederjacke. Er zündete sich eine Zigarette an, stemmte sich aus dem Taxi, watschelte zum Heck des Fahrzeugs, öffnete den Kofferraum, reichte der Frau ein zusammengefaltetes Stativ und grunzte mürrisch, als sie ihm ein Trinkgeld gab.

Casey trat zu ihm, als er wieder ins Taxi einstieg.

»Sir!« Der Mann schien ihn nicht zu hören, und Casey rief lauter: »Sir!«

Aber er ignorierte uns und fuhr davon. Casey wandte sich mit verblüffter Miene an Pepe und mich.

»Habt ihr sein Gesicht gesehen? Es war tot! Wie eine starre Plastikmaske. Seine Augen hinter dieser Brille sind blind. Er ist eine Art Roboter, nicht lebendiger als unsere Robos auf dem Mond.«

In sicherer Entfernung folgten wir der Frau mit dem Stativ.

Ohne uns zu beachten, blieb sie stehen und stellte das Dreibein auf, um eine flache, runde Platte aus einem schwarzen Material damit abzustützen. Als sie zurücktrat, schwoll eine große, durchsichtige Blase aus der Platte auf, trübte sich und wurde silbern. Die Frau lehnte sich vor, um hineinzublicken.

Wir wagten uns näher hin. Ich sah, dass die Blase zu einem runden Fenster geworden war, das die Freiheitsstatue, das Washington Monument und die Sphinx einrahmte. Sie wirkten seltsam verändert, vergrößert und heller. Plötzlich bewegten sie sich. Alles erbebte. Das Monument neigte sich zur Seite, kippte und zermalmte die Statue. Die Sphinx sah auf die Trümmer hinab, noch intakt und auf ewig rätselhaft.

Ich musste mich wohl zu weit vorgewagt haben. Die Frau drehte sich mit verärgerter Miene um und wollte mich fortscheuchen, als sei ich eine Fliege, die sie ärgerte. Im Zurückweichen sah ich noch einmal hin. Als sich die Frau wieder dem Fenster zuwandte, veränderte sich der Himmel darin. Die Sonne explodierte zu einem riesigen, trüb roten Ball, der die ganze Szene in rosafarbenes Licht tauchte. Dicht daneben befand sich ein winziger leuchtend blauer Stern. Im Vordergrund nahm unser Raumschiff Gestalt an, die Düsen spien Feuer, und weiße Flammen fegten über das Podest, als würden wir abheben und der Katastrophe entfliehen.

Schweigend vor Ehrfurcht lotste Casey uns mit einer Geste fort.

»Eine Künstlerin!«, flüsterte Pepe. »Eine Dramatikerin bei der Arbeit.«

Wir gingen weiter, am Parthenon vorbei, und warteten an der Ecke, um die Straße zu überqueren. Pepe wies mit einem Nicken auf einen blau gekleideten Polizisten, der mit einer Pfeife und einem weißen Stock auf dem Straßenpflaster stand und den Verkehr regelte.

»Seht euch den an. Er ist mechanisch.«

Das galt auch für die meisten Fahrer. Die Passagiere allerdings, die in den Taxis und Bussen saßen oder mit dem Zug eintrafen, sahen ganz und gar menschlich aus, so lebendig wie Sandor selbst, neugierig wie Touristen der Prä-Impakt-Erde auf diese monumentalen Nachbildungen ihrer vergessenen Vergangenheit.

Sie strömten über die Gehsteige, erklommen die Stufen zum Kapitol und fotografierten das Karree und einander. Sie spazierten um die Ecke und weiter zur Straße hinunter. Wir schlossen uns ihnen an. Von Pepe und mir nahmen sie kaum Notiz, blieben aber manchmal stehen, um Casey anzustarren oder ein Bild von ihm zu machen.

»Nur ein weiterer Roboter!«, grummelte er. »Das ist es, was sie in mir sehen.«

Den Rest des Tages brachten wir damit zu, nachgebildete Straßen entlangzuspazieren, vorbei an Banken, Büros von Brokern, Geschäften, Bars, Friseursalons, Restaurants, Polizeiwachen. Ein Roboterfahrer hatte seinen Lieferwagen vor einer Buchhandlung geparkt und lud Kartons mit dem Aufdruck ENCYCLOPAEDIA BRITANNICA aus. Ein robotischer Bettler ließ Münzen in einer Blechtasse klimpern. Ein robotischer Polizist verfolgte einen rot besudelten robotischen Flüchtling. Wir sahen schlanke, goldhäutige Menschen, anmutig und lebendig, die Restaurants und Bars betraten, in Läden pilgerten und mit ihren Einkäufen wieder herauskamen.

Noch bevor der Tag vorüber war, folgten wir mit schmerzenden Füßen und hungrig einem verlockenden Duft. Er führte uns zu einer Schlange goldener Menschen, die unter einem Schild warteten, auf dem stand:

STEAK & MEHR!
PRIME ANGUS BEEF
NACH IHREN WÜNSCHEN ZUBEREITET

Pepe merkte besorgt an, dass wir kein Geld hatten, um etwas zu essen zu kaufen.

»Wir essen einfach, bevor wir ihnen das sagen«, meinte Casey.

»Jedenfalls sind sie Menschen«, sagte Pepe Trost suchend. »Sie mögen Essen.«

»Ich hoffe, dass sie Menschen sind.«

In der Schlange stehend, beobachtete ich die Leute, die vor uns standen, und hörte ihnen zu, in der Hoffnung auf irgendeine Art von menschlichem Kontakt, aber ich fand keinen. Ein paar drehten sich um und schauten verdutzt. Ein Mann starrte Casey an, bis ich sah, wie er die Fäuste ballte. Ihre Worte waren mitunter von einem Rhythmus und Tonfall, der sie zu unheimlicher Musik machte, aber ich hörte absolut nichts Vertrautes darin.

Ein Roboter, der an der Tür stand, ließ jeweils ein paar Leute zugleich hinein. Als wir bei ihm anlangten, schaute er mit den leuchtenden Linsen seiner Augen an uns vorbei. Er sah niemanden sonst und schloss die Tür.

Infolge der irdischen Schwerkraft humpelnd und zunehmend hungriger und durstiger zogen wir weiter, bis die Straße vor einer hohen Wand aus einem glasklaren Material endete, die die Gedenkstätte wie eine Klinge abtrennte. Hinter der Wand lag eine Landschaft, die an Dians Reisevideos über das tropische Afrika erinnerte. Eine Reihe von Bäumen säumte einen Wasserlauf, der sich durch ein flaches Tal schlängelte. Nicht weit von uns entfernt grasten Zebras und Antilopen. Der dunkelmähnige Löwe, der sie von einem kleinen Hügel aus schläfrig beobachtete, schien ihre Ruhe nicht zu stören.

»Da ist Wasser, das wir trinken könnten.« Pepe wies zu dem Fluss. »Wenn wir irgendwie auf die andere Seite dieser Wand kommen.«

Wir liefen weiter, bis die Wand uns stoppte. Sie war nahtlos, hart, glatt und zu hoch, als dass wir sie überklettern konnten, und sie erstreckte sich nach beiden Seiten, so weit unsere Blicke reichten. Wir waren zu müde, um noch weiterzulaufen, setzten uns auf den Bordstein und beobachteten die freien Lebewesen dahinter, bis die Dämmerung und eine kühle Brise uns zurücktrieben und nach einer Unterkunft suchen ließen. Hinter einem Möbelgeschäft fanden wir einen Stapel leerer Kartons. Wir falteten ein paar der Schachteln zusammen und machten uns ein Bett daraus. Die größte rissen wir in Stücke, mit denen wir uns zudeckten, und versuchten zu schlafen.

»Wir können Sandor keinen Vorwurf machen«, murmelte Pepe, als wir fröstelnd unter der Pappe lagen. »Er sagte uns ja, dass wir nie hierher gehören würden.«

30

Wir dösten auf unserem Papplager, litten die ganze endlose Nacht hindurch Schmerzen unter dem heftigen Zug der irdischen Schwerkraft und erwachten schließlich steif, kalt und voller Verzweiflung. Ich wünschte beinahe, wir wären wieder auf dem Mond.

»Es muss ein Loch im Zaun geben«, versuchte Casey uns anzuspornen. »Damit die Touristen hereinkönnen.«

Der Zug war von Norden gekommen. Als wir die Wand wieder erreicht hatten, humpelten wir auf einer schmalen Straße in diese Richtung, und unsere Laune besserte sich etwas, als die Bewegung uns aufwärmte. Hinter einer Biegung kamen die Schienen aus einem Tunnel und verliefen über eine lange Stahlbrücke. Unter der Brücke klaffte eine von Felswänden gesäumte Schlucht, die ein Fluss in den Stein gewaschen hatte. Durch einen schmalen Bogen in der Barriere führten die Gleise in unser Gefängnis herein.

»Wir müssten die Brücke überqueren.« Pepe blieb stehen und schüttelte unbehaglich den Kopf beim Anblick des Flusses tief unter uns am felsigen Grund des Canyons. »Aber wir könnten auf den Schienen von einem Zug erwischt werden.«

»Wir warten einfach, bis er vorbei ist, bevor wir rübergehen«, sagte Casey.

Wir warteten versteckt in einem Abwassergraben neben den Gleisen, bis die Lok mit heulender Dampfpfeife aus dem Tunnel schoss. Die Waggons ratterten an uns vorüber, Fahrgäste lehnten sich heraus, um Sandors Anlage zu bestaunen. Wir krochen aus dem Graben und rannten über die Brücke. An der Tunnelmündung sprangen wir von den Schienen, rollten einen grasbewachsenen Hang hinunter, verschnauften und marschierten dann in südwestlicher Richtung von der Wand weg und hinein in das offene Land.

Die Gedenkstätte blieb hinter einer baumbestandenen Anhöhe zurück, und schließlich konnten wir nur noch Sandors Nachbau unseres eigenen Aussichtsdoms sehen. Wir erreichten eine weite Talsohle mit Baumgruppen und grasenden Tieren, die ich erkannte – Gnus, Gazellen und eine kleine Herde anmutiger Impalas.

»Dem alten Calvin DeFort sei Dank. Ein neuer Noah, der die Erde vor einer etwas anderen Sintflut gerettet hat.« Casey beschattete seine Augen, um ein Straußenpaar zu beobachten, das vor uns davon und über das leere Land lief. »Aber wo sind die Menschen?«

»Wo ist Wasser?«, murmelte Pepe. »Keine Sintflut, bitte. Nur Wasser, das wir trinken können.«

Wir stapften weiter, durch hohes, grünes Gras, bis ich Elefanten sah, die rechts von uns aus einer Baumgruppe trotteten: ein prachtvoller Bulle mit gewaltigen weißen Stoßzähnen, hinter ihm ein halbes Dutzend weiterer Tiere, ein Junges mit seiner Mutter. Sie kamen geradewegs auf uns zu. Ich wollte fliehen, aber Casey bedeutete uns, nur zur Seite zu gehen. Die Elefanten schlenderten an uns vorbei, um aus einem Wasserloch zu trinken, das wir nicht gesehen hatten. Wir warteten, bis sie weiterzogen, und gingen dann selbst zum Wasser. Pepe lief voraus und beugte sich vor, um mit seinen hohlen Händen Wasser zu schöpfen.

»Nicht!«, rief eine Kinderstimme hinter uns. »Das schmutzige Wasser könnte euch schaden.«

Ein kleines Mädchen rannte auf uns zu, von den Bäumen aus, zwischen denen auch die Elefanten hervorgekommen waren. Sie war das erste Kind, das uns begegnete, und sie sah süß aus in ihrer weißen Bluse und einem kurzen, blauen

Rock. Ihr hübsches Gesicht lag halb verborgen unter einem breitrandigen Hut, den ein leuchtend rotes, unter ihrem Kinn gebundenes Band festhielt.

»Hallo.« Sie blieb ein paar Meter entfernt stehen, ihre blauen Augen waren groß vor Staunen. »Sind Sie die Männer vom Mond?«

»Und fremd hier.« Casey nannte ihr unsere Namen. »Fremd und in Schwierigkeiten.«

»Sie haben das alte Raumschiff widerrechtlich benutzt«, beschuldigte sie uns in sachlichem Ton. »Sie sollten nicht hier auf der Erde sein.«

Wir starrten sie offenen Mundes an. »Woher weißt du das?«

»Das Schiff informierte meinen Vater.«

Schweigend standen wir da, gebannt von unserem eigenen Staunen. Sie bot ein bezauberndes Bild kindlicher Unschuld, aber sie hatte mich vor Schreck erschaudern lassen. Pepe trat misstrauisch zurück, und nach einer Weile fing sich Casey so weit, dass er fragen konnte: »Wer ist dein Vater?«

»Sie nannten ihn Ihren Onkel, als er Sie auf dem Mond besuchte.« Stolz ließ ihr Gesicht erstrahlen. »Er ist ein großer und berühmter Mann. Er entdeckte die Mondstation und fand die verlorene Geschichte der Menschheit. Er errichtete die alten Bauwerke wieder, die Sie bei der Landung Ihres Schiffes überall sehen konnten.«

»Ich verstehe.« Casey nickte. Er wirkte niedergeschlagen und wie betäubt. »Ich glaube, ich fange an zu verstehen.«

»Wir können uns nicht dafür entschuldigen, dass wir hergekommen sind.« Pepe blinzelte sie an und holte tief Luft. »Aber jetzt sitzen wir hier fest, auf einer Welt, die ich nicht einmal ansatzweise begreife. Weißt du, was mit uns geschehen wird?«

»Mein Vater ist sich nicht sicher.« Sie wandte den Blick in Richtung des nachgebauten Tycho-Doms. »Ich habe ihn immer angebettelt, mich mit auf den Mond zu nehmen. Aber er sagte, in der Station sei kein Platz für mich.« Sie drehte sich wieder um und musterte uns. »Sie sind interessant anzuschauen. Ich heiße –«

Sie gab eine Aneinanderreihung rhythmischer Konsonanten und singender Vokale von sich und lächelte über Pepes erfolglosen Versuch, die Laute nachzuahmen.

»Nennen Sie mich einfach Tling«, sagte sie. »Das ist für Sie leichter auszusprechen.« Sie wandte sich an Pepe. »Wenn Sie Wasser möchten, kommen Sie mit.«

Wir folgten ihr zu einem kleinen Kreis aus rechteckigen Steinen im Schatten eines nahen Baumes. Sie bedeutete uns, Platz zu nehmen, öffnete einen Korb, holte eine Flasche Wasser heraus und füllte einen Becher für Pepe. Amüsiert über die Gier, mit der er ihn leerte, füllte sie ihn noch einmal für ihn und dann für Casey und mich.

»Ich kam her, um die Elefanten zu besuchen«, erzählte sie uns. »Ich liebe Elefanten. Ich bin euch Mondmenschen sehr dankbar für die Aufbewahrung der Gewebeproben, die so viele Tiere von früher am Leben erhalten haben.«

Ich hatte einen verlockenden Duft wahrgenommen, als sie den Korb öffnete. Sie sah, dass Pepes Blick noch immer darauf ruhte.

»Ich habe Essen für einige meiner Waldfreunde mitgebracht«, merkte sie an. »Wenn Sie Hunger haben, bedienen Sie sich.«

Pepe sagte, wir seien am Verhungern. Sie breitete eine weiße Serviette über einen der Steine und legte darauf aus, was sie mitgebracht hatte. Früchte, die mir pfirsich-, trauben- und birnenähnlich erschienen, aber herrlich süß und doch anders waren. Kleine braune Kuchen, deren Aroma mir den Mund wässrig machte. Wir verschlangen sie so gierig, dass es sie belustigte.

»Wo sind die Menschen?« Casey deutete in die leere Landschaft hinaus. »Habt ihr keine Städte?«

»Doch«, erwiderte sie. »Aber mein Vater meint, sie seien weitaus kleiner als diejenigen, die Sie auf der prähistorischen Erde zu bauen pflegten.« Sie zeigte zu den Elefanten hin. »Wir teilen den Planeten mit anderen Wesen. Er sagt, Sie hätten der Erde geschadet, indem Sie Ihre Biologie außer Kontrolle geraten ließen.«

»Vielleicht haben wir das, aber das war es nicht, was den Impaktor auf den Plan gerufen hat.« Casey runzelte die Stirn. »Du bist das einzige Kind, das wir gesehen haben.«

»Es gibt nicht viel Platz für Kinder. Wir sterben nicht, verstehen Sie?«

Ich hörte verzweifelt zu, hoffte auf etwas, das uns helfen mochte, einen Platz für uns zu finden oder zu schaffen, aber alles, was ich vernahm, machte diese neue Welt nur noch eigenartiger. Casey blickte das Mädchen an.

»Warum sterbt ihr nicht?«

»Vielleicht kann ich es Ihnen erklären –« Sie hielt inne, als suche sie nach einer Antwort, die wir verstehen würden. »Mein Vater meint, ich soll Ihnen sagen, dass wir uns verändert haben, seit die Klone die tote Erde kolonisierten. Wir veränderten die Gene und erfanden die Mikrobots.«

»Mikrobots?«

Wieder hielt sie inne. Diesmal sah sie zu den weit entfernten Elefanten hin.

»Mein Vater nennt sie künstliche Symbionten. Es handelt sich um winzige Dinge, die wie Bakterien in unseren Körpern leben, aber Gutes bewirken, anstatt zu schaden. Sie sind teilweise organisch, teilweise aus Diamant, teilweise golden. Sie bewegen sich durch unser Blut, reparieren oder ersetzen verletzte Zellen oder lassen fehlende Organe nachwachsen. Sie unterstützen unser Nervensystem und unsere Gehirnzellen.«

Wir hatten das Essen vergessen und starrten sie an. Mochte sie in ihrem schlichten Rock, der Bluse und dem Schlapphut auch ein Bild unschuldiger Einfachheit bieten, fand ich sie mit einem Mal so Furcht erregend, dass ich zitterte. Sie streckte ihre kleine Hand aus und legte sie auf meine, ehe sie fortfuhr.

»Mein Vater meint, ich soll euch sagen, dass sie winzige Roboter sind, halb Maschine, halb Lebewesen. Sie sind elektronisch. Sie können darauf programmiert werden, digitale Informationen zu speichern. Sie pulsieren im Gleichtakt, erzeugen ihre eigenen Wellen im Gehirn und verwandeln den ganzen Körper in eine Funkantenne. Während ich hier sitze und mit euch spreche, kann ich sie zugleich benutzen, um mit meinem Vater zu reden.«

Sie sah auf und lächelte mir zu. Ihre kleine Hand schloss sich um meine Finger.

»Mister Dunk, bitte haben Sie keine Angst vor mir. Ich weiß, Sie empfinden uns als fremdartig. Ich weiß, dass ich Ihnen seltsam vorkomme, aber ich würde Ihnen nie etwas zuleide tun.«

Sie war so zauberhaft, dass ich sie in meine Arme nehmen wollte, aber mein Staunen war in Angst umgeschlagen. Wir rückten alle von ihr ab und saßen wortlos da, bis uns der Hunger dazu trieb, wieder über das Obst und die Kuchen herzufallen. Während wir aßen, stellte Pepe Fragen.

Wo sie lebe?

»Auf diesem Hügel.« Sie nickte in Richtung Westen, aber ich konnte nicht feststellen, welchen Hügel sie meinte. »Mein Vater suchte einen Ort aus, von dem aus er die Gedenkstätte überblicken kann.«

Ob sie zur Schule gehe?

»Schule?« Das Wort schien sie einen Moment lang zu verwirren, aber dann schüttelte sie den Kopf. »Wir brauchen keine Schulen, wie es sie in Ihrer prähistorischen Welt gab. Mein Vater sagt, Ihre Schulen existierten, um die Gehirne junger Menschen zu programmieren. Unsere Mikrobots können im Nu umprogrammiert werden. So lernte ich Ihr Englisch, als ich es brauchte.«

Sie lächelte ob unserer verblüfften Gesichter und nahm sich eine dicke, lila Beere.

»Unsere Körper brauchen allerdings Übung.« Vornehm tupfte sie ihre Lippen mit einer weißen Serviette ab. »Wir bilden soziale Gruppen, machen Spiele, trainieren unsere Fähigkeiten. Wir fliegen mit unseren Gleitern um die ganze Welt. Ich laufe gern Ski auf hohen Bergen, wo Schnee fällt. Ich bin von Korallenriffen getaucht, um Meereswesen zu beobachten. Ich mag Musik, Kunst, Theater, schöpferische Spiele.«

»Das klingt, als ob es Spaß macht.« Pepes Augen waren groß. »Mehr Spaß als das Leben in unseren Tunneln auf dem Mond.« Doch plötzlich verfinsterte sich seine Miene. »Ich hoffe, dass uns dein Vater nicht dorthin zurückschickt.«

»Das kann er nicht, selbst wenn er es wollte.« Sie lachte über sein Erschrecken. »Er ist endlich fertig mit der Ausgrabung. Die Station ist geschlossen und für zukünftige Zeitalter geschützt. Jedes Betreten ist verboten.«

»Was wird er also mit uns tun?«

»Muss er denn etwas tun?« Offenbar leicht beunruhigt wandte sie den Blick ab und schaute zum Stationsdom auf dem künstlichen Kraterrand hinüber. »Er sagt, er habe noch keinen Platz für euch. Hier spielen humanoide Replikate eure Rollen in der Tycho-Simulation. Ich nehme an, ihr könntet sie ersetzen, wenn euch das glücklich macht.«

»So tun, als seien wir wieder auf dem Mond?« Casey verzog unwillig das Gesicht. »Wohl kaum.«

»Wenn ihr nicht wollt –«

Sie brach ab, legte den Kopf schief, wie um zu lauschen, und dann packte sie die Wasserflasche und das restliche Obst in den Korb. Beunruhigt fragte Pepe, ob etwas nicht stimme.

»Meine Mutter.« Mit missmutiger Miene schüttelte sie den Kopf. »Sie ruft mich nach Hause.«

»Bitte!«, flehte Casey sie an. »Kannst du noch ein wenig

bleiben? Du bist unsere einzige Freundin. Ich weiß nicht, was wir ohne dich tun sollen.«

»Ich wünschte, ich könnte Ihnen helfen, aber meine Mutter hat Angst um mich.«

»Ich habe mich auch schon gefragt, ob du nicht in Gefahr bist.« Er ließ den Blick durch das Tal wandern. »Wir haben einen Löwen gesehen. Du solltest wirklich nicht allein hier draußen sein.«

»Es ist nicht wegen des Löwen.« Sie schüttelte den Kopf. »Ich kenne ihn. Er ist ein wunderbarer Freund, so schnell und stark und wild.« Ihre Augen glänzten bei dem Gedanken an den Löwen. »Ich kenne auch einen bengalischen Tiger. Er versteckte sich im Gebüsch, weil er Angst vor den Menschen hatte. Ich ließ ihn wissen, dass wir ihm nie wehtun würden. Einmal ließ er mich auf seinem Rücken reiten, als er eine Gazelle jagte. Das war herrlich aufregend.«

Ihr Ton wurde ernst.

»Ich bin froh, dass die Gazelle entwischte, auch wenn der Tiger hungrig und sehr enttäuscht war. Ich versuche, ihm zu verzeihen, weil ich weiß, dass er töten muss, um zu fressen, wie all die Löwen und Leoparden. Sie müssen töten, um am Leben zu bleiben. Meine Mutter sagt, das sei der Lauf der Natur und absolut notwendig. Gäbe es zu viele Pflanzen fressende Tiere, würden sie das Weideland vernichten und schließlich verhungern.«

Wir sahen sie wieder an und dachten über sie nach.

»Wie hast du den Tiger gezähmt?«

»Ich glaube, die Mikrobots helfen mir, seinen Geist zu berühren, so wie ich mit Ihnen reden kann. Er wusste, dass ich ihn respektiere. Wir sind gute Freunde. Er würde kämpfen, um mich zu beschützen, selbst vor Ihnen.«

»Hat deine Mutter Angst vor uns?«

Sie hob den Korb auf, trat von einem Fuß auf den anderen und sah uns mit gerunzelter Stirn unsicher an.

»Die Mikrobots –« Sie zögerte. »Ich vertraue Ihnen, aber die Mikrobots –«

Sie verstummte wieder.

»Ich dachte, die Mikrobots seien gut.«

»Das ist das Problem.« Sie zögerte, Sorge zeichnete ihr Gesicht. »Meine Mutter sagt, dass Sie keine Mikrobots haben. Sie kann Ihren Geist nicht erreichen. Sie hören nicht, wenn sie zu Ihnen spricht. Sie sagt, Sie gehören nicht hierher, weil Sie nicht von unserer Art sind. Wovor sie Angst hat – Sie sind es, wovor sie Angst hat.«

Casey fand keine Worte und blinzelte ihr traurig zu.

»Es tut mir Leid, so früh gehen zu müssen.« Sie machte vor jedem von uns eine höfliche kleine Verbeugung und gab uns die Hand. »Tut mir Leid, dass Sie keine Mikrobots haben. Tut mir Leid, dass meine Mutter so besorgt ist. Tut mir Leid, mich verabschieden zu müssen.«

»Bitte, sag deinem Vater –«, setzte Casey an.

»Er weiß es«, sagte sie. »Er bedauert, dass Sie hergekommen sind.«

Sie ging mit ihrem Korb davon, wandte sich um und winkte uns mit der Hand zu, der breitkrempige Hut umrahmte für einen Moment ihr Gesicht. Ich dachte, sie würde etwas sagen, aber im nächsten Augenblick war sie verschwunden.

»Wunderschön!«, flüsterte Casey. »Sie wird zu einer neuen Mona heranwachsen.«

Ich schaute zu den nachgebauten Monumenten der alten Erde hinüber, zur Nachbildung des Stationsdoms auf dem nachgebildeten Tycho-Rand und sah einen dunkelmähnigen Löwen, der durch das Tal zu dem Wasserloch schritt, aus dem die Elefanten getrunken hatten. Drei kleinere Weibchen folgten ihm.

Keines dieser Tiere war unser Freund.

Ich schauderte.

31

Nachdem Tling uns verlassen hatte, wanderten wir weiter das Tal hinauf, wahrten Distanz zu den Bäumen und hielten aufmerksam nach Gefahren und Hilfe Ausschau.

»Wenn Sandor hier draußen lebt«, sagte Casey, »dann muss es noch andere geben. Menschen, die uns hoffentlich nicht für Roboter halten.«

Wir blieben stehen und beobachteten Impalas, die aus einem Wasserloch tranken. Sie hoben nur die Köpfe, um zu uns herzuschauen, flohen jedoch, als ein Gepard aus einem Dickicht brach. Das kleinste Tier war zu langsam. Der Gepard riss es zu Boden und schleifte es ins Gebüsch.

»Keine Mikrobots«, murmelte Pepe. »Genau wie wir.«

Wir zogen weiter, ohne einen Hinweis auf Menschen zu finden. Am Nachmittag ließen wir uns auf einem Felsen nieder und machten Rast. Wir hatten wieder Hunger und Durst, und noch immer war kein Mensch zu sehen. Pepe zog ein kleines Holo von Tanya aus seinem Brustbeutel und reichte es weiter, um uns ihr dunkeläugiges Lächeln zu zeigen.

»Wenn wir das Funkgerät nicht verloren hätten –« Er unterbrach sich mit einem starren kleinen Lächeln. »Ich nehme an, wir würden uns trotzdem nicht melden. Ich würde gerne ihre Stimme hören. Ich weiß, dass sie sich Sorgen macht, aber ich möchte nicht, dass sie weiß, in welcher Klemme wir stecken –«

Er verstummte, als ein Schatten über das Holo flirrte. Wir schauten auf und sahen ein paar Meter entfernt einen silbrigen Gleiter im Gras landen. In der Seite des Gefährts öffnete sich eine ovale Luke. Tling sprang heraus.

»Wir haben euch gefunden!«, rief sie. »Auch ohne Mikrobots. Das ist meine Mutter.«

Hinter ihr trat eine schlanke Frau heraus. Sie lachte, als Pepe versuchte, den Namen zu wiederholen, den sie uns nannte.

»Sie sagt, ihr könnt sie einfach Lo nennen.«

Tling trug nach wie vor Bluse, Rock und ihren breitkrempigen Hut, Lo allerdings war nackt bis auf eine hauchdünne Schärpe, die sie um die Schultern gelegt hatte. Sie war anmutig, adrett und fast so geschlechtslos wie Sandor, hatte die gleiche cremefarbene Haut, die bereits dunkler wurde, wo die Sonne auf sie schien, hatte jedoch eine dichte Krone aus rotbraunen Locken anstatt Sandors Kappe aus glattem Fell.

»Doktor Yare.« Tling sprach mit Bedacht, damit wir sie verstehen konnten. »Mister Navarro. Mister Kell, den man auch El Chino nennt. Sie wurden in der Tycho-Station aus prähistorischen Gewebeproben geklont.«

»Sie wurden geklont, um dort Ihre Pflicht zu erfüllen.« Lo beäugte uns mit strenger Miene. Ihr Englisch war so präzise wie Tlings. »Wie sind Sie hierher gekommen?«

»Wir haben das Schiff belogen.« Casey straffte sich und zog ein schiefes Lächeln. »Wir haben es getan, weil wir unser Leben nicht in diesem Loch auf dem Mond zubringen wollten. Ich will nicht sagen, dass es uns Leid tut, aber jetzt stecken wir in Schwierigkeiten. Ich will nicht sterben.«

»Sie werden sterben«, erwiderte Lo unverblümt. »Wie alle von Ihrer Art. Sie können keine Mikrobots tragen.«

»Mag sein.« Casey hob die Schultern. »Aber erst wollen wir eine Chance zu leben.«

»Mutter, bitte!« Tling ergriff ihre Hand. »Ohne Mikrobots sind sie hier in ständiger Gefahr. Können wir ihnen helfen, am Leben zu bleiben?«

»Das hängt von deinem Vater ab.«

»Ich habe versucht, ihn zu fragen«, sagte Tling. »Er hat nicht geantwortet.«

Wir sahen, wie Lo ernst die Stirn runzelte. Tlings Sorge nahm sichtlich zu.

»Ich wünschte, Sie hätten Mikrobots.« Endlich wandte sie sich um und übersetzte für uns. »Mein Vater ist gerade aufgebrochen, um ein interstellares Schiff zu begrüßen, das von einer achthundertjährigen Reise zurückgekehrt ist. Die Offiziere erzählen ihm eine sehr merkwürdige Geschichte.«

Sie sah wie lauschend zu ihrer Mutter auf.

»An Bord befanden sich Kolonisten für die Planeten des Sternes Enthel, der vierhundert Lichtjahre in Richtung des galaktischen Kernes liegt. Als sie aufbrachen, gab es keinerlei Warnung vor Schwierigkeiten. Der Zielplanet war untersucht und zur Besiedlung freigegeben worden. Er war reich an natürlichen Ressourcen, es gab kein eingeborenes Leben, das zu schützen war. Die Navigations-Algorithmen für den Flug waren getestet, die Besetzungsprioritäten gesichert worden.«

Sie starrte in verblüffter Bestürzung zum Himmel empor.

»Jetzt ist das Schiff zurückgekommen, und die zweitausend Kolonisten sind noch an Bord.«

Casey fragte, was schief gelaufen sei. Wir warteten, musterten ihre besorgten Mienen.

»Mein Vater geht der Sache nach.« Tling drehte sich wieder zu uns um. »Er befürchtet etwas Schreckliches.«

»Es muss schrecklich gewesen sein«, flüsterte Pepe. »Stell dir nur vor – achthundert Jahre auf einem Schiff im Weltraum!«

»Für sie waren das nur Augenblicke.« Tling schüttelte den Kopf und lächelte ihm zu. »Bei Lichtgeschwindigkeit bleibt die Zeit stehen. Ihrem eigenen Zeitgefühl nach sind sie erst gestern aufgebrochen. Trotzdem ist ihre Lage schwierig. Ihre

Freunde sind fort, ihre ganze Welt ist verschwunden. Sie müssen sich verloren und verzweifelt fühlen.«

Sie wandte sich an ihre Mutter. »Warum konnten sie nicht landen?«

Ihre Mutter horchte wieder. Weit draußen im Tal sah ich eine kleine Zebraherde davonlaufen. Was sie erschreckt hatte, konnte ich nicht erkennen.

»Mein Vater fragt«, ließ sie uns schließlich wissen. »Man hat den Passagieren nicht gesagt, warum das Schiff umkehren musste. Die Offiziere haben eine Stellungnahme versprochen, aber mein Vater meint, sie können sich nicht einigen. Sie sind sich nicht sicher, was sie auf dem Zielplaneten gefunden haben. Er meint, sie hätten Angst davor zu sagen, was sie glauben.«

Die fliehenden Zebras schwenkten zur Seite. Ich sah das gelbbraune Huschen eines Löwen, der ihnen nachjagte, und ich sah, wie ein humpelndes Zebra zu Boden ging. Mein Knöchel schmerzte, weil ich mir den Fuß wegen eines wackligen Steines verstaucht hatte, und ich fühlte mich ebenso hilflos wie das Zebra.

»Keine Sorge, Mister Dunk.« Tling berührte mich am Arm. »Mein Vater hat gerade sehr viel zu tun mit diesem Schiff. Ich weiß nicht, was er für Sie tun kann, aber ich möchte nicht, dass Sie von den Tieren getötet werden. Ich glaube, wir können Sie in Sicherheit bringen, bis er heimkommt. Das können wir doch, nicht wahr, Mutter?«

Mit fest zusammengepressten Lippen zuckte Lo die Achseln, als hätte sie uns vergessen.

»Bitte, Mutter. Ich weiß, dass es Primitive sind, aber sie würden mir nie etwas zuleide tun. Ich kann sie verstehen, so wie ich die Tiere verstehen kann. Sie haben Hunger und Angst und nichts, wo sie hingehen könnten.«

Lo stand einen Augenblick lang reglos da und musterte uns mit düsterer Miene.

»Steigt ein.«

Sie winkte uns mit einer Geste zum Gleiter und hob wieder ihr Gesicht, als lausche sie dem Himmel.

Wir flogen auf einen steinernen Hügel zu und landeten auf einer ebenen Felsbank nahe der Kuppe. Im Hinaufklettern blickten wir über das grasbewachsene Tal und die Anhöhe zu Sandors Gedenkstätte, die unmittelbar jenseits davon lag. Näher als erwartet sah ich das helle, metallene Leuchten des nachgebauten Raumschiffs auf der Promenade, die Kuppel des Kapitols und den Obelisken von Washington, und durch den grünen Wald dahinter schimmerte der weiße Marmorglanz der ägyptischen Pyramide.

»Mein Vater hat diesen Ort ausgesucht.« Tling nickte in Richtung des Kliffs. »Er wollte beim Bau der Gedenkstätte zusehen.«

Während ihre Mutter dastand und angespannt in den Himmel lauschte, inspizierte Tling unsere dreckverschmierten Safari-Anzüge.

»Bevor Sie essen, brauchen Sie ein Bad«, befand sie.

Sie lief voraus, führte uns einen gewölbten Tunnel hinab ins Innere des Hügels und wies mich in einen Raum, der viel größer war als meine Zelle unter dem Stationsdom. Warmes Wasser besprühte mich, als ich in die Dusche trat, warme Luft trocknete mich. Als ich herauskam, reichte mir ein Roboter in menschlicher Gestalt meine Kleidung, sauber und ordentlich zusammengelegt. Dann führte er mich in einen Raum, wo Tling bereits mit Pepe und Casey an einem gedeckten Tisch saß. Die Teller standen um eine Pyramide aus duftendem Obst herum.

»Mister Chino erkundigte sich nach meiner Mutter.« Sie sah mit einem Lächeln zu mir auf. »Es ist Ihnen sicher aufgefallen, dass sie anders ist und andere Mikrobots hat. Sie kommt aus dem Garenkrake-System. Das ist dreihundert Lichtjahre entfernt. Seine Völker hatten vergessen, wo sie herkamen. Doch sie wollte es wissen. Als ihre Suche nach dem Mutterplaneten sie hierher führte, traf sie auf meinen Vater, der bereits mit der Ausgrabung der Tycho-Station beschäftigt war. Seither arbeiten sie zusammen.«

Pepe und Casey aßen schon. Casey wandte sich an Tling, die vornehm an etwas knabberte, das wie eine große purpurne Orchidee aussah.

»Was wird deiner Meinung nach mit uns geschehen?«

»Ich werde meinen Vater danach fragen, wenn ich kann.« Sie blickte zur Decke hinauf. »Er ist immer noch mit den Schiffsoffizieren beschäftigt. Tut mir Leid, dass Sie sich vor meiner Mutter fürchten. Sie hasst Sie nicht, nicht wirklich. Wenn sie Ihnen abweisend vorkommt, dann nur, weil sie auf dem Mond so lange Zeit Relikte der ersten Welt ausgegraben hat. Sie findet Sie so – so primitiv.«

Wir verzogen unbehaglich die Gesichter, und Tling schüttelte den Kopf.

»Sie haben ihr erzählt, dass Sie das Schiff belogen haben.« Sie sah Casey an. »Das stört sie, denn die Mikrobots übertragen keine Unwahrheiten und lassen nicht zu, dass Menschen einander verletzen. Sie tun ihr Leid.«

Pepe seufzte. »Wir tun uns ja selbst Leid.«

Tling saß eine Minute lang schweigend da, runzelte die Stirn und wandte sich dann wieder an uns.

»Das Schiff bereitet meinem Vater große Probleme«, berichtete sie. »Es lässt ihm keine Zeit für Sie. Er meint, Sie hätten auf dem Mond bleiben sollen.«

»Ich weiß.« Casey zuckte die Achseln. »Aber wir sind nun mal hier. Wir können nicht zurück. Und wir wollen am Leben bleiben.«

»Ich spüre Ihre Angst.« Sie lächelte uns unsicher an. »Mein Vater ist zu beschäftigt, um mit Ihnen zu reden, aber wenn Sie mit in mein Zimmer kommen möchten – es gibt Neuigkeiten über das Schiff.«

Der Raum musste Tlings Kinderzimmer gewesen sein. In einer Ecke befand sich ein Kinderbett, auf dem sich Puppen und Spielsachen türmten, daneben stand eine Wiege auf dem Boden. Die Wand darüber bestand aus den sich bewegenden Bildern eines Landschaftsholos. Langbeinige Vögel flogen von einem Wasserloch auf, als ein Tiger aus dem hohen Gras kam und trank. Ein Zebrahengst näherte sich vorsichtig und beschnüffelte uns. Ein umherschleichender Leopard erstarrte und lief vor einem Elefantenbullen davon. Tling deutete auf die Wand.

»Hier lernte ich als Baby, die Tiere zu lieben.«

Plötzlich war die grüne Landschaft verschwunden. Die Wand war zu einem breiten Fenster geworden, durch das wir auf ein gewaltiges Raumschiff blickten, das durch leere Schwärze trieb. Hier und da brach sich das Sonnenlicht gleißend auf seiner Hülle. Der Rest war in Schatten gehüllt, aber ich machte eine dicke, leuchtende Metallscheibe aus, die sich langsam drehte. Winzig wirkende Gleiter hingen an einer bauchigen Kuppel in der Mitte der Scheibe.

»Das Schiff liegt im Parkorbit und wartet auf die Starterlaubnis«, sagte Tling. »Sehen wir mal hinein.«

Sie gewährte uns Blicke auf die gewundenen Böden, wo die Rotation eine künstliche Schwerkraft erzeugte. Menschen saßen auf Sitzreihen wie jenen in Holos von alten Flugzeugen. In den Gängen und Fluren drängten sich noch mehr Leute. Ich hörte das Raunen gedämpfter, nervöser Unterhaltung.

»... heim auf eine Insel im Pazifik.«

Die Kamera erfasste eine Frau, die anstelle von Haaren eine Krone aus leuchtend goldenen Federn hatte. In einem Arm hielt sie ein wimmerndes Baby, den anderen hatte sie um einen Mann mit grimmigem Gesicht gelegt. Sie antwortete auf Fragen von jemandem, den wir nicht sehen konnten. Die Stimme, die wir hörten, war Tlings.

»Es ist schwer für uns.« Die Lippen der Frau bewegten sich nicht, doch ihr Kummer schärfte ihren Ton. »Wir führten dort ein gutes Leben. Mark ist ein Imagineer. Ich verdiente gutes Geld als Genkünstlerin, entwarf Ornamente auf Sonderbestellung. Wir sind keine typischen Pioniere, aber wir wollten ein Baby.« Ein ironisches Lächeln verzog ihre Lippen. »Einer unserer Träume ist in Erfüllung gegangen!«

Sie hob den Säugling und küsste ihn aufs goldgekrönte Köpfchen.

»Und sehen Sie uns jetzt an.« Sie lächelte traurig auf das Kind hinab. »Wir haben all unsere Ersparnisse für die Vision eines Paradieses auf Fendris Vier ausgegeben. Ein Tropenstrand zwischen dem Meer und einem Bambuswald, hinter uns Schnee auf einem Vulkankegel. Hunderte Familien wie wir, alle Freunde für ewige Zeiten.«

Sie seufzte und wiegte das Baby.

»Sie ließen uns nicht vom Schiff. Sagten uns nicht einmal, warum. Wir sind verzweifelt. Unser Geld ist weg, und wir müssen ein Baby versorgen. Und jetzt heißt es, es gebe keinen anderen Ort, wo wir hinkönnten.«

Die Wand flackerte, und dann waren die Holos wiederzusehen. Sie zeigten Affen, die in den Wipfeln von Dschungelbäumen schnatterten.

»Darin liegt das Problem«, sagte Tling. »Zweitausend Menschen wie diese sitzen auf dem Schiff fest und haben keinen Ort, an dem sie leben können. Und jetzt ist es das Problem meines Vaters, da der Rat entschieden hat, ihm die Leitung zu übertragen.«

Casey fragte: »Warum können sie das Schiff nicht verlassen?«

»Verstehen Sie denn nicht –« Sie schwieg einen Moment lang. »Meine Mutter sagt, dass es an den Mikrobots liegt. Sie lassen nicht zu, dass die Menschen den Planeten überrennen und aufbrauchen, wie es, so sagt meine Mutter, die Urvölker taten, damals, vor den Impakten. Geburten müssen durch Auswanderungen ausgeglichen werden. Diese unglückseligen Leute haben ihren Platz verloren, als sie die Erde verließen.«

»Vor achthundert Jahren?«

»Vor achthundert Jahren unserer Zeit.« Sie hob die Schultern. »Ein Tag oder so ihrer eigenen.«

»Was kann dein Vater für sie tun?«

»Meine Mutter meint, er sucht immer noch nach einem sicheren Zielort.«

»Wenn er keinen finden kann –« Caseys Miene verdüsterte sich. »Und sie können nicht nach Hause. Das scheint mir entsetzlich unfair. Lasst ihr euch von den Mikrobots beherrschen?«

»Beherrschen?« Verwirrt wandte sie den Kopf, um zu lauschen, dann nickte sie zur Wand hin. »Sie verstehen das nicht. Die Mikrobots vereinen uns, aber es gibt keinen Konflikt. Sie leben in uns allen und halten uns am Leben und bei Gesundheit, leiten uns an, frei und glücklich zu bleiben. Aber sie führen uns nur mit unserer Zustimmung. Meine Mutter sagt, sie seien Teil dessen, was ihr das Unbewusste nennt.«

»Und diese Menschen auf dem Schiff?« Casey runzelte zweifelnd die Stirn. »Wohl noch am Leben, aber nicht frei, von Bord zu gehen oder glücklich zu werden, wie?«

»Sie stecken in Schwierigkeiten.« Sachlich nickend horchte Tling von neuem. »Aber meine Mutter sagt, ich sollte Ihnen vielleicht die Wirkungsweise der Mikrobots erklären. Sie sagt, die alten Urvölker lebten nach der, wie sie es nennt, Art der

Dschungel-Gene, damals, als man Züge selbstsüchtiger Aggression haben musste, um zu überleben. Die Mikrobots ließen uns unsere Gene verändern, um der Gier, dem Neid und der Gewalt zu entfliehen, die auf der alten Erde zu so viel Verbrechen, Krieg und Leid führten. Meine Mutter sagt, die Menschen auf dem Schiff werden dem Weg der Mikrobots zufrieden folgen, wenn mein Vater ihnen geholfen hat, ihn zu finden.«

Tling wandte den Kopf. »Ich habe meine Mutter rufen hören.«

Ich hatte nichts gehört, aber sie rannte bereits aus dem Zimmer. In der Holowand sprangen hochschultrige Impalas von einem Kliff, um einen Fluss zu durchschwimmen. Eines der Tiere strauchelte, stürzte und verschwand in dem reißenden Wasser. Wir sahen in bedrückender Stille zu, bis Casey sich umdrehte und Pepe und mich finster anschaute.

»Ich glaube, der Weg der Mikrobots gefällt mir nicht.«

Wir verstanden allmählich, warum Sandor für uns keinen Platz auf der Erde sah.

32

»Werte Herren, ich muss Sie bitten, mich zu entschuldigen.«

Tling machte eine sorgsame kleine Verbeugung und erklärte, dass ihre Mutter sie jetzt zum Tanz- und Musikunterricht bringen und dann zu einer Versammlung wegen der Menschen auf dem gestrandeten Schiff gehen würde. Uns ließen sie mit den Robotern zurück. Sie waren von menschlicher Gestalt, elfenbeinfarben, und hatten leere Gesichter. Weil sie nicht über Mikrobots verfügten, wurden sie per Stimmbefehl gesteuert.

Casey versuchte sie über die Bevölkerung, Städte und Industrien der neuen Erde zu befragen, aber sie waren nur auf Haushaltsaufgaben programmiert und konnten weder Englisch sprechen noch irgendwelche Informationen vermitteln. Als uns ihre leeren Blicke zu viel wurden, setzten wir uns draußen auf die Terrasse, schauten auf die Gedenkstätte hinab und dachten über unsere ungewisse Zukunft nach, bis sie uns zum Abendessen hineinriefen.

Die Gerichte, die sie servierten, waren seltsam, aber Pepe drängte uns zu essen, solange wir noch konnten.

»Manana? Quién sabe?«

Die Nacht brach an, noch ehe wir wieder auf die Terrasse hinausgingen. Im Westen senkte sich ein dünner Mond. Im Osten kroch der Scheinwerferkegel einer Lokomotive in die Gedenkstätte. Die Promenade war für abendliche Touren hell erleuchtet, das Tadsch Mahal ein leuchtendes Juwel, die Cheopspyramide eine elfenbeinerne Insel in der heranschleichenden Dämmerung. Die Roboter hatten unsere Betten gemacht, als an der Promenade das Licht ausgeschaltet wurde. Zum Abendessen hatten sie Wein serviert, und ich schlief, ohne zu träumen.

Als ich am nächsten Morgen erwachte, ausgeruht und voll unerklärlicher Hoffnung, fand ich Tling am Ende der Terrasse stehend, von wo aus sie den Blick übers Tal schweifen ließ. Sie hatte Haare wie ihre Mutter, keine Schuppen oder Fell, sondern blond und kurz geschnitten. Trotz der erstaunlichen Macht ihrer Mikrobots fand ich, dass sie sehr klein und verletzlich wirkte. Sie zuckte zusammen, als ich sie ansprach.

»Guten Morgen, Mister Dunk.« Sie wischte sich mit dem Handrücken über das Gesicht und versuchte zu lächeln. Ich sah, dass ihre Augen verschwollen und rot waren. »Wie geht es Ihrem Knöchel?«

»Besser.«

»Ich habe mir Sorgen gemacht.« Sie brachte ein blasses Lächeln zustande. »Weil Sie keine Symbionten haben, die Ihnen helfen, solche Verletzungen zu heilen.«

Ich fragte, ob sie von ihrem Vater und dem Schiff der Auswanderer gehört habe. Sie wandte sich schweigend um und schaute wieder auf das sonnenbeschienene Tal und die Gedenkstätte hinunter. In der Ferne sah ich die Dampfwolke eines frühen Zuges über die Brücke auf das Washington Monument zukriechen.

»Ich habe ein Giraffenbaby gesehen.« Sie sprach leise und tonlos, fast so, als rede sie nur mit sich selbst. »Ich sah, wie es geboren wurde. Ich sah, wie es zu stehen und zu saugen lernte. Schließlich folgte es seiner Mutter auf wackligen Beinen. Es war wunderschön –«

Ihre Stimme versagte. Ihre Hand fuhr an ihre Lippen. Zitternd stand sie da, blickte mich an, ihre Augen groß und dunkel vor Schmerz. Sie rang keuchend um Atem.

»Mein Vater!«, stieß sie unvermittelt hervor, mit scharfer,

dünner Stimme, es war fast ein Schrei. »Er geht fort. Ich werde ihn nie wiedersehen.«

Sie rannte hinein.

Als uns die Roboter zum Frühstück riefen, saß Tling zwischen ihren Eltern. Sie hatte sich das tränenverschmierte Gesicht gewaschen, aber das Essen auf ihrem Teller war unberührt. Hier, wo die Sonne nicht schien, war Sandors Gesicht bleich und grimmig. Er schien uns nicht wahrzunehmen, bis Tling sich ihm mit gerunzelter Stirn zuwandte. Dann erhob er sich und kam um den Tisch herum, um uns die Hand zu geben.

»Guten Morgen, Doktor Pen.« Casey schenkte ihm ein ironisches Lächeln. »Ich verstehe, warum Sie uns nicht hier haben wollten, aber ich kann mich nicht entschuldigen. Es wird uns nie Leid tun, gekommen zu sein.«

»Setzt euch«, sagte er knapp. »Lasst uns essen.«

Wir setzten uns. Die Roboter brachten uns Teller, mit Speisen beladen, die wir nie zuvor gegessen hatten. Ohne noch etwas zu uns zu sagen, bedeutete Sandor einem der Roboter, seinen Becher mit bitterem Tee zu füllen, dann beugte er sich über eine Schüssel mit roten Beeren. Tling saß da und sah gleichermaßen gequält wie bewundernd zu ihm auf, bis Casey das Wort ergriff.

»Sir, wir hörten von Ihren Problemen mit den gestrandeten Kolonisten. Können Sie uns sagen, was da los ist?«

»Etwas, das niemand versteht.« Er schüttelte den Kopf und lächelte Tling zärtlich zu, bevor er die Beeren beiseite schob und sich mit ernster Miene wieder uns zuwandte. Er sprach knapp und klar. »Die ursprüngliche Erkundungsexpedition hatte den Zielplaneten als bewohnbar befunden und ihn mit terratypischem Leben bepflanzt. Weitere Expeditionen folgten, um die drei größten Kontinente zu besiedeln. Diese Gruppe sollte den dritten besetzen.

Die Kolonisten kamen sicher an, erhielten jedoch keine Antwort, als sie den Planeten vom Orbit aus anfunkten. Die Atmosphäre war von Staub erfüllt, der die Oberfläche verhüllte, aber per Infrarot-Suche fand man Hinweise auf eine sehr erfolgreiche Besiedlung. Gepflasterte Straßen, Brücken, Mauerwerk, Stahlskelette, die einmal Gebäude waren. Alles halb begraben unter Dünen roten Staubes, die der Wind angehäuft hatte. Nirgends pflanzliches Leben. Ein verlassenes Schiff einer der Pionierexpeditionen befand sich noch in der Umlaufbahn, war aber so tot wie der Planet.

Sie fanden nicht heraus, was den Planeten heimgesucht hatte. Auf keiner Welt scheint eine Nachricht von der Katastrophe eingegangen zu sein, was nahe legt, dass es unerwartet geschah und schnell um sich griff. Die medizinischen Offiziere glauben, dass es sich bei dem Killer um einen Organismus gehandelt haben könnte, der organisches Leben angreift, aber die Kapitänin weigerte sich, eine Untersuchung zu genehmigen. Sie beschloss, sofort umzukehren, ohne einen Kontaktversuch zu unternehmen. Eine Entscheidung, die vermutlich ihrer aller Leben rettete.«

Er nahm seinen Löffel auf und beugte sich wieder über seine Schüssel mit Beeren. Ich kostete eine. Sie war süßsauer und von einer berauschenden Schärfe, die ich nicht beschreiben kann.

»Sir«, sagte Casey, »diese Menschen sahen verzweifelt aus. Was wird jetzt mit ihnen geschehen?«

»Es ist ein Dilemma.« Sandor sah Tling mit einem traurigen, kleinen Achselzucken an. Sie wandte das Gesicht, um ein Schluchzen zu verbergen. »Bewohnbare Planeten sind relativ selten. Sie müssen entdeckt, untersucht, terrageformt und zur Besiedlung freigegeben werden. Diese Menschen haben Glück. Es bedurfte einer Notfallgenehmigung, aber wir haben ihnen den Weg zur Besetzung eines vielversprechenden neuen Planeten geebnet, fünfhundert Lichtjahre Richtung Sagittarius. Treibstoff und frische Vorräte werden gerade an Bord gebracht.«

»Und mein Vater –« Tling sah zu mir auf, ihr Tonfall war beinahe ein Heulen. »Er muss mit ihnen gehen. Alles meinetwegen.«

Er legte seinen Arm um sie und beugte sein Gesicht zu dem ihren hinab. Was er auch sagte, es war für uns nicht zu hören. Sie kroch in seine Arme. Er drückte sie an sich, wiegte sie hin und her wie ein Baby, bis ihr Schluchzen verstummte. Mit einem Lächeln, das mir das Herz brach, küsste sie ihn und schlüpfte aus seiner Umarmung.

»Entschuldigen Sie uns bitte.« Mit zitternder Stimme griff sie nach seiner Hand. »Wir müssen uns verabschieden.«

Sie führte ihn aus dem Zimmer.

Lo sah ihnen schweigend nach, bis Pepe leicht gegen seine Schüssel klopfte, um den Robotern zu signalisieren, dass er eine zweite Portion der roten Beeren wollte.

»Es stimmt.« Mit einem langen Seufzer wandte sie sich wieder uns zu. »Eine schmerzhafte Angelegenheit für Tling. Für uns alle drei. Das ist nicht, was wir geplant hatten.«

Abwesend nahm sie ein braunes Küchlein von einem Tablett, das der Roboter herumreichte, und legte es auf ihren Teller, ohne davon zu kosten.

»*Qué importa?*« Pepe sah sie fragend an.

»Wir hofften, zusammenbleiben zu können«, erklärte sie. »Sandor und ich haben den größten Teil des Jahrhunderts mit Arbeit zugebracht, die Station ausgegraben und hier als Denkmal wieder aufgebaut, was uns möglich war. Nachdem das erledigt ist, wollte ich meine Heimatwelt wiedersehen. Wir hatten vor, gemeinsam zurückzugehen, zusammen mit Tling. In Anbetracht der Historie, die wir erfahren hatten, wollten wir dort eine Replika der Gedenkstätte errichten.«

Mit düsterer Miene schüttelte sie den Kopf.

»Aber das ändert alles. Sandor fühlt sich verpflichtet, den Kolonisten auf dem Weg in die neue Heimat zu helfen. Tling flehte ihn an, uns mitzunehmen, aber –« Sie hob resigniert die Schultern, die Lippen fest zusammengepresst. »Er hat Angst vor dem, was den Planeten tötete. Er meint, wir seien hier sicherer. Und da ist noch etwas anderes. Sein Bruder –«

Sie schaute einen Augenblick lang weg.

»Er hat einen Zwillingsbruder. Sein Vater wanderte aus und nahm den Zwilling mit. Seine Mutter war in führender Position in der Mikrobot-Genetik tätig und konnte deshalb nicht fort. Sandor blieb mit ihr hier, bis er erwachsen war. Dann verließ er die Erde, um nach seinem Zwillingsbruder zu suchen. Aber er fand ihn nie. Dafür fand er mich. Das ist die schöne Seite.«

Ihr kurzes Lächeln verging.

»Es ist hoffnungslos, ich habe es ihm gesagt. Es gibt zu viele Welten. Die Sternflüge dauern zu lange. Aber er gibt den Traum nicht auf.« Sie sprach langsamer. »Er fürchtet, sein Bruder war auf diesem Planeten.«

»Können wir –« Casey hielt inne, um Pepe und mich anzusehen. Wir nickten, und er wandte sich gespannt wieder an Lo. »Wenn Sandor an Bord des Emigrantenschiffes ausläuft – würde er uns wohl mitnehmen?«

Sie schüttelte den Kopf und starrte ins Nichts, bis Pepe fragte: »*Porqué no*?«

»Dafür gibt es reichlich Gründe.« Stirnrunzelnd nahm sie den kleinen Kuchen auf, brach ihn in zwei Hälften und ließ die Teile auf ihren Teller fallen. »Zuerst einmal wäre da die Gefahr. Er sagt, er will nicht, dass ihr ums Leben kommt.«

»Gibt es denn nicht immer Risiken?« Casey machte eine wegwerfende Geste. »Wenn man einen Sprung über Jahrhunderte von Raum und Zeit macht, wie könnte da irgendetwas sicher sein?«

»Nichts ist sicher.« Sie zuckte unfroh die Achseln. »Aber dieser tote Planet liegt in Richtung des galaktischen Kerns. Genau wie der neue. Wenn der Killer aus dem Kern kommt –«

Sie brach ab.

»Das ist gefährlich, gewiss.« Casey warf uns einen weiteren Blick zu und schenkte ihr ein starres kleines Lächeln. »Aber Sie könnten ihn daran erinnern, dass wir nicht geklont wurden, um ewig zu leben. Für ihn steht mehr auf dem Spiel als für uns.«

Ihr Körper versteifte sich und wurde langsam bleich.

»Wir flehten ihn an, nicht zu gehen.« Ihre Stimme klang schwach. »Aber seine Mikrobots befehlen es ihm. Und er sucht noch immer nach seinem Bruder.«

»Ist er ein Sklave der Mikrobots? Kann er denn nicht an Sie und Tling denken?«

Es dauerte lange, bis sie antwortete.

»Wir sind keine Sklaven.« Sie wirkte wieder gefasst; ich fragte mich, ob ihre eigenen Mikrobots ihren Schmerz gelindert hatten. »Sie mögen die Mikrobots als Mikromaschinen betrachten, aber sie machen uns nicht zu mechanischen Wesen. Wir haben uns all die Gefühle und Impulse bewahrt, die auch die Urvölker hatten. Die Mikrobots machen uns einfach nur zu besseren Menschen. Sandor läuft mit dem Schiff nicht nur aus, um den Menschen an Bord zu helfen, sondern auch für mich und Tling, zum Wohl aller Menschen.«

»Wenn die Chancen so schlecht stehen, wie es aussieht –« Casey verzog zweifelnd das Gesicht. »Was kann da ein einziger Mensch zu erreichen hoffen?«

»Vielleicht nichts.« Sie zuckte kurz die Achseln. »Aber er hat eine Theorie. Vor langer Zeit, noch ehe er nach der Mondstation suchte, arbeitete er mit seiner Mutter in der

Mikrobot-Forschung. Wenn es sich bei dem Killer um einen virulenten Organismus handelt, dann glaubt er, die Mikrobots so modifizieren zu können, dass sie als Schutzschild dagegen wirken.«

»Sprechen Sie mit ihm«, bat Casey sie. »Bringen Sie ihn dazu, uns mitzunehmen. Wir werden ihm auf jede uns nur mögliche Weise helfen.«

»Sie?« Staunen weitete ihre Augen. »Wie denn?«

»Wir haben Sie auf die Erde gebracht«, sagte er. »Und das ganz und gar ohne Mikrobots.«

»Das haben Sie.« Ein goldener Ton färbte ihre Haut. »Ich werde mit ihm sprechen.« Sie schwieg einen Moment und schüttelte den Kopf. »Unmöglich. Er sagt, jeder Platz im Schiff sei besetzt.«

Sie hielt inne, sah mit gerunzelter Stirn zur Decke hoch. Der Roboter bewegte sich um den Tisch herum und bot eine Schüssel mit großen, fleischfarbenen Pilzen an, die verführerisch nach gebratenem Schinken dufteten.

»Wir versuchen, für Tling eine Zukunft zu planen.« Ihr feenhaftes Gesicht war plötzlich angespannt, ihr Ton voller Gefühl. »Es werden tausend Jahre vergehen, bis er zurückkommt. Es schmerzt ihn, Tling verlassen zu müssen.«

»Ich sah sie heute Morgen«, warf ich ein. »Sie leidet schrecklich.«

»Wir wollen es wieder gutmachen. Ich habe versprochen, dass sie ihn wiedersehen wird.«

Pepe sah verdutzt drein. »Wie sollte es dazu kommen?«

Lo nahm einen Pilz, roch mit einem zufriedenen Nicken daran und legte ihn auf ihren Teller.

»Wir müssen die Zeit überwinden«, antwortete sie. »Ich werde hier bleiben und mich um die Gedenkstätte kümmern, jedenfalls bis Tling erwachsen ist. Dann werden wir eine Reise unternehmen. Ich möchte sehen, was die Jahrhunderte mit meiner eigenen Heimatwelt getan haben. Es wird einer guten

Berechnung und der richtigen Sternflüge bedürfen, aber Tling und ich können es so einrichten, dass wir Sandor in der Tycho-Station treffen, wenn er zurückkommt.«

»Falls er zurück –«

Pepe unterbrach sich. Los Gesicht wurde blass, aber nach einem Augenblick lächelte sie uns gezwungen zu und ließ die Roboter die Pilze noch einmal anbieten. Sie hatten einen Namen, den ich mir nicht merkte, und sie schmeckten eher nach Zartbitterschokolade als nach Schinken. Die Mahlzeit war vorbei. Lo ließ uns allein mit den Robotern, ohne Ziel und ohne Zukunftsaussicht.

»Tausend Jahre!«, brummte Pepe. »Ich wünschte, sie gäben uns Mikrobots.«

»Oder aber –«

Casey drehte sich zur Tür um.

»Es gibt Neuigkeiten für Sie.« Lo stand dort und lächelte uns zu. »Neuigkeiten vom Emigrantenschiff. Passagiere, die verunsichert waren, haben sich für neue Zielorte entschieden. Dadurch sind Sitze frei geworden. Sandor hat Plätze für Sie gefunden.«

33

Sandor brachte uns zu unseren Plätzen im Emigrantenschiff. Es hatte die Form eines Rades, und seine langsame Drehbewegung erzeugte eine Schwerkraft, die schwächer war als die der Erde, aber stärker als die des Mondes. Ein blaues Licht blinkte auf, um uns vor dem Raumzeitsprung zu warnen. Haltevorrichtungen legten sich um uns, ich verspürte einen Ruck, der mir den Magen verkrampfte, und dann gaben uns die Halterungen wieder frei. Ohne eine weitere Veränderung wahrzunehmen, saßen wir voller Unbehagen da und warteten.

Zunächst war es ganz still in der großen Kabine. Ich musterte die Gesichter der anderen Passagiere und sah, wie gespannte Erwartung erst Enttäuschung und dann Sorge wich. Ich hörte ein Baby weinen, jemand schrie einen Roboterflugbegleiter an, dann wurde Stimmengewirr laut, in dem Panik lag. Sandor saß da und wandte mit ernster Miene den Blick ab, bis ich ihn fragte, was denn nicht stimme.

»Wir wissen es nicht.« Er lächelte ob unserer Verwunderung. »Zumindest haben wir den Sprung in den Orbit geschafft. Fünfhundert Lichtjahre. Ihr seid jetzt alte Männer.«

Er forderte uns auf, ihm in die Lounge zu folgen, wo eine Deckenkuppel einen neuen Himmel abbildete. Die Milchstraße sah vertraut aus. Ich fand den Orion-Nebel, doch alle näher gelegenen Sterne hatten ihre Position so verändert, dass sie nicht mehr zu bestimmen waren. Von der Rotation des Schiffes spürte ich nichts; der ganze Himmel schien sich um uns her zu drehen. Zwei Sonnen gingen auf, die eine kleiner als die unsere, die hellere ein heißes, blaues Gleißen. Hinter ihnen stieg der Planet empor, ein riesiger, runder Fleck im Feld der unbekannten Konstellationen. Rotes Feuer umrandete ihn, gesäumt vom blauen Glanz der Sonne. Ich hielt nach dem Leuchten von Städten Ausschau, sah aber nur Finsternis.

Beunruhigte Passagiere scharten sich um ein paar Crewmitglieder, die in Schiffsuniformen, blaugoldene Mützen und Schärpen, gekleidet waren. Die meisten ihrer Fragen wurden in der stillen Sprache der Mikrobots gestellt, doch ihre Mienen offenbarten Bestürzung. Ich hörte schrille Stimmen, Schreie, die von Schrecken und Angst kündeten.

Wir wandten uns Sandor zu.

»Die Teleskope empfangen kein künstliches Licht.« Sein schmales Gesicht war ausdruckslos starr. »Funksprüche bleiben unbeantwortet. Das elektronische Signalspektrum scheint tot zu sein.« Mit einem tiefen Seufzen schüttelte er den Kopf. »Ich dachte an meinen Bruder. Ich hatte gehofft, ihn hier zu finden.«

Mit angedeuteten Entschuldigungen drängte sich eine Gruppe besorgter Menschen zwischen uns und umringte Sandor. Er schien zuzuhören, blickte düster auf den dunklen Schatten des Planeten und scheuchte sie mit einer verzweifelten Geste fort. Dann richtete er das Wort wieder an uns.

»Wir werden nach Überlebenden suchen.«

Wir sahen zu, wie der Planet einmal und noch einmal an der Deckenkuppel vorüberkroch, während das rotierende Schiff uns um ihn herumtrug. Jene Sichel aus blau-orangem Feuer verbreiterte sich mit jedem Vorbeiziehen, bis wir seine ganze Kugel sahen. Wirbel und Streifen hoher Wolken leuchteten im Licht der blauen Sonne, aber darunter verschwand alles unter dichtem roten Staub.

Seine Hemisphäre bestand zur Gänze aus Meer, bis auf den grauen Punkt einer einsamen Insel. Ein einziger, gewaltiger

Kontinent bedeckte die andere Halbkugel, erstreckte sich über den Äquator weit nach Süden und nordwärts über den Pol. Gebirgszüge begrenzten die Westküste. Ein einzelnes Netz von Flüssen bewässerte das weite Tal im Osten. Vom arktischen Eis bis zum Polarmeer war alles rostrot, nichts grün.

»Einst war das eine üppige Welt.« Sandor zuckte betrübt die Achseln. »Aber jetzt –«

Er wandte sich um, als eine Frau in den Raum marschiert kam. Eine Frau, so flachbrüstig, maskulin, dass ich noch einmal hinsehen musste. Leuchtend rote Schuppen bedeckten ihren hageren Leib, selbst ihren haarlosen Kopf. Ihr Gesicht war ein schmales Dreieck, ihr Kinn spitz, ihre Augen groß und grün. Wir sahen, wie sie auf ein rundes Podest in der Mitte des Raumes stieg.

»Captain Vlix«, murmelte Sandor. »Sie ist alt, wurde zu der Zeit geboren, als Mikrobots noch neu und Körperformen experimentell waren. Ich flog einmal mit ihr, vor Jahrhunderten. Sie kannte meinen Bruder, hatte jedoch keinerlei Hinweise für mich.«

Köpfe wandten sich ihr aufmerksam zu. Ich sah, wie unruhige Hoffnung zu bitterer Enttäuschung wurde. Sandor stand wie erstarrt da, fixierte sie aus geweiteten Augen, bis sie sich einem weiteren Offizier zudrehte, der zu ihr auf die Plattform trat.

»Was ist?«, flüsterte Casey. Sandor schien taub zu sein, bis Casey ihn am Arm berührte und noch einmal fragte: »Was hat sie gesagt?«

»Nichts Gutes«, antwortete Sandor schließlich in gedämpftem, hastigem Tonfall. »Sie hat einen vorläufigen Bericht des wissenschaftlichen Stabes zusammengefasst. Dies ist unsere zweite Entdeckung eines toten Planeten. Der erste ist Lichtjahre entfernt. Die Schlussfolgerungen sind –«

Er zog die Schultern hoch. Seine Haut wurde fahl.

»Ja? Was denn?«

»Im Moment nur Spekulationen. Der Killer hat zwei Welten erreicht. Wir fragen uns, wie viele noch? Seine Natur ist uns noch unbekannt. Der wissenschaftliche Leiter meint, es könnte sich möglicherweise um einen bösartigen Mikrobot handeln, der darauf ausgerichtet ist, alles organische Leben anzugreifen. Er scheint auf jeden Fall aggressiv und rückt vom galaktischen Kern aus entlang einer interstellaren Front vor.«

»Kann er aufgehalten werden?«

»Sicher nicht, bevor wir ihn verstehen. Mikrobots sind so entwickelt, dass sie überleben und sich selbst reproduzieren. Womöglich lassen sie sich gar nicht aufhalten. Sie sind komplex, halb Lebewesen, halb Maschinen, und dabei effizienter als beides. Es ist möglich, dass sie zu etwas Bösartigem mutiert sind. Es ist möglich, dass irgendein Wahnsinniger sie für militärische Zwecke umprogrammiert hat, obwohl sie selbst das eigentlich hätten verhindern müssen.«

»Wir sind also hilflos?«

»Captain Vlix tut, was sie kann. Man bereitet eine Roboterdrohne vor, die im Niedrigflug eine Untersuchung des Oberflächenschadens vornehmen soll. Eine Suche nach Raumschiffen, die noch im Orbit sein könnten, wurde bereits eingeleitet. Und –«

Er unterbrach sich, als ein dünner Mann mit grauer Kappe und Schärpe aus der Menge hervorschoss und zu den Offizieren aufs Podium sprang.

»Das ist Benkar Rokehut.« Er verzog das Gesicht. »Ein Erdenmensch, im selben Jahrhundert geboren wie ich. Ein Unternehmer, der ein halbes Dutzend Welten eröffnet und ein Dutzend Vermögen gemacht und verloren hat. Er finanzierte die Untersuchungen und die ersten Ansiedlungen hier. Seine Zukunft steht auf dem Spiel.«

Er hob ironisch die Schultern.

»Und er will nicht sterben.«

Rokehut sah die Kapitänin einen Moment lang an und wandte sich dann schweigend dem Raum zu. Er gestikulierte in Richtung des Planten, wies auf Oberflächenmerkmale und drehte sich, während er der roten Scheibe folgte, die über uns hinwegkroch, verschwand und wieder erschien. Als Captain Vlix Anstalten machte, ihm Einhalt zu gebieten, verfiel er plötzlich ins laute Sprechen, schrie sie heftig an, und seine bleiche Haut wurde noch röter als der Planet.

»Seine Gefühle haben seine Mikrobots überrannt.« Sandor runzelte die Stirn und zog uns näher zu sich. »Alles, was er sieht, ist Gefahr. Obwohl jener erste verlorene Planet hundert Lichtjahre von diesem hier entfernt ist, liegen sie von der Erde aus gesehen doch in Richtung des Kernes. Er glaubt, dass das Killer-Pathogen von irgendwoher aus Richtung des Kernes kommt und möglicherweise von Flüchtlingen weitergetragen wird. Er will, dass wir zu den Grenzsternen am Rand der Galaxis aufbrechen.«

Die Offiziere traten vor und widersprachen Rokehut. Was sie sagten, war nicht zu hören, aber ich sah, wie Rokehuts Gesicht beinahe so grau wie seine Mütze und seine Schärpe wurde. Er riss sie sich vom Leib, warf sie auf die Plattform, schwenkte die Fäuste und schrie. Schließlich hörte er auf, schlurfte beiseite und stand stierend da, die Fäuste noch in rein menschlichem Zorn geballt.

Captain Vlix wandte sich schweigend wieder dem Raum zu und sprach ruhig und beherrscht.

»Die Offiziere sind einhellig der Meinung, dass wir es offenbar mit einer interstellaren Invasion zu tun haben«, erklärte uns Sandor. »Aber blinde Flucht könnte die Ansteckung ausbreiten, wenn sie wirklich von verängstigten Flüchtlingen weitergetragen wird. Letzten Endes, es sei denn, uns fällt etwas Besseres ein –«

Mit einem traurigen kleinen Achselzucken hielt er inne und sah uns fest an.

»Die Tycho-Station könnte zur letzten Hoffnung der Menschen werden. Sie ist versiegelt, geschützt und gut versteckt. Auf dem Mond gibt es kein Oberflächenleben, das ein wie auch immer geartetes Pathogen anziehen oder nähren könnte.« Seine Lippen verzogen sich in einem Anflug bitteren Humors. »Selbst wenn das Pathogen obsiegt, gibt es noch eine Hoffnung. Es müsste wohl sterben, wenn es keine Wirte mehr gibt, die es weitertragen. Ihr Klone könntet doch noch ein Buch zu schreiben haben, ehe euer Epos endet.«

Captain Vlix verließ den Raum, Rokehut und seine Leute folgten ihr fast auf dem Fuß. Die Roboterflugbegleiter machten die Runde mit Tabletts, auf denen sich harte braune Kekse und Plastikblasen mit Saft befanden.

»Das ist alles, was wir haben«, sagte Sandor. »Da der Transit in Nullzeit erfolgt, haben wir keine Vorräte und Verpflegung für längere Aufenthalte an Bord. Wir müssen aufbrechen, doch die Offiziere sind sich einig, dass wir nicht umkehren können, bis wir jede nur mögliche Information von der Drohne erhalten haben.«

Sie ging über den Gletschern nieder, die die Polkappe säumten, und flog entlang der Westküste nach Süden. Die Kameras projizierten ihre Bilder auf die Kuppel und den Rand des Bodens. Sie vermittelten mir den Eindruck, im Bug der Drohne mitzufliegen. In Wirklichkeit musste sie sehr hoch und schnell fliegen, aber die Bilder wurden so bearbeitet, dass der Eindruck entstand, als schwebten wir tief und bewegungslos über einem verlassenen Hafen oder den Ruinen einer Stadt, um dann wieder aufzusteigen und den nächsten Punkt anzusteuern.

Alles, was wir sahen, waren Staub und Verwüstung: zerfallene Wände aus Stein oder Ziegel, über denen Dächer eingestürzt waren; ein Gewirr verbogener Stahlträger, wo Türme gestanden hatten; Kaimauern aus Beton um leere Häfen. Und überall vom Wind angehäufte Dünen und vom Wind gepeitschte Wolken aus rostrotem Staub, bisweilen so dicht, dass sie den Boden verdeckten.

Nahe des Äquators schwenkte die Drohne nach Osten und überflog Berggipfel, die mit Schnee bedeckt waren, der die Färbung getrockneten Blutes hatte. Sie stoppte über geborstenen Dämmen in hoch gelegenen Felsschluchten und überquerte ein Netz von Bewässerungskanälen, die mit Staub verstopft waren.

»Ich habe geträumt, mein Bruder sei hier.« Sandors Miene war ernst. »Dass ich ihn hier finden könnte.« Er verstummte, seufzte und ließ den Blick über ein Meer wellenförmiger Dünen schweifen. »Träume! Alle träumen wir von ewigem Leben und davon, Zeit für alles zu haben. Und jetzt das – die Pathogenese.«

Die Drohne hatte die tote Küste erreicht und flog weiter nach Osten über den leeren Ozean. In der Lounge war es wieder still, entmutigte Menschen zogen von dannen. Casey fragte, ob wir umkehren würden.

»Noch nicht.« Sandor tippte sich gegen den Kopf, lauschte. »Captain Vlix meldet, dass das Suchteam im niedrigen Polarorbit etwas gefunden hat. Vielleicht ein Schiff. Vielleicht nur ein Fels. Vielleicht etwas ganz anderes. Sie lässt eine Pilotenkapsel starten, um es zu untersuchen.«

In der Lounge wurde seltsame Musik gespielt. Mir jedenfalls kam sie seltsam vor. Ungewohnte Triller, Tonfolgen und Klänge wurden von langen, stillen Pausen durchbrochen.

Eine Frau mit einem Baby in den Armen wiegte sich in einem Rhythmus, den ich nicht hören konnte. Menschen dösten schweigend vor sich hin oder gingen auf und ab. Eine stumme Gruppe hatte sich am Ende des Raumes um Rokehut versammelt, lauschte und gestikulierte.

»Er will immer noch, dass wir unser Heil in der Flucht suchen«, berichtete Sandor. »Auf einem Stern, der zweitausend Lichtjahre in Richtung des galaktischen Randes liegt. Der Traum eines Idioten! Um den Sprung zu bewerkstelligen, müsste man die exakte relative Position des Sternes in zweitausend Jahren berechnen. Niemand hat die dafür erforderlichen Daten.«

Die Flugbegleiter kamen mit Saft und kleinen weißen Waffeln zurück. Rokehut und seine Gruppe lehnten sie mit wütenden Gesten ab und gingen, um noch einmal mit der Kapitänin zu sprechen.

»Ein leichtes Sedativ.« Sandor schickte den Roboter mit einer Handbewegung weg. »Falls ihr eine Beruhigung nötig habt.«

Ich nahm eine Waffel. Sie schmeckte leicht nach Essig und erfüllte mich mit plötzlicher Müdigkeit. Ich schlief in meinem Sitz, bis Casey mich am Arm schüttelte.

»Die Kapsel hat dieses Objekt im Orbit erreicht«, erfuhren wir von Sandor. »Der Pilot hat es als das Schiff identifiziert, das die letzten Kolonisten hierher brachte. Seine Kontaktversuche bleiben unbeantwortet. Er bat um Erlaubnis, an Bord gehen zu dürfen. Die wurde ihm gewährt, allerdings mit der Warnung, dass er nicht auf unser Schiff zurückkehren dürfe. Er meldet, dass sein Service-Roboter jetzt die Sicherungsbolzen durchtrennt, um ihn in die Luftschleuse zu lassen.«

Ich musterte die Menschen ringsum, wie sie stumm lauschten, aufmerksam die Stirn runzelten, erwartungsvoll nickten und wieder die Stirn kraus zogen.

»Er ist drin«, verkündete Sandor endlich, den Kopf zur

Seite geneigt, die Augen auf etwas weit Entferntes fixiert. »Das Pathogen war dort. Er hat roten Staub auf den Decks gefunden und hofft, dass sein Raumanzug ihn ausreichend schützt. Er glaubt, der Killer sei schon auf dem Planeten gewesen, als das Schiff hier eintraf. Die Fracht wurde nicht gelöscht. Alles Organische ist zerbröckelt, doch das Metall ist unverändert. Er dringt weiter vor –«

Sandor hörte auf zu lauschen und schüttelte den Kopf.

»Der Pilot war auf dem Weg zum Kontrollraum und suchte nach Aufzeichnungen oder Spuren. Er kam nie dort an.« Er neigte den Kopf und nickte. »Der wissenschaftliche Leiter fasst die vorliegenden Hinweise zusammen. Es deutet auf etwas durch die Luft Übertragbares, schnell Reagierendes, absolut Tödliches hin. Es hat vermutlich jeden umgebracht, der je wusste, worum es sich handelt.«

Captain Vlix gestattete Rokehut und seinen Anhängern, eine Umfrage unter den Passagieren durchzuführen. Mit überwältigender Mehrheit sprachen sie sich dafür aus, sofort zur Erde zurückzukehren. Die Lounge wurde zu einem Tollhaus wütenden Protests, als man den Abflug aufschob. Der Tumult legte sich ein wenig, als Captain Vlix wieder auf das Podium trat.

»Sie sagt, dass eine Rückkehr zur Erde außer Frage stehe«, erklärte uns Sandor, »aus zwei triftigen Gründen. Das Pathogen könnte bereits dort sein. Und selbst wenn wir es bezwingen, meint der Captain, dass man uns als potenzielle Träger betrachten, mit einer Warnung davonschicken und möglicherweise angreifen würde.«

»Das erinnert mich an eine Legende von der alten Erde.« Casey nickte ausdruckslos. »Die Legende um ein Geisterschiff namens Fliegender Holländer, das ewig über das Meer segelte und nie einen Hafen erreichte.«

Die seltsamen Konstellationen verschwanden flackernd aus der Deckenkuppel, und die Bilder der Drohne erschienen wieder. Der grenzenlose Ozean unter der Drohne war blau wie die Meere der Erde, als wir durch Lücken in den Wolken Blicke auf ihn erhaschten. Der Himmel aber war gelb, die größere Sonne von einem düsteren Rot und die blaue jetzt ein rosa glühender Punkt.

»Die Insel liegt irgendwo dort draußen.« Sandor stand mit uns in der Lounge und spähte zum Horizont. »Wenn die Drohne je dort anlangt. Sie verliert an Höhe. Verliert Geschwindigkeit. Wahrscheinlich ist sie beschädigt von all dem Staub.«

Mit weißen Kappen besetzte Wellen rückten näher, als die Drohne durch Kumuluswölkchen tiefer sank.

»Da ist sie!«, flüsterte Sandor, ehe ich sie sah. »Gleich rechts.«

Ich reckte den Hals, um sie sehen zu können. Das Bild wurde dunkler und flackerte, als sich die Drohne durch eine Bank rosig gefärbter Wolken bohrte. Etwas ließ den weit entfernten Horizont verschwimmen. Erst war es ein schwacher, dunkler Streif, dann verblasste er und tauchte wieder auf. Wir versuchten, seine Farbe zu bestimmen.

»Grün?«, rief Casey heftig aus. »Ist das nicht grün?«

»War es«, sagte Sandor. »Wir gehen runter.«

Ein schaumgekrönter Berg aus blaugrünem Wasser stieg über der Kuppel auf. Er krachte mit einer Wucht nieder, die ich fast spürte, aber ich glaubte, ein grünes Aufblitzen gesehen zu haben.

34

Die Deckenkuppel verfinsterte sich, als die Drohne zerstört wurde. Einen Augenblick später funkelten über uns wieder jene neuen Konstellationen. Das tote Schiff, riesig und hoch droben, zeichnete sich als feurig umrandete Silhouette gegen die Milchstraße ab.

»Sie haben es gesehen!«, schrie Casey Sandor an. »Etwas Grünes. Etwas Lebendiges!«

Mit gerunzelter Stirn schüttelte Sandor den Kopf.

»Ich sah ein kurzes grünes Aufblitzen. Wahrscheinlich stammte es von einer Fehlfunktion, als die Drohne abstürzte.«

»Es war grün«, beharrte Casey. »Lässt man denn niemanden landen, um nachzusehen?«

»Dafür ist keine Zeit.«

»Aber wenn die Insel Leben birgt –«

»Wie sollte das möglich sein?« Sandors Ton war scharf vor Ungeduld. »Wir haben gesehen, dass der ganze Planet tot ist. Was ihn auch getötet hat, es zerstörte die Drohne, bevor sie die Oberfläche auch nur berührte. Captain Vlix wird keinen wie auch immer gearteten Kontakt riskieren.«

»Wenn sie uns landen ließe –« Casey wartete darauf, dass Pepe und ich nickten. »Wir könnten per Funk Bericht erstatten.«

»Euch zum Sterben hinunterschicken?« Sandors Augen wurden groß. »Dazu bedeutet ihr das Leben zu viel. Das würde sie nie in Betracht ziehen.«

»Glauben Sie, uns bedeutet das Leben nichts? Sagen Sie ihr, dass wir geklont wurden, um die Erde und die Menschheit am Leben zu erhalten. Aber sagen Sie ihr auch, dass wir geklont wurden, um zu sterben. Wenn es sein muss – ich weiß jedenfalls keinen besseren Weg.«

Sandor brachte uns zu Captain Vlix und übersetzte für uns. Unser Besuch war kurz, aber er genügte, um mich einen Funken Menschlichkeit unter ihren leuchtend roten Schuppen erkennen zu lassen. Ich weiß nicht, was er ihr erzählte, aber es fand ihr Interesse. Sie ließ ihn uns über die Tycho-Station und unser Leben dort befragen.

»Gefällt es Ihnen?« Ihre großen grünen Augen sondierten uns mit verstörender Intensität. »Ein Leben ohne Mikrobots? Zu wissen, dass Sie sterben müssen?«

»Wir wissen es.« Casey nickte. »Ich grüble nicht darüber nach.«

»Ich muss Ihren Idealismus bewundern.« Ein Stirnrunzeln kräuselte ihre roten Schuppen. »Aber der wissenschaftliche Stab meldet keine glaubhaften Hinweise auf Leben auf dem Planeten. Ich kann Ihr Leben nicht vergeuden.«

»Wir glauben, Hinweise gesehen zu haben«, erwiderte Casey. »In der letzten Sekunde, als die Drohne abstürzte. Angesichts dessen, was auf dem Spiel steht, sind wir bereit, das Risiko auf uns zu nehmen.«

»Es steht viel auf dem Spiel.« Den Blick auf Sandor gerichtet, runzelte sie die Stirn und nickte endlich mit ihrem rot geschuppten Kopf. »Sie dürfen gehen.«

Es gab keine Raumanzüge, die uns passten. Aber das machte nichts. Casey meinte, dass die Raumausrüstung schon den Piloten nicht gerettet habe, als dieser das verlassene Schiff betrat. Sandor übersetzte, und die Roboter zeigten Pepe, wie man die Flugkapsel bediente, eine stromlinienförmige Blase ähnlich dem Gleiter, der Sandor zum Mond gebracht hatte. Er gab uns die Hand und wünschte uns alles Gute.

»Beeilt euch«, sagte er. »Captain Vlix erwartet nicht, dass ihr gute Neuigkeiten übermittelt. Im Grunde rechnet sie mit gar keinen Neuigkeiten, wenn ihr gelandet seid. Unser nächstes Ziel wird immer noch diskutiert. Keines scheint bislang wirklich sicher oder jedermann zufrieden zu stellen, aber wir können den Start nicht mehr lange hinausschieben.«

Pepe beeilte sich, und wir fanden die Insel grün vor.

Sie erhob sich aus dem Dunst, als wir tiefer gingen. Das flache Meer um die Küste herum verblasste vom Blau der offenen See zu hunderten Schattierungen von Jade und Türkis bis hin zum kräftigen Grün des Lebens. Die Insel war schüsselförmig, die große Kaldera vor langer Zeit durch eine vulkanische Explosion entstanden. Niedrige Hügel säumten ein rundes Tal mit einem kleinen blauen See in der Mitte. Eine Reihe grüner Bäume markierte den Lauf eines Baches, der durch eine Kluft in den Hügeln vom See zum Meer hinunterfloss.

»Kell?« Sandors Stimme knisterte aus dem Funkgerät, noch ehe wir den Boden berührten. »Navarro? Yare? Antwortet, wenn ihr könnt.«

»Sag's ihm!« Casey grinste Pepe zu, als er unsere Gleiterkapsel einem breiten weißen Strand entgegensinken ließ, der dem Anschein nach aus Korallensand bestand. »Es sieht auf jeden Fall viel besser aus als unsere Löcher auf dem Mond.«

»Auf jeden Fall«, wiederholte Pepe bekräftigend.

»Gib ihm Bescheid, dass wir die Luftschleuse öffnen«, sagte Casey. »Wenn wir die Luft atmen können, gehen wir landeinwärts.«

Pepe öffnete die Schleuse. Ich hielt die Luft an, bis ich einatmen musste. Die Luft war frisch und kühl, aber ich nahm einen leicht beißenden Geruch darin wahr. Binnen eines Moments brannten meine Augen. Pepe nieste und drückte sich ein Taschentuch vor die Nase. Casey unterdrückte ein Husten und blickte uns scharf an.

»Könnt ihr euch melden?« Sandors beunruhigte Stimme. »Könnt ihr atmen?«

Ich glaubte, dass wir das Pathogen inhalierten. Ich hatte den Piloten, der auf dem verlassenen Schiff gestorben war, nicht gekannt, ebenso wenig wie die Millionen oder Milliarden, die es vor ihm umgebracht hatte. Ich empfand keinen persönlichen Schmerz über ihren Verlust. Pepe und Casey jedoch waren fast ein Teil von mir. Ich legte meine Arme um sie. Wir drängten uns aneinander, niesend und keuchend, bis Pepe lachte und sich von uns löste.

»Wenn das der Tod ist, dann ist er gar nicht so übel.« Er puffte mich in die Rippen. »Gehen wir hinaus und sehen uns um.«

Wir taumelten durch die Schleuse, und dann standen wir auf dem harten, nassen Sand neben der Kapsel, atmeten schwer und ließen den Blick schweifen. Der Himmel war von einem staubigen Rosa, die Sonnen waren ein winziger roter Mond und ein rosa leuchtender Funke. Der Strand stieg zu den niedrigen grünen Hügeln hin an. Etwa eine halbe Meile südlich bedeckte grüner Dschungel das Mündungsdelta des Flüsschens. Pepe hob ein Stück Seetang auf, das die Wellen angespült hatten.

»Immer noch grün.« Er untersuchte es, schnupperte daran. »Es riecht frisch.«

Meine Lungen brannten. Jeder Atemzug, so dachte ich, könnte mein letzter sein, und doch war ich stets in der Lage, mühsam noch einen weiteren zu tun. Pepe ließ das Taschentuch fallen und kletterte zurück in die Kapsel, um sie weiter den Strand hinaufzubugsieren, fort vom Wasser. Mit einem tragbaren Funkgerät kam er wieder heraus. Casey schnäuzte sich noch einmal die Nase und ging südlich den Strand entlang, auf das Mündungsdelta zu. Wir folgten ihm, und während des Laufens fiel uns das Atmen allmählich leichter.

Der kleine Fluss hatte sich seinen Weg zwischen zwei großen Basaltkliffen hindurchgegraben. Casey blieb stehen, bevor wir sie erreichten, und betrachtete den zunächst stehenden Fels mit gerunzelter Stirn. Ich sah ebenfalls hin und holte tief Luft. Die Spitze war zu einem Gesicht gemeißelt worden. Der unfertige Kopf eines Riesen, der sich aus dem Stein zu kämpfen schien.

»Sandor!« Casey ging näher und starrte zu dem großen dunklen Gesicht hinauf. »Das ist Sandor.«

»Stimmt«, flüsterte Pepe rau, seine Augen beschattend. »Es sei denn, wir sind verrückt.«

Ich musste wieder niesen und fragte mich, was der Staub mit uns anstellte.

Sandor meldete sich wieder vom Schiff, doch Pepe schien zu perplex zu sein, um zu sprechen. Eine Strickleiter hing über das Gesicht zum Strand herunter. Schwarz und riesig, zum Himmel hinausblickend, die Lippen zu einem koboldhaften Lächeln verzogen, war der Kopf ganz offensichtlich Sandors.

»Wir sind in Ordnung«, antwortete Pepe endlich heiser ins Funkgerät. »Und wir atmen noch.«

Als wir näher an das Kliff traten, entdeckten wir eine schmale Höhle. Im Schutz eines Felsvorsprungs standen eine Werkbank, die aus einem unbehauenen Holzklotz herausgeschlagen war, eine Schmiede mit Fußpedal, um den Blasebalg zu bedienen, ein Korb mit Holzkohle, ein schwerer Amboss und ein langes Regal, auf dem grob gefertigte Hämmer, Meißel und Bohrer lagen.

»Die Werkstatt des Bildhauers.« Casey stieg über ein Riff glasiger schwarzer Splitter, die mit dem Meißel abgeschlagen worden und in den Sand gefallen waren. »Aber wo ist der Bildhauer?«

Als Sandor sich wieder meldete, wandte Casey sich an Pepe und legte den Finger über die Lippen.

»Sag ihm, er soll das Schiff aufhalten. Sag ihm, dass wir am Leben sind und landeinwärts gehen. Sag ihm, dass wir menschliches Leben gefunden haben oder deutliche Hinweise darauf jedenfalls. Aber kein Wort über das Gesicht. Nicht, bis wir etwas haben, das Captain Vlix überzeugen kann.«

Wir wanderten landeinwärts, folgten einem ausgetretenen Pfad, der am Flussufer entlangführte. Das Tal verbreiterte sich. Wir traten zwischen zwei Baumreihen hervor, die in säuberlichem Abstand zueinander gepflanzt waren und leuchtend rote Früchte trugen.

»*Cerezas*!«, rief Pepe. »Kirschen! Eine Kirschplantage.«

Er pflückte eine Hand voll und teilte sie mit uns. Sie waren süßsauer, und wir konnten es kaum fassen. Wir kamen zu einer Apfelplantage, zu Reihen von Pfirsich- und Birnbäumen, alle schwer behangen mit noch nicht reifen Früchten. Als wir weitergingen, fanden wir einen Garten, der mittels eines schmalen Grabens vom Fluss her bewässert wurde. Tomatenstauden, Süßkartoffeln, Kürbisse, Bohnen, hohe, grüne Maispflanzen.

Casey blieb stehen, ihm stockte der Atem. Ich blickte an ihm vorbei zu einem Mann hin – ein Mann, der Sandors Doppelgänger hätte sein können und den Weg heraufschritt und uns entgegenkam.

»Sandor?« Seine neugierige Stimme glich beinahe Sandors, auch wenn der Akzent sie seltsam klingen ließ. »Sandor?«

Wir warteten, atmeten kaum, während er auf uns zukam. Er war Sandors Ebenbild, bronzen dunkel von der Sonne, er war von derselben schlanken Gestalt, seinen Kopf bedeckte dasselbe glatte Fell, er hatte dasselbe koboldhafte Gesicht und die goldenen Augen. Er blieb stehen, musterte uns mit offensichtlicher Enttäuschung und streckte plötzlich den Finger aus, als er Pepes Funkgerät sah.

Pepe gab es ihm. Erwartungsvoll und mit zitternden Händen setzte er einen Ruf ab. Der andere Sandor antwortete in hastigem, atemlosem Ton. Ich verstand ihre aufgeregten Worte nicht, ebenso wenig wie ihre lautlose Unterhaltung, als sie verstummten. Aber ich konnte die Gefühlsregungen auf dem wettergegerbten Gesicht des Fremden deuten. Staunen, Furcht, Hoffnung, Freudentränen.

Schließlich fand der Sandor auf dem Schiff einen Moment Zeit für uns.

»Ihr habt meinen Bruder gefunden. Nennt ihn Corath, wenn ihr einen Namen braucht. Captain Vlix hat einem Sprung zum Rand der Galaxis zugestimmt. Sie akzeptiert nur langsam, was ihr berichtet, da ihr Schiff auf dem Spiel steht. Aber Rokehut verlangt nach einer Möglichkeit zur Bestätigung eurer Informationen, und ich muss meinen Bruder sehen. Sie erlaubt mir, hinunterzufliegen.«

Corath winkte uns zu. Wir folgten ihm den Pfad entlang, bis wir in der Ferne den See und ein verfallenes Gebäude auf einem Hügel sehen konnten. Früher einmal musste es beeindruckend gewesen sein, aber jetzt waren die Mauern ohne Dach, die Fenster und Türöffnungen schwarze Löcher. Corath führte uns zu seiner eigenen, sehr schlichten Behausung – ein Strohdach über einem nackten Holzboden, an dessen Ende sich eine ummauerte Nische befand. Auf Sandor wartend, saßen wir unter dem Strohdach an einem Tisch. Corath schenkte uns Kirschwein aus einem schwarzen Keramikkrug ein, dann stand er abwartend da und starrte zum Himmel hoch.

Sandor landete in seiner silbrigen Kapsel im Gras vor der

Unterkunft. Corath lief ihm entgegen. Sie blieben stehen, sahen einander an, berührten einander und fassten sich an den Händen. Sie umarmten einander und lösten sich wieder und standen sich lange gegenüber, ohne ein Wort zu sagen, das ich verstanden hätte, lachten und weinten, umarmten sich erneut, bis Sandor sich schließlich die feuchten Augen rieb und sich uns zuwandte.

»Ich sah – sah den Kopf.« Schwer atmend hielt er inne, räusperte sich und sah Corath ins Gesicht, wie um sicherzustellen, dass er wirklich war. »Es sollte mein eigenes sein, auch wenn ich erst dachte, es sei seines. Er sitzt seit fast zweihundert Jahren wegen dem Pathogen hier fest. Ohne Möglichkeit, nach mir zu suchen, wie er sagt, außer im Gestein des Berges.«

Ein Hustenanfall zwang ihn vornüber. Corath hielt seinen Arm, bis er sich aus eigener Kraft wieder aufrichtete und uns zuwandte.

»Wir mussten auch husten«, meinte Pepe. »Und niesen. Und keuchen. Wir dachten, wir hätten das Killer-Pathogen erwischt.«

»Etwas, das ihm verwandt ist, sagt mein Bruder. Aber gutartig. Er sagt, es hat euch das Leben gerettet.«

Wir mussten warten mit unseren Fragen. Sie vergaßen uns, standen lange Zeit schweigend beisammen, bis sie lachten und sich wieder umarmten. Schließlich wischte sich Sandor die Tränen ab und drehte sich wieder zu uns um.

»Das Pathogen kam vor zweihundert Jahren hierher. Corath weiß über seinen Ursprung und seine Geschichte nicht mehr als wir. Es erwischte ihn hier auf der Insel, bei der Arbeit an derselben Art von Mikrobot-Forschung, die ich einst vorzunehmen gehofft hatte. Er testete Immunitäten und suchte nach Quanten-Effekten, die die Kontaktweite vergrößern könnten. Die Weitenwirkung ist noch immer nicht vollständig getestet, aber sein neuer Mikrobot hat ihn immun gemacht. Zwar war es zu spät, um den Rest des Planeten zu retten, aber er hat das Pathogen auf der Insel ausgelöscht.«

Captain Vlix zeigte sich immer noch starrköpfig und skeptisch und hatte Angst vor einer Ansteckung. Sie verweigerte Sandor die Erlaubnis, seinen Bruder an Bord zu bringen, und auch er selbst durfte nicht zurückkommen. Da sich aber Rokehut und einige andere Passagiere noch immer uneins waren, was einen neuen Zielort anging, gestattete sie es, dass der zweite Offizier eine kleine Gruppe verzweifelter Freiwilliger herunterbrachte, damit sie die grüne Insel mit eigenen Augen sehen konnten.

Bibbernd und blass kamen sie aus der Kapsel. Husten- und Niesanfälle ließen sie noch bleicher werden. Erst Coraths Versicherung, dass sie immun seien, brachte wieder etwas Farbe in ihre Gesichter. Um sein eigenes Überleben zu gewährleisten, nahm der Offizier einen Tropfen von Coraths Blut und kratzte ihn mittels einer Nadel in seinen Arm. Immer noch atmend, aber noch nicht vollends überzeugt, verlangte er die Forschungsstation zu sehen.

Corath führte uns durch die Ruine auf dem Hügel. Das Pathogen hatte Holz und Plastik zerstört und nur blanken Stein und nackten Stahl zurückgelassen. Ein Beben hatte eine dachlose Wand zum Einsturz gebracht, aber die Isolationskammer war noch intakt. Ein riesiger, fensterloser Betonkasten mit schweren Stahltüren und einer Luftschleuse dazwischen.

Schwarz vor Rost standen die Türen jetzt gähnend weit offen, dahinter lag Dunkelheit. Mit Flint, Stahl und Zunder schlug Corath Feuer, entfachte eine Fackel und führte uns hinein. Die Kammer war leer bis auf das Durcheinander aufgegebener Ausrüstung auf den Arbeitstischen und einen dicken Teppich aus harmlosem grauen Staub auf dem Boden.

Wir fanden nichts, was uns die Struktur seines neuen Mikrobots verraten hätte, nichts, was erklärte, wie seine vom Wind transportierten Sporen uns zum Niesen gebracht und immun gemacht hatten. Corath antwortete nur mit einem stummen Achselzucken, als Pepe zu fragen wagte, ob uns die Infektion unsterblich gemacht habe.

»Zumindest hat uns der Staub nicht umgebracht«, sagte Casey. »Und damit bin ich schon mal zufrieden.«

Der Offizier kehrte mit einer Flasche von Coraths Heilblut zum Schiff zurück. Captain Vlix erklärte sich einverstanden, das Schiff im Orbit zu halten. Rokehut landete mit seinen Technikern, um die Insel zu untersuchen und auf dem Plateau hinter dem See eine Fläche für eine Ansiedlung abzustecken. Passagiere kamen mit ihrem Gepäck und Frachtkisten herunter, bereit, ihre Zukunft auf der Insel in die Hand zu nehmen, zumal Corath versicherte, dass der rote Staub fruchtbaren Boden hergebe.

Er beschloss, mit ihnen hier zu bleiben.

Sandor nahm uns mit zurück an Bord. Endlich überzeugt begrüßte Captain Vlix uns an der Luftschleuse und umarmte Sandor fast so tränenreich, wie es sein Bruder getan hatte. Als sie sich schließlich die Augen gewischt und sich abgewandt hatte, richtete er das Wort an uns.

»Unsere Aufgabe ist es jetzt, das Pathogen mittels Coraths Mikrobot zu bekämpfen. Freiwillige werden mit Flugkapseln die nächstgelegenen Welten damit versorgen. Ich bringe ihn zur Erde, zu Lo und Tling. Wollt ihr mitkommen?«

Wir wollten.

TEIL FÜNF

Abschied von der Erde

35

Sandor Pen brachte uns heim auf die Erde; Casey, Pepe und ich saßen mit ihm in der Gleiterkapsel. Ihre Hülle war nahezu unsichtbar, sodass wir zwischen den Sternen zu schweben schienen. Immer wieder formten sich die Konstellationen ruckartig zu neuen Mustern, während wir über die Lichtjahre zurücksprangen. Für uns, die wir in dem winzigen Teil der alten Erde aufgewachsen waren, den man in der Tycho-Station auf dem Mond konserviert hatte, war der Flug ein ganz besonderes Abenteuer. Unser Sturz in Sandors weit in der Zukunft liegendes Universum war ein Schock für uns gewesen, und er gab sich Mühe, dass wir uns heimisch fühlten.

»Wir hatten einen langen Tag.« Mit einem spöttischen Lächeln in seinem Koboldgesicht erinnerte er uns an das Zeitparadoxon. »Gut tausend Jahre lang, wenn wir erst einmal wieder zu Hause sind.«

Tausend Jahre! Ich fühlte mich betäubt vor Staunen. Sandors kleine Scherze sollten uns helfen, damit wir uns an seine neue Welt gewöhnten. Sein eigenes Spanisch war dank der Mikrobots in seinem Gehirn perfekt, und er machte sich gutmütig über Pepe lustig, der versuchte, die gebrochenen Fetzen zu verwenden, die er von seinem Holovater aufgeschnappt hatte. Im blauen Licht eines passierenden Sternes hielt Sandor seine Chamäleonhand neben Caseys schwarze, bis ihre Färbung übereinstimmte. Er versuchte mich mit den, wie er sagte, Lücken aufzuziehen, die in meinem Wissen über die Tycho-Station klafften. Unzweifelhaft kannte er unsere Geschichte besser als ich.

Dann ließ Sandor den Smalltalk bleiben. Seine Mikrobots bedurften keiner visuellen Kontrolle, um den Gleiter zu steuern. Trotzdem beugte er sich gespannt vor, um unsere Route hin zu einem blassweißen Stern auszumachen, den ich vor uns entdeckt hatte und der mit jedem Sprung heller aufleuchtete. Wir spürten seine Unruhe, und die Rätsel der relativistischen Zeit verblüfften uns noch immer. Ich sah, wie Pepe stirnrunzelnd auf den juwelenbesetzten Zeitmesser blickte, den ihm dankbare Auswanderer nach unserer Landung auf jenem toten Planeten im Sagittarius geschenkt hatten.

»Zeigen diese Dinger sowohl die Erdzeit als auch die Schiffszeit an?«, fragte er. »Oder woher wissen Lo und Tling, wann sie mit Ihnen rechnen können?«

»Sie wissen es«, sagte Sandor. »Die Mikrobots messen die Zeit.«

Er lehnte sich abermals vor und suchte unseren Weg zwischen den Sternen hindurch mit Blicken ab. Ihr langsames Dahinkriechen hatte vertraute Konstellationen aufgelöst, aber ich fand die Plejaden. Ich suchte noch nach dem Großen Wagen, als die Sonne aus der Finsternis vor uns explodierte. Ich schirmte meine Augen dagegen ab und machte einen heißen, roten Funken aus.

»Die Erde?« Pepes Stimme klang heiser vor Schrecken. »Tot? Rot vor Staub?«

»Mars.« Sandor lachte. »Die Erde hält sich hinter der Sonne versteckt.«

Die Sonne ruckte zur Seite. Der rote Funke war verschwunden. Ich sah einen blauweißen Klecks, daneben einen schwächeren Punkt. Sie hüpften näher, bis der Punkt zum grauen Gesicht des Mondes wurde und ich auf der Erde die beiden amerikanischen Kontinente ausmachte, die immer noch grün von Leben waren.

»*Bien*!« Pepe entspannte sich. »*Todo lo mismo*!«

»Dasselbe?« Casey schüttelte den Kopf. »Nach tausend Jahren?«

»Welch ein Tag!« Grinsend schaute Pepe auf sein mit Diamanten geschmücktes Geschenk. »Zehn Jahrhunderte, seit wir aufgestanden sind, und eine Reise zu einem Stern, der zu weit weg ist, um ihn von hier aus zu erkennen. Aber ich bin froh, die Erde wiederzusehen.«

Ein langer Tag, und wahrlich seltsam. Auf dem toten Planeten, auf dem wir gelandet waren, war Sandor seinem vor langer Zeit verschollenen Zwillingsbruder begegnet und hatte die Mikrobots gefunden, die eine neue Immunität gegen die Krankheit bewirkten, die den Planeten getötet hatte. Ich wusste nichts über ihre chemische Wirkung, aber sie hatten uns gerettet. Ich war dankbar dafür, dass sie in meinem Blut schwammen.

Die Kapsel glitt weiter auf das graue, zerschundene Gesicht des Mondes zu. Tycho lag unter uns, seine höchste Erhebung ein zerklüftetes Eiland in einem See aus tintenschwarzen Schatten, die fahlen Strahlen fächerten darum her, die Station eine silbrig schimmernde Perle auf der Nordwand des Kraters.

»Immer noch sicher.« Sandor lächelte uns mit einem zufriedenen Nicken zu. »Bereit, euch wieder zu klonen, sollte die Erde je wieder neu bestellt werden müssen.«

»Können wir landen?« Casey wirkte plötzlich ganz gespannt. »Können wir einen Blick hineinwerfen?«

»Die Station schläft.« Sandor schüttelte den Kopf. »Es ist nichts Lebendes darin außer dem Mastercomputer, der darauf programmiert ist, sie zu wecken, sollte je eine Gefahr entdeckt werden.«

»Können wir sie nicht jetzt wecken?«, fragte Casey. »Kann Mona nicht geklont werden?«

Sie saßen sich im grellen Gleißen der Sonne von Angesicht zu Angesicht gegenüber, hinter ihnen leere Schwärze. Casey war aus der Vergangenheit gekommen, seine Gene waren seit jenem ersten großen Impakt konserviert, der den Großteil des Lebens auf der frühen Erde ausgelöscht hatte. Er war ein stämmiger schwarzer Mann mit dichtem schwarzen Haar und gleichmütigen asiatischen Zügen, jetzt aber war er von Gefühlen ganz aufgewühlt.

Sandors Gene stammten von den unseren in der Station ab, doch generationenlange Evolution und Gentechnik hatten sie zu etwas beinahe Außerirdischem werden lassen. Aufgrund seiner Mikrobots war er kaum noch menschlich. Er war fast nackt, hatte einen goldbraunen Teint, wo ihn das Sonnenlicht traf, und war blass im Schatten, schlank und anmutig. Er hatte ein schmales, verschmitztes Gesicht und eine Krone aus glattem braunen Fell, wo uns Haare wuchsen.

»Mona?« Caseys Ton wurde schärfer. »Sie hätte mit uns geklont werden müssen. Wissen Sie, warum das nicht geschah?«

»Sie wurde nicht gebraucht.« Sandor zuckte die Achseln. »Die Tycho-Station ist ein unbezahlbares Stück Geschichte, aber jetzt eben nur Geschichte.«

»Nur Geschichte?«, brummte Casey verbittert. »Vergessen Sie die Geschichte nur nicht. Wir Klone haben den Planeten ein ums andere Mal neu besät, damals, als er noch die einzige Menschenwelt war. Ihr alle verdankt uns euer Leben. Kennen Sie die Geschichte meines Holovaters nicht?«

»So gut wie Sie.« Sandor hob spöttisch die Schultern. »Vergiss nicht, was wir getan haben. Eure Station war verloren und vergessen, begraben unter den Ejekta des lunaren Impakts, bis ich sie entdeckte.«

Mit sturer Miene wandte Casey sich Sandor von neuem zu. »Wenn Sie uns geklont haben, nur um das neue Maternitätslabor zu testen, warum können Sie es dann nicht noch einmal testen? Nur lange genug, um Mona wieder leben zu lassen?«

Sandor schüttelte den bepelzten Kopf.

»Jetzt?« In seiner Stimme schwang Ungeduld. »Wir haben keine Zeit zu verlieren. Lo wird bereits da sein und in Stonehenge auf mich warten.«

»Können wir zurückkommen?«

Sandor zuckte abermals die Achseln, und der Mond glitt davon.

Plötzlich befanden wir uns hoch über Asien. Die östlichen Küsten lagen unter der Nacht verborgen. Indien war weiß von Monsunwolken, der Himalaja leuchtete vor Eis, aber im Norden und Osten war das Land von lebendigem Grün, bis hin zum offenen Meer um den sonnenhellen Pol. Auf der terrageformten Erde herrschte nach wie vor ein gemäßigtes Klima, und sie lebte noch.

»Sie scheint in Ordnung zu sein.« Casey blickte Sandor an, und seine Stimme sank. »Oder?«

Sandor hatte den Kopf geneigt und lauschte. Ich sah, wie er den Kopf schüttelte, sah, wie die Farbe aus seinem goldenen Gesicht wich. Die Kapsel besaß keine Kontrollen, die er berührte, doch die runde Erde drehte und hob sich unter uns, bis wir hoch über dem Mittelmeer schwebten. Es hatte sich verändert und sah nicht mehr so aus wie auf unseren alten Karten. Es war breiter geworden, da schmelzendes Eis den Meeresspiegel hatte ansteigen lassen. Sandor beschattete seine Augen gegen die Sonne, beugte sich vor und spähte wieder hinaus.

Casey fragte: »Stimmt was nicht?«

»Ich weiß es nicht.« Er hielt inne und schüttelte den elfenhaften Kopf. »Ich bin froh, das Grün zu sehen. Keinen roten Staub. Aber ich kann nichts hören.«

»Keine Funksignale?«

Er horchte wieder, und sein Stirnrunzeln vertiefte sich noch, ehe er den Kopf schüttelte.

»Nichts. Die Mikrobots verbinden uns alle per Funk miteinander. Wir sind noch zu weit entfernt, als dass ich einzelne Stimmen ausmachen könnte, doch die Millionen Menschen müssten eigentlich ein elektronisches Summen verursachen. Aber ich empfange nur Stille.«

Wir umrundeten den Planeten und holten die anbrechende Nacht ein. Nord- und Südamerika lagen im Dunkeln, aber im Mondlicht konnten wir sie dennoch ausmachen. Wir schwebten im Tiefflug über Orte, wo einst Städte gelegen hatten, aber wir sahen keine Lichter bis auf die gezackte rote Linie eines großen Waldbrands auf den Ebenen am östlichen Fuß der Rocky Mountains.

»Menschen?«, murmelte Pepe hoffnungsvoll. »Menschen machen Feuer.«

»Blitze aber auch«, sagte Sandor, und wir glitten weiter.

Die alten Terraformer hatten es erschwert, Australien zu identifizieren. Als es vor uns ins Sonnenlicht rollte, sah ich verlagerte Küstenlinien, ehemalige Wüsten, die jetzt grün waren, und einen neuen blauen See im Herzen des Kontinents. Sandor ließ uns der großen Gedenkstätte entgegensinken, die er errichtet hatte, um die vergessene Geschichte darzustellen, die er auf dem Mond wiederentdeckt hatte.

»*Qué cabrón*!«, keuchte Pepe, als es in unser Blickfeld geriet. »*Qué lástima*!«

Die Wand um die Gedenkstätte war verschwunden. Das Washington Monument ragte noch in einsamer Majestät auf, aber die Kuppel des Petersdoms war eingestürzt. Das Tadsch Mahal war zu einem Berg aus geborstenem Marmor zerfallen. Die Sphinx, deren restaurierte Nase noch intakt war, kauerte da wie ein Raubtier, bereit, aus einem üppigen neuen Dschungel zu springen. Die Cheopspyramide war ein weißer Marmorgipfel in einem dichten Wald, der den Hang des nachgebauten Tycho-Randes erklommen hatte, fast bis hin zur Kopie des Domes.

In niedergeschlagenem Schweigen ging Sandor tiefer, um nach Stonehenge zu suchen, das am Rand der Promenade gestanden hatte. Es dauerte einige Zeit, bis wir es fanden. Nachgebaut aus einem Material, das wie massives Silber aussah, standen die wuchtigen, raukantigen Säulen noch dort, wo er sie aufgestellt hatte, doch jetzt waren sie unter einem Geflecht aus Kletterpflanzen verborgen. Ein großer Baum mit seltsamen roten Blättern ragte aus der Mitte des zentralen Kreises auf, weit höher als die Steine.

»Lo.« Ich hörte Sandors schwaches Flüstern. »Lo und Tling. Sie sollten hier auf mich warten.«

Ich suchte unter dem Baum mit den riesigen Blättern nach dem spiegelnden Glanz einer Gleiterkapsel, nach irgendetwas Lebendem. Als ich schließlich eine Bewegung ausmachte, rührte sie jedoch nur von einem kleinen Affen her, der zeternd im Baumwipfel saß. Sandor hielt uns lange in der Schwebe. Seine Haut war weiß wie Papier geworden, selbst dort, wo die Sonne sie eigentlich hätte vergolden müssen. In grimmigem Schweigen saß er da, bis Casey zu fragen wagte: »Sir, was denken Sie?«

»Sie müssten hier sein.« Sein Gesicht war eine leblose Maske. »Sehen wir bei mir zu Hause nach.«

Sein Heim war in die Flanke eines Hügels gegraben, der die Gedenkstätte überblickte. Er flog uns fort von Stonehenge und der blind starrenden Sphinx, wir rauschten über einen bewaldeten Kamm und das offene Tal dahinter. Es schien unverändert, seit wir aufgebrochen waren, immer noch ein Stück prähistorisches Afrika. Gnus und Zebras grasten, langbeinige Vögel standen in einem flachen See. Ein halbes

Dutzend Elefanten folgte einer Elefantenkuh mit langen Stoßzähnen, die aus einem Wald an einem schmalen Fluss stapfte.

Vor wenigen Tagen erst – unserem vom Raum verzerrten Zeitgefühl nach jedenfalls – waren wir drei an eben diesem Fluss entlanggewandert, Fremde vom Mond, verloren und hungrig in einer Welt, wie wir sie nie erwartet hatten. Die kleine Tling, die hier gewesen war, um ihre Tierfreunde zu besuchen, hatte uns gefunden, uns zu essen gegeben und ihre Mutter zu unserer Rettung hergeholt.

Für uns war es erst gestern gewesen, und doch lag es tausend Jahre zurück. Ein großer Baum war auf dem Felssims unter dem Kliff gewachsen. Jetzt war er tot, zerfiel und verfaulte, und sein Stamm blockierte die Tür. Sandor schwebte darüber und setzte uns schließlich daneben ab. Er saß in der Kapsel, lauschte, suchte den Himmel nach Lo und Tling ab.

»Können sie nicht hier irgendwo sein?«, fragte Pepe. »Und nach Ihnen suchen?«

»Ich müsste sie spüren.« Seine Worte klangen bedrückt, aber endlich bewegte er sich in seinem Sitz. »Sehen wir drinnen nach.«

Er öffnete die Tür. Wir krochen umher und fanden einen Weg um die verfaulenden Wurzeln des großen Baumes und das Loch herum, das sie gerissen hatten, als er umstürzte. Sandor blieb wieder stehen, lauschte in den Bogengang im Fels und drang dann weiter ins Dunkel vor. Wir folgten ihm. Mein Fuß stieß gegen etwas, das klappernd davonrollte. Ins Dämmer spähend sah ich einen bleichen, zerbrochenen Menschenschädel.

»*Osos*!«, flüsterte Pepe. »Bären.«

Er hatte sich vorgebeugt und deutete auf riesige Pfotenabdrücke im schlammigen Boden. Aus der Dunkelheit vor uns vernahm ich das raue Knurren eines Tieres. Scharfer Tiergestank kam plötzlich über uns. Mein Magen zog sich zusammen. Ich stolperte zurück ins Freie. Wir standen da und schnappten nach frischer Luft, bis Sandor sich umdrehte und wieder in den Himmel hinauf blickte.

Ich sah eine dünne, leuchtende Linie, die sich plötzlich über ein wie Baumwolle wirkendes Kumuluswölkchen zog. Lautlos wurde sie breiter und zu einer spiegelglänzenden Gleiterkapsel, die neben uns ins Gras sank.

36

Der Gleiter landete neben dem umgestürzten Baum. Die ovale Luke öffnete sich, und ich sah Lo darin stehen, deren blasse Haut langsam golden wurde, als das Licht auf sie traf. Sie war fast nackt und schien von der Zeit unverändert, wie viel für sie auch vergangen sein mochte. Flachbrüstig, beinahe jungenhaft, mit kurzem rotbraunen Haar, das ihr Elfengesicht umrahmte, wirkte sie doch auf graziöse Weise verführerisch. Einen Moment lang stand sie da und sah Sandor an, dann sprang sie heraus und warf sich in seine Arme. Sie umarmten sich lange, lösten sich dann voneinander und sahen sich in stummer Liebe an.

»Mona!« Ich hörte Caseys erschrockenes Keuchen. »Mona Lisa!«

Eine weitere Frau stand in der Ausstiegsluke des Gleiters. Sie war in ein gazeartiges, halb transparentes Etwas gekleidet, honigfarbenes Haar fiel ihr auf die Schultern, und sie sah weiblicher aus als Lo, reizender vielleicht. Casey war, während er aufwuchs, in Monas Bild verliebt gewesen. Und hier war sie nun, identisch und lebendig.

Erkennen ließ ihr Gesicht aufleuchten.

»Mister Kell! Mister Navarro. Mister Yare. Mutter befürchtete, Sie würden nie hier eintreffen.«

Casey stand offenen Mundes und sprachlos da und gaffte sie an.

»Sie kennen uns?«, flüsterte Pepe. »Sie sehen aus wie Mona. Wie Mona Lisa Live in unserem Holotank auf dem Mond.«

»Ich bin ihr Klon.« Sie nickte und lachte über unsere Verblüffung. »Ich lernte Sie kennen, als ich ein Kind war. Erinnern Sie sich an das kleine Mädchen, das draußen im Busch bei den Elefanten war, als es Sie fand?«

»Tling?« Pepe schüttelte den Kopf. »Du bist Tling?«

»Da wäre ich nie drauf gekommen!« Atemlos stolperte Casey auf sie zu. »Ich kann es nicht glauben!«

Sie trat aus der Kapsel auf ihn zu. Er hatte die Arme ausgebreitet, wie um sie zu umarmen, hielt jedoch inne und ließ sie sinken. Sie lachte wieder und reichte ihm die Hand. Er stand einen Augenblick lang wie gelähmt da, grinste belämmert und drückte sie dann.

»Ich wurde als Versuchskaninchen geklont.« Sie wandte sich mit einem neckischen Lächeln an Sandor. »Er wollte sehen, ob die Mikrobots in prähistorischen Körpern gedeihen würden.« Sie hob einen nackten Arm, um uns zu zeigen, wie er umgehend braun wurde, wo die Sonne ihn traf. »Offensichtlich tun sie es.«

»Mona!« Casey murmelte den Namen, immer noch ihre Hand umklammernd. »Wo warst du?«

»Bei Mutter. Sie nahm mich mit auf ihre Geburtswelt. Dort wuchs ich auf. Seitdem sind wir umhergereist und haben die Flüge so abgestimmt, dass wir hier auf meinen Vater treffen würden.«

»Erinnerst du dich an die Station? Deine Holomutter?« Seine begeistert funkelnden Augen labten sich noch immer an den ihren. »Du siehst genauso aus wie sie. Ich habe immer davon geträumt –«

Er verstummte, als sie die Achseln zuckte.

»Ein eineiiger Zwilling.« Seine Hochstimmung schwand, als er merkte, dass Tling sie nicht teilte. »Ich erinnere mich überhaupt nicht an den Mond, aber mein Vater sprach oft von seinen Ausgrabungen dort. Ich erinnere mich allerdings daran, wie Mutter mir die Gedenkstätte zeigte und von Mona Lisa Live und El Chino erzählte.«

»Mein Vater«, flüsterte Casey. »Ich bin El Chinos Klon.«

»Mutter hat es mir gesagt.« Sie nickte. »Sie waren Verbrecher, sagte sie, in ihrer gewalttätigen prähistorischen Welt. Sie hatten einen Mann getötet. Sie flohen vor dem Gesetz und vor dem Impakt, als sie auf dem Fluchtschiff die Erde verließen. Das ist schwer zu fassen.« Sie sah Casey fest an. »Ich weiß, wir wären nicht hier, wenn sie nicht entkommen wären, aber jetzt –«

Sie zuckte wieder die Achseln und musterte Casey, als sei er ein rätselhafter Fremder.

Sandor und Lo hatten sich umgedreht und blickten auf die von Dschungel überwucherte Ruine der Gedenkstätte. Mona ließ Casey stehen und lief zu ihnen, um sie zu umarmen. Die drei drängten sich zu einer lautlosen Unterhaltung aneinander. Wir standen da und warteten, bis Mona zu uns zurückkam. Jetzt lächelte sie Casey an.

»Der Held!« Sie warf die Arme um ihn und küsste seine erschrocken verzogenen Lippen. »Vater hat mir erzählt, dass Sie seinen Bruder gefunden haben.«

Er wirkte atemlos, als sie ihn losließ, und schüttelte den Kopf, als sei er wie gelähmt von zu vielen Emotionen.

»Wir hörten ein Gerücht auf dem letzten Planeten, auf dem wir Halt machten«, sagte sie. »Eine Geschichte, die zu fantastisch war, um sie zu glauben – über drei prähistorische Klone, die auf einer toten Welt landeten und mit einem Heilmittel für die Pandemie zurückkehrten, der sie zum Opfer gefallen war.«

Sie hielt inne, um Pepe und mir die Hand zu schütteln und ihren Arm um Casey zu legen, der sie wieder blöde angrinste.

»Wir wussten nicht, dass ihr diese drei wart. Oder dass es Vaters verschollener Zwillingsbruder war, den ihr dort fandet, zusammen mit diesem neuen Mikrobot, der ihn am Leben hielt. Vater sagt, er löschte das Killer-Pathogen aus und rettete uns allen das Leben. Aber jetzt –«

Sie schüttelte den Kopf, ihre zarte Haut war wieder blass geworden.

»Damit hätten wir nie gerechnet. Wir haben den Dschungel und die verfallene Gedenkstätte gesehen. Etwas hat die Erde getroffen. Es kann nicht dasselbe Pathogen gewesen sein, da Pflanzen und Tiere offenbar nicht davon betroffen sind. Aber wir sehen keine anderen Menschen. Wir können keine Stimmen hören. Vater befürchtet, dass die ganze Erde tot ist.«

Sie drängten sich wieder aneinander, Sandors Arme lagen um Lo und Mona. Wir warteten unruhig, bis Mona wieder zu uns kam.

»Wir müssen nach dem Killer suchen, worum es sich auch handeln mag. Vater meint, die Chancen seien besser, wenn wir uns trennen. Er und Mutter sehen auf einer Raumstation nach, die wir auf dem Herweg passierten. Sie befindet sich noch im geosynchronen Orbit, reagierte aber nicht auf unsere Signale. Wir spürten kein Leben dort, aber Vater hofft, dass sie uns doch etwas verraten kann.«

»Und du?« Casey blickte sie an, sein dunkles Gesicht war angespannt.

»Ich bleibe hier auf der Erde. Zuerst einmal will ich nach Akyar suchen, der alten Hauptstadt der Welt. Sie lag auf dem Äquator in Ostafrika, unter dieser Satellitenstation.«

»Kann ich dich begleiten?«, bat Casey sie umgehend.

»Ich sehe keine Veranlassung dazu.« Sie schüttelte den Kopf. »Wir haben keine Ahnung, womit wir es zu tun haben. Wir können nicht davon ausgehen, dass wir immun dagegen sind.«

»Wir haben die Luft hier geatmet, und bis jetzt hat uns

nichts umgehauen. Was auch passiert ist, es liegt lange zurück. Jahrhunderte vielleicht, wenn man sich den Dschungel über den Ruinen ansieht. Der Killer ist sehr wahrscheinlich tot. Und wenn nicht –« Mit entschlossener Miene trat er auf sie zu. »Lass mich mit dir kommen. Bitte!«

Sie zögerte, sah düsteren Blickes auf die Ruinen hinab. Casey wandte sich an Sandor, die Hände in stummer, flehender Geste ausgebreitet. Sandor zeigte keine Regung, aber einen Moment später nickte sie Casey zu.

»Vater sagt, dass Sie vielleicht gebraucht werden könnten, wie auf dem Planeten im Sagittarius. Holen Sie Ihr Gepäck.«

Wir hatten sehr wenig Gepäck, nur unsere Raumanzüge und ein paar Geschenke von den dankbaren Auswanderern. Casey holte eilig seine Tasche aus Sandors Kapsel und kehrte zurück, um auf Mona zu warten. Einmal mehr führte sie ein stummes Gespräch mit ihren Eltern. Schließlich umarmte sie die beiden, wischte sich mit einem Zipfel ihrer Schärpe die Augen und bedeutete Casey, in ihren Gleiter zu steigen. Geräuschlos hob er ab, schwebte kurz über unseren Köpfen und glitt aus der Raumzeit. Lo und Sandor sahen ihnen nach, bis sie verschwunden waren, dann blickten sie mit ernster Miene ins Tal hinab. Ein prächtiger Löwe lag auf einem Hügel und schaute zu einer kleinen Herde von Gnus hinüber, die sich grasend auf das Wasserloch zubewegten.

»Casey tut mir Leid«, murmelte Pepe mir zu. »Er ist in einen Traum verliebt. Seine Welt ist die Höhle auf dem Mond, in der wir aufwuchsen. Mona ist bezaubernd wie ein Traum, aber sie wuchs ohne ihre Vergangenheit auf.« Er hob unbehaglich die Schultern. »Er ist zwar einigermaßen klug, aber er ist auch verrückt nach ihr. Zu verrückt, um zu wissen, dass sie nie zusammen sein werden.«

Als Sandor sich an uns wandte, munterte ihn das ein bisschen auf.

»Wollt ihr mitkommen zur Satellitenstation?«

»*Seguro*!«, flüsterte Pepe. »*Seguro qui si.*«

Wir kletterten in die Kapsel und nahmen hinter Sandor und Lo Platz. Die Tür schloss sich mit einem Klicken. Der verrottende Baumstamm und die Türöffnung im Fels blieben unter uns zurück und verschwanden. Ohne dass ich eine Bewegung spürte, waren wir wieder im All. Das Gleißen der Sonne war so hell, dass wir keine Sterne sahen.

Die Station drehte sich mit der Erde und hing stationär über dem früheren Kenia. Plötzlich war sie nur noch eine oder zwei Meilen vor uns, ein riesiges, silbriges Rad, das langsam rotierte und aufleuchtete, wo sich das Sonnenlicht darauf brach. Sandor und Lo starrten die Station mit gespannter Miene an, lauschten, wie ich vermutete, nach Funkstimmen. Ich sah zur Erde zurück und suchte nach Akyar. Über 20000 Meilen unter uns lag Afrika auf der dunklen Seite des Planeten, versteckt in der Nacht.

»Keine sichtbaren Schäden«, wandte sich Sandor schließlich an uns. »Keine Gedanken, die wir empfangen könnten. Keine Spuren irgendwelchen Lebens.« Er hielt inne und sah Lo an. »Wir gehen hinein.«

Die Kapsel glitt zu einer Kuppel, die die Nabe des Rades bedeckte. Ich spürte einen sanften Stoß, dann hingen wir reglos daran fest.

»Wir legen unsere Anzüge an«, sagte Sandor. »Die Luft im Innern kann ebenso gut harmlos wie tödlich sein.«

Sie halfen uns, die Anzüge zu versiegeln, dann betraten wir mit ihnen die Station. Das Heck der Kapsel war eine kleine Luftschleuse, durch die wir einer nach dem anderen passieren konnten. Ich fand mich in stiller Finsternis wieder, im freien Fall schwebend. Als ich um mich griff, nach Pepe oder Sandor oder irgendeinem Halt, stellte ich fest, dass sich nichts in meiner Reichweite befand.

Abgeschnitten von Licht und Geräuschen, von jeglicher Wahrnehmung, fühlte ich mich hilflos wie ein aufgespießter Käfer. Eine Woge völliger Panik erfasste mich. Ich wollte rufen, eine menschliche Stimme hören, aber meine zitternden Finger fanden den Knopf für den Helmfunk nicht. Ich war allein, ertrank in der Stille und der Dunkelheit und dem Tod der Station, schalt mich selbst einen Narren und Feigling … bis die Lichter angingen.

Erst glommen sie nur schwach, unbekannte Symbole, die matt in der Schwärze brannten, aber sie ließen mich wieder zu Atem kommen. Ich fand einen Schatten in meiner Nähe, Pepes Schulter, wie ich merkte, als ich danach griff, um ihn zu berühren. Das Licht wurde heller und erfüllte einen riesigen, leeren Zylinder. Leuchtende Bänder verliefen von uns zu über den Wänden verteilten Punkten. Wir hingen eine Zeit lang da, ohne eine Bewegung auszumachen oder einen Laut zu hören.

»Nichts«, murmelte Sandor. »Keine Schäden. Kein Zeichen eines Unfalls oder von Gewalteinwirkung. Keine Hinweise darauf, was der Killer war. Gehen wir zum Rand hinaus.«

Er griff nach einem leuchtend grünen Band, das ihn fortzog. Lo und ich folgten. Es brachte uns zu einer verschlossenen Tür in der Seitenwand des Zylinders. Sie öffnete sich, als Sandor ein grünes Symbol darauf anblickte. Ich folgte ihm in eine winzige Kammer, die uns herumschwang und Gewicht verlieh, als sie auf den Rand zusank. Sie stoppte, und wir traten hinaus in einen endlosen Gang, der sich vor und hinter uns krümmte, ein kreisförmiger Tunnel, der den Rand der Station umlief.

»*La calle mayor*!« Pepes Stimmung war besser als meine. »Die Hauptstraße.«

Es war die einzige Straße einer kleinen Stadt im Weltall. Zeichen, die daran entlang angebracht waren, blitzten auf und flackerten in den tanzenden Buchstaben eines mir nicht bekannten Alphabets. Sandor und Lo gingen voraus. Zentrifugale Schwerkraft war ein sonderbares Erlebnis. Obwohl das Pflaster vor uns stetig anstieg, mussten wir doch nie bergauf gehen. Das große Rad der Station schien zu rollen, während wir liefen, und so war das Pflaster unter unseren Füßen immer eben.

Sandor und Lo drangen aufmerksam vor, blieben immer wieder stehen, und sahen sich um, verrieten jedoch nichts über die Schlüsse, die sie ziehen mochten. Pepe und ich folgten ihnen nervös. Ich wusste nicht, was ich erwarten sollte. Ein Trümmerfeld? Tote? Außerirdische Ungeheuer?

Wir fanden keine Leichen, sahen weder Leben noch Bewegung. Das Pflaster war leer und sauber. Wir passierten eine tote Maschine, die Sandor als Straßenkehrer bezeichnete. Tot, sagte er, weil ihre Energie erloschen war. Er blieb vor einer geschlossenen Tür stehen. Darauf befindliche Symbole leuchteten hell auf, als er sie ansah.

»Das Büro des Captains«, erklärte Lo. »Laut der Türanzeige ist er da.«

Die Tür glitt auf. Wir betraten einen Raum, der beinahe das Vorzimmer eines Büros auf der alten Erde hätte sein können, möbliert mit Stühlen entlang den Wänden und einem breiten Schreibtisch, alles gefertigt aus einem Material, das wie blassgrünes Plastik aussah. Die einzige andere Farbe war das Glitzern von Diamanten auf dem Rand einer langen, goldenen Schüssel, die auf einem kleinen Tisch stand. Sie musste eine Zierpflanze enthalten haben. Jetzt war nur noch tote Erde darin, und längst verwelkte Blätter bedeckten den Tisch.

Lo und Sandor untersuchten den Raum, schüttelten den Kopf, öffneten eine weitere Tür. Das Zimmer dahinter enthielt vier leere Stühle, die hinter vier leeren Schreibtischen standen. Ich sah keine Bücher oder Papiere, die mir etwas gesagt hätten, keine Büromaschinen oder Akten, aber über jedem Schreibtisch hing eine große schwarze Kugel. Eine davon glomm auf, als Lo hineinsah. Ich spähte an ihr vorbei in ein weiteres Büro, wo ein weiterer leerer Stuhl hinter einem weiteren leeren Schreibtisch stand.

Pepe streckte die Hand aus, um die Kugel zu berühren, und griff hindurch.

»Eine holografische Kontaktvorrichtung«, erklärte uns Lo. »Sie ist noch mit einem Büro drunten in Akyar verbunden. Aber es ist niemand dort.«

Sandor öffnete eine weitere Tür, blieb stehen und starrte. Wir drängten uns hinter ihn, blieben ebenfalls stehen und wichen zurück. Ein Dutzend Menschen saß um einen langen Konferenztisch, allerdings nicht zu einer geschäftlichen Besprechung. Der Tisch war bedeckt mit Geschirr, leeren Tassen und Gläsern, seltsam geformten Gabeln und Löffeln, wie Edelsteine leuchtenden Flaschen, Schüsseln, die mit staubigen Überresten gefüllt waren, die einmal Speisen gewesen sein mussten.

»*Una fiesta*!«, murmelte Pepe. »Ich glaube, sie starben *muy contentos.*«

»Was sie auch getroffen hat«, sagte Sandor, »es muss ganz plötzlich über sie gekommen sein.«

Die Männer und Frauen hatten zu seiner feingliedrigen, anmutigen Rasse gehört, aber jetzt boten sie keinen so schönen Anblick mehr. Sie waren zu Mumien vertrocknet, ihr Fleisch war braun und verschrumpelt, schwarze, leere Höhlen in leeren Schädeln starrten blind über den Tisch auf die anderen leeren Schädel. Ich war froh, den Helm zu tragen. Der Gestank musste ungeheuer sein.

»*Los pobres*!« Pepe bekreuzigte sich. »Ich hoffe, sie sind in den Himmel gekommen.«

37

Mona rief uns von der Erde aus.

»Sie und Casey sind in Akyar eingetroffen«, teilte uns Sandor mit. »Auf ihrem Weg dorthin flogen sie nach Norden über die Städte entlang der amerikanischen Küste und dann südlich über Europa und den Mittelmeerraum. Pflanzen und Tiere schienen reichlich vorhanden, aber die Städte –« Die Lippen strichdünn, schien er in sich selbst zusammenzuschrumpfen. »Alles zu Schutt zerfallen und von Wald überwachsen. Sie empfingen keine Funksignale, sahen keine befahrbaren Straßen, keine Lichter bei Nacht, nichts, was sich bewegte.«

Er schwieg einen Moment, hob die Schultern und fuhr fort:

»Sie sind in einem Park in der Nähe des Crown-Buildings gelandet. Das ist das Nexus-Gebäude. Dort gibt es Leben, sagt Mona, Affen in den Bäumen und Vögel in der Luft. Der Großteil der Stadt verfiel vor langer Zeit, aber sie sagt, das Crown-Building scheint noch intakt zu sein, ohne sichtbare Beschädigungen. Sie verlassen die Kapsel. Sie will hineingehen, wenn sie kann. Sie können keinen Kontakt zu uns halten, bis sie wieder am Funkgerät in der Kapsel sind. Wir werden hier warten, bis sie sich wieder meldet.«

Wir warteten ewig.

Unter uns schien die Erde still zu stehen, und so schien auch die Zeit anzuhalten. Für uns gab es weder Tag noch Nacht. Sandor und Lo brachten endlose Zeit an Bord des

Satelliten zu, wo sie nach Hinweisen suchten, die sie nie fanden. Einmal ging ich mit ihnen zurück, aber ihre sämtlichen Gespräche fanden lautlos statt, und ich konnte mir auf nichts, was ich sah, einen Reim machen. Ich fühlte mich eingesperrt, bedrückt von der Fremdartigkeit und der Dunkelheit der Station, der überwältigenden Präsenz des Todes.

Ich bevorzugte die Sterne, die Illusion, dass wir frei im All schwebten, und Pepes vertraute Gesellschaft. Das Leben in der Kapsel war ziemlich sorglos, solange wir die finsteren Rätsel um uns herum vergessen konnten. In den Spinden gab es Lebensmittel, kleine braune Würfel, die Wasser zu etwas vergrößerte, das ich zu essen lernte. Die Sitze ließen sich zurücklegen, wenn wir schlafen wollten.

Um uns die Zeit zu vertreiben, sahen wir zu, wie der Mond um die Erde kroch und wie die Sonne schneller über das Antlitz der Erde zog. Obgleich Tycho und die Station zu weit entfernt waren, um sie sehen zu können, ertappte ich mich dabei, wie ich um Tanya und die anderen trauerte, die wir dort zurückgelassen hatten; sie waren gesund und munter gewesen, als wir gingen, aber mittlerweile sicher schon seit Jahrhunderten tot. Oder waren sie alle von neuem geklont worden, und wir mit ihnen, als der Computer feststellte, dass die Erde tot war?

Wir schauten zu, wie sich die Monsunwolken über Afrika lichteten, und warteten auf was immer Sandor und Lo herausfinden mochten. Auch wenn sie nur selten schliefen, kamen sie doch ab und zu in die Kapsel zurück, um zu essen, sich auszuruhen und zu versuchen, Mona zu erreichen. Doch sie gab nie Antwort. Pepe drängte Sandor, nach Akyar zu fliegen und ihnen zu helfen, sollten sie in Schwierigkeiten stecken.

»Sie haben mit Schwierigkeiten gerechnet.« Sandor schüttelte den Kopf. »Deshalb haben wir uns ja getrennt. Um unsere Chancen zu verdoppeln. Und wir haben hier noch Arbeit zu erledigen. Wir sind dabei, ein Datum für die Katastrophe zu bestimmen. Was auch passiert ist, es war vor etwas über zweihundertvierzig Erdenjahren.

Es war sicher nicht das Sagittarius-Pathogen, das durch interstellare Reisen weitergetragen wurde und alles organische Leben vernichtete. Wir haben die Aufzeichnungen in der hiesigen Operationssektion gelesen. Bis zu jenem letzten Moment herrschte hier ganz normaler Verkehr von interstellaren Schiffen und Erdshuttles.«

Sein elfenhaftes Gesicht verzog sich wie vor Schmerz.

»Wir betraten den Raum einer Operationssekretärin, die gerade von einem Urlaub auf der Erde zurückgekommen war. Sie hatte Geschenke für ihre Freunde gekauft. Ein hübsches kleines Modell des prähistorischen Raumschiffs von der Tycho-Station. Einen Spielzeugelefanten, der noch seine Ohren aufstellen, trompeten und über eine Tischplatte laufen konnte. Holowürfel, die das Treiben um das restaurierte Tadsch Mahal und das Parthenon zeigen. Alles war noch eingepackt und mit Namensetiketten versehen, aber nie verschenkt worden.«

Da für uns keine Zeit verging, zählten wir die Tage anhand des Sonnenlichts, das wieder und wieder über das reglose Afrika unter uns strich. Dreizehn waren vergangen, bis Sandor eine Meldung von der Erde erhielt.

»Sie sind in Sicherheit.« Sein schmales Gesicht hatte sich aufgehellt. »Sie sind wieder in ihrer Kapsel und bereit, uns zu erzählen, was sie so lange aufgehalten hat.«

Als wir in Richtung Afrika hinabglitten, stellten wir fest, dass der Kilimandscharo seit dem großen Impakt höher geworden war; ein neuer Krater auf dem Gipfel war mit Schnee gefüllt. Eine Reihe schmaler Seen zog sich durch das lange Tal des

Ostafrikanischen Grabens, der jetzt tiefer reichte, da der Kontinent auseinander gerissen wurde. Akyar lag östlich des Grabens, auf der Hochebene, die zum Indischen Ozean hin abfiel. Aus der Vogelperspektive ergab die Stadt das Muster einer Zielscheibe, in der Mitte ein Bullseye, umgeben von kreisförmigen Straßen, die von breiten, strahlenartig verlaufenden Boulevards durchteilt wurden.

»Akyar.« Sandor wies auf das Zentrum, als wir darüber hinweg glitten. »Dort in der Mitte, das ist das Nexus-Gebäude. Crown wird es seiner Form wegen genannt.«

Es war prachtvoll. Weiße Säulen, die so hoch wie das Washington Monument wirkten, stützten eine große goldene Kuppel, gekrönt von einer nadelartigen Spitze, die Lanzen aus Regenbogenfarben verstrahlte wie ein riesiger Diamant. Gigantische Tierfiguren marschierten um den Fuß der Kuppel. Ein Tyrannosaurus, ein Mammut, ein Säbelzahntiger. Voraus gingen ihnen ein Pferd und ein Kamel, ein Löwe und ein Lama, ein Gorilla und ein Mensch.

»Die Herren des Universums!« Pepe lachte in bitterer Ironie auf.

»Zumindest das Zentrum der Zivilisation.« Auf den prismatischen Glanz der Spitze hinabblickend schüttelte Sandor seinen glatt bepelzten Kopf. »Das ist unser Rätsel. In einer Welt, die so viele Planeten umfasst, die so frei von Problemen oder auch nur Anzeichen von Problemen ist – wie konnte da etwas so schrecklich schief gehen?

Ich hoffe, Mona weiß die Antwort.«

Er flog tief über die Diamantnadel hinweg und drehte sich in seinem Sitz, um auf das silberne Schimmern von Monas Kapsel zu zeigen. Dann steuerte er einen kleinen Park neben einer breiten Straße an, die vom Crown-Building aus nach Westen verlief. Wir landeten in der Nähe. Als wir uns durch die transparente Hülle hindurch umschauten, sahen wir nichts von Mona oder Casey. Sandor öffnete die Luke. Wir stolperten hinaus.

Ich hörte ein hohes Bellen. Über das Gras ringsum zogen sich ringförmige Hügel aus brauner Erde. Auf dem nächsten Hügel stand aufrecht ein kleines braunes Tier, bellte noch einmal und verschwand in einem Loch in der Mitte.

»Ein süßes Tierchen«, murmelte Lo. »Mona würde es lieben.«

»Ein Präriehund«, sagte Pepe. »Mein Vater hat in Texas ihre Bauten gesehen, als er noch ein Kind war. Doktor DeFort wollte bewahren, was er Biodiversität nannte. Er versuchte Gewebeproben von allen Lebewesen zu retten –«

»*Amigos*!« Caseys Ruf unterbrach ihn. »*Qué pasa*?«

Er und Mona kletterten aus ihrer Kapsel. Sie versetzten mich in Staunen. Sie hielten Händchen, trugen leuchtend grüne Lendenschurze und Girlanden aus großen roten Blüten und sonst nichts. Caseys breites schwarzes Gesicht leuchtete so glücklich, wie ich ihn noch nie gesehen hatte, wenn er auch ein wenig belämmert wirkte, als sie seine Hand losließ und zu Lo und Sandor lief, um sie zu umarmen.

»Pep, Dunk. Ich bin froh, dass ihr hier seid.«

Er schüttelte uns die Hand und sah zurück zu Mona. Sie hatte die Arme um Lo und Sandor gelegt. Sie lachten und waren ganz miteinander befasst. Er stand einen langen Augenblick da und betrachtete sie, ehe er sich wieder uns zuwandte.

»Damit hätte ich –« Er bezwang seinen sehnsuchtsvollen Ton, als schäme er sich seiner Gefühle. »Damit hätte ich nie gerechnet.«

In unserer Nähe stand, mit Sitzen auf jeder Seite, ein sehr massiver Tisch, der aus etwas bestand, das wie grün geäderte Jade aussah. Pepe und ich fühlten uns immer noch schwer unter der Erdgravitation und waren froh, uns setzen zu können. Nach einem weiteren zärtlichen Blick zu Mona schloss Casey sich uns an. Wir fragten, was sie gefunden hatten.

»Keine Ahnung. Nichts, was ich begreifen könnte.«

Er schien von diesem Manko ganz unberührt, selbst vom Tod der Erde, und ließ seinen Blick wieder zu Mona schweifen. Sie winkte mit einem Lächeln, das ihn zu bezaubern schien, und begleitete Lo und Sandor in ihre Kapsel. Casey sah ihnen verträumt hinterher, bis Pepe ihn am Arm berührte.

»Entschuldigt.« Er blinzelte, als habe er uns vergessen. »Ich war in Gedanken.«

»Wir waren im Satelliten«, erzählte Pepe, auch wenn es Casey kaum zu kümmern schien. »Alles, was wir fanden, waren vertrocknete Leichen. Aber keinen Hinweis darauf, was sie umbrachte.« Er deutete zum aufragenden Crown-Building hinüber. »Wart ihr da drin?«

Caseys Antwort bestand nur in einem Nicken.

»Erzähl uns davon.«

»Es ist zu groß.« Dennoch zuckte er die Achseln, als käme es auf die Größe des Gebäudes kaum an. »Wir haben nicht einmal ein Zehntel davon gesehen.«

»Irgendetwas Lebendes?«

»Nichts.« Endlich richtete er seine Aufmerksamkeit wieder auf uns. »Aber es ist noch ein Stab von Service-Robotern aktiv. Wenn da drin Menschen gestorben sind, müssen ihre Leichen weggebracht worden sein.«

Wir saßen da, verrenkten uns den Hals und schauten zu der Diamantspitze und den Tieren empor, die um die große goldene Kuppel marschierten. Schließlich drängte ihn Pepe, uns mehr zu erzählen.

»Es war wirklich ganz wundervoll.« Ehrfurcht dämpfte Caseys Ton. »Es hatte ein Computersystem, das mit sämtlichen Mikrobots verbunden ist. Dadurch sei es eine Art Superhirn, sagt Mona, das in Kontakt mit ähnlichen Zentren auf allen besiedelten Welten steht. Das Gehirn der gesamten Menschheit.«

»Funktioniert es noch?«, fragte Pepe. »Weiß es, was über die Menschen gekommen ist?«

Casey schüttelte den Kopf. »Die Roboter halten den Computer am Laufen. All die alten Daten sind noch gespeichert, aber Mona sagt, seit dem Black-out sei nichts mehr hinzugefügt worden.«

Ein weiterer Präriehund war aufgetaucht und bellte uns an.

»Ich bin froh, dass wenigstens etwas am Leben ist.« Casey lächelte, als muntere ihn das auf. »Ganz gleich, was uns getroffen hat, die Evolution kann wieder ihren Lauf nehmen.«

Pepe fragte, ob sie zum Gebäude zurückgehen wollten.

»Sinnlos.« Caseys Lächeln schwand, und er schüttelte den Kopf. »Die tote Leere zehrte an meinen Nerven, ich war froh, wieder rauszukommen.«

»Wird Sandor es nicht sehen wollen?«

»Da gibt es eine Menge zu sehen.« Caseys massive Gestalt schien zu schrumpfen. »Die Hälfte davon liegt unterirdisch, Etage um Etage. Labyrinthe von Korridoren, die kein Ende nehmen. Wir hatten uns einmal verirrt und mussten einen Roboter finden, der uns an eine Stelle zurückbrachte, die wir wieder erkannten. Die Roboter versuchen, Befehle zu befolgen, aber sie sagen einem nichts. Sie verlassen das Gebäude nicht, versuchen nur, es in Schuss zu halten.«

Er hielt inne. In seinen Augen lag etwas wie Angst.

»Es ist einfach zu viel! Zu viel von allem. Botschaften all der anderen besiedelten Planeten, mit Holo-Ausstellungen, die einem alles darüber erzählen, alle mit dem Hauptcomputer verbunden. Bibliotheken, Museen, Labors, Geschäfte, Fremdenverkehrs- und Informationsbüros, Kunstgalerien, Theater,

Sporteinrichtungen, von denen ich mein Lebtag nichts gehört habe. Sogar eine Art Luxushotel mit Roboterpersonal, das bereit ist, uns aufzunehmen.«

Wieder lächelnd berührte er seine Blumenhalskette, wie um sich dafür zu entschuldigen.

»Und Mona!« Er nannte ihren Namen in fast anbetendem Ton und lehnte sich mit sehr ernster Miene zu uns vor. »Wie ihr wisst, habe ich davon geträumt, dass wir irgendwie zusammen sein würden. Aber ich hätte nie gedacht, dass es wirklich dazu käme.«

Er holte tief Luft.

»Aber es ist passiert.« Sein dunkles Gesicht strahlte. »Ihr habt sie gesehen. Sie liebt mich. Wir waren zusammen im Paradies!«

Mona trat mit einem Korb in der Hand aus der anderen Kapsel. Er eilte zu ihr, nahm ihr den Korb ab und stellte ihn auf den Tisch. Sie machte ihn auf, breitete ein Tuch aus und begann, Geschirr und Gläser darauf zu stellen, Schüsseln mit Essen, einen Krug mit bernsteinfarbenem Wein.

»Das haben die Roboter für uns eingepackt«, erläuterte Casey. »Sie wissen wirklich noch, was sie einmal waren.«

Lo und Sandor schlossen sich uns an. Mona schenkte Wein ein. Casey verteilte runde goldene Früchte.

»Sie sind anders als alles, was wir auf dem Mond je hatten. Ich weiß nicht, wie man sie nennt, aber probiert sie einfach mal.«

»Pfirsiche.« Sandor biss in einen hinein. »Aus Zellproben, die ich bei der Ausgrabung auf dem Mond fand. Ich hatte sie in meinem Obstgarten an der Gedenkstätte.«

Mona schnitt eine Frucht auseinander und teilte sie mit Casey. Meine war köstlich. Es gab Tassen mit Suppe, Kuchen, Nüsse, Marmeladen. Einige schmeckten mir erst nicht, aber der bernsteinfarbene Wein verstärkte den Geschmack, bis ich alles herrlich fand. Als wir fertig waren, sahen Lo und Sandor einander an und entfernten sich vom Tisch.

»Entschuldigt uns bitte. Wir müssen über einiges nachdenken.«

Mona ergriff Caseys Hand und führte ihn den beiden hinterher. Die vier standen eine Weile da und blickten zur Kuppel hinauf, dann reichten sie sich die Hände, verloren in stillem Gespräch. Es gab wahrlich genug, so meinte ich, über das sie nachdenken konnten.

»*Dos locos*!« Einen Schatten im Gesicht, schüttelte Pepe den Kopf in Caseys Richtung. »Es war falsch von mir zu denken, dass sie nie zusammen sein würden. Aber sie haben vergessen, dass die Welt tot ist.«

38

In stillem Kontakt standen die vier beisammen, bis Lo und Sandor sich abrupt aus dem Verbund lösten und rasch auf Sandors Gleiterkapsel zugingen. Wortlos ließ Mona Caseys Hand los und folgte ihnen. Er stand starr da, sah ihr nach, Angst hatte sich in sein Gesicht gegraben.

»Mona?« Ein atemloses, tonloses Flüstern. »Warum?«

»Wir haben keine Zeit.« Sie eilte zu ihm zurück und berührte seine geöffneten Lippen mit einem Kuss. »Absolut keine Zeit.«

Sie entschlüpfte ihm, ehe er sie umarmen konnte, und rannte hinter Lo und Sandor in die Kapsel. Die Luke schnappte zu. Casey wandte sich uns zu, die leeren Hände in stummem Flehen ausgebreitet. Ich spürte seinen Schrecken, konnte ihm aber nicht helfen.

»*Demonios*!«, murmelte Pepe. »*Fantasmas de los muertos*!«

Geister der Toten.

Die Dunkelheit verdichtete sich um uns her, die Präriehunde waren verstummt. Die Nadel auf dem Crown-Building glomm sanft, beleuchtete die Kuppel und warf lange, schwarze Schatten über die Bäume und die Schutthügel ringsum. Von weither aus dem Wald hörte ich einen seltsamen zitternden Schrei. Nur ein Nachttier, dachte ich, das nach einem Gefährten rief – dennoch spürte ich, wie sich meine Nackenhaare aufrichteten.

Die Kapsel stand einfach nur da.

»Warum?« Casey starrte sie an, niedergeschlagen und verblüfft in einem. »Warum hat sie mich verlassen?«

»*Dios sabe.*« Pepe schauderte. »Weiß Gott. Oder hat der Teufel die Welt vereinnahmt?«

Wir standen lange Zeit da, fröstelten im Nachtwind, warteten darauf, dass sie aus der Kapsel kamen, darauf, dass sie abhob – auf irgendetwas. Doch die Kapsel lag still und reglos, ein spiegelndes Geheimnis, das im Schein der Nadel schwach schimmerte. Casey rief einmal in Richtung der Kapsel, flehte Mona mit heiserer Stimme an, die Luke [illegible] Sie öffnete sich nicht.

Müde vom Herumstehen kehrten Pepe und ich zum Tisch zurück. In Monas Korb war eine Hand voll Brötchen übrig, dazu ein bisschen Wein im Krug. Wir saßen vornübergebeugt da, um uns vor dem Wind zu schützen, und riefen Casey. Doch er stand nur dort, wie taub für uns, hatte die Fäuste geballt und schüttelte den Kopf in Richtung des Gleiters, während wir die Brötchen und den Wein verzehrten.

Der Einstieg der anderen Kapsel stand immer noch offen. Um dem Wind zu entgehen, krochen Pepe und ich hinein. Ich klappte die Lehne eines Sitzes um und lag lange Zeit da, starrte durch die glasklare Hülle hinaus auf Casey und die reglose Kapsel und sah zu, wie der Mond langsam an der glänzenden Nadel vorbeizog. Pepe murmelte in seinen offenkundig unangenehmen Träumen fortwährend spanische Flüche. Dank des Weines schlief ich endlich ein.

Als ich aufwachte, war Casey bei uns in der Kapsel. Er lag schnarchend am Boden, hohläugig und hager, schwarze Stoppeln auf dem Kinn. Die Präriehunde begrüßten mich mit einem bellenden Chor, als ich hinauskletterte. Sandors Kapsel lag immer noch an derselben Stelle, ein spiegelblankes Rätsel, das in der Morgensonne strahlte. Pepe durchwühlte einen Schrank und fand harte, trockene Tafeln aus etwas, das wie verbrannte Hafergrütze schmeckte. Wir aßen ein wenig davon. Casey ging hinaus und horchte an der anderen Kapsel, das Ohr gegen die Spiegelhülle gelegt. Betrübt und schweigend kam er zurück.

»*Qué le hace*?« Pepe sah die Kapsel düster an. »Wir können hier nicht ewig warten.«

»Ich habe geträumt«, sagte Casey übellaunig. »Ich habe geträumt, dass sie tot sind.«

»Wenn sie es sind …« Pepe erschauerte und bekreuzigte sich. »Wir sollten nachsehen.«

Er ging zur Straße, kehrte mit einem schweren Brocken zerborstenen Straßenbelags zurück und hob ihn mit beiden Händen hoch, um ihn gegen die Seite der Kapsel zu schlagen.

»Nicht!«, rief Casey, um ihn zu stoppen. »In dem Traum geschah noch etwas anderes. Ich versuchte, in die Kapsel zu gelangen. Ich hörte Mona Worte rufen, an die ich mich erinnere. ›Gold acht, rot sechs, schwarz vier.‹ Die Luke ging auf. Und da sah ich, dass sie tot waren.«

Pepe ließ den Brocken fallen, beugte sich vor und musterte die Seite der Kapsel.

»*Mira*!«, flüsterte er. »*La cerradura*!«

Er hatte drei farbige Punkte auf der Spiegelhülle entdeckt. Gold, rot und schwarz. Vorsichtig berührte er sie, einen nach dem anderen, zählte die tippenden Berührungen laut mit. Plötzlich klaffte der Einstieg weit auf. Wir betraten die Kapsel.

Sie lagen in den Sitzen, flach und reglos. Monas Augen standen offen, glasig und blind, ihre Schönheit zu einer gefrorenen Grimasse erstarrt. Ihr Arm war kalt und hart, als ich ihn berührte, in Totenstarre verfallen. Casey fiel neben ihr auf die Knie. Wir gingen hinaus und ließen ihn allein.

»*Cabrón*!«, murmelte Pepe. »*Madre de cabrones*! Wie kann Gott so etwas zulassen?«

Gab es überhaupt einen Gott? Welche Macht würde unschuldige, arglose Planeten töten, warnungslos und ohne ihnen eine Chance zu lassen? Darauf wusste ich keine Antwort.

Endlich taumelte Casey aus der Kapsel. Er sah blass und niedergeschmettert aus, als sei das Leben aus ihm geflossen, und doch rang er um Beherrschung, seine hohlen Augen waren trocken, sein Kinn vorgereckt.

»Was hat sie getötet?«, fragte Pepe.

Er zuckte die Achseln und schüttelte den Kopf.

»Ich glaube, Mona wusste es, als sie noch einmal umkehrte und mich zum Abschied küsste. Ich glaube, sie wollte es mir sagen, aber es ließ ihr keine Zeit mehr dazu.«

Er wollte die Leichen begraben. Der Boden sei zu hart, meinte Pepe, um ohne Werkzeuge Gräber ausheben zu können. Die Kapsel, fand er, genüge als Gruft, aber die vertrockneten Mumien, die wir im Satelliten gefunden hatten, wollten Casey nicht aus dem Kopf gehen.

»Wir verbrennen sie«, sagte er. »Wir errichten einen Scheiterhaufen und bestatten sie.« Wir hatten zwar keine Axt, um Brennmaterial zu schlagen, aber Stürme hatten entlang der verlassenen Straßen genug alte Bäume zertrümmert. Den größten Teil des Tages brachten wir damit zu, abgebrochene Äste herbeizuschleifen und aufzuschichten. Die in ihrer Ruhe gestörten Präriehunde beobachteten uns argwöhnisch. Als Casey befand, dass wir genug hatten, schafften wir die Toten mit größtmöglichem Respekt aus der Kapsel und legten sie nebeneinander auf den Haufen.

Dann stellten wir fest, dass wir keine Möglichkeit hatten, das Holz anzuzünden. Pepe wollte nach Feuerstein und Stahl suchen, aber Casey entsann sich einer wissenschaftlichen Ausstellung, die er und Mona im Crown gesehen hatten. Dorthin ging er zurück und kam mit einem Hohlspiegel wieder. Damit entzündete er ein trockenes Blatt. Pepe neigte den Kopf und murmelte ein spanisches Gebet. Wir warfen mehr Holz in die Feuersbrunst, bis die Sonne unterging.

Am nächsten Morgen war die Asche kalt. Wir sammelten die Knochenreste in Monas Korb. Als ich fragte, was wir damit tun sollten, schlug Pepe vor, sie aus der Kapsel in alle Winde zu verstreuen. Das versetzte mich in Erstaunen, denn Sandor schien per Zauberei geflogen zu sein, hatte nie irgendwelche Kontrollen berührt. Keine Zauberei, sagte Pepe, seine Mikrobots hätten es mit ihren magnetischen und elektrostatischen Feldern getan. Sandor habe ihm aber beigebracht, wie man den Steuerknüppel benutzte.

»Die Serengeti.« Casey nickte dankbar. »Dort sah ich eine Herde von Gnus. Mona liebte Tiere.«

Pepe flog uns hoch über die eisgefüllten Krater auf der Spitze des gewaltigen neuen Kegels des Kilimandscharos und wieder hinab, wo wir über das Ostufer des größer gewordenen Victoriasees segelten. Im Tiefflug glitten wir über die üppigen grünen Weiden der Serengeti und öffneten die Luke. Gnus, Gazellen und Zebras flohen vor uns, und Vögel mit breiten Schwingen stiegen von einem Wasserloch auf. Casey stand in der offenen Tür und verstreute die Asche.

»Unsterblich.« Pepe schüttelte traurig den Kopf, als er die Tür schloss und den brüllenden Wind aussperrte. »Ich wünschte, sie wären es gewesen.«

Er brachte uns zurück in den langen Schatten des Crown-Buildings und landete wieder zwischen den schimpfenden Präriehunden. Von seinem Sitz aus sah er sich nach Casey und mir um.

»*Y ahora qué?* Was jetzt?«

Casey hob die Schultern. Ich fühlte mich von finsterer Verzweiflung zermalmt. Wir drei waren nun allein hier mit den Tieren, ohne Freunde und Essen und jene Instinkte, die sie am Leben hielten. Ich fragte Pepe, ob er uns zum Mond zurückbringen könne.

»Der Computer wird uns sicher wieder klonen«, sagte ich, »wenn er erst einmal feststellt, dass die Erde tot ist. Wann immer das geschieht, sollten unsere neuen Brüder Bescheid wissen über das, was wir gesehen haben.«

»Die Station würde uns nicht einlassen.« Er schüttelte den Kopf. »Sandor hat sie versiegelt.«

Dennoch wollte ich all den Rätseln um Ruinen und Tod, die über uns schwebten, unbedingt entkommen. Konnte er uns zu Los Heimatplaneten fliegen? Oder vielleicht auf eine Reise bringen, die noch einmal tausend Jahre dauerte? Ich meinte, wir könnten doch hoffen, neu geklont worden zu sein, wenn wir zurückkehrten. Vielleicht war die Erde dann schon wieder zu neuem Leben erweckt.

Seine Miene hellte sich für einen Augenblick auf, doch dann schüttelte er wieder den Kopf.

»Ich bin kein interstellarer Pilot. Selbst wenn ich es wäre, würden wir womöglich keine lebende Welt finden. Jeder, der glaubte, wir brächten die Seuche mit uns, würde uns vom Himmel schießen.«

Bei Sonnenuntergang hatten wir die Kapsel verlassen, saßen wieder an dem Jadetisch, bereiteten uns eine weitere Mahlzeit aus den harten Brötchen, die Pepe in einem Schrank gefunden hatte, und fragten uns, wie wir überleben sollten.

»Wir könnten in der Kapsel wohnen, aber das –« Er hielt inne und blickte finster auf ein angebissenes Brötchen. »Nicht einmal dieser Schweinefraß wird uns lange reichen.«

Wir sprachen darüber, eine Farm anzulegen oder auf die Jagd zu gehen, aber wir hatten kein Saatgut und keine Werkzeuge, um den Boden zu beackern, keine Waffen, um das Wild um uns her zu erlegen, nicht einmal die Präriehunde. Wir besaßen keinerlei Fähigkeiten. Casey schwieg verdrossen, sah zu der Spitze des Crown-Buildings hinauf, bis Pepe fragte, ob er eine Idee habe, wie wir unser Leben retten sollten.

»Wir tragen die Sagittarius-Mikrobots in uns.« Ich vernahm seine bittere Ironie. »Sie sollten uns eigentlich unsterblich machen.«

»Die hatte Sandor auch«, stellte Pepe fest. »Und sie haben ihn nicht gerettet.«

»Wir wissen nicht, was sie sind.« Er nickte und schaute zu der goldenen Kuppel empor. Ein riesiger Halbmond ging in der Dämmerung auf. Als er weitersprach, redete er eher mit sich selbst als mit uns. »Mona dachte, sie hätte diese Mikrobots von mir übernommen. Sie versuchte, sie zu verstehen, hoffte, dass sie uns vor dem beschützen würden, was den Planeten auch getötet haben mochte. Ich glaube, sie war letztlich auf etwas gestoßen, das sie zu ängstigen begann.«

Die Lippen zusammengepresst, schüttelte er den Kopf.

»Was sie fand, oder zu finden glaubte, wusste ich nicht. Sie hatte gelernt, meine Gedanken zu lesen, aber ihre blieben mir verschlossen. Wir liebten einander, und sie schien zum Ende hin glücklicher und hoffnungsvoller. Ich war glücklich mit ihr.«

Mit einem ausgiebigen Seufzen schüttelte er den Kopf und saß lange Zeit in Erinnerungen versunken da.

»Wir hofften, ewig zu leben«, fuhr er schließlich fort, in so verzweifeltem wie sehnsuchtsvollem Ton. »Wir lachten und redeten über die guten Zeiten in unserem Leben. Sie wollte wissen, wie ihr Leben geworden wäre, hätte Sandor sie mit uns auf dem Mond aufwachsen lassen. Sie fand die Geschichte des großen Impakts und die Historie der Station faszinierend. Sie sprach über die Reisen mit ihrer Mutter und all die seltsamen Wesen, die sie gesehen hatte. Sie liebte jede neue Rasse, jede Art von Leben. Und das Crown-Building –«

Ein flüchtiges Lächeln erhellte sein Gesicht.

»So lange es währte, führten wir dort ein großartiges Leben. Sie genoss alles, was uns die Roboter zu essen und zu trinken gaben. Wir verbrachten herrliche Nächte im Bett. Sie war immerzu auf der Suche, neugierig. Und am Schluss glücklich mit dem, was sie zu finden glaubte.«

Er sah zur Spitze hoch, in den Augen neue Entschlossenheit.

»Ich gehe wieder hinein.«

Am nächsten Morgen tat er es. Pepe und ich folgten ihm aus der Kapsel auf eine breite Allee hinaus, die einst prachtvoll gewesen war. Herrliche Bäume hatten sie gesäumt, jetzt waren die meisten von ihnen umgestürzt oder abgestorben. Ein dichtes Gewirr aus Kletterranken und Gestrüpp lag über dem Pflaster. Wir mussten uns um quer liegende Stämme herumkämpfen und durch einen steinigen Kanal klettern, den die Fluten in den Boden gewaschen hatten.

Das Gebäude, das am Ende der Allee aufragte, war weiter entfernt, als es ausgesehen hatte, und sogar noch gigantischer. Wir brauchten fast eine Stunde, um die dschungelüberwucherten Gärten, die es umgaben, zu erreichen. Unkraut und Dornengestrüpp füllten ein langes, halbmondförmiges Becken unterhalb des Eingangs. Eine riesige goldene Figur ragte daraus empor und hatte einen ihrer massiven Arme erhoben, um ein radförmiges Schiff ins All zu schleudern.

Ein ums andere Mal blieben wir stehen und sahen uns staunend die Säulen an, die riesenhaften Tiere, die um die Kuppel herummarschierten, das Feuer in der Diamantnadel. Ihre gewaltigen Dimensionen und der Eindruck von Tod und langem Verfall erfüllte mich plötzlich mit schmerzhafter Sehnsucht nach unseren sicheren kleinen Höhlen auf dem Mond, aber Casey stapfte beharrlich weiter.

Wir folgten ihm um das Ende des halbmondförmigen Beckens herum und eine Rampe hinauf, die aus etwas wie weißem Marmor bestand, zu einem monumentalen Durchgang. Das Tor war eine gewaltige goldene Platte, in die eine weitere Figur eingraviert war, die einen Globus in den Himmel reckte.

Der Globus schlug mich in Bann.

Er war eine Insel des Lebens in diesem Meer des Todes und leuchtete in lebendigen Farben. Er drehte sich und schimmerte vor wolkenlosen, blauen Ozeanen und sonderbar grünen Kontinenten, gemustert mit, wie ich meinte, Straßen und Städten, hier und da ein Flecken Polareis. Er veränderte sich, während er sich drehte. Die Hemisphären, die verschwanden, kamen nicht wieder zum Vorschein. Mit jeder Drehung offenbarte er eine andere Welt.

Ich gaffte den Globus an, bis sich am Fuß des Tores ein schmaler Durchlass öffnete. Ein knochenweißer Roboter trat heraus. Er war von menschlicher Gestalt und so anmutig in Form und Bewegung, dass ich einen Moment lang glaubte, er sei lebendig. Er blieb stehen und blockierte den Eingang, stand einen Augenblick lang still, um uns zu inspizieren, und hob lautlos einen Arm, um uns abzuweisen.

Pepe und ich wichen voller Unbehagen zurück, aber Casey blieb stehen und rief etwas, das wie Sandors Sprache klang. Der Roboter stand eine halbe Minute lang starr da, dann glitt er beiseite und bedeutete uns, einzutreten.

39

Leere empfing uns. Leere, Dunkelheit, Stille. Dennoch war das große Gebäude von ganz eigenem Leben beseelt. Um uns her ging Licht an. Ein zweiter knochenweißer Roboter kam über eine weite, kahle Fläche auf uns zu. Er blieb stehen, als Casey einen Befehl aussprach, den er von Mona gelernt haben musste, und wir blickten uns um.

Wir waren in einen hohen Gang getreten, der sich rings um das Gebäude zog. An der Außenwand leuchteten mit einem Mal holografische Wandbilder auf. Bild für Bild waren sie Fenster in Welten jenseits der Erde. Fremdartige Landschaften und monumentale Gebäude, Raumhäfen und Raumschiffe, seltsame Pflanzen und noch seltsamere Tiere, Gestalten und Gesichter von menschlichen Wesen, die von Planet zu Planet variierten.

Casey deutete auf sie.

»Die kolonisierten Planeten. Sie hatten alle ihre Vertreter hier. Abgesandte, Händler, Touristen und so weiter. Dies war der Nexus der interstellaren Zivilisation. Ihr kennt die Probleme mit der relativen Zeit, die man auf Raumflügen verliert, aber sie haben es geschafft. Zentren wie diese verbanden die Welten miteinander.«

»Aber sie sind tot.«

Pepe hielt inne und schaute durch ein weiteres Holofenster auf eine karge Landschaft, so rot und leblos wie der Mars. Ein riesiger blauer Ballon rollte auf einer breiten Straße dahin, die in staubige Fernen führte. Drei kleinere blaue Kugeln rollten hinter ihm her.

»Sind sie tot?« Er zog schaudernd die Schultern ein und

wandte sich wieder an Casey. »Alle tot? Kam die Seuche von einem anderen Planeten hierher? Oder breitete sie sich vielleicht von der Erde aus?«

»Das versuchte Mona herauszufinden.« Casey zuckte die Achseln. »Sie entdeckte keine Hinweise auf ein Schiff, das nach dem Tod der Erde eingetroffen wäre. Vor zweihundertvierzig Jahren. Sie befürchtete deshalb, dass andere Welten und selbst die Besatzungen von Schiffen auf interstellaren Flügen gestorben waren. Dass es bedeutete, das Unternehmen Menschheit sei vorüber.«

»Wie konnte das geschehen?« Pepe schüttelte den Kopf und starrte wieder auf die rollenden Ballons. »Ich meine, alles auf einmal, wenn es denn so war? Auf Planeten und Schiffen, die so viele Lichtjahre entfernt waren?«

»Ich habe keine Ahnung.« Casey sah ausdruckslosen Blickes an uns vorbei, den leeren Gang hinab. »Aber das ist jetzt unser Problem. Ich glaube, wir müssen es lösen, wenn wir am Leben bleiben wollen.«

»Wenn Mona es nicht geschafft hat, oder Lo und Sandor in dem Satelliten –«

Pepe ließ seine Stimme in gespenstischer Stille vergehen.

»Noch etwas verwirrt mich.« Casey drehte sich wieder um und sah uns mit gerunzelter Stirn an. »Ich glaube nicht, dass Mona jemals einen wirklichen Hinweis fand, aber sie schien zum Ende hin glücklicher. Und ich weiß nicht, warum.«

Der Roboter hatte reglos gewartet. Jetzt sprach Casey ihn an. Er antwortete mit Worten, wie wir sie zuerst von Sandor gehört hatten, als wir noch Kinder auf dem Mond waren. Casey nickte, und der Roboter winkte uns in die endlose Krümmung des stillen, leeren Gangs. Breite Bogengänge zogen sich über die Innenwand, darüber leuchteten Zeichen, die für mich Hieroglyphen waren.

Die Leere und Stille zehrten an Pepes Nerven. Er sah Casey zaudernd an.

»Die Roboter kennen uns«, versicherte ihm Casey. »Mona stellte mich ihnen vor.«

Der Roboter wandte sich um und führte uns durch einen hohen Bogen in schwarze Finsternis. Als über uns Lichter angingen, sah ich, dass wir uns in einem weiteren riesenhaften Gang befanden, der zur Gebäudemitte hin verlief. In einiger Entfernung machte ich einen anderen Roboter aus, der irgendein Gerät schob, das den Boden reinigte. Ich hörte keinen Laut, entdeckte kein Zeichen von Leben.

»Hier waren Menschen?«, fragte Pepe unbehaglich. »Nicht nur Maschinen?«

»Tausende von Menschen«, sagte Casey. »Von zweitausend Planeten.«

»Und sie starben?«

»Das Roboterpersonal beseitigte die Leichen.«

Er sprach wieder mit dem Roboter, und dieser führte uns durch eine Tür in einen Aufzug, der lautlos nach oben fuhr.

»Ich möchte euch die Sektion zeigen, die Mona und ich erforschten«, erklärte Casey. »Die Erdsektion. Und die Sektion von Los Planeten, auf dem sie aufwuchs. Nur ein winziger Bruchteil des Crown-Buildings, aber genug, um euch eine Vorstellung davon zu vermitteln, was es alles birgt. Und ich nehme an, dass diese Sektionen so gut wie jede andere geeignet sind, um uns einen nützlichen Hinweis zu liefern.«

Wir verbrachten einen langen Tag damit, durch die Erdsektion zu trotten und zu verstehen, was wir sahen. Diese Zentren, so erzählte uns Casey, wurden gebaut, um Wissen und Kultur miteinander zu teilen und die Menschheit zu einen. Und natürlich für geschäftliche Zwecke. Tourismus und Handel.

»Interstellarer Handel muss ein echtes Abenteuer gewesen sein«, sagte er. »Der Händler musste seine Waren einpacken und zu einem fernen Stern aufbrechen, wobei er wusste, dass er nie mehr auf die Welt zurückkehren würde, die er gekannt hatte – die Zeit würde sie ihm entfremdet haben. Wenn er Glück hatte, würde er Freundschaften schließen und einen Markt für seine Fracht finden. Aber ebenso wahrscheinlich war es, dass er niemanden fand, der seine Ware wollte, oder dass auf dem neuen Planeten kein Platz für ihn war.«

Ich kam mir verloren vor. Casey hatte ein paar Brocken von Monas Sprache gelernt, genug, um den Robotern einfache Befehle zu erteilen und einfache Antworten zu verstehen. Ich begriff ein bisschen von dem, was ihn antrieb, aber nur wenig von dem, was er uns zu zeigen versuchte. Wir gingen durch Labors, die Wissenschaften gewidmet waren, die ich nicht kannte, durch Museen, in denen sich Artefakte aneinander reihten, die mir größtenteils rätselhaft waren, durch Bibliotheken, die mit Informationen in Hunderten von Formaten angefüllt waren, die ich nicht lesen konnte.

Wir schauten in herrliche Theater ohne Schauspieler, riesige Vorlesungssäle ohne Redner, gewaltige Stadien, wo Tausende von leeren Plätzen kahle Arenen überblickten. Es gab endlose Kunstgalerien, die nur verschwommene Eindrücke kalter Verwirrung in meinem Kopf hinterließen, große, leere Räume, die uns mit brüllender Musik empfingen, die für mich kaum mehr als Lärm war, Läden mit Waren, die mir nichts sagten. Es gab Universitäten, wo wir vielleicht all die Künste, Fertigkeiten und Wissenschaften aller Welten hätten erlernen können, hätten wir Mikrobots in uns getragen, die sie uns lehrten.

Aber wir hatten keine.

Dieser Ort war ein Heuhaufen, in dem jeder Halm ein Rätsel darstellte. Ich hatte das Gefühl, dass wir eine unsichtbare Nadel suchten, die womöglich nicht einmal existierte, eine Nadel, von der ich glaubte, dass wir sie gar nicht erkannt hätten, wenn wir sie denn fänden. Mir taten die Füße weh, und ich war erleichtert, als Casey endlich sagte, er habe uns genug gezeigt.

»*Fantasmas*!« Pepe erschauerte.

Wir hatten keine wirklichen Gespenster gesehen, aber die Stille und die Leere bevölkerte allmählich auch meine Fantasie mit all den tausenden Angehörigen tausender verschiedener Rassen von tausenden weit verstreuten Planeten, die hier gelebt und gearbeitet hatten, gestorben und verschwunden waren.

Die Roboter behandelten uns wie prähistorische Könige. Sie hatten uns zu den geräumigen Quartieren geleitet, wo auch Mona und Casey schon untergebracht gewesen waren. An den Wänden einer prachtvollen Empfangshalle reihten sich bewegliche Holos, die Szenen aus der langen terranischen Geschichte zeigten. Ein Wald lebender Pflanzen ließ die Luft im herrlichen Speisesaal duften. Wir hatten alle eigene Zimmer, und schlanke, weiße Roboter warteten allzeit schweigend darauf, uns zu Diensten zu sein.

Es gab einen Pool, wo sie uns das Schwimmen lehrten, einen Fitnessraum, wo sie uns massierten und beim Sport beaufsichtigten. Obwohl sie nicht mit einer galaktischen Enzyklopädie programmiert worden waren, beantworteten sie doch einfache Fragen und befolgten einfache Befehle. Sie waren Spitzenköche. Unter Pepes Anleitung brachten sie sogar ein anständiges *huevos rancheros* zustande, wie es sein Vater auf dem Mond zu kochen gepflegt hatte.

Ich weiß nicht, wie lange wir dort waren. Wir gingen nie hinaus, sahen nie die Sonne. Der Zeitmesser, den Pepe geschenkt bekommen hatte, konnte die Zeit und das Datum mehrerer hundert Planeten anzeigen. Weil er aber damit herumgespielt hatte, war die Einstellung für die Erde verloren gegangen. Casey wurde unsere Uhr. Er war fast immer unterwegs, wanderte durch die Labyrinthe um uns her und suchte nach irgendeiner Spur von Bedeutung, der er folgen konnte.

Anfangs gingen Pepe und ich manchmal mit ihm, aber die Stille und das Gefühl universellen Todes übermannte unsere Hoffnung auf irgendetwas, das wir verstehen könnten. Unsere Tage begannen, wenn er zurückkam, um zu essen oder zu schlafen. Das dauerte nie lange. Bald darauf war er wieder fort.

»Ich lerne«, beharrte er. »Ich glaube, meine Mikrobots machen sich bemerkbar. Ich kann einfache Inschriften entziffern und mit den Robotern reden. Nicht, dass sie etwas Hilfreiches zu sagen hätten.«

»Worauf hoffst du?«, fragte Pepe ihn. »Es gibt keine Anzeichen, dass jemand die Katastrophe kommen sah. Was könnten ihre Aufzeichnungen uns verraten?«

»Mona hatte eine Theorie.« Die Stirn nachdenklich in Falten gelegt sah er die Wand an. »In der Anfangszeit der interstellaren Fliegerei kam es zu einer Revolte gegen die Mikrobots. Die Rebellen glaubten, sie würden uns die Freiheit stehlen, uns in Maschinen verwandeln.«

Pepe nickte. Ich hatte denselben Eindruck gehabt. Casey grinste und fuhr fort:

»Der Konflikt wurde zu einer Art Religionskrieg. Auf dem Höhepunkt starben Tausende von ihnen an Kampfverletzungen, die ihre Mikrobots nicht heilen konnten. Die besiegten Überlebenden kaperten ein Raumschiff und brachen auf, um selbst neue Welten zu besiedeln. Mona suchte in der alten Historie nach Unterlagen über diese Unternehmung.

Soweit sie herausgefunden hatte, schlugen alle diese Siedlungsversuche fehl. Ohne Mikrobots taugten die Rebellen nicht für derartige Unternehmungen. Es fehlte ihnen unser Verbund von Wissen und Fähigkeiten. Ihre neuen Welten waren oft feindselig. Das Terraforming klappte nicht. Sie wurden von neuen Krankheiten hingerafft. Gegen Ende fragte sich Mona allerdings, ob nicht doch ein paar überlebt hatten, um den Krieg von neuem zu beginnen und zu versuchen, uns auszulöschen.

Die Tiere sind noch am Leben, während die Mikrobot-Träger alle tot sind. Sie vermutete, dass jemand die Mikrobots zu tödlichen Waffen gemacht hatte. Auf den ersten Blick mag das unwahrscheinlich klingen, aber was sonst könnte den plötzlichen Tod so vieler Träger zur selben Zeit auf so weit voneinander entfernten Welten erklären?«

Er sah uns stirnrunzelnd an, als erwarte er eine Antwort.

»Sie fand nie einen tatsächlichen Beweis dafür, jedenfalls hat sie mir nichts davon erzählt, aber zum Ende hin war sie, glaube ich, auf eine Spur gekommen. Sie sagte nicht, was es war, aber ich hoffe doch, herauszufinden, was sie tötete. Und alle anderen.«

»Was es auch war«, murmelte Pepe, »ich glaube, ich will es nicht wissen.«

»Am Ende hat irgendetwas sie glücklich gemacht«, sagte Casey. »Und ich habe keine Angst, es in Erfahrung zu bringen, wenn ich es denn kann.«

Er ging wieder hinaus, und als er zurückkam, war er einmal mehr wütend wegen seines Misserfolgs. Er aß schweigend mit uns, als die Roboter unser Essen auftrugen, und ging dann wortlos in sein Zimmer. Am nächsten Morgen wollte er kein Frühstück. Er schüttelte verdrossen den Kopf, als Pepe ihn bekniete, doch mit uns in den Pool zu kommen und sich von den Robotern das Schwimmen beibringen zu lassen.

»Du machst dich kaputt«, warf Pepe ihm vor. »Und zwar für nichts, so weit ich das beurteilen kann. Du wirst länger leben, wenn du dich entspannst und etwas für deine Gesundheit tust.«

»Ach ja?«

Düster schweigend sah er uns beim Essen zu, nahm jedoch einen Kaffee, als die Roboter ihn anboten, ein besseres Gebräu, als wir es auf dem Mond je getrunken hatten. Als sie sich entfernten, begann er unvermittelt zu sprechen.

»Ich hatte letzte Nacht einen Traum.« Er schob seine leere Tasse von sich, hielt inne und schüttelte verwirrt den Kopf. »Einen Traum, den ich weder erklären noch verstehen kann. Er schien zu nah und real, um ein Traum zu sein. Ich dachte – es ist schwer zu erklären, aber ich glaubte, alles sehen zu können, was jemals geschehen ist.«

Er blickte uns verstohlen an, um zu sehen, ob wir ihn für übergeschnappt hielten.

»Mona.« Er wandte den Blick ab, seine Worte kamen langsam. »Ihre Klonmutter, Mona Lisa Live.« Verwunderung legte sich über sein Gesicht. »Ich sah sie mit meinem Klonvater. In Medellin, in diesem Nachtklub, wo er als Killer für den Drogenzar namens El Matador arbeitete. Sie war dort, um zu singen. Ich sah, wie El Matador sie von der Bühne zerrte und versuchte, sie zu vergewaltigen. Ich sah, wie El Chino ihn niederschoss.«

Er starrte an uns vorbei, seine dunklen Augen glänzten, als sehe er sie gerade jetzt.

»Matador war von Leibwächtern umgeben, aber der Schuss meines Vaters überraschte sie. Er entkam mit Mona. Schaffte es in Matadors gepanzertem Wagen zum Flugplatz. Startete mit seinem Privatjet. Flog an der Pazifikküste von Kolumbien nach Baja, wo er Freunde fand. In dem Traum war ich die ganze Zeit bei ihnen. Ich spürte ihre verzweifelte Liebe.«

Sein dunkles Gesicht bebte vor aufgewühlten Gefühlen.

»Ich war stolz auf meinen Vater. Er war gerissen. Er hatte Mut. Männer des Matador-Kartells warteten in Baja auf ihn, sollten ihn umbringen, aber er floh nach *el norte*. Fand einen Job als Nachtwächter auf DeForts White-Sands-Basis. Als der Asteroid kam, brachte er Mona in das Fluchtschiff. Brachte sie zum Mond. Brachte DeFort dazu, sie dort zu behalten und ihre Zellen im Kryostat einzufrieren. Ich bin immer noch stolz auf ihn. Immer und immer wieder hockte ich über den Aufzeichnungen, die er in der Station hinterließ. Ich habe mich danach gesehnt, mein Leben so zu leben wie er. Aber jetzt –«

Er schüttelte den Kopf und saß schweigend da, bis Pepe fragte: »Ist das der ganze Traum?«

»Er ging ewig weiter.« Caseys Augen glänzten wieder. »Erinnert ihr euch an das Holofenster mit den blauen Ballons, die durch die Wüste rollten? Sie waren echt. Real und lebendig. Ich sah, wie einer dieser kleinen Ballons über die roten Sanddünen hüpfte. Er hatte sich verirrt, war in Panik, suchte nach seiner Mutter. Ich konnte sehen, wie sie nach ihm suchte, aber anderswo, sie rollte in die falsche Richtung. Ich wollte es ihr sagen, aber ich konnte nicht.«

Er verstummte und sah Pepe düster an.

»Das erfüllte mich im Traum mit Wut und ärgerte mich, als ich aufwachte. Wenn ich jetzt darüber nachdenke, weiß ich, warum. Es geschah in der Vergangenheit. Und die Vergangenheit ist unumstößlich.«

Sein Tonfall war flach und sachlich, als sei er sich dessen ganz sicher.

»Die Vergangenheit ist unumstößlich?«, wiederholte Pepe die Worte. »Du glaubst, du hast diese Ballons wirklich gesehen. Vor Urzeiten, auf einer Lichtjahre entfernten Welt?« Er hob die Augenbrauen. »Wie könnte das sein?«

»Ich weiß nur, woran ich mich aus dem Traum erinnere.« Casey schüttelte den Kopf und starrte ins Nichts. »Ich weiß nicht, wie es dazu kam. Ich kann nicht erwarten, dass ihr mir glaubt – aber es schien so entsetzlich real. Und da ist noch etwas.«

Abrupt erhob er sich vom Tisch.

»Am Ende des Traumes war Mona bei mir. Die geklonte Mona. Die Mona, die ich liebte. Die Mona, die wir auf dem Holzhaufen verbrannten.« Ein merkwürdiges Lächeln wischte den Schmerz von seinem Gesicht. »Ich hatte den Eindruck, sie sei irgendwie wieder zum Leben erwacht und rufe von irgendwo aus dem All nach mir. Wenn sie das tut, wenn es wirklich wahr ist, dann muss ich sie finden.«

40

Casey leerte noch eine Tasse Kaffee, ging zurück in sein Zimmer und kam in den Arbeitsklamotten zurück, die die Roboter zur Verfügung gestellt hatten: ein eng anliegender Overall, der aus einem glatten, leuchtend orangefarbenen Material gefertigt war. Wir saßen noch am Frühstückstisch.

»Ihr haltet mich für verrückt, was?« Er grinste, als Pepe zu ihm hochsah. »Mag sein, aber ich werde Mona suchen.«

Pepe fragte, wo.

»Wo schon?« Er zuckte die Achseln. »Kurz vor ihrem Tod glaubte sie sich auf einer Spur, bei der es um mehr ging als nur diese Antimikrobot-Rebellen. Sie hat mir nie verraten, was es war. Erst war sie entsetzt, versuchte es zu leugnen, hatte Angst, darüber zu reden. Zum Ende hin schien es sie allerdings mit Hoffnung zu erfüllen.«

»Casey, bitte.« Pepe hob hastig eine Hand. »Ich halte dich nicht für verrückt, aber wir sind alle durch die Hölle gegangen. Lass uns die Ruhe bewahren und die Chancen überdenken.«

»Wenn wir wüssten, wie die Chancen stehen.«

»Wir wissen genug. Das Crown ist zu groß. Ein riesiger Heuhaufen. Du suchst nach einer Nadel, die du nicht einmal erkennen würdest, wenn du sie fändest. Ich bezweifle, dass es sie überhaupt gibt. Iss lieber dein Frühstück. Lass dich von den Robotern massieren. Schlaf heute Nacht. Warte, dass Mona dir in einem weiteren Traum erscheint, vielleicht hat sie dir ja noch mehr zu sagen.«

»Danke, Pep.« Casey kam um den Tisch herum und schüttelte ihm die Hand. »Es stimmt, ich weiß nicht, wonach ich suche, aber ich kann jetzt nicht aufhören. Vielleicht war es falsch von Mona, die Mikrobots zu fürchten. Vielleicht können sie uns helfen. Wir tragen die in uns, die wir uns auf dem Planeten im Sagittarius eingefangen haben. Ich glaube, meine sind noch dabei, sich in mein System hineinzuarbeiten.«

»Wie?« Pepe blinzelte erschrocken. »Sie tun was?«

»Ich glaube, sie dringen in mein Gehirn vor.«

»Sie machen dich wahnsinnig?«

»Wer weiß, ob ich es nicht schon bin?« Er hob die Schultern. »Aber sie haben angefangen, mir Dinge beizubringen, die ich nie gelernt habe. In dem Traum sprach Mona in Sandors Sprache, aber ich verstand sie trotzdem. Ich hoffe, dass sie mir jetzt helfen werden, sie zu finden.«

Als er Anstalten machte zu gehen, fragte Pepe, ob wir mitkommen könnten.

»In Ordnung.« Mit einem ironischen Grinsen zuckte er die Achseln. »Wenn ihr meint, ich bräuchte einen Aufpasser.«

»Das tu ich.« Pepe nickte sachlich. »Ich fürchte, wenn deine Mikrobots erwachen, werden sie dich umbringen.«

Er wartete, bis wir uns angezogen hatten. Wir folgten ihm den ganzen Tag lang durch endlose Gänge, die erhellt wurden, wenn wir sie betraten, und zahllose leere Räume, die mich mit dem Schweigen des Todes deprimierten. Hier und da blieb Casey stehen, wenn eine leere Holowand zum Leben erwachte, um einen Roboter nach einer Antwort zu fragen, die ich nicht verstehen konnte, oder um einfach nur dazustehen, als erwarte er eine Eingebung, die ihn jedoch nie ereilte.

Dennoch tappte er weiter und schließlich durch ein verwirrendes Labyrinth aus Büros, die, wie er sagte, der Verwaltungstrakt gewesen seien. Letztendlich erreichten wir einen Balkon, von dem aus man in ein dunkles Loch sah. Ich wich vom Geländer zurück, weil es mir zu niedrig vorkam. Pepe keuchte auf und rief mit etwas zittriger Stimme:

»*Viva*! *Viva*! *Viva*!«

Wir standen eine ganze Weile da und warteten schweigend, ehe das schwache Echo flüsternd zu uns zurückkam. Seine Stimme ließ Sterne über uns aufleuchten. Erst nur blass, dann aber strahlten sie, in Konstellationen, die heller leuchteten als alle, die wir im Weltall gesehen hatten. Sie offenbarten einen riesigen Hohlraum in der Mitte des Gebäudes.

Die gewaltige Krümmung der Wand war mit Balkons wie dem unseren besetzt, die sich Ebene um Ebene in Richtung der Kuppel erstreckten und unter uns so weit in die Tiefe, dass mir schwindlig wurde und ich Halt suchend nach dem Geländer griff. Als ich hinabblickte, sah ich einen kreisrunden Boden, riesig und leer, umringt von Schreibtischen, die auf einer Schräge hintereinander standen, die wiederum zur Wand hin anstieg.

»*Que grande*!«, murmelte Pepe ehrfürchtig. »Der Rat der Sterne! Stellt euch vor, wie sich hier die Führer von zweitausend Welten versammelten, wie sie mit all ihrem wissenschaftlichen Wissen und ihrer Weisheit über die Zukunft des Universums diskutierten!«

»Weisheit?« Casey grunzte abfällig. »Sie hatten keine Ahnung, dass sie auf der Schwelle des Todes standen.«

Er zuckte die Achseln und führte uns vom Balkon zurück in das Labyrinth. Grimmig entschlossen sah er sich Holos an, die im Stillen sprachen, wenn sie denn überhaupt sprachen, befragte Roboter, deren Antworten in meinen Ohren nur Lärm waren, hielt immer wieder inne, um nach einer Stimme zu lauschen, die er jedoch nie zu hören schien. Erschöpft blieben wir schließlich stehen und sagten ihm, dass wir genug hatten.

»Wir gehen zum Abendessen nach Hause«, erklärte Pepe ihm. »Wenn wir es denn zu Hause nennen können. Komm lieber mit uns.«

Stur schüttelte er den Kopf.

Wir aßen eine Mahlzeit, von der ich kaum etwas schmeckte. Unsere Roboterdiener standen hinter uns, Caseys leerer Stuhl auf der anderen Seite des Tisches. Auf der Holowand bewegten sich Szenen, die ich kaum wahrnahm, Landschaften von anderen Welten, weit entfernt und lange her. Ich war eingeschlafen, bevor Casey zurückkam. Beim Frühstück war sein Stuhl abermals leer.

»Er war hier«, berichtete Pepe. »Ich hörte ihn mit den Robotern reden, aber jetzt habe ich eben in seinem Zimmer nachgesehen, und er war nicht da.«

Wir sehnten uns nach Ablenkung von Problemen, die zu groß waren, als dass wir sie hätten lösen können, und wandten uns wieder der Holowand zu. Eine seltsame Meeresszenerie füllte sie aus: gelbe Brandung, die unter einem fahlgelben Himmel an der Küste eines endlosen gelben Ozeans schäumte. Riesige, blutfarbene, plumpe Wesen krochen aus dem Schaum auf einen breiten Strand aus orangefarbenem Sand.

»Häh?«

Ich hörte Pepe keuchen. Die Wand flackerte. Der Strand und die Kreaturen waren verschwunden. Stattdessen sah ich die Welt um uns her und Casey, der verzweifelt zwischen den Hügeln der Präriehunde einherrannte. Den Blick auf Los Gleiterkapsel gerichtet, übersah er ein von Erde umrandetes Loch. Sein Fuß geriet hinein. Er fiel aufs Gesicht, rappelte sich auf, humpelte weiter, bis sein verletztes Bein nachgab. Auf allen vieren kroch er weiter auf die Kapsel zu. Die Luke sprang auf. Er taumelte hinein. Die Luke schnappte zu. Die Kapsel schoss davon.

»*Caramba*!«, murmelte Pepe. »*Pobrecito*! *Él es loco*!«

Der Himmel in der Holodarstellung war wieder gelb geworden. Die Präriehunde waren verschwunden. Einmal mehr krochen die großen Echsenwesen durch die Brandung. Sie schleiften lange, blutrote Schwanzflossen hinter sich her und mühten sich unbeholfen, auf Hinterfüßen mit breiten Schwimmhäuten zu stehen. Einer nach dem anderen neigten sie ihre langkiefrigen Köpfe einer großen schwarzen Kugel zu, watschelten in eine Kreisformation und schlurften langsam um die Kugel herum.

Wir saßen lange Zeit da, duckten uns vor einer Gefahr, der wir nicht begegnen wollten, sahen mit an, was ein Verehrungszeremoniell zu sein schien. Der Roboter brachte Pepe einen Stapel von etwas, das Tortillas ähnelte; er hatte ihnen die Zubereitung beigebracht. Dazu eine Schale mit einer Art Frijoles, gewürzt mit einer Art Chili. Er gab dem Roboter einen Wink, sich zurückzuziehen.

»Diese Geschöpfe haben vermutlich überlebt. Die Kolonisten haben nie Welten mit intelligenten Lebensformen besiedelt, und die Tiere hatten keine Mikrobots, die sie umgebracht hätten. Wenn Mikrobots denn wirklich Killer sein können. Egal, was aus uns wird, die Evolution hat immer noch eine Chance.«

Er ließ die Roboter den gelben Himmel löschen, damit wir den Schutt und den Dschungel rings um uns her sehen konnten sowie den Kilimandscharo, der im Süden aufragte. Kumuluswolken häuften sich um die tiefer gelegenen Hänge unterhalb des schneegekrönten Doppelgipfels. Ein kleiner brauner Präriehund stand wie ein Wachtposten auf einem Hügel, wo sich Caseys Kapsel befunden hatte.

Schließlich verließen wir den Tisch, um in seinem Zimmer nach einem Abschiedsbrief zu suchen oder irgendeinem Hinweis darauf, was ihn so verändert hatte. Wir fanden nichts. Pepe versuchte, die Roboter zu befragen. Sie wiederholten in einem fort, dass sie bereit seien, uns zu dienen, und dass dies alles sei, worauf sie programmiert wurden.

Ich sagte Pepe, dass ich hinausgehen wollte.

»Warum?« Er musterte mich aus zusammengekniffenen Augen, wie um meinen Geisteszustand abzuschätzen. »Casey ist fort. Gott weiß wohin.«

Aber ich musste raus aus dem Crown. Es war zu groß, zu leer, erfüllt von zu vielen Rätseln, zu viel Tod. Pepe musste dasselbe Gefühl gehabt haben, denn er kam mit mir hinaus, die Ruinen gesäumte Allee hinunter, zurück zu den Präriehunden. Sie bellten zur Begrüßung und huschten in ihre Bauten. Wir setzten uns an den Jadetisch, und Pepe blickte immer wieder auf die leere Kapsel, in der Sandor, Lo und Mona gestorben waren.

»Ich könnte sie fliegen.« Er seufzte und schüttelte den Kopf. »Aber wo könnten wir hin?«

Wir suchten nach Alternativen. Da die Station schlief, schied sie als mögliches Ziel aus. Pepe war nicht für interstellare Flüge ausgebildet. Konnten wir es auf einen näher gelegenen Planeten schaffen? Auf den Mars vielleicht?

»So tot wie die Erde.« Pepe schüttelte den Kopf. »Sandor erzählte uns von einem früheren Projekt, den Mars zu terraformen, indem man Eis-Asteroiden in Kollisionsorbits lenkte. Das gab man auf, als die interstellaren Gleiter das Tor zu besseren Welten öffneten. Wir sitzen hier mit den Robotern fest, solange sie uns dulden.«

Da wir sonst nichts von Bedeutung zu tun hatten, saßen wir da und beobachten, wie uns die Präriehunde aus ihren Löchern heraus bespitzelten, sich aufrecht hinstellten, uns anbellten, und sich dann huschend wieder mit ihren eigenen Angelegenheiten beschäftigten. Die Mittagszeit verging. Ich verspürte das Zwicken von Hunger, verabscheute jedoch den Gedanken, in das gruftartige Crown-Building zurückzukehren. Eine Erschütterung ließ die kleinen Tiere in ihre Bauten zurückflitzen. Von Westen her dröhnte ein Geräusch wie naher Donner vom Himmel.

»Casey.« Pepes Miene verdüsterte sich. »*Pobrecito.*«

Wir fanden ihn etwa eine Meile entfernt auf einer Straße, die in Richtung des Kilimandscharos führte. Der Einschlag hatte neben dem Pflaster ein tiefes Loch gerissen. An seinem Grund entdeckten wir verbogene Trümmer der Kapsel und rote Flecken von Caseys Blut.

»Die Sagittarius-Mikrobots.« Am Kraterrand stehend starrte Pepe mich kopfschüttelnd an. »Er sagte, sie drängen in sein Gehirn vor. Ich schätze, sie haben es geschafft.«

Wir gingen zurück zum Crown, holten Schaufeln aus einer Ausstellung über die Geschichte des Bergbaus und verbrachten einen langen Nachmittag damit, Erde in den Krater zu schaufeln, bis wir den Hügel schließlich mit Bruchstücken der Trümmer bedeckten. Ich suchte nach etwas, mit dem ich das Grab markieren konnte. Pepe hob die Schultern.

»Es gibt doch niemanden mehr, der es noch lesen könnte.«

Die Robotwächter ließen uns zurück ins Crown. Unsere Robotdiener servierten uns ein Mahl, das wir kaum schmeckten. Die Holowand war wieder in Bewegung, zeigte einen Touristenzug, der um Sandors Gedenkstätte herumkroch, als sie noch wie neu gewesen war. Puffend zog er am Washington Monument vorüber. Die hingeduckte Sphinx starrte über die Promenade zur Akropolis und zur Cheopspyramide hinüber. Ich entdeckte das Schimmern des replizierten Domes unserer Station auf dem replizierten Tycho-Rand und verspürte schmerzhafte Sehnsucht nach ihren vertrauten Tunneln und allem, was wir verloren hatten.

Pepe schüttelte den Kopf, als ein Roboter uns Gläser mit leuchtend rotem Wein anbot.

»Ich schätze, wir müssen den Rest unseres Lebens hier verbringen.« Mit finsterer Miene zuckte er die Achseln. »Solange sie sich um uns kümmern wollen.«

Ich war schon halb eingeschlafen, und es tat mir alles weh von unserer Schaufelei, aber ich wollte nicht allein sein. Pepe auch nicht. Als die Roboter abermals Wein anboten, ließ er sich von mir zu einem weiteren Glas überreden. Wir saßen die halbe Nacht lang da und tranken Glas um Glas. Manchmal kamen uns die Tränen vor Trauer und Erinnerung, als wir uns die Holos von Sandors Ausgrabungen auf dem Mond und der ganzen Geschichte der Menschheit ansahen, wie er sie aus dem zusammengesetzt hatte, was er dort oben entdeckt hatte.

»Vielleicht ist es so gewesen. Vielleicht nicht.« Pepe hob die Schultern. »*Cómo le hace*? Wer ist noch am Leben, der den Unterschied wüsste?«

Wir sahen Affenmenschen aus einem Wald auf eine grasbewachsene Savanne springen, sahen, wie sie lernten, aufrecht zu gehen und Nahrung und Waffen in ihren Händen zu tragen. Wir sahen, wie eine nackte Frau vor einem Fluss rot glühender Lava floh, mit wehendem Haar, in der Hand einen rauchenden Stock, sahen, wie sie niederkniete und trockenes Laub und Zweige zu einem Haufen aufschichtete und darauf blies, bis er brannte. Wir sahen zottige Männer im Licht rauchender Fackeln in Höhlen arbeiten, wie sie Bilder der Tiere, die sie jagten, auf den Kalkstein malten. Wir sahen, wie Männer mit geschärften Steinen Zeichen in weiche Tontafeln drückten. Wir sahen Reihen von Männern und Frauen, die an langen Seilen große, unbehauene Steine zogen, um Stonehenge zu errichten, und glattere Steine, um die Pyramiden in Ägypten zu bauen. Wir sahen Christus am Kreuz, Mohammed auf einem Kamel auf eine Moschee zureiten und Buddha lächeln.

Wir sahen, wie Männer mit Steinäxten Bäume fällten und das Holz aus trockenen Stämmen brannten, um Einbäume daraus zu machen. Wir sahen, wie Menschen Segelschiffe, Lokomotiven und Raketen bauten. Wir sahen, wie Raketen auf dem Mond landeten, sahen, wie der alte Calvin DeFort die Tycho-Station baute und wie Sandors riesige Bagger sie aus dem Kraterhang wühlten, unter dem der Einschlag auf dem Mond sie begraben hatte.

Und dann sahen wir uns selbst, wie Sandor uns wieder zum Leben erweckte. Unangenehm starrgesichtige Roboter trugen schlafende Babys aus dem Maternitätslabor. Wir erkannten uns als Kleinkinder, die laufen lernten, übereinander lachten, wenn wir mit großen Sätzen zur Decke des Trainingsraums hochsprangen und mit ausgestreckten Gliedern zu Boden fielen. Wir wischten uns die Augen, als wir Tanya und Dian als kleine Mädchen sahen, die auf Sandors Schoß saßen und über die Possen einer Puppe lachten, die er ihnen geschenkt hatte.

Wir sahen, wie unsere Klonbrüder im Laufe der Zeitalter zur Erde zurückkehrten, sahen in jener untergegangenen Stadt an der Nilmündung am Roten Meer unsere kolossalen Statuen entlang der Allee zum Tempel des Mondes stehen. Wir sahen die singenden Bäume in Nordamerika, das goldgeflügelte Wesen, das Casey aus dem abgestürzten Ballon gerettet hatte, den jungen Baum, den er Leonardo genannt hatte. Wir sahen, wie Casey versklavt wurde, wie er eine Rikscha durch die Hauptstadt von Kaschmir zog.

Schließlich, als die Wand erlosch, umarmte Pepe mich. Wir klammerten uns aneinander, schluchzten vor Einsamkeit und Trauer, bis er sich endlich von mir löste und die Roboter um mehr Wein bat. Doch stattdessen halfen sie uns in unsere Zimmer. Ich ließ mich von ihnen ausziehen und zu Bett bringen. Ich erwachte spät aus einem Traum, in dem ich noch in der Station war und mit Arne wegen eines unerlaubten Zuges stritt, den er in einer Schachpartie gemacht hatte. Ich hatte bohrende Kopfschmerzen, wankte in den Speiseraum hinaus und bat um Kaffee. Der Frühstückstisch war gedeckt, die glatten weißen Roboter standen hinter unseren Stühlen, aber Pepes Stuhl war leer.

Ich schaute in seinem Zimmer nach. Er war verschwunden.

41

Die Roboter hatten Pepes Bett gemacht, aber sie standen nur schweigend und mit leeren, kalten Augen da, als ich sie fragte, wo er sei. Panisch suchte ich in jedem Zimmer und Schrank unserer Wohnungen, aber ich fand nichts. Noch immer halb betrunken von dem vielen Wein stolperte ich hinaus, um nachzusehen, ob er die verbliebene Gleiterkapsel genommen hatte. Sie lag inmitten der Präriehundesiedlung, wo wir sie zurückgelassen hatten, und als ich hineinsah, fand ich sie leer.

Wilder Zorn lähmte mich. Ich liebte Pepe, meinen treuen Gefährten seit jenen Tagen in der Station, als Arne versucht hatte, uns zu tyrannisieren. Warum hatte er mich allein gelassen, als letzten Menschen auf Erden, vielleicht den letzten lebenden Menschen im Universum? Ich fühlte mich betrogen, verbittert und bestürzt. Ich setzte mich an den Jadetisch, bis dieser irrationale Zorn schwand und zum Schluchzen hilfloser Trauer wurde. Schließlich legte ich mich auf die Bank und schlief meinen Rausch aus.

An diesem langen Nachmittag ging ich hinaus zu dem Steinhaufen, unter dem wir Casey und das Wrack seines Gleiters begraben hatten, in der schwachen Hoffnung, Pepe dort zu finden. Er war nicht da, aber ich kniete neben dem Hügel nieder, durchwühlte meine Erinnerung nach dem Vaterunser und dem 23. Psalm, die mein Holovater uns beizubringen versucht hatte. Ich selbst glaubte nicht an ein Leben nach dem Tod oder irgendetwas Übernatürliches, aber da mir der Wille zum Gehen fehlte, kniete ich stundenlang da und leierte die Worte herunter, an die ich mich erinnern konnte, meine letzte Verbindung zur alten Erde.

Purpurne Dämmerung verdunkelte den Himmel im Osten, als ich aufstand und zurück zum Crown schlurfte. Von einem roten Sonnenuntergang beleuchtet ragte seine goldene Kuppel über mir auf wie ein gefallener Mond, der beim Aufprall halb versunken war. Ich verhielt und stand da, fröstelnd im kalten Nachtwind. Das Gebäude war zu riesig, zu lange tot, heimgesucht von zu vielen Geistern von zu vielen Welten.

Dennoch war es jetzt mein einziges Zuhause, und ebenso mein Gefängnis, so lange die weißen Roboter mich mit Essen versorgen und beherbergen wollten. War Pepe irgendwo da drinnen, hatte er sich in den endlosen Gängen verlaufen, war er vielleicht krank oder verletzt oder wahnsinnig geworden? Ich musste ihn finden und ihm helfen, wenn ich es konnte.

Die Robotwachen ließen mich ein. Die dunklen Gänge leuchteten mir den Weg zu unseren Unterkünften. Das Robotpersonal servierte mir ein einsames Mahl und folgte mir zu meinem einsamen Zimmer. In dieser Nacht schlief ich schlecht, gepeinigt von einem bizarren Traum, in dem Pepe mich in den Speiseraum rief.

Er sagte, die Roboter würden mit dem Abendessen auf uns beide warten. Als ich endlich erwachte, wusste ich zwar, dass es nur ein Traum war, aber trotzdem schleppte ich mich aus dem Bett und taumelte zurück zum Tisch. Das Licht ging an, als ich eintrat, aber es war kein Abendessen aufgetragen. Der Raum war leer, bis ein schweigender weißer Roboter lautlos herbeiglitt und sich hinter den einzigen Stuhl stellte.

Ich saß da, bis mir die Augen wehtaten, starrte auf die Holowand, wo ein Schwarm von Ungeheuern, die nicht irdischen Ursprungs waren, durch einen Dschungel aus riesigen, blutroten Würmern schwammen, die um einen Pilz aus schwarzem Rauch herum aufragten, der wiederum aus einem unterseeischen Schlot aufstieg. Ich saß da, bis mich ein Roboter am Arm rüttelte und fragte, wie er mir dienlich sein könne. Halb wach glaubte ich, Pepes drängende Stimme zu hören.

»*Esuche,* Dunk. Hör zu! Ich versuche, dich zu erreichen, wenn ich kann.«

Ich rieb mir die Augen und lauschte, aber ich vernahm nur Stille. Steif und kalt vom zu langen Dasitzen mühte ich mich auf die Beine und ließ mich von dem Roboter zurück ins Bett bringen.

Am nächsten Morgen aß ich allein, starrte Pepes leeren Stuhl an und nahm kaum wahr, was mir die Roboter servierten. Da ich sonst nichts zu tun und keine Hoffnung hatte, dass es besser werden würde, ließ ich mich von ihnen massieren und verbrachte lange Zeit unter der Dusche. Schließlich, um meine geistige Verfassung besser in den Griff zu bekommen, ging ich zurück in den Erdsektor.

Konnte Pepe dort sein? So sehr mir die leere Stille dort und all die Rätsel um den Tod auch zuwider waren, war es doch der einzige Ort, an dem ich nach ihm suchen konnte. Dieser Sektor war eine Stadt für sich selbst gewesen, die Hauptstraße ein gewaltiger, hoher Bogengang. Schwarze Finsternis erwartete mich, als ich eintrat, doch hieroglyphische Zeichen blinkten auf, um mich willkommen zu heißen, und die Decken begannen zu leuchten. Sektion um Sektion wiesen sie mir den Weg durch dunkle Türen und über noch dunklere Kreuzungen, bis ich wieder auf jenem hohen Balkon anlangte, von dem aus man in die riesige schwarze Kammer im Herzen der Stadt hinabsah.

Schwindel lähmte mich. Während ich darauf wartete, dass die seltsamen Konstellationen den Dom über mir erhellten, musste ich gegen den plötzlichen Impuls ankämpfen, über das Geländer zu springen. Hatte Pepe sich für diese Art der Flucht entschieden? Ich hätte es ihm kaum verdenken können, aber ich war nicht bereit zu sterben.

Schaudernd unter panischem Frösteln wankte ich gegen

das Geländer und fühlte mich mit einem Mal so schwach, dass ich dachte, ich würde trotz allem darüber hinwegkippen. Ich hielt mich daran fest, bis ich mein Gleichgewicht wieder gefunden hatte, stemmte mich davon ab und stolperte vom Balkon, bevor es hell genug war, um auf dem Boden in der Tiefe nach Pepes Leiche zu suchen.

Als ich wieder auf dem beleuchteten Gang war, lehnte ich mich an eine Wand, schwer atmend und schluckend, um den sauren Brechreiz zu bezwingen, bis ich endlich den Willen aufbrachte, weiterzugehen. Ohne Hoffnung, Pepe oder seine Leiche oder sonst etwas zu finden, tappte ich weiter durch einen endlosen Irrgarten, der sich vor mir stets erhellte, wie um mich zu begrüßen, und hinter mir wieder in Dunkelheit versank.

Plötzlich wurden die Lichter um mich her rot, so schwach, dass ich mir erst wie blind vorkam. Die Zeichen wurden dunkler, seltsamer. Schaufenster enthielten nichts, was ich erkannt hätte. Die eisige Luft war sonderbar bitter und beißend, schlug mir wieder auf den Magen, und ein plötzlicher Windstoß ließ mich erschauern.

Ich war in einen Sektor geraten, dessen Betreiber von einem kälteren Planeten stammten. Abgeschnitten von allem, was mir vertraut war, wusste ich nicht, wo ich war oder wie ich hier herausfinden sollte, fühlte mich gelähmt vor sinnlosem Entsetzen. Es interessierte mich nicht, wer sie gewesen oder wie sie gestorben waren. Ich wollte nur noch hier raus. Jeglicher Orientierungssinn versagte mir den Dienst – ich stand da, mir war übel, ich zitterte, bis ein Roboter lautlos aus den roten Schatten auftauchte.

Er hatte dieselbe Form und Anmut der weißen Humanoiden in unseren Quartieren, war jedoch von glänzend schwarzen Schuppen überzogen anstatt von nachgebildeter Haut. Reglos stand er vor mir und sprach, vielleicht, in einer elektronischen Sprache, die ich nicht wahrnahm. Seine blinden Linsen entnervten mich. Als ich versuchte mich zur Seite zu bewegen, glitt er in dieselbe Richtung, um mir wieder den Weg zu verstellen.

Ich wandte mich um und wollte davonrennen. Der Roboter packte meinen Arm und hielt mich mit eisernem Griff fest, bis endlich ein vertrauterer weißer Roboter kam und mich zurück zu unseren Unterkünften führte. Ein anderer stand bereit, um mir das Abendessen zu servieren. Ich rührte die Mahlzeit nicht an, trank aber allen Wein, den er mir anbot, und ließ mir schließlich ins Bett helfen. Ich lag da, hoffnungslos trauernd um alles, was ich verloren hatte, und hatte das Gefühl, dass ich nie einschlafen würde, bis ich Pepe nach mir rufen hörte.

Ich dachte, es sei wieder nur ein Traum.

»Dunk?« Sein banger Ruf drang durch statisches Rauschen zu mir, wie von weit her. »Dunk, kannst du mich jetzt hören?«

Benommen versuchte ich zu antworten.

»Dunk!« Plötzlich klang seine Stimme laut, als käme sie ganz aus der Nähe, aus der Dunkelheit ringsum. »Bist du in Ordnung?«

Ich setzte mich auf die Bettkante, tastete nach dem Lichtschalter. Der Raum erhellte sich, noch bevor ich ihn fand; nahe der Tür schimmerte etwas. Eine kleine Wolke aus milchweißem Dunst leuchtete im Wirbeln winziger Punkte, die wie bunte Eiskristalle aussahen. Sie trieb wie suchend durch das Zimmer und verhielt schließlich vor meinem Gesicht. Ich griff danach, um zu prüfen, ob sie echt war. Ein heißer Funke stach in meine Hand.

»Nicht!« Sie sprach in scharfem Ton. »*Por favor*! Das hat wehgetan. Versuch nicht mich zu berühren.«

»Pepe?« Ich suchte nach ihm, ließ den Blick über den leeren Boden schweifen, spähte in die leeren Ecken des Raumes, blinzelte in die leere Luft um die Wolke herum. »Bist du das?«

»*Verdad. Soy su compadre,* Pepe Navarro.«

»Pepe?« Die Stimme war die seine, aber ich duckte mich von der Wolke fort. »Ich hatte Angst –« Ich musste nach Luft schnappen. »Wo warst du?«

»Überall. Oder nirgendwo. Wenn du verstehst, was ich meine.«

Ich saß zitternd auf der Bettkante und versuchte, eine Form in der Wolke zu erkennen, Pepes Gesicht vielleicht. Sie war fast so groß wie sein Kopf, aber alles, was ich ausmachte, war das Tanzen und Wirbeln jener diamantenen Funken. Sie verursachten ein schwaches Zischen, wie Gebratenes.

»Wie?«, flüsterte ich. »Was soll ich denn verstehen?«

»Die Mikrobots«, sagte er. »Sie haben ganz einfach gelernt, sich selbst umzuprogrammieren.«

Ich lehnte mich weiter vor, lauschte. Die Wolke wich zurück.

»*Cuidado*! Nicht zu nahe. Die Atmosphäre erstickt mich. Selbst dein Atem versetzt mir einen Stich.«

»Ich dachte –« Ich begriff das alles nicht. »Ich hatte Angst, du seist tot.«

»*Estoy vivo.*« Die Stimme hatte Pepes leichten spanischen Akzent, war aber auch mit einem schwachen elektronischen Summen versetzt, und jetzt fing ich an, etwas von Sandors trockener Präzision darin wahrzunehmen. »Lebendiger denn je.«

Das Leuchten der Wolke nahm plötzlich ab, und sie schoss davon, in die gegenüberliegende Ecke des Raumes.

»Sir?« Ein weißer Roboter rief von der Tür aus nach mir. Hinter ihm erschien ein weiterer. »Gibt es irgendwelche Probleme? Können wir Ihnen helfen?«

»Schick sie weg!« Die Stimme war kraftloser geworden. »*Pronto*!«

»Alles in Ordnung«, rief ich den Robotern zu. »Bitte verlasst das Zimmer.«

»Sir, Sie sollten schlafen.« Sie glitten heran, um mich an den Armen zu fassen und vom Bett zu heben. »Haben Sie Schmerzen?«

Das Leuchten der Wolke war so schwach geworden, dass ich sie kaum noch sehen konnte.

»Mach schon!« Pepes Stimme drang nur noch ganz leise zu mir. »Ihre Strahlung bringt mich um –«

»Ich bin okay.« Ich befreite mich aus dem Griff der Roboter. »Ich brauche keine Hilfe.«

»Sir, Sie scheinen –«

»Raus hier!« Ich scheuchte sie mit einer Bewegung davon. »Los!«

Sie blickten auf die flackernde Wolke, schwangen herum, um einander anzusehen, und glitten endlich aus dem Zimmer. Ich setzte mich wieder aufs Bett und sah zu, wie die Wolke heller wurde und wieder auf mich zutrieb.

»*Gracias.* Ihr Strahlenspektrum stört das meine.«

»Kannst du –?« Ich versuchte das Kratzen in meinem Hals hinunterzuschlucken. »Kannst du mir sagen, was mit dir passiert ist?«

»Deswegen – deswegen bin ich hier.« Er sprach in kurzen Sätzen, als bereite ihm jeder einzelne Mühe. »Nicht leicht. Tut höllisch weh. Aber ich musste dir sagen, was mir möglich ist.«

»Wenn du echt bist.« Ich musste den Kopf schütteln. »Wenn du kannst.«

Die Wolke wurde dunkler und sank zu Boden.

»Pepe?« Ich lehnte mich weiter vor, suchte nach irgendetwas, das ich glauben konnte. »Komm zurück! Sag mir, wo du bist.«

»Im All.« Die Wolke erhellte sich, und die Stimme gewann wieder an Kraft. »Mit Casey und Mona und all den anderen. Sandor versuchte, mir zu erklären, wie es dazu kam. Es überstieg mein Begriffsvermögen.«

Ich beugte mich noch weiter vor, um besser zu hören. Die Wolke wich zurück.

»Nicht zu nahe. Ich gehöre nicht hierher.«

Ich lehnte mich zurück und hörte Pepe lachen.

»*Compadre mio*! Wenn du dein Gesicht sehen könntest. Weißt du noch, wie du jedes Mal die Stirn gerunzelt hast, wenn ich mich bekreuzigt oder von *fantasmas* gesprochen habe? Das Leben nach dem Tod sei nur Aberglaube, sagtest du immer, der aufkam, als primitive Völker zu erklären versuchten, warum sie ihre verstorbenen Lieben im Traum sahen. Vielleicht war es so, aber wir sind am Leben.«

Ich erinnerte mich.

»Wenn Sandor euch erklärte –« Mir schauderte und ich schluckte wieder. »Was hat er gesagt?«

Die Diamantsplitter drehten sich schneller.

»Die Mikrobots?«

»Du kennst ihre Geschichte.« Die Stimme sprach langsam, aber deutlicher. »Sie waren mikroskopische Roboter, erschaffen, um unsere Körper und unsere Gehirne zu unterstützen. Sie waren selbstreplizierend, halb mechanisch, halb organisch. Sie waren wie wir von biochemischen Prozessen abhängig, ihre Energien allerdings waren immer elektronisch. Sandor sagt, sie entwickelten sich, als wir sie ins All hinaustrugen, bis sie mehr für uns tun konnten. Bis sie es besser tun konnten, und bis sie schließlich alles tun konnten. Unsere Körper waren nicht länger erforderlich.«

Ich scheute vor der Wolke zurück.

»Immer noch der alte Skeptiker, Dunk?« Ich hörte Pepe kichern. Die Diamant-Atome brannten heller, und seine Worte kamen fließender. »Sandor sagt, dass ihre Silikon-, Diamant- und Goldbestandteile nie mehr gewesen seien als Vehikel für Komplexe elektromagnetischer Energien. Sandor glaubt, dass der Evolutionssprung in den Körpern von Menschen stattfand, die im All starben. Die Mikrobots passten sich an und lebten weiter, in den geladenen Partikeln und Magnetkräften der interstellaren Wolken aus Staub und Gas. Sie nährten sich vom Sonnenlicht, bezogen ihre Wahrnehmungen aus dem Hyperraum.«

»Wenn sie all das getan haben –« Ich dachte an die tote Erde, die gespenstische Leere des Crown-Buildings, die Mumien, die wir in der Satellitenstation gefunden hatten. »Warum hat uns niemand gesagt, was all die Planeten tötete?«

»Weil niemand es wusste.« Der Tanz des Lichtes verlangsamte sich für einen Moment und beschleunigte sich dann wieder. »Die Mikrobots, sagt Sandor, sollten ein Teil von uns sein, aber nie ein bewusster Teil. Ohne Stimme, mit der sie sich uns hätten mitteilen können. Einzeln, wie sie mit unseren Zellen in unserem Blut trieben und in unserem Gehirn arbeiteten, waren sie fast nichts. All ihre Macht entsprang ihrer Einheit. Sie mussten miteinander handeln, um eine Veränderung zu bewirken, aber nie auf bewusste Weise.«

Die Diamantsplitter wurden ein wenig dunkler, als er innehielt.

»Dann haben sie dich umgebracht?« Ich versuchte es zu fassen. »Sie haben jeden umgebracht? Und es gefällt dir?«

»Sie haben uns befreit!« Er sprach hastiger. »Du solltest Casey und Mona sehen! Sie sind herrlich! Größer als sie es auf der Erde je waren, jetzt, da keine Luft sie mehr ertränkt. Sie verändern ihre Gestalt, so wie sich ihre Gefühle ändern. Breiten Schwingen aus Licht aus, die wie Regenbogen leuchten. Ich war bei ihnen, als sie den kleinen Leonardo fanden. Du erinnerst dich an den kleinen Leo, ihren Sohn, der zu früh starb? Er sang zu ihnen. Sie strahlten alle vor Liebe, und sie sehnen sich danach, dass du dich uns anschließt.«

Ich kniff mich in den Arm und spürte den Schmerz.

»Du wirst es tun, Dunk.« Die wirbelnden Funken waren verblasst, seine drängende Stimme sprach schneller. »Du wirst es glauben, wenn du hierher kommst. Wenn du deine neuen Sinne entdeckst, deine neue Wahrnehmung erprobst. Du kannst bis zum Rand des Universums sehen und durch die Zeit zurück bis hin zum Urknall, der es erschaffen hat. Du kannst spüren, wie sich das All ausdehnt.«

Die Wolke war kaum noch zu sehen.

»Ich spürte deinen Schrecken und deine Trauer.« Seine schwindende Stimme war schwer zu verstehen. »Ich musste es versuchen. Dir erzählen, was ich kann. Deinen Schmerz lindern, wenn ich kann. Ich bin schon zu lange geblieben. *Hasta su muerte.*«

»Bis ich sterbe?«

»Bis du wieder lebst.« Die leuchtende Wolke zog sich zusammen, die diamantenen Funken waren nur mehr ein verblassender Punkt in ihrem Herzen. »*Adiós, compadre.*« Seine Stimme erstarb zu einem statischen Knistern, als ich seine letzten Worte vernahm. »*Vaya bien.*«

Der Nebel war verschwunden, wie eine ausgeblasene Kerzenflamme.

42

Jenes leuchtende Wölkchen geht mir noch immer nicht aus dem Sinn. Ich hasste zwar die Vorstellung, dass die mikroskopischen Maschinen in meinem Blut dazu bestimmt waren, mich zu töten, aber der stechende Schmerz, den mir der Funke zugefügt hatte, und das statische Knistern waren zu real gewesen, um daran zu zweifeln. Für den Rest dieser Nacht rang ich mit der Angst davor und fühlte mich trostlos. Ganz allein zu leben war kein Leben, und doch war ich nicht willens zu sterben.

Als ich aufwachte, stand neben dem Bett ein glatter weißer Roboter schweigend bereit, um mich zu massieren, um mich bei den Übungen zu beaufsichtigen, die uns unsere eigenen plumpen Robos in der großen Zentrifuge auf dem Mond beigebracht hatten, um mir ein angewärmtes Handtuch zu reichen, als ich aus der Dusche kam. Ein anderer wartete im Speisezimmer, rückte mir den Stuhl zurecht und trug ein Frühstück auf, das mir nicht schmecken wollte.

Ich war froh, das Gebäude zu verlassen, obschon draußen nur Ruinen auf mich warteten, war erleichtert, die Morgensonne zu spüren und richtige Vögel in den Bäumen zwitschern zu hören. Ich brauchte die Gesellschaft von etwas Lebendem. Auf dem Weg zur Präriehundesiedlung kletterte ich wieder durch die vom Wasser ins Pflaster gewaschene Rinne und blieb stehen, um einen Sperling zu beobachten, der mit einem Zweig im Schnabel zu seinem Nest flog. Das Schimmern der aufgehenden Sonne auf den Wölbungen der Gleiterkapsel bescherte mir ein leichtes Gefühl von Freude, obwohl es nichts gab, wohin sie mich hätte bringen können.

Ich saß lange Zeit an dem Tisch daneben und sah den kleinen Tieren zu. Sie hatten gebellt und sich vor mir versteckt, aber bald darauf waren sie wieder da. Bisweilen richteten sie sich auf und musterten mich, aber die meisten von ihnen huschten einfach im Gras umher und kümmerten sich um ihre Belange. Ich beneidete sie.

Für mich geht die Zeit weiter, obwohl ich weder Kalender noch Uhr habe, um sie zu messen; aber ich habe auch keinen Grund dazu. Ich lebe allein in diesem großartigen Monument menschlicher Errungenschaften, das nun die Gruft seiner Erbauer ist. Die weißen Roboter kümmern sich gut um mich. Dank der Mikrobots in meinem Blut ist es um meine Gesundheit ausgezeichnet bestellt. Pepe ruft mich immer noch in meinen Träumen, fleht mich an, ihm in ein Paradies zu folgen, das herrlicher sei als alle, die die alten Religionen je versprochen hätten. Er sagt, er erfreue sich an den Wundern neuer Wissenschaften, neuer Künste, neuer Philosophien, doch ich begreife nur selten etwas von dem, was er darüber erzählt.

Er sagt, seine Sinne würden durch sein zunehmendes Begreifen von Raum und Zeit noch immer wachsen. Er hat seine Eltern gesehen und war Zeuge seiner eigenen Geburt. Er spricht von Casey und Mona, von Sandor und Lo, von Unmengen glücklicher Freunde, die er gefunden habe.

Er sagt, wir alle würden eins werden im großen kosmischen Geist, in dem Platz sein werde für jede Intelligenz, die je existierte, ganz gleich, wo. Diese Aussicht ängstigt mich, aber er lacht nur über meine Beunruhigung. Er sagt, wir haben keinen Verlust zu fürchten, sagt, dass alles, was je lebte, immer noch lebt, ewig lebt, sagt, wir würden immer noch wir selbst sein, unsere eigene bewusste Identität bewahren, unsere individuelle Freiheit des Denkens und Handelns.

Vielleicht. Ich möchte es ableugnen, aber er beharrt darauf, dass meine eigenen Sagittarius-Mikrobots mich noch davon überzeugen würden. Er drängt mich zur Eile, ihm zu sagen, dass ich bereit sei. Wenn es mir überlassen bleibt, dann will ich ewig leben. Obwohl ich immer noch von verzweifelter Einsamkeit geplagt werde, ist das Leben doch viel zu kostbar, um es für einen Traum von endloser Verzückung irgendwo im Himmel aufzugeben.

Ich erfreue mich an den Vögeln und Eichhörnchen, die mir jetzt alte Freunde sind, an den Präriehunden, die rings um mich her bellen, den kleinen Eulen, die mit uns in unserer kleinen Stadt leben. Die größeren Tiere scheinen sich vor den Ruinen zu hüten, aber manchmal, an schönen Tagen, spaziere ich hinaus und beobachte, wie die Elefanten, Gnus und Zebras zum Wasserloch ziehen. Oft schaut ein schläfriger Löwe von einem erhöhten Aussichtsplatz zu. Ab und zu jagt ein Leopard oder Gepard aus der Deckung hervor, um sein nächstes Mahl zu erlegen, aber mich ignorieren sie alle. Vielleicht beschützen mich die Mikrobots irgendwie.

Obwohl ich die Größe und Fremdartigkeit des Gebäudes immer noch als überwältigend empfinde, habe ich mich doch daran gemacht, den Erdsektor zu erkunden und zu kartografieren. Ich lerne allmählich die simple mündliche Sprache der Roboter. Die elektronische Sprache gibt mir immer noch Rätsel auf, aber ab und an offenbart sich eine Straßenhieroglyphe und lädt mich ein, eine interstellare Kunstgalerie zu besichtigen, oder zu einer Lektion in galaktischer Geschichte, zu einem Verkauf prähistorischer Antiquitäten, zu einem Symposium über die Zukunft der Nanobiologie. Meine eigenen Mikrobots werden mir die elektronische Sprache vielleicht irgendwann vollständig beibringen. Das riesige Gebäude ist für mich eine Welt von Wundern, die unerschöpflich sind. Ich mag zwar einsam sein, langweilig jedoch dürfte mir nie werden.

Ich habe ein kleines Teleskop, das ich in einem wissenschaftlichen Museum gefunden habe. Manchmal, in klaren Nächten, nehme ich es mit hinaus. Wenn ich die Sterne des Sagittarius sehe, fällt es mir schwer zu glauben, dass ich dort war, mitten unter ihnen, und ein Jahrtausend übersprungen habe. Öfter noch warte ich auf das Mondlicht, um wieder einen Blick auf den Tycho zu werfen und die Strahlen, die sich um ihn her breiten.

Ich weiß, dass die Station noch dort ist; von Sandors Gleiterkapsel aus sahen wir den spiegelnden Dom auf dem Kraterrand. Zwar ruht sie jetzt, aber noch immer suchen ihre Instrumente die Erde nach Anzeichen menschlichen Lebens ab. Wenn sie den Mastercomputer informieren, dass die Erde menschenleer ist, werden wir womöglich ein weiteres Mal geklont, um sie von neuem zu bevölkern.

Wenn es dazu kommt, werde ich vielleicht noch am Leben sein, um meinen eigenen Klonbruder zu begrüßen, wenn er vom Mond herunterkommt. Obwohl ich ein gewisses Unbehagen empfinde ob der Aussicht auf dieses mögliche Ereignis, gehe ich doch davon aus, dass ich ihm helfen werde, sich hier willkommen zu fühlen. Von Anfang an waren meine Klonbrüder die Historiker der Station. Ich hinterlasse diese Aufzeichnung zu seiner Information.

Ich muss hier auf seine Ankunft warten. Ich habe kein Funkgerät, mit dem ich den Mond erreichen könnte. Selbst die Vorbereitung dieses Berichts hatte sich als problematisch erwiesen. Menschen, die in unmittelbarem Kontakt zueinander stehen und mit dauerhaften Erinnerungen versehen sind, haben kaum Bedarf für Papier und Stift. Ich musste im verlassenen Studio eines Künstlers nach Bleistiften und Zeichenpapier suchen. Ich werde dieses Dokument in meinem Zimmer hinterlegen und habe die Roboter beauftragt, es jedem zu zeigen, der das Gebäude betritt. Ich glaube, sie haben mich verstanden.

In meinen schwindenden Erinnerungen weiß ich, dass Tanya schon seit tausend Jahren tot ist, begraben im grauen Mondstaub unter der Tycho-Wand, zusammen mit all unseren anderen Geschwistern, die dort gestorben sind, und den Hunden, die ich mir hielt. Dennoch vergesse ich ihre Tränen nicht, ihre innige Umarmung, unseren letzten leidenschaftlichen Kuss, als ich mich verabschieden musste. In meinen Träumen ist sie manchmal wieder geklont worden und zur Erde zurückgekehrt, so munter, strahlend und liebreizend, wie sie es immer war.

Das Leben ist stets ungewiss gewesen, aber es erneuert sich selbst.

Davon träume ich jedenfalls.

Der Autor

Seit 1928 seine erste Geschichte veröffentlicht wurde, steht Jack Williamson in der Science-Fiction an vorderster Front. In den mittlerweile 75 Jahren seiner Karriere als Schriftsteller schrieb Williamson bahnbrechende SF-Romane wie *The Humanoids* und *The Legion of Time*. Für »The Ultimate Earth«, einen Auszug aus seinem Roman *Terraforming Earth*, gewann Williamson einen Hugo- sowie einen Nebula-Award in der Kategorie »Beste Novelle«. Das komplette Werk wurde mit dem John W. Campbell Memorial Award als bester Science-Fiction-Roman des Jahres ausgezeichnet. Williamsons unter dem Titel *Wonder's Child* erschienene Memoiren trugen ihm als »Bestes Nonfiction-Werk mit Bezug zur Science-Fiction« einen weiteren Hugo ein. Das *Oxford English Dictionary* listet Williamson als Erfinder der Begriffe *genetic engineering* (dt. »Gentechnologie«), das er erstmals in *Dragon's Island* verwendete, und *terraforming* (in *Seetee Ship*). Sein Roman *Darker than You Think* war eine wegweisende Erzählung über das Thema Gestaltwandeln und gilt immer noch als herausragendes Werk des Horror-Genres. Dieses Buch und andere bescherten Williamson einen Bram Stoker Award für sein Lebenswerk. Er war nach Robert A. Heinlein der zweite SF-Autor, der von den Science Fiction Writers of America zum Grand Master ernannt wurde. Zu seinen jüngsten Arbeiten zählen *The Silicon Dagger* und *The Black Sun.*

Daneben war Williamson auch auf akademischem Gebiet tätig. In einer Pionierleistung unterrichtete er seit den fünfziger Jahren des 20. Jahrhunderts Science-Fiction als

Teil eines Universitätslehrplans. Er ist Professor emeritus der Eastern New Mexico University und lebt und arbeitet in Portales, New Mexico.